Rolf D. Sabel

Das Testament des Pontius Pilatus

Historischer Roman

Für Cathy, Oliver und
Annalena,
Bessere konnte ich mir nicht wünschen!

Rolf
D. Sabel

Das Testament *des* Pontius Pilatus

HISTORISCHER ROMAN

benno

Bibliografische Information der Deutschen Nationalbibliothek
Die Deutsche Nationalbibliothek verzeichnet diese Publikation in der Deutschen Nationalbibliografie; detaillierte bibliografische Daten sind im Internet unter http://dnb.d-nb.de abrufbar.

Besuchen Sie uns im Internet:
www.st-benno.de

Gern informieren wir Sie unverbindlich und aktuell auch in unserem Newsletter zum Verlagsprogramm, zu Neuerscheinungen und Aktionen.
Einfach anmelden unter www.st-benno.de

ISBN 978-3-7462-5471-5

Umschlaggestaltung: Rungwerth Design, Düsseldorf
Umschlagmotiv: © CollaborationJS/Trevillion Images
Gesamtherstellung: Kontext, Dresden (A)

I

Vienna (Südfrankreich)
Haus des Pilatus
Anno Domini 39
(nach römischer Zeitrechnung
792 nach Stadtgründung)

Der Mann trug eine edle blütenweiße Toga, eine Toga, wie er sie schon zu Amtszeiten immer getragen hatte, zu Zeiten also, als er das angesehene Amt eines Präfekten in Judäa innegehabt hatte. Die gleiche Toga, die eigentlich Würde und Autorität ausstrahlte. Aber inzwischen hatte er beides eingebüßt. Wohin waren Würde und Autorität entschwunden?

Der Mann hatte sich sehr verändert. Seine Wangen waren eingefallen, die Züge verhärtet, die Gestalt von Leid gebeugt. Sein Kopf war nahezu kahl, die wenigen schlohweißen Haare umgaben den schmalen Schädel wie einen Lorbeerkranz. Diesem Mann hatte das Leben übel mitgespielt.

Er stand am Fenster seines palastähnlichen Hauses und blickte mit trüben Augen auf die Fluten des Rhodanus, die sich in schlammigem Braun träge dahinwälzten. Dazwischen fiel sein Blick immer wieder auf den breiten, von niedrigen Büschen gesäumten Weg, der zu seinem Anwesen führte.

Er musste doch jetzt kommen! Der Bote aus dem fernen Rom, der ihm die Nachricht von der Erlösung bringen würde, die Nachricht vom Ende seines Exils. Wie lange hatte er schon auf diese Nachricht gewartet, hier in der Einsamkeit seines Exils!

Seine Gedanken schweiften weit zurück in die Vergangenheit. Jene Nacht in Rom … Mit Tränen in den Augen durch-

lebte er noch einmal seine letzten Stunden in Rom. Was hatten sie ihm alles vorgeworfen, ihm, der doch nur seine Pflicht für Rom getan hatte: Bestechung, Beleidigung, Raub, Bereicherung am Tempelschatz, Gewalttätigkeit, Zügellosigkeit, Hinrichtungen ohne juristisches Verfahren, Grausamkeit. Und sein Vorgesetzter Vitellius, der Legat von Syrien, hatte das alles geglaubt und nach Rom weitergegeben. Und dann hatte er an seiner Stelle den Marcellus eingesetzt, einen engen Freund. Marcellus, das Weichei! Pilatus lachte still in sich hinein. Welch eine Wahl! Der würde mehr Probleme kriegen, als er selbst jemals gehabt hatte!
Vitellius hatte ihm die Rückkehr nach Rom befohlen, wo er sich vor Kaiser Tiberius verantworten sollte. Aber den hatte er nie gesehen. Keine Zeit! Ein Kaiser hat eben mehr zu tun, als sich um einen kleinen Provinzstatthalter zu kümmern. Dann war der Kaiser gestorben, noch bevor Pilatus sich rechtfertigen konnte. Ein neuer Mann hatte den Thron der Caesaren bestiegen: Gaius Caesar Augustus Germanicus.
Aber der hatte auch keine Zeit für ein Gespräch und ohne weitere Anhörung das Exil befohlen. Das war's!
Und alle hatten sie ihn verlassen. Seine Gattin, die edle Claudia Procula, weilte fern von ihm in Rom und außer gelegentlichen Briefen hörte er nichts von ihr. Gleichwohl hatte er den Glauben an ihre Beteuerung, sie werde sich dort für seine Begnadigung einsetzen, nie verloren.
Seine Freunde: alle weg! Mit einem Verbannten pflegte man keine Kontakte, es könnte einen selbst treffen wie eine ansteckende Krankheit. Nur wenige Getreue waren ihm in sein Exil gefolgt.
Aber jetzt hatte er Hoffnung! Eine Petition hatte er an den jungen Kaiser geschickt durch seinen persönlichen Boten, den treuen Pontillus, der ihm schon in Judäa gedient hatte. Und den erwartete er voller Ungeduld. Er schaute auf die Sanduhr in der Ecke, die die siebzehnte Stunde anzeigte. Er musste jetzt kommen! Der treue Pontillus durfte ihn nicht im Stich lassen!

Aber würde der junge Kaiser seiner Rückkehr nach Rom zustimmen? Dieser Narr auf dem Caesarenthron! Abschätzig verzog er die schmalen Lippen. Gaius Caesar Augustus Germanicus, den sie Caligula, Stiefelchen, nannten, jedenfalls in seiner Abwesenheit und nur dann, denn der junge Imperator hasste diese verniedlichende Bezeichnung. Sie mochte auch so gar nicht zum mächtigsten Mann der Welt passen. Die Bezeichnung rührte daher, dass der junge Gaius schon als Kleinkind seinen Vater, den beliebten und vom Volk umjubelten Germanicus, auf seinen Feldzügen in Germanien begleitet hatte. Im Legionslager war der kleine Bursche mit Vorliebe in einer kleinen, eigens für ihn gefertigten Legionärsuniform einschließlich der Stiefel (*Caligae*) herumgelaufen und schnell zum Liebling der Soldaten geworden.
Caligula, der Schänder seiner Schwestern und Mörder seines Vorgängers Tiberius. Das waren jedenfalls die Nachrichten, die ihm aus Rom zu Ohren gekommen waren, von anderen Untaten, die berichtet worden waren, ganz zu schweigen. Und dieses Scheusal sollte jetzt über sein Schicksal entscheiden? Pontius Pilatus schüttelte sich vor Abscheu. Die Ungeduld begann rasendem Zorn zu weichen. Mit einem Aufschrei fegte er Schriftrollen und kleine Büsten von dem Holztisch, der vor dem Fenster stand. Die Gipsbüsten zerbrachen und er trat wütend auf die Reste.

Cervax, der gallische Diener, stürzte herein: „Herr! Was ist? Soll ich …?"
„Raus!", schallte es ihm entgegen und der kleine Gallier verließ eilends den Raum.
Pilatus setzte sich und barg den Kopf in den Händen. Ein Zornesausbruch nutzte ihm jetzt auch nichts und der treue Cervax konnte schon gar nichts dafür.
Wieder warf er einen Blick aus dem Fenster. Hier in Gallien begann zu dieser Tageszeit schon die Dämmerung, die Pilatus hasste, weil sie den Übergang zu einer weiteren unruhigen und schlaflosen Nacht verhieß. Überhaupt: Vienna, Gallien,

er hasste beides. Das war kein Ort für einen kultivierten Mann wie ihn. Da waren je selbst Orte wie Jerusalem oder Cäsarea besser, Orte, in denen er seinen Dienst bis zur Abberufung durch Tiberius versehen hatte. Aber Vienna?
Zugegeben, er hatte es sich schlimmer vorgestellt. Als ihm in Rom der Ort seiner Verbannung mitgeteilt worden war, wäre er fast zusammengebrochen. Er kannte Gallien nicht, aber Germanien, das kannte er. Hier hatte er jahrelang Dienst getan. Hier war er unter dem unglücklichen Varus im Teutoburger Wald von den Cheruskern des verräterischen Arminius besiegt worden und knapp entkommen.
Germanien, das waren Barbarensiedlungen, Ansammlungen hölzerner Hütten, oft nur Lehmhütten mit Ried gedeckt, ohne Thermen, ohne Forum, ohne Circus. Das Wasser kam aus den Bächen und die Notdurft wurde in Löchern verrichtet. Fremdländische Gesichter, kehlige Laute, finstere Mienen – wie konnte Gallien da anders sein? Und doch war er überrascht, als er ankam. Keines der Vorurteile, die er gehabt hatte, fand er bestätigt. Im Gegenteil, die römischen Besatzer hatten für eine rege Bautätigkeit gesorgt. Auf dem Forum erhob sich, umgeben von einer offenen Säulenhalle, der prächtige Tempel von Augustus und Livia in korinthisch-römischem Dekor. Unmittelbar am Fuß eines Hügels lag ein riesiges Amphitheater, das größte Galliens, wie er später hörte.
Das Forum selbst war von kleinen Gebäuden (natürlich aus Stein) gesäumt, Kolonnaden, und Brunnen schmückten das Städtchen, und an der Südostecke stand ein viertoriger Doppelbogen, der dem Janusbogen in Rom kaum nachstand. Dazu kleine Insulae, Wohnblöcke mit zwei Etagen und den dazugehörigen Läden im Erdgeschoss. Und … ach ja, zwei kleine Thermen gab es auch. Durchaus wie in Rom, nur viel kleiner. Provinziell eben.
Pilatus hatte sofort nach seiner Ankunft die meisten seiner Vorurteile aufgeben müssen. Viele der Einwohner sprachen Latein, etliche Veterani darunter, ehemalige römische Solda-

ten, die sich nach ihrer Dienstzeit hier niedergelassen hatten. Sie hatten mehr oder weniger hübsche Einheimische kennengelernt und Familien gegründet, hatten sogar die Landessprache gelernt. Ihm war hingegen das kehlige Gallisch, das man nur sprach, aber nie schrieb, immer fremd geblieben. Und so war er trotz der drei Jahre, die er jetzt schon im Exil verbrachte, ein Fremder im eigenen Land geblieben und sehnte sich nach Rom.

Draußen war es dunkel geworden. Cervax war schweigend hereingekommen und hatte die Öllampen angezündet. Und Pontillus war immer noch nicht da. Da nutzte auch keine Raserei. Er befahl dem Diener, eine kleine Mahlzeit zu richten, und griff nach den Schriftrollen, die er in einem kleinen Holzschrank aufbewahrte. Das blaue Bändchen zeigte ihm, dass er die richtige Rolle in der Hand hatte.
Ovid! Der große, unglückliche Dichter Roms aus augusteischer Zeit, dem er sich so seelenverwandt fühlte.
Publius Ovidius Naso hatte unter Augustus genauso unter dem Schicksal einer ungerechtfertigten Verbannung gelitten wie er, und er hatte das geliebte Rom nie mehr wiedergesehen. Freilich musste Tomi am Schwarzen Meer ein noch furchtbarerer Ort gewesen sein, der Dichter hatte es in seinen Briefen nach Rom, den „Tristien", selbst berichtet.
Keine Kunst, keine Kultur gab es dort, die barbarischen Geten machten mit ihren Überfällen das Leben unsicher, und, wie Ovid schrieb, drohte er selbst die lateinische Sprache, Medium seiner Dichtung und Zentrum seiner Identität, zu verlernen. Getisch habe er lernen müssen, so klagte er, um sich mit Nachbarn und Kühen verständigen zu können.
Und dann das Klima und die Lebensbedingungen: grausame Winter: klirrende Kälte, Schnee fast das ganze Jahr, Donau und Schwarzes Meer zugefroren, sodass die Fische in der Eisdecke gefangen seien und den Spaziergänger mit offenen Mäulern anstarrten. Und erst der Wein, der, zu Eisklumpen gefroren, in Stücke gehackt und gelutscht werden müsse! Pi-

latus schüttelte sich vor Ekel und musste sich eingestehen, dass er es doch in Vienna besser getroffen hatte.
Die Tür öffnete sich und Cervax brachte eine kleine Abendmahlzeit aus kaltem Huhn und Ei, Brot und Obst. Pilatus war kein großer Esser, er schlang das Essen hastig herunter und spülte mit einem Pokal aus mit Wasser vermischtem Wein nach. Sein Hunger war anderer Art, er hungerte nach ... Literatur. Ovid war ihm lieber als kaltes Huhn. Und so nahm er Ovids Briefe, die er schon so oft gelesen hatte und fast auswendig kannte, zur Hand, legte sich auf eine der Klinen und begann die elegischen Distichen laut zu lesen ...

Immer wenn mir das furchtbar traurige Bild jener Nacht vor Augen tritt, die für mich die letzte Zeit in der Stadt bedeutete, immer wenn ich mich an die Nacht erinnere, in der ich so viel mir Liebes verließ, fällt aus meinen Augen auch jetzt noch ein Tropfen ...
Genau wie bei mir, dachte Pilatus, und ein tiefer Seufzer entrang sich seiner Brust.
... schon war beinahe das Licht des Tages da, an dem ich nach Caesars Befehl die äußerste Grenze Ausoniens zu verlassen hatte. Weder Zeit noch Geist reichten aus, die notwendigen Dinge vorzubereiten: Mein Herz war über die lange Zeit erstarrt ...
Oh, wie konnte er das nachempfinden!
Nicht Sklaven, nicht Begleiter auszuwählen hatte ich die Muße; und es gab für den Flüchtling keine geeignete Kleidung und auch nicht die angemessenen Geldmittel. Ich erstarrte nicht anders, als jemand, der vom Feuer des Zeus berührt wurde, zugleich lebt und sich seines Lebens nicht bewusst ist. Sobald aber der Schmerz selbst diese Wolke vom Geist entfernt hatte und endlich meine Sinne wieder erstarkt waren, sprach ich, schon fertig zum Aufbruch, meine traurigen Freunde ein letztes Mal an, aus deren großer Zahl nur der eine oder andere noch da war ...
Ja, auch er war wie vom Blitz getroffen erstarrt.

Die liebevolle Ehefrau hielt weinend den Weinenden umso fester, während der Regen immer weiter über die erbarmungswürdigen Wangen floss. Die Tochter war fern an der Küste Libyens und konnte noch nicht von meinem Schicksal benachrichtigt werden. Wohin du auch schautest, ertönten Schluchzen und Stöhnen, und drinnen herrschte der Eindruck einer lärmenden Begräbnisfeier. Mann und Frau, auch die Kinder trauerten bei meinem Begräbnis, und im Haus war jeder Winkel voller Tränen …

Nun ja, ganz so schlimm war es bei ihm nicht gewesen und eine Tochter hatte er auch nicht. Um ehrlich zu sein, hielt sich die Trauer in seinem Haus eher in Grenzen. Er glaubte, manch einer dieser Narren war ganz froh, dass er weg war. Er rollte die Schriftrolle weiter auf.

… ich gelangte, nachdem ich auf längeren Irrfahrten umhergetrieben worden war, schließlich an die sarmatische Küste, die mit den köchertragenden Geten verbunden ist. Hier erleichterte ich, obgleich ich von Waffenlärm umschallt werde, mein trauriges Schicksal – soweit ich kann – mit Dichtung …

Der hatte es gut! Konnte sein ärmliches Schicksal durch seine Dichtung erleichtern. Und er selbst? Pilatus war kein Dichter und würde nie einer sein. Ovid hatte Unsterblichkeit erlangt, wie er es vorhergesagt hatte. War das nicht im Epilog der *Metamorphosen*? Pilatus legte die Rolle weg und griff zu einer anderen. Die Metamorphosen, seine Lieblingslektüre. Ganz abgegriffen war der Papyrus, und schnell hatte er die Stelle gefunden.

… dennoch werde ich durch den besseren Teils meines Ichs über die hohen Sterne getragen und mein Name wird unzerstörbar sein. Und wohin sich die römische Macht über die bezwungenen Länder erstreckt, ich werde vom Ohr des Volkes gelesen werden und durch meinen Ruhm werde ich in allen Zeiten leben, wenn die Weissagungen der Seher etwas Wahres haben.

Ja, guter, alter Ovid, recht hatte er. Und die Seher auch. Selbst

in den dunklen Wäldern Galliens wurde er gelesen, und er würde ewig leben. Aber er, Pilatus? Würde man seinen Namen in Jahrhunderten noch kennen? Wohl kaum! Und wenn doch? Würde man ihn im Zusammenhang mit der Kreuzigung jenes seltsamen Mannes in Jerusalem nennen? Wird man ihn verfluchen oder segnen? Bei allen Göttern, oder nur dem einen, wenn es ihn denn gab, er wusste es nicht.
Ein plötzlicher Windzug hatte die leichte Gardine ins Fenster geweht und die Lampen flackern lassen. Pilatus fröstelte und zog das Tuch enger um den Hals.
„Cervax!" Er war aufgestanden und sein Ruf verhallte in der Dunkelheit.
„Ja, Herr?"
„Ist Pontillus immer noch nicht da?"
„Nein Herr, ich würde es sofort melden."
„Gut", grummelte Pilatus, „bring Wein! Aber nicht den sauren einheimischen. Haben wir noch von dem Falerner?"
„Einen letzten Rest, Herr."
„Bring ihn!"
Cervax verschwand und brachte wenig später das Gewünschte. Pilatus füllte den Pokal und leerte ihn hastig. Und einen weiteren. Wenigstens der Wein tat seine Wirkung und Minuten später war Pilatus in einen unruhigen Schlaf gesunken.

II

Ein trüber Morgen war angebrochen. Nebel lag über der kleinen Stadt und silberne Perlen schmückten die Fenster wie mit kleinen Diamanten. Pilatus hatte wieder einmal eine unruhige Nacht verbracht und war mit übler Laune aufgewacht. Als ihm sein Diener das warme Wasser für die Rasur brachte, herrschte er ihn ohne Grund an. Cervax verschwand beleidigt und ließ sich vorerst nicht mehr sehen. Das karge Frühstück stand auf dem Tisch, Pilatus hatte es nicht angerührt.

Wo blieb nur Pontillus? Sein einziger treuer Gefährte, er würde ihn doch nicht im Stich lassen! Oder war er Opfer gallischer Meuchelbanden geworden, die die Wälder durchstreiften? Hatte ein Bär ihn mit seinen grausamen Pranken zerfetzt? Oder hatten gierige Wölfe ihn zur Beute gemacht? Es gab so viele Gefahren, die in diesen Wäldern auf Reisende lauerten, und Pontillus war allein. Keine Legionäre zur Bedeckung, keine Kriegsknechte, keine Sklaven, die ihn begleiteten. Und er war alt, war diesen Strapazen kaum gewachsen. Pilatus hatte ein ganz schlechtes Gewissen gehabt, als er dem alten Gefährten diesen Auftrag übertrug. Aber der hatte nur gelacht: „Mir wird nichts passieren, ich stehe unter dem Schutz Gottes."

Gottes hatte er gesagt, nicht dem Schutz der *Götter*. Pilatus wusste, dass der Alte schon längst Anhänger jenes Mannes geworden war, der auf seinen Befehl hin gekreuzigt worden war, damals, vor fast sechs Jahren.

Christus, der Gesalbte. Für Pontillus ein Gott, oder Gottes Sohn, für Pilatus nur ein Wanderprediger, ein Aufrührer, der die gesamte Provinz Judäa in Aufregung versetzt hatte. Oder

doch mehr? Ohne Zweifel ein guter, ein gerechter, ein sanfter Mann. Sanft in seinem Wesen, sanft in allem, was er getan und gesagt hatte!
Kranke hatte er geheilt. Na und? Das taten die Medici im Lager auch. Blinde geheilt, Lahme gehen lassen. Unglaublich, oder? Dämonen ausgetrieben! Wer's glaubt! Aber Tote erweckt? Berichte darüber hatte er gehört und konnte sie nicht glauben. Aber wenn es doch wahr wäre? Allmählich waren seine Zweifel gewachsen. Wenn er doch ...
Und er hatte ihn verurteilt! War er schuldig geworden oder hatte er nur seine Pflicht getan?
Der Prozess. Der hagere, gefolterte Mann mit den unendlich sanften Zügen, der vor ihm gestanden hatte. Das Urteil. Die Kreuzigung. Pilatus schüttelte die Gedanken aus seinem Kopf, er wollte jetzt nicht daran denken. Zu viele Gedanken hatte er an jenen unseligen Tag schon verschwendet. Schluss damit!

Cervax hatte die Papiere aufgehoben, die seine zornige Hand am Abend zuvor vom Tisch gefegt hatte. Ganz oben auf lag ein Papyrus in edler Schrift mit vergoldetem Frakturrand. Pilatus nahm ihn in die Hand. Eine Einladung! Aber nicht von irgendjemandem. Herodes Antipas! Der zweite Sohn von Herodes dem Großen. Sein Weggefährte aus alter judäischer Zeit. Der damalige Tetrarch von Galiläa. Der ihm alles erst eingebrockt hatte, als er den seltsamen Wunderheiler zu ihm zurückgeschickt hatte. Angeblich aus Gründen der Zuständigkeit. Haha, drücken wollte er sich, der Feigling. Und Pilatus hatte damit das Elend im eigenen Palast gehabt. Danke, Herodes! Gleichwohl waren sie nach jenem Vorfall durch eine innige Freundschaft verbunden.
Aber der Zufall oder die List der missgünstigen Götter wollten es, dass eben jener Herodes Antipas ebenfalls ins Exil nach Gallien geschickt worden war. Ein köstlicher Witz der Geschichte! Nach Lugdunum, kaum zwanzig Milia von hier, eine Fahrt von vier bis fünf Stunden, nicht mehr. Pilatus hat-

te laut auflachen müssen, als er vom Schicksal seines alten Gefährten erfahren hatte. Pilatus und Herodes im gleichen Exil, im gleichen Land, weit weg von Judäa. Die genauen Umstände kannte er nicht, aber er würde sie erfahren. Noch einmal nahm er den Papyrus zur Hand, streichelte fast zärtlich über den Bogen und las ihn erneut:

Herodes grüßt seinen Freund Pontius Pilatus

Wie du sicher schon gehört hast, hat ein merkwürdiges Schicksal uns unfreiwillig in die gleiche Provinz geschickt. Man möchte lachen, wenn es nicht für uns beide so traurige Folgen hätte. Du, der einstige Praefect von Iudaea, ich der frühere Tetrarch von Galilaea, beide einst geehrt und geachtet in hoher Stellung, uns beiden wurde von missgünstiger Hand das Schicksal der Verbannung auferlegt.
Was läge da näher, als dass wir bei einem gemeinsamen Gastmahl unsere unglückseligen Erinnerungen austauschen und dem Gott des Weins, wie ihr es nennt, zusprechen? So lade ich dich herzlich ein, zu mir nach Lugdunum zu kommen, und zwar, wenn es dir genehm ist, in fünf Tagen. Der Weg hierhin ist nicht beschwerlich und in Lugdunum weiß jeder Bauer, wo ich zu finden bin.

Sei umarmt und gegrüßt
Herodes Antipas

Gut, so sollte es sein. In zwei Tagen würde er … Er kam nicht dazu, seinen Gedanken fortzusetzen, denn im gleichen Augenblick stürmte Cervax in den Raum.
„Er ist da“, keuchte er schwer atmend, „Pontillus ist im Hof.“
Pilatus zuckte zusammen. Endlich!
„Führ ihn sofort herauf!“

Cervax verschwand und Minuten später öffnete sich die Tür. Pontillus trat ein, sein alter Freund und Gefährte seit ewigen Zeiten. Der Mann, der ihm schon in Rom treu gedient hatte, ihm dann in Judäa zur Seite gestanden hatte und jetzt im Exil in Vienna. Die treueste aller Seelen!

Aber beim Jupiter, wie sah der Mann denn aus! Die Haare wirr, der Reisemantel von oben bis unten mit Schlamm und Dreck bedeckt, am Arm eine blutende Wunde, das Gesicht hager und ausgezehrt, die Gestalt gebückt. Humpelnd kam er auf Pilatus zu und warf sich auf die Kline.

„Pontillus, alter Freund, so hast du es doch geschafft?"

Pontillus nickte nur.

„Cervax, bring Wein und etwas zum Essen, du siehst doch, wie es um meinen alten Freund steht! Und eine Schüssel Wasser!" Dann wandte er sich an den Ankömmling.

„Wie ist es dir ergangen? Wie war es in Rom? Was hat der Kaiser gesagt? Hast du meine Gattin gesehen? Hast du Nachrichten mitgebracht?" Die Fragen prasselten nur so auf den erschöpften Mann ein. Pontillus griff zuerst nach dem Wein, den Cervax nebst einer Schale mit Wasser gebracht hatte, und stürzte ihn in einem Zug herunter.

„Wenn du erlaubst ...", sagte er, säuberte Gesicht und Hände in der Wasserschale und griff gierig nach einem Hühnerbein, das er schmatzend verzehrte.

„Nun ...", drängte Pilatus.

„Sofort, erst noch ..." Ein zweites Hühnerbein verschwand in seinem Mund, wurde mit unverdünntem Wein heruntergespült, dann noch einige Trauben und etwas Brot. Entspannt lehnte er sich zurück und rülpste. Er putzte sich den Mund mit einem Tuch ab und fixierte den Hausherrn.

„Verzeih Pilatus, aber ich habe keine gute Nachricht für dich!"

„Keine ...gute ... Nachricht?"

Pilatus wurde blass und fasste sich an den Kopf.

„Bei den Göttern ...!"

„Die Götter haben nichts damit zu tun. Welche sollten das

auch sein? Nein, die Entscheidung lag bei unserem jungen Caesar und der hat sich schlicht geweigert, deine Relegatio aufzuheben. Du hättest bekommen, was du verdientest, so sagte er, und du solltest zufrieden damit sein. Es hätte auch schlimmer kommen können."
„Schlimmer? Wie das?"
„Eine Deportatio zum Beispiel."
„Hat er das gesagt?"
„Er hat es zumindest angedeutet. Im Übrigen sei die Entscheidung mit dem Senat abgesprochen und der habe er nicht widersprochen."
Pilatus lachte laut auf, aber sein Lachen erreichte seine Augen nicht.
„Im Senat? Bei allen Göttern, da sitzen doch nur seine Arschkriecher."
„Deshalb haben sie ja auch nicht widersprochen."
„Und meine Gattin? Was sagt die edle Claudia Procula dazu? Hast du sie gesehen, mit ihr gesprochen?"
Pontillus nickte. „Natürlich. Sie ist sehr traurig und hat alles getan, um den Kaiser umzustimmen. Wäre sie jünger und – verzeih – schöner, hätte es da vielleicht Mittel und Wege gegeben, denn der Kaiser ist der Weiblichkeit sehr zugetan, wie man hört, aber das Alter hat auch sie nicht verschont und ..."
„Schweig! So etwas will ich nicht hören. Meine Gattin muss sich nicht zur Dirne machen, um Gefälligkeiten für mich zu erwirken."
Pilatus atmete schwer und ließ sich auf einen Sessel sinken.
„So ist alles verloren?"
Pontillus nickte und ergriff den Arm seines alten Weggefährten.
„Es tut mir leid, alter Freund. Ich habe alles versucht. Einen Brief der edlen Claudia habe ich dir mitgebracht. Ihn magst du lesen, während ich mich etwas erfrische."
Er übergab Pilatus eine versiegelte Schriftrolle und zog sich mit einer leichten Verbeugung zurück. Was er ebenso wenig wie Pilatus merkte, war die Tatsache, dass im Nebenraum

jemand eifrig gelauscht hatte und sich nun auf leisen Sohlen entfernte.
Hastig riss Pilatus die Schriftrolle auf und erkannte sofort die zierliche Handschrift seiner Gattin:

Claudia Procula grüßt ihren viel geliebten Gatten

Jetzt sind wir schon seit einigen Jahren getrennt und die Trennung schmerzt mich immer noch so, wie sie dich auch schmerzen wird. Ich versorge dein Haus, so gut es geht. Die Sklaven benehmen sich ordentlich, aber Besuch habe ich fast keinen. Es scheint mir, dass man das Haus eines Verbannten besser nicht besucht, es könnte einem ja Ähnliches widerfahren. Verbannung scheint einer ansteckenden Krankheit nicht unähnlich!
Wie du sicher schon erfahren hast, haben wir einen neuen Caesar und natürlich habe ich viel Hoffnung in ihn gesetzt, aber vergeblich. Er ist hochfahrend und arrogant – Gott gebe, dass dieser Brief nicht in die falschen Hände gerät – und an deinem Schicksal nicht interessiert.
Seit er den Thron bestiegen hat, hat sich vieles verändert – und nicht zum Guten. Tiberius hat von Capri aus regiert und die Dinge in Rom seinem Praetorianerpraefecten Seianus überlassen.
Caligula aber ist hier und kümmert sich um alles und das hat schlimme Folgen. Der Senat duckt sich vor ihm mehr als vor seinem Vorgänger, denn er hat die Hochverratsprozesse und Hinrichtungen von Senatoren wieder eingeführt. Das Volk aber scheint ihn zu lieben, vor allem, weil es sich an den aufwendigen Wagenrennen und den grausamen Tierhetzen und Gladiatorenkämpfen delektiert. Im Übrigen wird er bald zum vierten Mal heiraten, was in Rom für Aufsehen sorgt. Genug von ihm!
Es wird dich überraschen zu hören, dass hier eine klei-

ne Gemeinde von Anhängern jenes Mannes entstanden ist, der auf deinen Befehl hingerichtet wurde. Sie nennen sich Nazarener (nach seinem Herkunftsort) oder Christiani und nehmen täglich an Zahl zu. Selbst Sklaven stoßen in großer Zahl zu ihnen, weil sie hier zum ersten Mal als gleichberechtigt angesehen werden. Und die Botschaft, die allen, die glauben, verkündet wird, ist so neu, so herrlich, dass sie die Herzen aller ergreift. Man kann sich der Kraft, die dieser Botschaft innewohnt, nicht entziehen und ich will es auch gar nicht. Und sie berührt nicht nur das jetzige Leben, nein, sie reicht bis in das Leben, das nach dem Tod auf uns wartet. Der Tod ist besiegt, und welcher Gott hat uns das jemals versprochen?
Aus Galilaea ist ein Mann gekommen, der die Gemeinde mit der Kraft des Wortes und seiner alles überstrahlenden Persönlichkeit anführt. Sein Name ist Simon Petrus, und wenn du dich recht erinnerst, solltest du ihn aus deiner Amtszeit noch kennen, gehörte er doch zu den engsten Anhängern des Gekreuzigten. Wenn er spricht, berührt es dein Herz, obwohl er das Lateinische noch nicht so recht beherrscht, aber seine Ausstrahlung fesselt die Zuhörer.
Ich wünschte, du könntest ihn hören, du würdest wie ich seinem Banne erliegen.
Er hat einen jungen Mann namens Markus bei sich, der ihm als Dolmetscher und Secretarius dient. Und dieser Markus hat sich vorgenommen, alle Worte und Geschehnisse um unseren Herrn aufzuschreiben, so wie er sie von Petrus erfahren hat. Oh wie glücklich werde ich mich schätzen, wenn ich diese frohen Botschaften (so nennt er sie) in meinen Händen halten werde und so noch viel mehr über den Gottessohn erfahren darf.
Ich mag mich täuschen, mein lieber Gatte, aber ich glaube fest, dass dieser neue Glaube, der auch der meine ist, recht bald das nutzlose Trümmerwerk der alten

Götter hinwegfegen wird und auf dem ganzen Erdkreis eine Gemeinschaft der Liebe errichten wird. Und wenn mein Traum wahr wird, wird dieser Glaube gar von hier, der Metropole irdischer Macht, die ganze Welt regieren! Mein geliebter Gatte, ich hoffe, du hast es erträglich in deinem Verbannungsort angetroffen. Nach den Berichten, die mir dein treuer Pontillus, dem ich diesen Brief anvertraut habe, gegeben hat, hast du dein Schicksal so beharrlich angenommen, wie es einem Stoiker geziemt, der du immer warst. Denkst du manchmal an deine Zeiten in Judäa zurück? Sicher tust du das.
Und würdest du wieder das gleiche Urteil über jenen Jesus von Nazareth fällen? Wahrscheinlich nicht! Denn wenn du auch, anders als ich, nicht an die göttliche Herkunft jenes Mannes glaubst, wirst du doch inzwischen erkannt haben, dass jener ein Mann ohne Sünde, Fehl und Tadel war und nur durch den Neid und Hass der Juden, vor allem der Pharisäer, vor deinen Richterstuhl kam. Wer weiß, vielleicht ist auch dein trauriges Schicksal auf jenen verhängnisvollen Urteilsspruch zurückzuführen?
Sicher hoffe ich, dass es dir gut geht und wir bald voneinander hören.

Vale
Claudia Procula

Pilatus legte den Brief weg und seine Augen füllten sich mit Tränen. Er raufte sich die wenigen verbliebenen Haare und rief voller Schmerz und Selbstmitleid aus: „Ach teure Claudia, wie weit bis du von mir entfernt! Im Raum und im Herzen. Welch unsägliche Wut der Götter hat uns getrennt? Und hat nicht Verblendung dein Herz verhärtetet? Du glaubst tatsächlich, dass jener Schreinersohn göttlich ist! Der Sohn Gottes? Oder Gott selbst? Er hat es wohl selbst nicht gewusst. Wie kannst *du* es dann wissen?

Jener hat auf meine Frage geantwortet: ‚Mein Reich ist nicht von dieser Welt.' Also welche Welt hat er denn gemeint? Auf all meine Fragen habe ich nie wirkliche Antworten bekommen. Also was sollte ich tun? Draußen stand eine bedrohliche, aufgehetzte Menge, die beharrlich seinen Tod forderte. Dazu die Hohepriester, die mit einer Meldung nach Rom drohten. Sie hätten den Brief an den Kaiser schon aufgesetzt, so teilten sie es mir in ihrer unglaublichen Arroganz mit. Sie drohten mir! Mir, dem von Rom eingesetzten Statthalter. Bei allen Göttern, welch eine Anmaßung! Hatte ich wirklich eine Wahl? Und doch, vielleicht würde ich heute anders urteilen und dem Druck des Pöbels widerstehen. Ich weiß es nicht!"
Er stand auf und ginge rastlos auf und ab. In ihm tobte ein Sturm der Gefühle. Welchen Sinn hatte sein Leben hier eigentlich noch? Vor allem vor dem Hintergrund, dass er wohl nie mehr nach Rom zurückkehren konnte. Ein Stoiker konnte sein Leben beenden, wann immer er es wollte. Jedenfalls, wenn es keinen Sinne mehr hatte. Marcus Porcius Cato der Jüngere hatte es vorgemacht. Nachdem das Heer der Republikaner bei Thapsus von Caesar vernichtend geschlagen worden war, hatte er sich das Leben genommen, um einer Gefangennahme und einem unwürdigen Leben unter Caesar zu entgehen. Das war jetzt fast hundert Jahre her, aber immer noch galt Cato als leuchtendes Vorbild unter römischen Stoikern. Aber hatte er den Mut dazu? Das konnte warten. Der Tod war ein geduldiger Geselle. Erst einmal das Gastmahl bei Herodes Antipas. Dann würde er sehen …

III

Lugdunum (Südfrankreich)
Haus des Herodes
Anno Domini 39

Zwei Tage später war es so weit. Pontillus hatte ausführlich Bericht erstattet und tausend Fragen seines Freundes und ehemaligen Herren geduldig beantwortet. Mancher Weinpokal war dabei geleert worden, Tränen der Trauer, aber auch des Lachens waren vergossen worden. Und jetzt konnte es losgehen, Herodes Antipas wartete.

Jupiter Dolichenus meinte es gut mit den Reisenden. Am Tage ihrer Abreise strahlte die Sonne von einem nahezu wolkenlosen Himmel, Regen und Nebel hatten sich verzogen, die Kälte aber war geblieben. Pilatus hatte sich von der kleinen Garnison eine Decurie zum Schutz erbeten, was ihm angesichts seines früheren Ranges ohne Probleme gewährt wurde. Jetzt saß er zusammen mit Pontillus, eingehüllt in dicke Decken, in einer Carruca, einem schweren, zweiachsigen Reisewagen, den er gemietet hatte, ausgestattet mit Verdeck und bequemen Sitzen. Vier ausgeruhte Pferde sorgten für ein angenehmes Reisetempo.

Der gallische Mietkutscher, ein stämmiger Kerl mit langen, braunen Haaren und einem vernarbten Gesicht, trieb die Pferde mit kehligen Lauten an.

Der Wagen sah durchaus repräsentativ aus, war er doch an Front und Seiten mit Bronze- und Silberapplikationen geschmückt und durfte somit für einen ehemaligen Präfekten als standesgemäß bezeichnet werden. Vor und hinter dem Wagen ritten je fünf gut bewaffnete Legionäre unter dem Kommando eines Decurios.

Wälder zogen an ihnen vorbei, sie überquerten kleine Flüsse

und fuhren auf gut ausgebauten Wegen an breiten, abgeernteten Feldern vorbei. Die Römer hatten hier wie überall in den Provinzen für ein gut ausgebautes Straßennetz gesorgt, was das Reisen erheblich erleichterte. Das waren nicht mehr die schlammigen, holprigen Wege, die einst die gallischen Dörfer und Gehöfte verbanden, von herabgestürzten Bäumen versperrt und durch kleine Flüsse unterbrochen. Nein, hier reiste man fast so bequem wie im italischen Kernland. Zwischendurch durchquerten sie kleine gallische Siedlungen, die Bewohner schauten ihnen neugierig nach.
Zwar war es schon fast hundert Jahre her, dass der große Feldherr Gnaeus Pompeius die Reste der Armee des aufständischen Quintus Sertorius nach dessen Niederlage hier angesiedelt hatte, aber die Römer wurden von manchen immer noch als Besatzer angesehen, auch wenn die Einheimischen ihren Frieden mit ihnen gemacht hatten. Aber die Legionäre sorgten mit wachen Blicken dafür, dass etwaige Strauchdiebe und Wegelagerer Abstand hielten.

Nach gut vier Stunden war das Ziel am frühen Nachmittag erreicht und Lugdunum lag vor ihnen. Die Römer hatten diese Stadt zum Verwaltungssitz Galliens gemacht, weshalb sie in Rang und Bedeutung deutlich höher stand als das Vienna des Pilatus. Hier residierte der römische Statthalter für ganz Gallien. Er hatte vor einigen Jahren einen mächtigen Marmortempel, der Kaiser Augustus geweiht war, errichten lassen, und dieser wurde von Vertretern der sechzig gallischen Stämme als jährlicher Versammlungsort genutzt, was dem Ort zusätzliche Bedeutung verlieh.
„Wie kommt es eigentlich, dass ein ehemaliger Fürst aus Galiläa nach Gallien verbannt wird?“, wollte Pontillus wissen. Er lehnte sich dabei aus dem Fenster und studierte interessiert das Stadtbild.
„Keine Ahnung“, murmelte Pilatus, „aber wir werden es herausfinden. Kennst du übrigens den Namen des derzeitigen Statthalters?“

Pontillus kratzte sich am Kopf. „Hm ... Caecilius ...oder Caelius ... äh Secundus, so sollte er wohl heißen. Aber ich kenne ihn nicht."
Pilatus nickte und schwieg. Nie gehört! Wäre er noch im Amt gewesen, hätte er ihn sicher gekannt, aber so ... Aber die Stadt interessierte ihn und er schaute aufmerksam aus dem Fenster. Man konnte die Bedeutung der Stadt an ihrem Erscheinungsbild ablesen. Die Straßen waren breiter, Tempel und öffentliche Gebäude höher und prächtiger, selbst die Menschen, die durch die Kolonnaden schlenderten, schienen besser gekleidet zu sein. Römische Legionäre patrouillierten durch die Straßen, das war – viel mehr als Vienna – ein kleines Rom. Pilatus wies den Kutscher an, zur römischen Präfektur zu fahren, einem großen Ziegelbau mit einer lebensgroßen Statue des Tiberius vor dem Tor. Offenbar hatte sich der Caesarenwechsel hierhin noch nicht herumgesprochen oder die Bildhauer waren mit ihrer Arbeit noch nicht fertig. Vor dem Tor standen einige Legionäre mit einem hünenhaften Centurio, der die ankommende Kutsche und ihr Begleitkommando neugierig beobachtete. Eine prachtvolle Kutsche mit Begleitschutz, so etwas sah man hier nicht allzu häufig.
„Wie ist dein Name?" wollte Pilatus wissen und beugte sich aus dem Fenster.
„Mein Name? Ich bin ... äh Quintus Tarisius, Centurio der VII. Kohorte", gab der Gefragte überrascht zurück.
„Ist der Präfekt anwesend?", fragte Pilatus.
„Wer will das wissen?" Der Hüne hatte sich von seiner Überraschung erholt und seine Frage hatte jetzt einen leicht hochnäsigen Ton, seine Hand ruhte auf dem Schwertgriff.
„Pontius Pilatus, ehemaliger Präfekt der Provinz Judäa."
Nun war dem guten Centurio der Name dieser Provinz völlig unbekannt, gleichwohl machte der Titel *Präfekt* Eindruck, auch wenn es ein *Ehemaliger* war. Er nahm Haltung an.
„Verzeih Herr, dass ich dich nicht erkannt habe."

„Der edle Präfekt Caecilius Secundus befindet sich auf einer Inspektionsreise durch unsere Militärlager. Wir erwarten ihn erst in einigen Tagen zurück."
Pilatus nickte. „Schade, gleichwohl, ich habe einen Besuch bei Herodes Antipas zu machen. Du kennst ihn?"
„Bei den Göttern, das will ich meinen, Herr."
„So magst du mir einen deiner Männer mitgeben, damit er uns den Weg weise."
„Sicher, Herr, zu Befehl!" Er schlug die Faust auf die Brust und gab einem seiner Männer eine kurze Anweisung, worauf sich dieser neben den Kutscher auf den Kutschbock setzte.
„Die Götter seien mit dir, Präfekt."
Pilatus dankte mit einem kurzen Kopfnicken und schickte die Begleittruppe mit einem Wort des Danks zurück nach Vienna. Den kleinen Beutel mit Münzen nahm der Decurio hocherfreut an.
Der ortskundige Legionär wies dem Kutscher den Weg. Nach einer Fahrt von etwa zehn Minuten bog der Kutscher von der Hauptstraße ab und in eine schmale Allee ein, die auf beiden Seiten von kahlen Robinien gesäumt war. Hier standen villenähnliche Gebäude, die von Bäumen und ausladenden Sträuchern vor neugierigen Blicken verborgen waren. Am Ende der Allee stand hinter einer breiten Einfahrt, die mit großen Buchsbäumen gesäumt war, ein zweistöckiges Haus aus Ziegeln und Holz. Die große Pforte aus massivem Eichenholz war mit Marmor umkleidet.
„Siehe, Herr, das Haus des Herodes Antipas!" Die Hand des Legionärs wies auf den Bau.
Pilatus musterte das Gebäude aufmerksam. Das sah nicht nach der Behausung eines armen Verbannten aus, nein, hier wohnten Pracht und Reichtum. Pilatus nahm sich vor, seinen Gastgeber diskret nach den Gründen zu fragen.
Er dankte dem Legionär und entließ ihn mit einem hochmütigen Kopfnicken. Der Mann schlich sich enttäuscht davon. Ein kleiner Obolus als Dank wäre schon angemessen gewesen, dachte er und schickte dem unbekannten Präfekten ei-

nige stille Flüche hinterher. Die Kutsche fuhr in die breite, gepflegte Einfahrt und Pilatus und Pontillus stiegen aus.

Vor dem Haus erwartete sie ein Sklave, offenbar der Majordomus, der schon auf die Gäste gewartet hatte.
„Ich grüße die edlen Herren. Mein Name ist Maxillus und ich habe die Ehre, der Verwalter des Hauses zu sein. Mein Herr, Herodes Antipas, erwartet euch mit Ungeduld. Darf ich euch zunächst ins Balnearium führen, damit ihr euch erfrischen könnt?"
Gerne nahmen die beiden Männer das Angebot an, auch wenn die Reise durchaus nicht anstrengend gewesen war und auf Körper und Kleidung kaum Spuren hinterlassen hatte.
Im Bad wurden sie von zwei weiteren Sklaven umsorgt, wuschen sich Gesicht, Hände und Füße, die danach noch mit wohlriechenden Essenzen eingerieben wurden. Frische Togen lagen bereit und sie vertauschten sie gerne mit ihrer schlichten Reisekleidung.
Dann führte sie ein anderer Sklave in das geräumige Atrium, wo der Hausherr sie schon erwartete.
„Pilatus, wie freue ich mich, dich zu sehen. Und auch du, Pontillus, willkommen in meinem bescheidenen Haus."
Herodes Antipas kam mit ausgestreckten Armen auf seine Gäste zu und bot ihnen, wie es altrömische Sitte war, den Arm zur Begrüßung. Die Männer drückten sich herzlich.

Aber bei den Göttern, Herodes hat sich verändert, dachte Pilatus, während er seinen Gastgeber kurz musterte. Er hatte deutlich an Gewicht zugelegt, sein ehemals hageres Gesicht hatte feiste Hängebacken, der Bart, den er früher getragen hatte, war abrasiert und unter der blauen Toga wölbte sich deutlich ein Bauch. Herodes schien den kritischen Blick nicht zu bemerken und führte seine Gäste ins Triclinium. Er wies auf die beiden Liegen zur Linken und Rechten der mittlere Kline.

„Ich hoffe, Ihr hattet eine angenehmen Reise", sagte er, während zwei Sklavinnen ziselierte Silberpokale mit vermischtem rotem Wein füllten.
„Ja, es gab keine Probleme. Die Straßen sind sicher und gut ausgebaut."
Herodes strahlte. „Wie schön. Lasst uns auf unser Wiedersehen trinken."
Die Männer hoben die Weinpokale und nahmen einen ersten Schluck.
„Das ist kein einheimischer Wein, lieber Freund, oder irre ich mich?", rief Pilatus sichtlich erfreut.
„Keineswegs, mein Freund, ich habe noch einen kleinen Vorrat an Caecuber, und der ist für edle Gäste wie euch gerade gut genug. Aber der Vorrat ist bald erschöpft und dann werde ich auf die Lieferung aus Rom warten müssen." Er machte ein zerknirschtes Gesicht, aber dann hellte sich seine Miene sofort wieder auf.
„Wir wollen noch ein wenig plaudern, bevor das Essen aufgetragen wird. Ist es nicht eine köstliche Arabeske der Geschichte, dass wir zwei, die einst in Judäa und Galiläa mächtige Männer waren, uns jetzt im fernen Gallien als Verbannte wiederfinden, keine Tagesreise voneinander entfernt?" Dabei zog ein breites Grinsen über sein feistes Gesicht.
„Ja, es ist merkwürdig, wie die Götter manchmal unsere Schicksale gestalten und miteinander verweben. Humor scheint ihnen nicht fremd zu sein."
„Die Götter? Äh … ja, natürlich."
Pilatus schaute sich fragend um.
„Und dein Weib, die edle Herodias? Sie ist dir doch hierher gefolgt? Habe ich die Freude, sie ebenfalls zu sehen?"
Herodes schüttelte betrübt den Kopf. „Verzeih, mein Freund. Du wirst auf ihre liebreizende Anwesenheit verzichten müssen. Sie ist in Matisco."
„Matisco?"
„Kleiner Ort, nicht weit von hier. Sie besucht dort eine Freundin."

„Aber …"
Herodes grinste. „Um die Wahrheit zu sagen, ich … ich habe sie dorthin geschickt. Männer müssen auch einmal ohne die Geschwätzigkeit der Frauen tafeln können. Deine edle Claudia fehlt ja auch in unserer Runde, nicht wahr?"
Pilatus lächelte leicht gequält.
„Ja, so ist es leider. Sie ist in … Rom und verwaltet dort meine Interessen. Sag, wann haben wir uns das letzte Mal gesehen?"
Herodes leerte sein Glas und schmatzte genussvoll. Er stützte sein Haupt in die Hände und dachte nach. „Das muss vor etwa drei Jahren gewesen sein. Ich hörte damals von deinen Problemen mit den Samaritanern und dachte mir gleich, dass dies nicht gut für dich ausgehen könnte. Es ist ein unsägliches Volk!"
„Die Geschichte am heiligen Beg von Garizim." Pilatus' Miene umwölkte sich bei der Erinnerung an diese Geschehnisse, die sein Leben so sehr verändert hatten.
„Diese samaritanischen Narren haben mich provoziert und bei Jupiter, sie haben ihr Ziel erreicht. Stante Pede sind sie zu Vitellius, dem Legaten von Syrien marschiert und haben sich lautstark beschwert. Und nicht allein die kleine Auseinandersetzung am Garizim haben sie vorgetragen, nein", Pilatus' Stimme überschlug sich vor Empörung, „sie haben mir Bestechung, Raub, Gewalt, Grausamkeit und andere Dinge vorgeworfen, Dinge, die sämtlich der Wahrheit entbehrten. Diese Heuchler in ihren feinen Gewändern!"

Herodes legte seine Hand begütigend auf den Arm seines empörten Gastes.
„Wie wahr sprichst du, alter Freund. Aber sollte nicht ein Wort des trefflichen Ovid, den du so sehr schätzt, dir Trost spenden?"
„Ovid? Was meinst du?"

„*Conscia mens recti famae mendacia risit,* – Wer sich des Rechten bewusst ist, lacht über schlechtes Gerede,
sed nos in vitium credula turba sumus. – wir aber sind eine leichtgläubige Schar und glauben den Vorwurf"
Pilatus lachte bitter auf. „Die *Fasti,* natürlich. Aber was hilft mir das stolze Wort? Rom war damals wie heute voller leichtgläubiger Narren, nicht wahr?"
Herodes nickte nur, dann klatschte er in die Hände. Die beiden Sklavinnen schienen nur darauf gewartet zu haben. Kurz darauf wurde das Essen hereingebracht. Die Teller wurden mit Eiern, Oliven, verschiedenen Muschelsorten und Feigendrosseln gefüllt. Die Männer griffen tüchtig zu. Und dann erwartete sie eine Überraschung …

IV

Plötzlich kam eine neue Sklavin herein. Pilatus hatte sie nicht kommen sehen und es war ihm, als wäre sie aus dem Nichts aufgetaucht, wie Venus aus dem Schaume.

Eine ausgesprochene Schönheit, hoch gewachsen, mit langem schwarzem Haar und einer sehr weiblichen Figur, schweren Brüsten und einem schlanken Leib. Sie trug in ihrer Hand eine Cithara und begann sofort, mit ihrer silberhellen Stimme ein schwermütiges Lied vorzutragen, dessen Text die Männer nicht verstanden.

„Welche Sprache ist das?", wollte Pontillus wissen.

„Das ist meine Anaitis. Sie kommt aus Cappadocien und spricht unsere Sprache noch nicht. Wir können uns nur per Handzeichen verständigen. Aber sie weiß immer, was ich von ihr will!" Herodes lachte und machte eine vielsagende Geste.

„Du lebst hier nicht schlecht", meinte Pilatus, während die Sklavinnen die Reste des ersten Gangs abtrugen. „Vermisst du Galiläa nicht?"

Herodes schüttelte energisch den Kopf. „Was soll ich vermissen? Die ewige Hitze? Den Staub, die Trockenheit? Die heißen Nächte, die den Schlaf erschweren? Die Wüstenstürme, die dir den Staub in die Kehle pressen? Oder die verrückten Galiläer, die Pharisäer, die Sadduzäer, die Essener, die Heiden, die Samariter? Nicht zu vergessen die fanatischen Zeloten! Sie beten zum gleichen Gott und legen ihre Religion doch völlig verschieden aus. Die einen essen Schweinefleisch und werden dafür von den anderen gehasst. Für die einen ist der Tempel das höchste Heiligtum, die anderen würden am liebsten ihre Schafe hineintreiben. Einige sehen die Römer als Verbündete, bemühen sich gar, ihre Lebensweise anzunehmen, andere würden am liebsten jeden Römer erwürgen. Ha, was für ein Chaos!"

Pilatus lächelte. Diese Probleme waren ihm nur allzu vertraut.
Aber Herodes hatte sich in Rage geredet und fuhr mit erhobener Stimme fort: „Alle verachten sich gegenseitig und würden sich am liebsten an die Gurgel gehen. Dazwischen Einwanderer aus Pontus, aus Cappadocien, aus Syrien, das Ganze unter römischer Kuratel. Sag mir, wie man da als vernünftiger Nichtjude leben soll oder sie gar regieren soll."

Inzwischen war der Hauptgang aufgetragen worden. Lendenstücke vom Reh und Wildschwein, Feigendrosseln mit Eiern, umlegt mit Lauch, Salat und dunkel gebackenem Brot. Es schmeckte köstlich, und die Gäste griffen beherzt zu und auch der dunkle, rote Wein wurde ständig nachgeschenkt. Die schöne Sängerin hatte inzwischen ihren Platz verlassen und einem dunkelhäutigen Akrobaten Platz gemacht, der bunte Bälle und Stöcke in die Luft warf, sie kunstfertig wieder auffing hinter dem Rücken, zwischen den Beinen, schneller, als man sehen konnte. Dann legte er die Bälle weg und begann, Gegenstände, die er in der Hand hatte, verschwinden zu lassen, um sie im nächsten Moment wieder hinter seinem Rücken hervorzuzaubern. Das geschah mit einer solchen Geschwindigkeit, dass die Gäste mit offenem Mund zuschauten. Der Mann wurde mit gebührendem Applaus entlassen.

Herodes nickte erfreut und zeigte auf den dunkelhäutigen Künstler. „Atban, ein Sklave, stammt eigentlich aus Numidien, aber ich habe ihn aus Rom kommen lassen. Ein weiter Weg, aber es hat sich gelohnt. Ein wahrer Künstler, ein Hexenmeister, nicht wahr? Passt auf eure Geldbörsen auf, die könnte er blitzartig verschwinden lassen."
Die Gäste stimmten lachend zu.
Herodes wies auf die volle Tafel, während er sich ein Stück des Wildschweinbratens in den Mund schob. „Du musst verzeihen, edler Freund, sicher bist du Besseres gewohnt, aber ich muss mich hier überwiegend mit heimischer Kost begnügen."

Pilatus winkte ab. „An meiner Tafel sieht es nicht anders aus, aber man gewöhnt sich daran.
Im Übrigen scheint es dir, wenn ich das so sagen darf, nicht schlecht zu gehen."
Herodes lachte laut auf. „Verbannung heißt nicht, dass man zum armen Mann wird. Ich konnte einen äh … gewissen Teil meines Vermögens mitnehmen. Ich nehme an, dass es dir ähnlich erging."
Pilatus nickte nur, er hatte nicht vor, hier seine Vermögenslage zu erörtern.
„Aber sag, was hat eigentlich zu deiner Verbannung geführt. Die Umstände sind mir nicht bekannt. Bist du auch ein Opfer Caligulas?"
Pilatus nickte schweigend.
„So sitzen hier zwei Opfer desselben Wahnsinnigen bei Tisch! Die *Ziege* hat doppelt zugeschlagen."
„Pscht", sagte Pilatus. „Bei Jupiter, bist du wahnsinnig? So solltest du nicht sprechen! Man könnte uns für Teilnehmer an einer Verschwörung halten und das kostet schnell den Kopf! Und wenn man in Gegenwart des Kaisers das Wort *Ziege* nur ausspricht, begeht man ein Kapitalverbrechen und der Henker bekommt Arbeit."
„Gefährlich? Henker? Ziege? Sieht er denn nicht so aus?"
Herodes wollte sich ausschütten vor Lachen, während Pilatus und Pontillus sich ängstlich umschauten. Bei den Göttern, der Mann schwatzte sich um sein Leben!
„Wer sollte uns hier hören? In meinem Haus? Seit wann lähmt die Angst deine Zunge?"
Pilatus hob den Finger, wie ein Magister vor seiner Schülerschar. „Ich bin nur einfach … vorsichtig. Aber nun sprich, was brachte dich hierher?"
Herodes atmete tief aus und griff zu seinem Weinpokal, den er in einem Zug leerte. Ohne dass es eines Winks bedurfte, wurde er sofort wieder gefüllt.
„Nun denn, mein Freund! Erlaube, dass ich die Dinge in einem gewissen äh … Zusammenhang darstelle."

Pilatus nickte. „Recht gerne, mein Freund."
„So wisse, dass ich der zweite Sohn jenes Mannes war, den man zu Recht ‚Herodes den Großen' nannte."
Pilatus nickte. „Das war mir bekannt."
„Ich wurde zusammen mit meinem älteren Bruder Archelaos und meinem Halbbruder Philippus in Rom erzogen, wie es damals Sitte war, kenne also euer Rom recht gut.
Und als mein Vater starb, ging die Thronfolge zunächst natürlich an Archelaos als den Älteren. Aber mein Bruder erwies sich als unwürdig, weshalb ihn euer großer Kaiser Augustus nach Vienna verbannte, just den Ort, an dem du jetzt auch lebst. Ist das nicht auch ein Witz? Wäre er nicht vor etwa zwanzig Jahren gestorben, könntet ihr jetzt zusammen Schach spielen!"
Er lachte laut auf und schlug sich auf seine Schenkel. Bei seiner Schilderung ließ er die Tatsache, dass er an der Abberufung seines Bruders durch einige Verleumdungen kräftig mitgeholfen hatte, unerwähnt.
„So bestimmte Augustus mich also zum Herrscher über Galiläa und Peräa. Und ich machte meine Sache gut. Ich machte Sepphoris in Galiläa zu meiner Hauptstadt. Außerdem gründete ich zu Ehren von Tiberius, der inzwischen auf Augustus gefolgt war, die Stadt Tiberias am See Genezareth und machte sie zur neuen Hauptstadt."
Pilatus hatte konzentriert zugehört. Er brach ein Stück des köstlichen Brotes ab und tunkte es in den Wein, als plötzlich Pontillus das Wort ergriff. Er hatte bisher schweigend zugehört und den Speisen kräftig zugesprochen, nun aber brach die Neugier aus ihm heraus: „Verzeih, edler Herodes, aber das alles spricht doch eher für eine lange Regierung als für eine Verbannung. Da muss doch irgendetwas passiert sein, dass …"
Herodes unterbrach ihn mit einer unwirschen Geste. „Passiert? Wenn man meint, dass man alle Dinge gut geregelt hat, dann passiert immer irgendetwas, nicht wahr, Pilatus?"
Der nickte düster, das kannte er. „Die Götter neiden uns das

Glück. Wenn es zu gut geht, schicken sie die Furien und das Unglück nimmt seinen Lauf!"
„Die Furien? Nun, in meinem Fall waren es weniger die neidischen Rachegöttinnen, sondern mein eigener äh ... Fehler?"
Pilatus und Pontillus blickten ihn fragend an. Herodes deutete grinsend auf seinen Schoß.
„Die Liebe! Die Lust! Ich verliebte mich in meine Schwägerin und Nichte Herodias, die Frau meines Halbbruder Boethos. Ein schönes Weib, schön und sinnlich wie die Sünde. Und mir bis heute treu ergeben."
Er schnalzte mit der Zunge und ein breites Grinsen zog über seine feisten Wangen.
„Du kanntest sie doch, oder?"
„Natürlich, ich erinnere mich gut an das Gastmahl bei dir, das ich zusammen mit Claudia Procula besuchte."
Herodes nickte. „Und so kam es, wie es kommen musste. Herodias verließ ihren Mann aus Liebe zu mir, und da ich keine zwei Frauen haben konnte, verstieß ich wiederum meine erste Frau. Ein Fehler! Die war nämlich die Tochter von Aretas IV., dem stolzen König von Nabatäa. Der regte sich furchtbar auf und verfluchte mich. Und unsere frommen Juden nannten das einen doppelten Ehebruch, und das erregte in ihren asketischen Köpfen Anstoß. Mein gekränkter ehemaliger Schwiegervater Aretas schwor Rache, zog gegen mich in einen Grenzkrieg und brachte mir eine schwere Niederlage bei. Dann kam noch dieser komische Wanderprediger daher, stellte sich vor meinen Palast und glaubte, mich öffentlich des Ehebruchs zeihen zu müssen."
„Johannes, den sie den Täufer nannten, nicht wahr?"
„Ja, den. Ein merkwürdiger Typ. Ein Mann in einer härenen Kutte aus Kamelfell, bärtig und langhaarig, schmutzig und unzivilisiert. Lebte von Heuschrecken und wildem Honig und hatte kein größeres Interesse, als mich bei meinem Volk zu verleumden. Er tauchte die Menschen in das Wasser des Jordan und nannte das ‚Taufe'. Ein Ritual, das Körper und Seeler reinigen und für die Ankunft des ‚Erlösers' vorbereiten

sollte." Er spuckte das Wort mit einem Ausdruck völliger Geringschätzung aus. „Ich ließ ihn später für seine Frechheiten hinrichten."
Pilatus nickte. „Ich erinnere mich, ich war damals dabei, wie du weißt. Und dieser ‚Erlöser', ja, mit dem habe ich auch so meine Erfahrungen gemacht."
Er lachte bitter auf.

Die Sklaven hatten inzwischen die Tische abgeräumt und brachten Nüsse, Obst und zartes Backwerk als letzten Gang.
„Aber wie kam es dann zu dem Spruch gegen dich?", insistierte Pontillus und nahm sich ein paar Trauben.
„Der Spruch? Ach ja, meine Verbannung in die gallische Provinz. Ich ging in meiner Naivität nach Rom, um von eurem neuen Kaiser Gaius die Königswürde zu erhalten."
„Caligula?"
„Ja, so wird er wohl auch genannt." Herdodes' Gesicht verzog sich, als habe er in eine saure Traube gebissen.
„Und wann ...?"
„Im Frühjahr dieses Jahres war das." Herodes machte eine kurze Pause und trank aus seinem Pokal. „Es geht doch nichts über einen guten Caecuber."
„Die Verbannung ...?" Pontillus ließ nicht locker, was ihm einen strafenden Blick von Pilatus einbrachte.
Inzwischen war die Dämmerung hereingebrochen und die Sklaven zündeten Kerzen und Öllampen an. Herodes beobachtete sie schweigend eine Zeit lang, bevor er antwortete:
„Die Verbannung? Ach ja, natürlich. Ich hatte meine Widersacher unterschätzt. Mein Schwager und Neffe Herodes Agrippa I. brachte schwere Anklagen gegen mich vor."
„Welche Anklagen denn?" Aber jetzt hatte Pontillus den Bogen überspannt. Herodes stand auf und fuhr den Fragenden mit blitzenden Augen an: „Ist das hier ein Verhör der kaiserlichen Inquisition? Soll ich denn ...?"
„Beruhige dich, lieber Freund." Pilatus war ebenfalls aufgestanden und legte seinen Arm um die Schulter von Herodes.

„Verzeih es meinem alten Gefährten, wenn er es mit der Neugier allzu weit trieb. Nichts soll doch unser Wiedersehen trüben, oder?"

Und zu Pontillus gewandt sagte er in scharfem Tone: „Pontillus, du gehst zu weit. Was trieb dich nur dazu?"

Pontillus murmelte ein Wort der Entschuldigung und widmete sich mit neuer Beharrlichkeit dem Backwerk.

„Nun aber zu dir, verehrter Pilatus. Was hat dich seinerzeit aus dem sonnigen Judäa ins neblige Gallien getrieben? Was ich bisher hörte, waren Gerüchte. Gerüchte, wie sie die Fischweiber auf dem Markt tratschen. Was ist die Wahrheit?"

Pilatus blickte seinen alten Freund versonnen an.

Aber bevor er antworten konnte, legte Herodes plötzlich die Finger auf die Lippen. Ein raschelndes Geräusch an der Tür hatte seine Aufmerksamkeit erregt. Er sprang auf und stürzte behände, wie man es ihm bei seiner Leibesfülle gar nicht zugetraut hätte, zu dem Vorhang, der das Triclinium vom Vorraum abtrennte. Mit einem Ruck riss er den Vorhang zur Seite und packte die schwarzhaarige Sklavin, die eben die Gäste noch mit ihrem Gesang erfreut hatte, an den langen Haaren. Rasend vor Wut schleifte er sie an den Haaren durch den Raum. Erschrocken schrie die junge Frau auf.

„Was lauschst du hier, elende Hure. Sprich oder du stirbst auf der Stelle!"

Drohend erhob er seine Faust.

Die junge Frau stammelte etwas in ihrer Sprache, worauf Herodes ihr einen Schlag ins Gesicht versetzte, der sie zurücktaumeln ließ. Aus weit aufgerissenen Augen starrte die schöne Sklavin ihren zornigen Herrn an.

„Wenn du nicht unsere Sprache verstehen würdest, müsstest du nicht lauschen. Also sprich, oder …!"

Ein zweiter Schlag in den Bauch, der die Getroffene aufschreien ließ. Damit war ihr Widerstand gebrochen. Sie sank zusammen und stammelte unter Tränen:

„Befehl! Ich bekommen Befehl. Alles hören und berichten!"

„Wer? Wer hat dir diesen Befehl gegeben?"

Ein weiterer Schlag warf die Frau zu Boden. Pilatus und Pontillus beobachteten das Geschehen entsetzt, unfähig, in die Wut ihres Gastgebers einzugreifen.
Die Frau schüttelte sich und erhob ihren Kopf.
„Präfektur! Römisches Präfektur! Wollen alles wissen. Ich gehorchen, sonst verkaufen in Lupanarium!"
„So", schrie Herodes höhnisch, „in ein Bordell wollten sie dich verkaufen. Da gehörst du auch hin, undankbare Dirne. Hattest du hier nicht alles, was du brauchtest? Habe ich dich nicht fast wie eine Tochter behandelt? Nun, ich werde mich später mit dir beschäftigen."
Er rief seinen Majordomus und gab den Auftrag, die Sklavin vorerst einzusperren.
„Kein Wasser, kein Brot! Hungern und dürsten soll das ruchlose Weib."
Maxillus packte sie grob am Arm und zerrte sie weg. Ihr Jammern und ängstliches Schreien hallte noch lange durch den Flur. Dass auch an der anderen Tür jemand gelauscht hatte und sich jetzt schleunigst entfernte, hatte niemand bemerkt.

Herodes ließ sich auf seine Liege fallen und atmete tief durch. Hastig leerte er seinen Weinbecher, der sofort wieder aufgefüllt wurde. Die beiden Sklavinnen, die zur Bedienung in der Nähe standen, hatten das Geschehen mit schreckgeweiteten Augen verfolgt und verrichteten ihren Dienst schweigend und angsterfüllt.
„Raus mit euch, bis ich euch rufe", herrschte er sie an und sie verschwanden blitzartig.
„So weit sind wir schon", rief er schwer atmend seinen beiden Gästen zu, „niemandem kann man mehr trauen! Die römische Präfektur lässt mich im eigenen Haus bespitzeln. Die Präfektur? Meint ihr, Caecilius Secundus steckt dahinter?"
Pilatus schüttelte bedächtig seinen Kopf. „Wohl kaum! Er würde so etwas nicht anordnen, wenn er nicht …" Er vollendete den Satz nicht.
„… den Befehl dazu aus Rom bekäme, nicht wahr?"

Pilatus nickte schweigend.
„Aber warum? Was will Rom in meinem Haus erfahren?"
„In Rom bespitzeln die Sklaven auch ihre Herren. Caligula sieht überall Verschwörungen. Wie man hört, schläft er kaum noch, weil er in ständiger Angst lebt. Und natürlich können Verschwörungen auch ihren Anfang in einer Provinz nehmen, vor allem wenn dort einflussreiche Männer in der Verbannung leben."
„Und noch dazu, wenn sich zwei von ihnen treffen wie wir", ergänzte Herodes leise.
„Darum werde ich mich später kümmern. Aber zurück zu meiner Frage. Wie kam es zu deinem Bannspruch? Keine Gerüchte, keine Märchen! Was ist die Wahrheit?"
Pilatus schwieg für einen Augenblick, dann blickte er seine alten Gefährten durchdringend an.
„Die Wahrheit? Das habe ich jenen Mann auch gefragt, den sie den ‚Erlöser' nannten. Aber eine Antwort habe ich nicht bekommen."
Er machte eine kurze Pause, in der er sich geistesabwesend über die Stirn fuhr.
„Nun, so sollst du wissen, wie es deinem alten Gefährten Pilatus ergangen ist."
Und Pilatus berichtete in kurzen Worten, wie es seiner Meinung nach zu seiner Ablösung gekommen war. Freilich verdrehte er die Tatsachen da und dort ein wenig und ließ kaum Raum für eigenes Verschulden, aber Herodes ahnte dies und Pontillus wusste es, kannte er doch all jene Geschehnisse allzu gut aus eigener Erfahrung.

Nach seinem Bericht versanken die Männer in Schweigen. Irgendwie war die weinselige Stimmung dahin. Der Schock über die unvermutete Bespitzelung hatte die Laune verdorben. Man plauderte noch ein wenig über Nebensächlichkeiten, bis Pilatus sagte: „Ich denke mein Freund, es ist Zeit zum Aufbruch." Er schaute zum Fenster, draußen herrschte inzwischen völlige Dunkelheit.

„Aufbruch?" Herodes sah ihn ungläubig an. „Du wirst doch jetzt nicht in völliger Nacht durch die Wälder reisen wollen?"
„Ich könnte mir von der hiesigen Präfektur eine Wache mitgeben lassen."
„Willst du mich beleidigen? Die Zimmer für meine edlen Gäste stehen bereit."
Pilatus dachte kurz nach und nickte. „Wahrscheinlich hast du recht."
Herodes rief seinen Majordomus, der die Gäste auf ihre Zimmer führte.

Wenig später stand Maxillus vor seinem Herrn.
„Wie kann es sein, dass diese Schlampe ihren eigenen Herrn bespitzelt", wollte er wissen und blickte seinen Majordomus aus blitzenden Augen an.
„Ich weiß es nicht, Herr. Es gab bisher keine Anzeichen dafür. Sie hat sich immer anständig benommen, zu Klagen keinen Anlass gegeben. Freilich", er machte ein nachdenkliches Gesicht, „weiß man nicht, was sie getan hat, wenn sie das Haus verlassen hat."
„Hmm", brummte Herodes, „wir werden sie morgen verhören. Unter der Folter wird sie alles gestehen. Und glaubst du, dass sie die Einzige ist, die hier für die Römer Spitzeldienste verrichtet? Oder gibt es noch mehr neugierige Ohren, die den Verrat ihres Herrn planen?"
Maxillus wiegte seinen Kopf. „Ich weiß es nicht, aber ich werde es herausfinden. Und wenn ich es mir genau überlege, kann ich mir vorstellen, dass es noch einen weiteren Verräter gibt."
Maxillus ahnte zu diesem Zeitpunkt noch nicht, wie recht er mit dieser Vermutung hatte!

V

Lugdunum (Südfrankreich)
Römische Präfektur
Anno Domini 39

Noch in der gleichen Nacht huschte eine dunkle, vermummte Gestalt durch die menschenleeren Straßen von Lugdunum. Leise Schritte tasteten sich über das nebelnasse Pflaster, scheue Blicke nach beiden Seiten. Alles ruhig, kaum ein Mensch zu sehen. Jetzt, nach Mitternacht, gab es allenfalls noch ein paar trunkselige Zecher, die von einem Gastmahl nach Hause strebten. Die Gestalt war groß und kräftig, ihr Gesicht durch eine Kapuze völlig verhüllt. Ihre Schritte führten sie zur römischen Präfektur. Zwei kräftige Legionäre standen vor dem Tor Wache und beobachteten die dunkle Gestalt, die da plötzlich aus dem Nebel auftauchte, aufmerksam.

„Halt! Wer da?", rief der größere der beiden Soldaten.

„Ich habe eine wichtige Nachricht für Quintus Tarisius."

„Aber beim Hades, der Centurio schläft!"

„Dann weck ihn!"

„Du musst verrückt sein", sagte der Legionär und griff nach seinem Schwert. Mit so einem Ruhestörer musste man kurzen Prozess machen.

„Nenn ihm die Losung ‚Agora' und er wird mich sehen wollen!"

„Agora?"

Die Gestalt nickte schweigend, etwas Unheimliches ging von ihr aus.

Wie ein Gespenst aus der Unterwelt, dachte der Soldat, aber er war zu einem Entschluss gekommen.

„Warte hier!" Der Legionär tuschelte kurz mit seinem Kameraden, dann öffnete er die Tür und ging hinein. Es dauerte nur etwa fünf Minuten, bis er zurückkam.
„Folge mir. Der Centurio will dich tatsächlich sehen." Die Überraschung war seiner Miene abzulesen. Der Soldat führte den Vermummten schweigend in die Präfektur, eine Treppe hinauf und wies auf eine Tür. „Quintus Tarisius erwartet dich!"

Die Gestalt betrat den Raum und stand vor dem hünenhaften Centurio, der eine einfache weiße Tunika trug und sich den Schlaf aus den Augen rieb.
„Nun? Lass hören! Was ist so wichtig, dass du mich mitten in der Nacht aufsuchst?"
„Ich muss dir melden, dass mein Herr Besuch hat, den Pilatus aus Vienna."
„Das weiß ich schon, du Narr", brummte der Hauptmann. „Dafür weckst du mich?"
„Nein, Herr, ich habe ein wichtiges Gespräch belauscht und die Worte notiert. Dabei ging es um eine ... Verschwörung, eine Verschwörung gegen unseren göttlichen Kaiser! Und ..." die Stimme klang jetzt empört, „und beleidigt haben sie ihn auch!"
Dabei griff er unter seinen Umhang und zog eine Schriftrolle hervor. Mit mürrischer Miene griff der Centurio danach und entrollte sie. Mit verwirrtem Blick schaute er auf den Papyrus.
„Willst du mich zum Narren halten, du Wicht? Was soll das Gekritzel?"
„Es ist kein Gekritzel, würdiger Herr. Es ist eine Kurzschrift. Die Kurzschrift des Tiro. Sonst könnte ich die Worte nicht so schnell aufschreiben."
„Tiro? Wer soll das sein?"
„Das war der Privatsekretär des großen Cicero. Er hat diese Kurzschrift erfunden und ich habe sie in Rom gelernt. So bleibt das Verborgene verborgen und das Geheime geheim."

„Du bist ein Spaßvogel, oder? Was soll ich denn damit, wenn ich es nicht lesen kann? Und was soll man in Rom damit?"
„Ich denke, dass man am Hof des Caesars die Schrift lesen kann. Ich kann aber auch noch eine Übersetzung anfertigen."
„Tu das, und wenn du das getan hast, kannst du ihn direkt für Rom in den üblichen Geheimcode transferieren. Und jetzt gönn mir meine Ruh. War's das?"
„Nein, Herr, es ist noch etwas geschehen."
„Was denn noch beim Hades?"
„Anaitis ist aufgefallen. Der Herr hat sie beim Lauschen ertappt. Ich fürchte, er wird sie foltern. Und dann wird sie alles preisgeben, auch meinen Namen. Ich bin in großer Gefahr. Was soll ich tun?"
„In großer Gefahr. Was schwatzt du da für einen Unsinn? Du stehst unter meinem persönlichen Schutz ... ach was, du stehst unter dem Schutz des Römischen Reiches!"
„Was nutzt mir das, wenn mein Herr mich foltert, mich gar tötet. Ich bin nur ein Sklave und da kann ein Herr ..."
„Schweig, du Narr!"
Der Centurio fixierte sein Gegenüber mit einem scharfen Blick. Er stand auf und ging mit festem Schritt durch den Raum. Er musste kurz nachdenken.
„Wir müssen die Gefahr eben beseitigen. Wenn die Schlampe spricht, bist nicht nur du in Gefahr. Unser ganzes Vorhaben könnte scheitern. Und den Zorn des Kaisers möchte ich nicht erleben."
Er kratzte sich kurz am Kopf, dann stieß er hervor: „Du wirst sie beseitigen! Töte sie!"
„Töten? Aber wie? Sie ist eingesperrt und morgen wird der Herr sie verhören!"
„Dann tötest du sie eben jetzt! Sofort! Geh nach Hause und tue, was ich dir befohlen habe!"
„Aber ..."
„Keine Widerrede! Tu es!" Der Centurio drehte sich um und holte aus einem Schrank einen silbernen Dolch, der aufwendig mit Ornamenten geschmückt war.

„Nimm das als Geschenk und tu es hiermit!"
Mit einem Wink entließ er die Gestalt. Die Treppe hinunter und ohne einen Gruß für die Wachen vor der Tür. Jetzt war Eile angebracht. Und in der Eile bemerkte er nicht die hagere, schwarze Gestalt, die hinter der Tür gestanden und alles belauscht hatte. Sie würde ihm auch weiter folgen, wie ein Schatten.

Der Nebel hatte noch zugenommen, hatte sich zu einer undurchdringlichen Wand verfestigt. *Gut so,* dachte der Unbekannte, *die Götter sind mit mir!*
Er schaute sich um, aber niemand schien ihm zu folgen. Mit schnellen Schritten strebte er zum Haus des Herodes und kletterte über die Mauer des Gartens. Als er heruntersprang, rutschte er auf dem feuchten Rasen aus. Mühsam unterdrückte er den Schmerzensschrei; sein Knöchel tat höllisch weh. Sein Mantel war vom Matsch beschmutzt und er wischte ihn nachlässig ab.
Er humpelte weiter und schlich sich in den Keller. Vorsichtig schaute er sich um. Er war allein. Die Tür war nicht verschlossen. Im vorderen Eingang schlief der *Ostiarius*, der Pförtner, und der durfte ihn auf keinen Fall sehen. Anaitis war hier im Keller untergebracht, in einem verschlossenen Raum. Das wusste er. Eine Wache gab es nicht. Wer sollte auch die Gefangene befreien und warum? Der Schlüssel zur Zelle steckte und die Gestalt drehte ihn sanft im Schloss. Zugleich nahm sie die Kapuze vom Kopf. Mit einem leichten Knarren öffnete sich die Tür. Anaitis hatte auf einem Strohsack gelegen. Sie erwachte sofort und blickte den Eindringling aus großen Augen an.
„Du? Bist du gekommen, um mich zu retten?" Hoffnung zeigte sich auf ihren schönen Zügen. Die Gestalt legte ihre Finger auf die Lippen.
„Pscht! Ganz leise. Niemand darf uns hören: Maxillus schleicht durchs Haus!"
„Aber wie …?"

„Lass mich nur machen.“ Die Gestalt deutete auf den Mantel, der am Boden lag.
„Zieh dich an! Keine Sorge, wir werden fliehen.“
Anaitis nickte dankbar. Unverhofft war die Rettung gekommen. Jetzt konnte doch noch alles gut werden. Sie atmete tief aus und bückte sich nach dem Mantel. Im gleichen Augenblick packte die Gestalt sie von hinten, setzte den Dolch an und schnitt ihr die Kehle mit raschem Schnitt durch. Mit einem röchelnden Laut sank die Frau zusammen, sofort sprudelte Blut in hohem Bogen aus ihrem Hals. Die Gestalt ließ ihr Opfer fallen und sprang zur Seite. Blutspuren an ihrer Kleidung konnte sie nun wirklich nicht gebrauchen.
Einen Augenblick beobachtete sie noch, wie das Leben aus der schönen Anaitis floss. Bedauern zeichnete sich in den Zügen des Mörders ab. *Schade um die schöne Frau, aber besser sie als ich*!
Dann verließ die Gestalt den Raum, schloss wieder ab und begab sich auf leisen Sohlen in ihr Quartier, um alles zu packen, was für eine schnelle Reise nötig wäre. Minuten später entfernte sich die dunkle Gestalt von dem Haus, in dem sie so lange gelebt hatte, um nie mehr zurückzukehren. Und wieder folgte ihr eine schwarze Schattengestalt.

Als am nächsten Morgen ein Sklave Anaitis zum Verhör holen wollte, gellte ein Schrei des Entsetzens durch das Haus. Maxillus eilte herbei und sah entsetzt die blutüberströmte Leiche der Sklavin. Eine kurze Untersuchung, aber kein Zweifel, die schöne Sängerin war tot! Nie mehr würde sie singen. Aber auch nicht mehr sprechen, was noch schlimmer war!
Er stürzte in den Raum, in dem Herodes gerade ein karges Frühstück einnahm.
„Sie ist tot!“
„Wer ist tot?
„Anaitis! Jemand hat sie in der Nacht umgebracht“, stammelte er.

„Umgebracht? Wie?"
„Die Kehle! Man hat ihr die Kehle durchgeschnitten."
Wütend fegte Herodes das Obst vom Tisch und schrie: „Die Kehle? Durchgeschnitten?
Wie konnte das passieren? Welcher Barbar erlaubt sich, in meinem Haus zu wüten?"
Maxillus schüttelte den Kopf. „Es … es muss jemand aus dem Haus gewesen sein!"
Herodes nickte, er hatte sich wieder gefasst. „Wie du es schon geahnt hast. Wir haben einen weiteren Verräter in unserem Haus. Finde ihn! Er soll seinen Verrat mit dem Tode büßen!"
„Ja, Herr, ich werde ihn finden!"

Von all dem hatten die Gäste nichts mitbekommen. Sie waren in aller Frühe aufgestanden, hatten ein kleines Frühstück zu sich genommen und sich herzlich verabschiedet. Herodes hatte einen Boten zur nahen Garnison geschickt und um eine Decurie für seine Gäste gebeten, was ohne Problem genehmigt worden war.
„Ich habe einen Schrei in der Nacht gehört", meinte Pontillus, während er zwei Oliven in den Mund schob.
„Einen Schrei? Du wirst es geträumt haben", meinte Herodes. „Ich wünsche euch eine gute Heimkehr, und beim nächsten Mal wird Herodias sicher auch eure Gesellschaft genießen."
Pilatus dankte und umarmte Herodes herzlich.
„Bis zum nächsten Mal, alter Gefährte!"
„Bis zum nächsten Mal, lieber Freund."
Aber hier irrten beide.
Ein nächstes Mal würde es nicht geben.

VI

Rom,
Palatin, kaiserlicher Palast
Zwei Wochen später

Der mächtigste Mann der Welt, Gaius Caesar Augustus Germanicus, genannt *Caligula,* war ausgesprochen schlechter Laune. Er hatte schlecht geschlafen, noch schlechter geträumt und war jetzt bemüht, seine schlechte Laune an all jene Unglücklichen weiterzugeben, die das Pech hatten, in seiner Nähe zu sein.

Im Traum war ihm Tiberius erschienen, sein Vorgänger, und hatte schweigend auf das Kissen gedeutet, mit dem er erstickt worden war. Schweißgebadet war Caligula aufgewacht, aufgewacht von seinem eigenen Schrei. Die herbeigeeilte Leibwache hatte er mit übelsten Schimpfworten hinausgeschickt, aber an Schlafen war nicht mehr zu denken.

Und so sehnte er mal wieder das Grauen des Morgens herbei, um das Grauen der Nacht loszuwerden.

Er schleppte sich mühsam ins Balnearium und erschrak fast, als er sein Bild im Spiegel sah. Hochgewachsen, mit bleichem Teint, Hals und Bauch dick, die Beine dagegen dünn und behaart wie ein Spinnentier. Seine Augen und Schläfen waren eingefallen, die Stirn breit und finster. Der Schädel war fast kahl, der übrige Körper aber stark behaart wie bei einem Bär aus den Wäldern Germaniens. Caligula schauderte vor sich selbst. Er war hässlich, sehr hässlich. Und er wusste das. Aber, und ein Lächeln spielte um seine dünnen Lippen, er konnte jede Frau in Rom haben. Jede! Und davon machte er reichlich Gebrauch. Bis seine Lenden ermüdeten. Und das konnte dauern, denn diese Kraft gehörte zu seinen weni-

gen Vorzügen. Jede Frau! Warum? Er war der *Kaiser*! Nachfahre von Caesar und Augustus, einer der Letzten aus dem julisch-claudischen Geschlecht, ein Geschlecht, das sich bis Aeneas, dem Stammvater Roms, und bis zur Göttin Venus zurückverfolgen ließ. Wer aus einem solchen Geschlecht stammte, der war kein Mensch. Er war selbst ein Gott!
Die Sklavinnen kamen, wuschen ihn mit duftenden Essenzen, versuchten, das geringe Haar in eine gewisse Form zu bringen und kleideten ihn an. Ja, er war ein Gott! Und ein Gott konnte befehlen, was er wollte. So hatte er sein Lieblingspferd Incitatus zum Consul gemacht und ihm außer einem Stall aus Marmor nebst elfenbeinerner Krippe, purpurnen Decken und mit Edelsteinen besetzten Halsbändern noch einen eigenen Palast mit Dienerschaft und Hausrat gegeben, um die in seinem Namen eingeladenen Gäste mit ganz besonderer Pracht empfangen zu können. Ja, er war ein Gott. Jupiter ebenbürtig!
Und so fühlte er sich auch, während er sich in seiner bunt gestickten, mit Edelsteinen besetzten Tunika im Spiegel betrachtete. Armbänder schmückten seine dünnen Arme, in der einen Hand trug er den Dreizack des Poseidon.
Seine Laune hatte sich inzwischen etwas gebessert und er summte eine Melodie, während er zurück in den großen Festsaal schlenderte. Aufmerksam eilten Sklaven herbei und fragten nach den Wünschen des Herrschers.
Ein gutes Frühstück, befahl er, und Musik und Tanz. Und sein Schwager Marcus Aemilius Lepidus solle kommen und ihm Gesellschaft leisten. Sein Thron langweile ihn und er brauche Unterhaltung. Und da sei der Ehemann seiner Schwester Drusilla der richtige Partner. Er war nicht nur Schwager, er war auch Freund und Vertrauter. Einer der wenigen!
Die Diener eilten, die Wünsche zu erfüllen, und auch Marcus Lepidus ließ nicht auf sich warten. Wenn der Kaiser rief, tat man gut daran, nicht zu säumen, auch wenn man gerade, wie Lepidus, mit der Gattin im Bett lag und sich der Gunst Amors hingab.

Wenig später hallte der Saal wider vom Klang der Citharen und Flöten und der Tisch bog sich unter den Köstlichkeiten, die die Küche aufbieten konnte. Zwei Senatoren und zwei Ritter nahmen als Gäste an diesem zweifelhaften Vergnügen teil. Sie hatten ihre Frauen aus guten Gründen zu Hause gelassen. Der Kaiser quittierte dies mit unwilligem Brummen und nahm sich vor, seine Gäste nach dem Frühstück einer besonderen Behandlung zu unterziehen.
Und mitten in dieses morgendliche Gelage hallten plötzlich nägelbeschlagene Sandalen durch den Raum, ein Tribun der kaiserlichen Garde platzte herein, ein junger, gut aussehender Offizier mit lockigen schwarzen Haaren.
Caligula sah ihn missbilligend an. Er hasste den Offizier. Er sah so gut aus, wie er selbst gerne aussehen würde. Die Götter waren ungerecht!
Zum Ausgleich pflegte er den Tribun mit gehässigen Schimpfwörtern zu demütigen, die jener scheinbar gleichgültig entgegennahm. Im Innersten aber brodelte es, und eines Tages würde es wie aus einem Vulkan aus ihm hervorbrechen.
„Tribun Cassius Chaerea, was störst du unser Mahl? Bist du von Sinnen?"
Der Tribun hielt dem Blick stand und sagte mit fester Stimme:
„Ein Bote, göttlicher Caesar, ein Bote aus Gallien. Er bringt einen Brief. Wichtig, wie er sagt. Er will ..."
„Bring ihn herein, du blöder Narr, oder soll ich dir deinen Kopf abhacken lassen. Was lässt du mich warten? Sofort!"
Der junge Tribun schlug sich an die Brust und drehte sich um. Ein genauer Beobachter hätte die bodenlose Verachtung in seinem Blick gesehen, die er für den Kaiser empfand. Und den Zorn, der leise in ihm loderte. Wer gar einen Blick in die nahe Zukunft hätte werfen können, hätte den Dolch gesehen, den der Tribun zwei Jahre später in den Leib des Kaisers stoßen würde. Aber so weit war es noch nicht ...

Sekunden später stürzte ein Mann im Reisemantel in den

Saal und warf sich vor die Füße des Kaisers. „Eine dringende Nachricht von der Präfektur in Gallien."
„Präfektur? Gallien?" Caligula warf einen unsicheren Blick auf seinen Schwager.
„Caecilius Secundus, Präfekt in Gallien, Amtssitz in Lugdunum, dir, Caesar, treu ergeben!", warf Lepidus mit geschäftsmäßiger Stimme ein. Er war nützlich, nützlich, weil er all diese läppischen, kleinen Details wusste, mit denen sich ein Kaiser herumschlagen musste.
„Ach ja. Und was will er von mir? Weiß er nicht, dass er mich beim Frühstück stört?"
Der Bote zog eine Lederrolle aus seinem Mantel.
„Ein Brief. Nur für den edlen Caesar."
Er übergab die Rolle Caligula, der sie sofort an Lepidus weiterreichte.
Lepidus öffnete die Lederrolle, nahm das Schriftstück heraus und musterte es. Ein Lächeln überflog seine Lippen. Mit einer gezierten Geste reichte er es seinem kaiserlichen Schwager weiter. Der warf einen kurzen Blick darauf und rief dann empört aus:
„Wer wagt es, mich hier zum Narren halten. Was soll mir das sinnlose Geschwafel?"
„Es ist nicht sinnlos", lächelte Lepidus, „es ist codiert, wie es dem Befehl entspricht."
„Codiert? Was bei allen Göttern ...?"
„Eine Geheimschrift! Dein großer Ahnherr hat sie erfunden."
„Geheimschrift? Und Ahnherr? Welcher Ahnherr? Du sprichst in Rätseln, und das gefällt mir nicht!"
„Es handelt sich um die ‚Caesar-Verschlüsselung'. Gaius Iulius Caesar hat diese Art der geheimen Kommunikation für seine militärische Korrespondenz verwendet. Dabei benutzte er eine Verschiebung des Alphabets um drei Buchstaben, sodass die Nachricht von Gegnern nicht gelesen werden konnte. Schau, mein Caesar!"
Er griff nach dem Papyrus und hielt ihn unter die kaiserliche Nase. „Das ist auf den ersten Blick völlig unsinnig:

QJMBUVT VOE IFSPEFT IBCFO TJDI IJFS AV FJOFS HFIFJNFO VOUFSSFEVOH HFUSPGGFO.EBCFJ XVSEF PIOF AXFJGFM UECFS FJOF WFSTDIXOESVOH HFHFO SPN VOE EFO HOEUUMJDIFO DBFTBS HFSFEFU. BVTTFSEFN XVSEF EFS LBJTFS BVG UECFMTUF CFMFJEJ-HU, VOUFS BOEFSFN AJFHF HFOOBOU.EJFT IBCF JDI EVSDI AVWFSMAETTJHF AFVHFO FSGBISFO VOE CU-ESHF GUES EJF XBISIFJU EFS XPSUF. JDI FSXBSUF BOX-FJTVOHFO, XJF JDI XFJUFS WFSGBISFO TPMM.
EJF HOEUUFS NOEHFO VOTFSFO DBFTBS TDIUEUAFO! DBFDJMJVT TFDVOEVT, QSAEGFLU WPO MVHEVOVN, HBMMJFO.

Aber wenn man es zu lesen weiß, gibt es sein Geheimnis preis! Aber nur dem Eingeweihten, der andere bleibt ahnungslos!"
Der Kaiser begann zu verstehen und ein leichtes Lächeln zog über seine Lippen. Der Hofstaat war erleichtert.
„Verstehe! Ganz schön listig. Und was bedeutet das Schriftstück jetzt?"
Lepidus rief einen Diener und flüsterte ihm etwas ins Ohr.
„Dazu müssen wir deinen Kanzleischreiber kommen lassen. Er bringt eine Schablone mit, mit der man das Geheimnis entziffern kann."
„Gut", rief Caligula und steckte ein paar Trauben in den Mund. Der Saft lief aus seinem Mund und hinterließ Flecken auf seiner bunten Tunika. „Wir werden also warten!"
Minuten später stürzte Syphonius, der geheime Kanzleischreiber, in den Raum. Er verbeugte sich tief und wedelte mit einer Schiefertafel.
„Ihr habt mich gerufen, edler Herr. Hier bin ich. Zu Diensten. Habt die Freundlichkeit und gebt mir das Schriftstück."
Lepidus gab ihm das Dokument und Syphonius machte sich an die Arbeit. Er legte die Schablone auf den Papyrus und übertrug den Inhalt in rasender Geschwindigkeit. Er brauchte nur wenige Minuten, bis er den übertragenen Papyrus mit

einer Verbeugung an Lepidus übergab. Der warf einen kurzen Blick darauf, seine Miene verdunkelte sich.
„Keine gute Nachricht, mein Caesar!"
Caligula riss ihm das Papier aus der Hand und überflog es. Mit jedem Wort, das er las, stieg seine Wut:

Pilatus und Herodes haben sich hier zu einer geheimen Unterredung getroffen. Dabei wurde ohne Zweifel über eine Verschwörung gegen Rom und den göttlichen Caesar geredet. Außerdem wurde der Kaiser aufs Übelste beleidigt, unter anderem ZIEGE genannt. Dies habe ich durch zuverlässige Zeugen erfahren und bürge für die Wahrheit der Worte. Ich erwarte Anweisungen, wie ich weiter verfahren soll.
Die Götter mögen unseren edlen Caesar schützen!
Caecilius Secundus,
Praefect von Lugdunum, Gallien

Mit einem Aufschrei warf er den Papyrus weg.
„Bei allen Göttern!" Speichel spritzte aus seinem Mund und seine Gesichtszüge verzogen sich zu einer hässlichen Fratze. „Verschwörung! Wohin ich sehe, verschwören sich die Menschen gegen mich. Was habe ich getan? Habe ich nicht alles für mein Volk getan? Habe ich es nicht mit meiner Gunst überschüttet? Und jetzt? Erst die Senatoren, diese hinterlistigen Speichellecker. Und jetzt verschwört man sich gegen mich gar in den Provinzen! Bei Jupiter, habe ich das verdient? Ich, der Liebling des Volkes! Der Günstling der Götter!"
Theatralisch warf er die Arme in die Luft. Das hatte er in den griechischen Tragödien gesehen und er hielt es für die richtige Geste seiner Verzweiflung. Irgendwie bewunderte er sich selbst für seine schauspielerische Glanzleistung.
„Und Ziege haben sie mich genannt! *Ziege*! Wie ich es hasse, wenn sie mich so nennen!"
Dieser Ausdruck war auf Grund seiner Hässlichkeit ein beliebtes Schimpfwort seiner Gegner. Wer es aber in seiner Ge-

genwart zu sagen wagte, hatte sein Leben verspielt. Wie ein trotziges Kind stampfte Caligula mit dem Fuß auf den Boden. Er holte tief Luft und griff nach dem Weinbecher. Hastig leerte er ihn und warf ihn dann gegen die Wand, wo er krachend zerbrach. Im Saal herrschte erstarrtes Schweigen.
„Pilatus, dieser intrigante Emporkömmling, der unfähig war, eine kleine Provinz zu verwalten. Klagen über Klagen! Grausamkeiten! Hinrichtungen! Und so ein Niemand wagt es, sich gegen mich zu verschwören? Und dann dieser Herodes! Der weibergeile Orientale! Steigt mit der Frau seines Bruders ins Bett. Welch eine Schande. Gotteslästerung!"
Bei der Erwähnung dieser Umstände zuckten einige der Umstehenden zusammen, war es doch ein wohlfeiles Gerücht, und mehr als das, dass der Kaiser schon in seiner Jugend seinen Schwestern nachgestellt hatte und insbesondere mit Drusilla, der Frau seines Freundes, ein inzestuöses Verhältnis hatte.
Und weiter hallte die geifernde Stimme Caesars durch den Saal.
„Habe ich nicht beide Männer mit einer gnadenvollen Verbannung bedacht, obwohl ihnen der Tod der gerechte Lohn gewesen wäre?"
Er schaute einen Augenblick mit rollenden Augen um sich. Dann schrie er: „Hinaus! Hinaus, mit euch allen. Ich will mit meinem lieben Lepidus alleine sein."
Schwer atmend sank er auf einen Diwan und putzte mit einem Tuch die Tränen ab, die sein melodramatischer Ausbruch hervorgebracht hatte. In Windeseile verließen alle den Saal. Jedes Wort hätte jetzt das Leben kosten können.

Lepidus blieb zurück und legte seine Hand auf den Arm des Kaisers.
„Noch ist nichts verloren, mein Caesar."
„Was rätst du mir also, treuer Schwager?"
„Caecilius Secundus ist ein guter Mann. Loyal und treu. Aber er kann uns jetzt nicht mehr helfen."

„Wieso nicht? Er soll seine Legionäre aussenden und das meuchlerische Pack auslöschen!"
Lepidus lächelte sanft.
„Und wenn die Nachricht von diesem Mord nach Rom kommt? Immerhin handelt es sich um geachtete Männer, die auch hier in Rom ihre Freunde haben. Möchtest du als Mörder zweier geachteter Präfekten in die Geschichte eingehen?"
„Geachtete Männer? Pah, Verräter sind sie. Den Tod haben sie verdient!"
„Sicher, verehrter Caesar. Aber nicht so!"
„Wie denn? Rate mir, mein teurer Lepidus. Dein Kaiser und Schwager braucht jetzt deinen Rat!" Er putzte sich die schweißnasse Stirn.
„Du wirst ihnen eine Nachricht schicken. Beiden!"
„Welche Nachricht?"
„Lass ihnen durch einen Brief den Dolch überbringen. Teile ihnen mit, dass ihr Verrat aufgedeckt wurde, ihnen aber die Möglichkeit der ehrenvollen Selbsttötung bleibt. Pilatus ist Stoiker, er wird es verstehen. Der junge Cato gilt als sein Vorbild. Und auch der Galiläer wird nicht zögern. Gib ihnen zu verstehen, dass ihnen, wenn sie diesen Weg nicht wählen, ein Prozess in Rom bevorsteht und der Henker auf sie wartet, ein unrühmliches Ende!"
„Sich selbst umzubringen – ein ehrenvoller Tod, nicht wahr?"
„Ja, mein Caesar. Denk an den Marcus Plautius Silvanus, der unter deinem Vorgänger das Gleiche tat und lieber ehrenvoll aus dem Leben schied als einem ungewissen Prozess entgegenzugehen."
„Wer? Marcus Plautius Silvanus? Der? Ja, so war es wohl."
„Und hat nicht jener Varus, der vorgesetzte Legionskommandeur des Pilatus, auch eben jene Form des Todes in den finsteren Wäldern Germaniens gewählt, als er die Aussichtslosigkeit seiner Lage erkannt hatte?"
„Varus? Wer bei allen Göttern ist das denn? Gut, mein trefflicher Lepidus. So werden wir es machen. Ruf gleich den Syphonius, damit er die Schreiben aufsetzt."

„Nein, Caesar, erlaube, dass ich widerspreche. Ich werde den Brief selbst schreiben. In deinem Namen und in deiner Vollmacht. Das hat viel mehr Gewicht und dir wird man nichts nachsagen können!"
„Ausgezeichnet. Was würde ich wohl ohne meinen Lepidus machen? Und wer ... wer wird die ganze Aktion überwachen? Sie darf nicht misslingen!"
„Wir haben noch den Schwarzen vor Ort! Ein zuverlässiger Mann!"
„Wen? Ach, den! Ausgezeichnet, ausgezeichnet!"
Er schlug seinem Schwager freundschaftlich auf die Schulter. Der zuckte zusammen und machte ein freundliches Gesicht. Er strahlte, das Wohlwollen seines kaiserlichen Schwagers war lebenserhaltend.
„Du siehst, edler Caesar, alles wird gut!"
Caligula nickte und griff gierig nach dem Wein.
Sicher hätte ihm der Wein sehr viel weniger geschmeckt, wenn er geahnt hätte, dass die Parzen, die drei Schicksalsgöttinnen, bereits beschlossen hatten, ihre Scheren zu wetzen, um bald seinen Lebensfaden abzuschneiden ...
Und Lepidus? Der geliebte Schwager? Ihm wäre der edle Wein im Hals stecken geblieben, hätte er gewusst, dass er noch im gleichen Jahr auf Veranlassung des Kaisers hingerichtet wurde.
Nichts war eben so wankelmütig wie die Gunst eines Caligula!

VII

Vienna (Südfrankreich)
Haus des Pilatus
Vier Wochen später

Vier Wochen waren vergangen, seit Pilatus seinen Freund in Lugdunum besucht hatte. Der Winter stand vor der Tür und der erste Schnee war bereits gefallen. Überall im Haus brannten die Kohlebecken, um die Kälte auszuschließen. Pilatus bedauerte es einmal mehr, dass der Fortschritt in Form einer Hypokaustenheizung hier bei ihm noch keinen Einzug gehalten hatte. Andere Häuser hatten das schon und er nahm sich fest vor, bis zum nächsten Winter das Versäumte nachzuholen. Bis dahin musste der dicke Schal helfen, den er sich um den Hals gelegt hatte.

Der Alltag war wieder eingekehrt. Viel hatte Pilatus nachgedacht. Über sein Schicksal, mit dem er immer noch haderte. Über den alten Gefährten in Lugdunum und über das, was er gesagt hatte. Bei den Göttern, wenn das jemand gehört hatte, schwebten sie beide in höchster Gefahr. Diener, Sklaven, Mägde, sie hatten ihre Ohren überall. Und wie schnell hat man sich ein paar Denar verdient, wenn man diese Dinge an geeigneter Stelle weitergab. Und unter der Folter löste sich so manche Zunge! Ein diskreter Sklave war nur der, den man vorher seiner Zunge beraubt hatte. Ein schlimmer Brauch mancher Herren, dem Pilatus nie gefolgt war. Und dennoch: Herodes war unvorsichtig. Beim nächsten Mal würde er ihn auf diese Gefahr hinweisen.

Genüsslich griff er nach dem Backwerk und dem dampfenden Becher Mulsum. Herber Wein, mit abgekochtem Honig vermischt, war eine herrliche Erfindung Roms, vor allem

bei solchen kalten Tagen. Sie hatte schnell ihren Weg über die Alpen gefunden. Es hieß, der alte Romilius Pollio habe Augustus einst auf die Frage, wie es ihm gelungen sei, über hundert Jahre alt zu werden, die Antwort gegeben: ‚Innen mit Mulsum, außen mit Öl.' Pilatus schmunzelte und lehnte sich auf seinem Korbsessel gemütlich zurück.
Er nahm einmal mehr die Werke seines Lieblingsdichters zur Hand. Diesmal die *Metamorphosen.* Ein Epos, das meisterhaft von der Entstehung der Welt bis zum Zeitalter des großen Augustus führt, voller Erzählungen, Märchen, Legenden, aber auch voller Tragik und Leid ... ein Genuss. Willkürlich nahm er eine der Rollen, eine Geschichte war so köstlich wie die andere, und vertiefte sich laut zitierend in den Inhalt des *Goldenen Zeitalters*, als die Welt noch in Ordnung war.

Als Erstes ward das Goldene Zeitalter geboren, das ohne Beschützer, aus eigenem Antrieb, ohne Gesetz Ehrenhaftigkeit und Rechtschaffenheit übte.
Strafe und Furcht gab es nicht, und keine drohenden Worte wurden von beschlagenem Erz verlesen, und die Menge fürchtete nicht in Demut ihres Richters Worte, sondern sie war ohne Beschützer sicher.
Noch war die Fichte nicht gefällt worden und aus ihren Bergen in die klaren Wogen hinabgestiegen, um fremdes Land zu sehen, und die Sterblichen kannten keine Küsten außer den eigenen; noch umgaben keine tiefen Gräben die Städte; weder gab es Trompeten aus geradem, noch Blashörner aus gebogenem Erz, noch Helme, noch Schwerter: Ohne den Gebrauch eines Soldaten lebten die Völker angenehme Muße in Sicherheit ...

Und während er noch die melodischen Verse genoss, den warmen Honigwein in kleinen Schlucken schlürfte und verzückt am süßen Backwerk knabberte, brach seine Welt plötzlich zusammen. Tyche, die launische Göttin des Schicksals, schlug ohne Erbarmen zu, plötzlich und unvermutet.

Die Tür öffnete sich leise und Pontillus trat ein. Pilatus schaute auf. Die Miene des Freundes, von Schmerz und Trauer verzerrt, verhieß nichts Gutes.
„Was hast du, treuer Freund. Ich sehe es deiner Miene an. Ist es gar so schlimm?"
Jetzt erst entdeckte er Tränen in den Augen des alten Mannes. Tränen bei Pontillus? Was bei allen Göttern konnte so schlimm sein? Schluchzend kam Pontillus näher und legte einen Brief auf den Tisch.
„Schlimmer! Ein Brief! Er kam eben über die Präfektur aus Rom!", sagte er mit leisen Worten.
Pilatus griff nach dem Brief und begann zu lesen:

Marcus Valerius Lepidus grüßt Pontius Pilatus
Praefectus emeritus von Iudaea

Dies schreibe ich dir mit Billigung und im Auftrag unseres allergnädigsten Kaisers, damit du nicht glaubst, ich hätte ohne sein Wissen den Stilus geführt.
Es ist uns glaubwürdig zu Ohren gekommen, dass du gemeinsam mit dem ehemaligen Tetrarchen von Galilaea, Herodes Antipas, Pläne für eine Verschwörung gegen unseren Caesar schmiedest. Sicher haben du und der Gefährte deines verbrecherischen Vorhabens geglaubt, diese Pläne blieben im Verborgenen und harrten nur noch ihrer schändlichen Ausführung. Aber vor den Ohren Roms bleibt nichts verborgen!
So bleibt dir nur mein ernster Rat, deinem Leben mit eigener Hand in Ehre ein Ende zu machen, wenn du vermeiden willst, nach Rom gebracht zu werden, wo man über dich zu Gericht sitzen wird. Über den Ausgang des Prozesses solltest du dir keine Hoffnung machen, dich wird die gerechte Strafe erwarten!
Dem Herodes Antipas wird Gleiches mitgeteilt.

Gegeben zu Rom
an der siebten None des December
im Jahre 762 a.u.c.
Marcus Valerius Lepidus

Pilatus saß wie vom Donner gerührt. Eine Verschwörung? Die Unterhaltung mit Herodes fiel ihm ein. Diese Worte hatte doch Herodes gebraucht, nicht er! Es muss einen Lauscher gegeben haben, der sofort nach Rom berichtet hatte. Ein Sklave sicher, er hatte es geahnt!

„Was kann man jetzt noch tun?" Sein Blick fiel auf Pontillus, der den Kopf schüttelte.

„Nichts! Das Urteil ist gefallen. Rom hat gesprochen!"

„Und du glaubst, Herodes hat die gleiche Aufforderung erhalten?"

Pontillus nickte. „Da steht es, und dann wird es so sein."

„Ich werde ihm sogleich schreiben!"

„Tu das, aber es wird nichts ändern. Aber wenn du den letzten Trank nimmst, werde ich ihn mit dir nehmen."

„Treu bis in den Tod, geliebter Pontillus." Aber er schüttelte den Kopf. „Wenn es an mir ist, den Trank zu nehmen, habe ich für dich eine andere Aufgabe. Eine letzte Aufgabe, aber sie ist sehr wichtig!"

Pontillus schaute ihn fragend an. Aber Pilatus schwieg und starrte voller Verzweiflung auf den unheilvollen Brief.

***

Pilatus hatte sofort einen Boten zu Herodes geschickt. Sollte der alte Gefährte das gleiche Schicksal erleiden? Nur einen Tag später erhielt er die Antwort.

Maxillus, der Majordomus, brachte sie am Abend persönlich:

An Pontius Pilatus, den
lieben Freund und Gefährten

Ja, mein Freund, du vermutest richtig! Ich erhielt aus Rom die gleiche Nachricht wie du, auf die kaiserliche Post kann man sich verlassen. Eine Verschwörung? Nie haben wir daran wirklich gedacht, in lockerem Plauderton wurde das Wort erwähnt. Und doch wäre eine Verschwörung das einzige Mittel, um die Welt von einem Wahnsinnigen zu befreien!
Aber ich hatte Verräter im Haus, die es sogleich gemeldet haben. Sklaven schweigen eben nur, wenn man sie ihrer lästerlichen Zunge beraubt! Du selbst hast den Verrat in meinem Haus erlebt, aber es war nicht der einzige!
Näheres dazu wird dir mein treuer Maxillus berichten, den ich dir geschickt habe und den ich dich bitte, in den Kreis der Deinen aufzunehmen. Er war mir ein langjähriger Sklave, treu ergeben. Nun habe ich ihn freigelassen und gebe ihn in deinen Schutz, denn ich benötige seine Dienste nicht mehr. Nicht mehr? Nein, mein Freund! Wenn du diese Zeilen liest, habe ich diese Welt, die ein Ungeheuer wie Caligula beherrscht, verlassen. Nun kann ich es endlich frei verkünden: Dieser Mann ist eine Schande für den Thron der römischen Caesaren. Möge er dereinst alle Qualen erleiden, die die Unterwelt für ihn bereithält, dieses grässliche Ungeheuer, der Ziege ähnlicher als dem Menschen!
Und du? Ob du mir folgen sollst oder ein ungewisses Schicksal auf dich nimmst. Erwarte keinen Rat von mir! Ich habe den einfachen Weg gewählt, nimm du den richtigen.

Es grüßt dich ein letztes Mal
Herodes Antipas, Vierfürst von Galilaea

Pilatus ließ das Schreiben sinken und blickte Maxillus aus tränenbeschwerten Augen an.
„Wie … wie ist er gestorben?"

„Er öffnete sich die Adern im Bade, Herr. Er starb schmerzlos und mit einem Lächeln auf den Lippen. Sein letzter Gruß galt seinem Weibe – und auch dir, Herr."
„Nenn mich nicht ‚Herr', Maxillus. Du bist nun frei wie die Vögel im Walde und jeder Bindung ledig. Aber was wird Herodias tun?"
„Herodias wird zurück nach Galiläa ziehen, sie hat schon alles gepackt. Haus und Sklaven werden verkauft. Sie nimmt nur wenig mit, vor allem aber die Urne ihres Gatten, denn er soll in heimatlicher Erde ruhen."
Pilatus nickte. „Aber sprich, was hat es mit dem Verrat auf sich?"
„Du selbst hast erlebt, wie Anaitis, die ruchlose Sklavin, gelauscht hat und dabei erwischt wurde. Wir fanden sie am nächsten Tag ermordet in ihrer Zelle vor."
Pilatus schlug die Hand vor den Mund. „Ermordet?"
„Ja, zuerst wussten wir natürlich nicht, wer das getan haben könnte. Aber am nächsten Tag wurde alles klar."
„Wieso?"
„Du erinnerst dich an Atban, den Sklaven?"
„Den Zauberer und Akrobaten?"
Maxillus nickte. „Als er am nächsten Tag gerufen wurde, war er weg. Er muss in der Nacht geflohen sein. Damit war seine Schuld erwiesen. Ich hatte ihn gleich im Verdacht."
Pilatus barg erschüttert den Kopf in seinen Händen. „Herodes tot, ich kann es immer noch nicht fassen!"
Inzwischen war Pontillus hereingekommen und Pilatus berichtete ihm rasch von den Geschehnissen im Haus des Freundes. Pontillus nahm ihn sachte in den Arm und Maxillus betrachtete gerührt diese Szene inniger Freundschaft. Pilatus sah auf und bemerkte den Blick.
„Pontillus war, wie du, einst mein Sklave. Ich habe ihm vor vielen Jahren die Freiheit gewährt und es stand ihm offen, seinen Weg zu wählen, wohin auch immer. Aber er blieb stets bei mir, und so ist aus einem Sklaven erst ein Freigelassener und dann ein Freund geworden, ein Freund, wie es keinen zweiten gibt."

„So nehmt mich bitte in euren Kreis als dritten auf", bat Maxillus und Tränen rannen über seine Wangen.
„Das will ich gerne tun", sagte Pilatus, „das bin ich schon dem Andenken meines toten Freundes schuldig."
„Und was sind deine Pläne, Pilatus?", fragte Pontillus leise. „Du wirst doch nicht dem Schicksal deines Freundes folgen? Der Tod hat ..."
„Der Tod hat keinen Schrecken für mich", sagte Pilatus mit fester Stimme. Erinnere dich an die Worte Ovids:

Antem mortem nemo beatus – vor seinem Tode ist niemand glücklich zu preisen."

„Aber sich selbst das Leben zu nehmen, das ... das wäre eine Sünde! Gott gab uns das Leben und es ist nicht an uns, es zu beenden!"
Pontillus' Miene nahm einen gequälten Ausdruck an.
„Eine Sünde? Dem Stoiker steht es frei, das Ende seines Lebens frei zu wählen, wann immer er es will!"
„Dem Stoiker?" Aus Pontillus' Stimme klang Verachtung. „All diese Philosophien, ob Stoiker oder Epikur, sie haben keinen Sinn mehr. Was zählt, sind die Gebote Gottes! Des einen, des wahren Gottes!"
Maxillus blickte Pontillus aufmerksam an.
„Du bist Anhänger dieses neuen Glaubens? Du bist ... Christ?"
„Mit ganzen Herzen, und ich bin froh, dass Gott mich diesen Weg geführt hat. Schon in Jerusalem hat dieser Mann mein Herz gerührt und mich bis heute nicht mehr losgelassen!"
Pilatus lächelte sanft, „Ich konnte es nicht verhindern. Aber so rate mir denn, mein Freund. Und auch du, Maxillus, was ratet ihr einem alten Mann, über dem das blutige Schwert des Damokles schwebt?"
„Damokles", sagte Pontillus nachdenklich, „das ist mehr als dreihundert Jahre her, aber immer noch lehrreich. Er wurde vom Tyrannen Dionysios so bedroht wie du vom Tyrannen Caligula."
„Mit einem Unterschied", wandte Maxillus ein. „Der Tyrann wollte den neidischen und unzufriedenen Höfling durch das

drohende Schwert nur zu einem angemessenen Leben veranlassen."
Pontillus nickte. „Oh wäre doch Caligula ein Dionysios! Ich fürchte, er ist viel schlimmer. Grausam, rachsüchtig, nachtragend. Wie viele Senatoren sind in Rom schon vom Henker getötet worden, weil er eine Verschwörung von ihnen fürchtete."
„Oder weil er an ihr Vermögen kommen wollte", ergänzte Maxillus trocken, bevor er fortfuhr, „Aber du wolltest einen Rat, nicht wahr? So höre denn! Ich sehe mit Verlaub in dieser schlimmen Situation drei Auswege."
„Sprich!"
„Erstens, du gehst nach Rom und stellst dich dem Gericht. Es werden Fürsprecher da sein, es könnte dir Gerechtigkeit zuteilwerden, Lepidus könnte für dich sprechen …"
„Lepidus? Hast du den Brief nicht gelesen. Er bellt, wie sein Herr es ihm befiehlt."
„So denn zweitens, du fliehst! Irgendwo in diesem riesigen Reich muss es einen Platz geben, an dem dich die Häscher nicht finden."
Pontillus schüttelte den Kopf. „So sehr ich diesen Vorschlag teile, das wird nicht gehen. Rom hat seine Augen, seine Spione und Zuträger überall. Man wird ein Kopfgeld auf Pilatus aussetzen und es wird viele geben, die sich einen Beutel voller Denare gerne verdienen."
Pilatus nickte. „Pontillus hat recht. Und die dritte?"
Maxillus schwieg, aber Pilatus nannte die dritte Möglichkeit selbst.
„Die dritte Möglichkeit, und die einzige, um Folter und Tod zu entgehen, ist die, dass ich meinem Freund Herodes folge."
Beide blickten jetzt Pilatus an, Angst lag in ihren Augen.
„Ihr erwartet eine Entscheidung, nicht wahr? Jetzt und heute."
Beide nickten schweigend.
„So lasst mir eine Nacht Zeit, eine Nacht, in der mir die Götter eingeben sollen, wie ich zu verfahren habe. Eine Nacht!"

VIII

Vienna (Südfrankreich)
Haus des Pilatus
Am nächsten Tag

Keiner der Männer fand in dieser Nacht Schlaf. Sie wälzten sich unruhig hin und her, gequält von Träumen und Ängsten, und waren froh, als die aufgehende Sonne das Ende der Nacht verkündete. Lediglich Maxillus hatte in den letzten Stunden einen tiefen Schlaf gefunden, aber das war auf die kleine Amphore Wein zurückzuführen, die er heimlich mit in sein Zimmer genommen hatte. *Nunc vino pellite curas* – vertreibt jetzt die Sorgen mit Wein, er hatte sich das alte Wort des Dichters Horaz zu eigen gemacht und darin etwas Trost gefunden.

In der Nacht hatte es geschneit und ein dicker weißer Teppich bedeckte das Land. „Wie ein Leichentuch“, wie Pilatus später befand. Dazu wehte ein heftiger Oststurm, der die dicken Flocken wie in einem Inferno vor sich hertrieb. Kälte zog durch das Haus und setzte sich trotz aller Kohlebecken auch in den Herzen der Männer fest.

Auch die wenigen Sklaven des Hauses spürten die Angst, die umherging, ohne die genauen Hintergründe zu kennen. So machten Gerüchte die Runde, und keines von ihnen vermochte die Laune zu bessern.

Zur sechsten Stunde fanden sich die Männer zu einem kargen Frühstück ein, ohne dass Appetit oder Hunger sie getrieben hätte. Übernächtigt sahen sie aus und die Qualen einer bevorstehenden Entscheidung waren an ihren Gesichtern abzulesen. Maxillus quälte zudem ein gewaltiger Kopfschmerz, aber immerhin kannte er den Grund.

Die Sklaven gingen schweigend ihrer Arbeit nach, achtsam

bedacht, keinen Fehler zu machen. In dieser Laune könnte der Herr …, aber sie wurden nicht getadelt, kein böses Wort, selbst als der kleine gallische Sklave den Korb mit dem Obst fallen ließ.
Schweigend nahmen die Männer etwas Obst, kaltes Huhn und Brot zu sich, bis Pontillus es nicht mehr aushielt und die entscheidende Frage stellte: „Wie hast du dich nun entschieden, lieber Freund?"
Pilatus blickte die beiden Männer lange an. Dann sagte er mit müder Stimme: „Es bleibt mir keine Wahl. Ich werde das Schicksal meines Freundes Herodes teilen!"
Die beiden Männer schwiegen erstarrt, obwohl sie diese Antwort schon erwartet hatten.
„Aber es bleibt vorher noch etwas zu tun, etwas Wichtiges!" Pilatus' Stimme erhob sich.
„Sag es, und wir werden es tun!", antwortete Maxillus, Pontillus nickte zustimmend.
„Ihr spielt beide eine wichtige Rolle dabei. Ich werde ein Testament ablegen als Zeugnis über alles, was ich getan oder unterlassen habe. Es soll wie die Tristien des Ovid vom Anfang meines Lebens bis zu seinem Ende führen. Und die unwürdige Rolle, die unser Stiefelchen dabei gespielt hat, soll auch nicht unerwähnt bleiben. Und ihr werdet es aufschreiben!"
Die beiden Männer nickten.
„Damit nicht genug! Ihr werdet es nach Rom bringen!"
„Nach … Rom? Aber wieso?"
„Ihr werdet es Claudia bringen, meinem Weibe. Sie soll es abschreiben und verlegen lassen. So wie die Reden Ciceros oder die Gedichte Ovids. Überall wird es verbreitet, alle Welt soll es lesen und erfahren, wie man in Rom mit einem verdienten Mann umgeht. Das soll meine … Rache sein!"
Pilatus geriet ins Schwärmen und seine Augen nahmen einen Glanz an, wie sie ihn lange nicht mehr gehabt hatten.
„Aber der Kaiser …?"
„Caligula wird es auch lesen und ich bedauere jetzt schon, dass ich seine Miene dabei nicht sehen kann. Er wird toben

und schreien, und das wäre mir die rechte Genugtuung, wenn ... wenn ich es erleben könnte. Und nun, meine Freunde, keine Widerrede! Es ist der letzte Wunsch eines Mannes, der auf der Schwelle des Todes steht! Gleich heute wollen wir beginnen!"

Und so geschah es.

Schon zwei Stunden später versammelten sich die Männer im kleinen Tablinum, dem Arbeitszimmer des Hausherrn. Papyrus, Stilus und Tincta lagen in ausreichendem Maße bereit, auch Wein und kleine Leckereien fehlten nicht, um die Männer bei Laune zu halten. Und der Hausherr, der so lange unentschlossen, ja ängstlich gewesen war, strahlte auf einmal ein Maß an Ruhe und Gelassenheit aus, dass seine Gäste sich wunderten.

Freilich wäre Pilatus nicht so gelassen gewesen, hätte er gewusst, dass einer seiner Sklaven die schriftstellerischen Pläne seines Herrn gegen einen ansehnlichen Obolus an einen Mann verraten hatte, der wie immer in tiefem Schwarz gekleidet war und das Haus des ehemaligen Präfekten schon lange beobachtete. Aber da Pilatus keine Ahnung von diesem unheilvollen Geschehen hatte, begann er in aller Ruhe zu diktieren, zuerst dem einen, dann dem anderen. Er schien überhaupt nicht müde zu werden. Klang seine Stimme zunächst noch leise und zaghaft, so gewann sie mit jeder Stunde an Festigkeit, manche Stellen deklamierte er gar wie ein Schauspieler:

Höre, Nachwelt, damit du weißt, wessen Zeilen du liest. Ich bin jener, durch dessen Urteil ein Mann zu Tode kam, von dem viele behaupten, er sei der Sohn eines Gottes gewesen. Ob ich mit meinem Spruch gefehlt habe, mögest dereinst du oder ein gnädiger Richter entscheiden, ich weiß es nicht! Was ich tat, tat ich aus Pflichtüberzeugung gegenüber meinem Kaiser und meinem Volk und doch quält mich bei Tag und Nacht der Gedanke, ich könnte größte Schuld auf mich geladen haben, eine Schuld, die alles übertrifft, was Menschen bislang getan haben könnten, wenn es dann wahr ist. Was ist Wahrheit, hab ich einst den Gekreuzigten gefragt. Ich weiß es bis heute nicht …

Er hatte ganz bewusst mit einem Wortlaut begonnen, den er dem Prolog der Tristien entliehen hatte, jenem biografischen Werk seines geliebten Dichters Ovid. Und er tat gut daran. Die anfängliche Angst und Zaghaftigkeit waren völlig der Begeisterung gewichen, alles Wichtige dem Papyrus anzuvertrauen und auf diese Weise der Nachwelt Rechenschaft von seinem Leben und Wirken abzulegen.
Die Stunden vergingen, der Abend kam, und allmählich befiel Müdigkeit die Männer. Die Augen wurden schwer und die Finger wollten den Stilus nicht mehr halten. Nur Pilatus' Kräfte schienen unerschöpflich, galt es doch, sein letztes großes Werk zu vollenden.
„Für heute genug", sagte er endlich, „wir wollen den Tag bei einem guten Becher Wein ausklingen lassen."
Den Sklaven befahl er, den besten Wein zu bringen, den der Keller noch zu bieten hatte, und so leerten sie zwei Amphoren köstlichen Falerners.
„Auf morgen!"
Auch die beiden Schreiber packte jetzt eine gewisse Begeisterung, erfuhren sie doch so viele interessante Dinge aus dem Mund des Diktierenden, von denen sie nichts gewusst hatten. Müde fielen alle ins Bett. Alle? Nicht alle! Pontillus suchte sein Bett nicht auf. Er hatte anderes zu tun und arbeitete wohl die ganze Nacht an seinem heimlichen Werk, einem Werk, das er sogar vor seinem ehemaligen Herrn und jetzigem Freund verbarg.

Der zweite Tag verlief wie der erste, wurde nur einmal kurz durch einen Spaziergang durch den verschneiten Wald unterbrochen. Danach begann die Arbeit mit frischer Kraft und Pilatus war mit dem Fortgang zufrieden.
Doch am dritten Tag wurde die Arbeit jäh unterbrochen. Ein

heftiges Klopfen an der Tür riss die Männer aus ihrer Arbeit. Wenig später meldete ein Sklave: „Legionäre, Herr! Drei Legionäre stehen vor der Tür und begehren Einlass!"
„So bitte sie herein", schmunzelte Pilatus, „und sei höflich zu ihnen. Sie kommen in höchstem Auftrag!" Er kannte den Grund der Störung.
Wenig später erklangen die nägelbeschlagenen Sandalen der Soldaten in der Halle. Der hünenhafte Centurio Quintus Tarisius baute sich im Atrium auf, flankiert von zwei kräftigen Legionären.
„Ich komme im Auftrag des Präfekten Caecilius Secundus", rief er mit dröhnender Stimme.
„Was will der Präfekt denn von mir?", fragte Pilatus arglos.
„Was er will?", antwortete der Hauptmann verdutzt. „Äh ... nun, wie man mir gesagt hat, hast du eine Nachricht aus Rom bekommen. Von unserem göttlichen Caesar persönlich ..."
„Und jetzt will der edle Präfekt wissen, wie ich mich verhalten werde und ob ich dem Gebot des Kaisers folgen werde, nicht wahr?"
„Ja, das ... äh will er wissen."
„So melde deinem Vorgesetzten, dass Pilatus dem Wunsch des göttlichen Kaisers gerne nachkommen und seinem Leben demnächst ein ehrenhaftes Ende bereiten wird."
Bis jetzt hatte die Stimme des Hausherrn überaus freundlich geklungen. Aber plötzlich schrie er in einer Lautstärke, die alle Umstehenden zusammenzucken ließ: „Und jetzt raus mit euch!
Wenn ich schon sterbe, darf ich den Tag wohl selbst bestimmen. Kommt an den Iden des Decembers wieder. Wenn ich dann noch lebe, mag dein Dolch das Werk vollenden!"
Quintus Tarisius blickte den Hausherrn erstaunt an, er war es nicht gewohnt, dass man so mit ihm sprach. Er setzte zu einer Erwiderung an, dann aber drehte er sich kommentarlos um und schnarrte: „Abrücken!" Wenig später war der Spuk vorbei.
Die Männer schauten sich an und brachen in dröhnendes Lachen aus.

„Man merkt, dass du einmal Präfekt warst", sagte Maxillus voller Bewunderung. „Ich hätte mich wohl kaum getraut, mit einem Centurio so zu sprechen."
Nur Pontillus wirkte nachdenklich. „Bis zu den Iden sind es noch sechs Tage", meinte er. „Werden wir das schaffen?"
Pilatus schlug ihm freundschaftlich auf die Schulter. „Ja!"

***

Dichter Schneefall hatte eingesetzt und die Sklaven waren emsig bemüht, die Wege zum Haus frei zu halten. Die Kälte im Haus nahm zu und bildete ein ernstes Hindernis für den Fortgang der Arbeit. Diktieren konnte man, wenn es kalt war. Mit dem Schreiben war es schwieriger. Der Papyrus wurde hart, die Tinte trocknete ein, die Finger wurden klamm. Mit zusätzlichen Kohlebecken im Tablinum versuchte man, der Kälte Herr zu werden. Wenn Pilatus diktierte, versammelten sich dichte, nebelartige Kältewolken vor seinem Mund, aber seine unerschöpflich wirkende Energie ließ nicht nach.
Zwei weitere Tage vergingen. Der Schneefall hatte aufgehört und die Temperaturen waren wieder gestiegen. Eine kurze Pause bei einem dampfenden Becher Mulsum. Ein Sklave meldete einen Besucher.
„Wer ist es?", fragte Pilatus unwillig, eine Unterbrechung konnte er jetzt nicht gebrauchen, jetzt, so kurz vor dem Ende.
„Es ist dein Nachbar Arbatrix", sagte der Sklave.
„Was will er? Du weißt doch, dass ich nicht gestört werden will."
„Er sagt, es sei dringend."
„So führe ihn herein!"
Maxillus blickte den Hausherrn fragend an.
„Arbatrix ist mein gallischer Nachbar, ein Bärenjäger. Er wohnt in einer Hütte kaum hundert Schritt entfernt. In besseren Zeiten haben wir manchen Pokal gemeinsam geleert.

Er ist ein fleißiger Mann. Wenn er nicht Bären jagt, setzt er Kinder in die Welt. Sechs hat er schon", sagte Pilatus mit einem breiten Lächeln.
Der Sklave führte den Gast ins Tablinum. Arbatrix war ein stattlicher Mann, sehr groß, mindestens sechs Fuß hoch, mit breiten Schultern, langen Haaren und einem wallenden, dichten Bart, der von seinem gutmütigen Gesicht nicht viel frei ließ. Eigentlich sah er so aus wie die Tiere, die er jagte, und auch der zottige Fellmantel, den er trug, stammte von einem der haarigen Beutetiere.
Pilatus ging ihm entgegen und grüßte ihn freundlich.
„Arbatrix, lieber Freund und Nachbar. Was führt dich zu mir?"
Der Gallier schaute sich um und registrierte die Stapel von Papyrus auf dem Tisch.
„Ich fürchte, ich störe dich in deiner Arbeit." Sein Latein war makellos, wenn auch mit starkem Akzent, seine Stimme klang tief und kehlig.
„Für dich habe ich Zeit. So sag ..."
„Gerüchte. Gerüchte sind es, ehrwürdiger Präfekt, die meine Schritte hierhin lenkten."
Es war ihm offensichtlich nicht abzugewöhnen, Pilatus mit seinem früheren Titel anzureden, doch Pilatus ging darüber hinweg.
„Welche Gerüchte?"
„Man sagt, du würdest zurückkehren nach Rom."
„Ach, sagt man das?"
„Ja, Präfekt. Und? Stimmt es?"
„Und ... warum möchtest du das wissen?"
Arbatrix grinste und ließ ein kräftiges Gebiss weißer Zähne sehen.
„Zum einen verliere ich ungern einen lieben Nachbarn mit solch hohem Rang ..."
„Und zum anderen?"
Arbatrix druckste etwas herum.
„Dein Haus!"

„Mein Haus? Was ist damit?“
„Ich frage mich, ob du es vielleicht verkaufen willst. Siehe, mein Weib Navia hat mir bereits sechs Kinder geboren. Nun, Epona meint es gut mit uns, das siebte ist auf seinem Weg. Aber unsere Hütte ist recht klein, zu klein für so viele Häupter.“
Er machte eine kurze Pause und zupfte verlegen an seinem Mantel herum. Für einen schlichten Bärenjäger war das eine verdammt lange Rede.
„In letzter Zeit war mir Artio, die Göttin des Waldes, gewogen und ich hatte viel Glück beim Jagen. Zwanzig Bären habe ich erlegt! So habe ich etliche Denare sparen können. Und da dachte ich ...“
Er unterbrach seine Rede und blickte Pilatus unsicher an.
Pilatus schaute ihn einen Augenblick nachdenklich an. Tatsächlich hatte er sich bisher keinerlei Gedanken gemacht, was er mit seinem Haus, den Sklaven und dem übrigen Besitztum machen sollte. Wer den Tod vor Augen hat, sorgt sich kaum um irdische Besitztümer.
Andererseits hatte er ein Haus in Rom, in dem seine Gattin wohnte, und er selbst würde wahrhaftig keins mehr brauchen. Die Sklaven wollte er freilassen, aber das Haus? Häuser wie seins, die sich von den üblichen gallischen Hütten abhoben, stellten einen ordentlichen Wert dar. Aber was sollte er mit dem Geld? Da, wo er hinging, brauchte man kein Geld. Und so war sein Entschluss schnell gefasst.
„Ich werde es dir schenken, Arbatrix!“
„Schenken? Du willst es mir schenken?“
Pilatus ergriff den Arm seines Nachbarn.
„Ja, ich werde es dir schenken. Nun trink einen Becher Mulsum mit uns. Nachher werde ich eine Urkunde aufsetzen, die dich zum neuen Besitzer des Hauses macht, wenn ich ... äh weggezogen bin.“
Arbatrix schwieg. Er war von der Großzügigkeit seines römischen Nachbarn völlig überwältigt. Gemeinsam hoben die Männer ihre Becher und leerten sie mit tiefen Zügen.

„Noch etwas, Präfekt!"
Pilatus schaute ihn fragend an.
„Es gibt weitere Gerüchte. Du musst wissen, wenn es Winter wird und die Männer an ihren Feuern sitzen, wird viel geschwätzt."
„Und was sind das für Gerüchte?"
„Man sagt ...", er machte eine kurze Pause der Verlegenheit und das Sprechen fiel ihm offensichtlich schwer, „ man sagt, du würdest nach Rom befohlen, um dich ... um dich einem Prozess zu stellen. Manche behaupten sogar, dass der Henker auf dich warte."
„So, der Henker! Und wer erzählt so etwas?"
„Die Soldaten der Garnison! Wenn sie sich in unseren Tavernen und Garküchen herumtreiben und der Wein ihre Zungen gelockert hat, dann erzählen sie solche Geschichten."
„Sei unbesorgt, lieber Freund. Mir wird nichts geschehen, was ich nicht selbst will."
Mit diesen orakelhaften Worten entließ Pilatus seinen Nachbarn, der sein Glück immer noch nicht fassen konnte.
„Das war ein weiser Entschluss", meinte Pontillus, der wie Maxillus dem Gespräch der beiden Nachbarn schweigend zugehört hatte.
„*Meo sum pauper in aere* – in meinem eigenen Geld bin ich arm", zitierte Pilatus Horaz lapidar. „Auf, wir wollen unser Werk beenden!"

IX

Und dann kam der Tag! Der Tag, an dem das Werk vollendet wurde. Erschöpft lehnten sich die Männer zurück. Stolz blickte Pilatus auf die zahlreichen Papyrusbögen, auf denen seine Freunde in sauberer Schrift alles notiert hatten, was ihnen der Hausherr diktiert hatte. Jetzt mussten die Bögen nur noch gerollt und in Scrinien geborgen werden, jenen Lederkapseln, die für einen Transport unerlässlich waren. Danach wurden sie versiegelt.

Aber bevor das geschah, reckte Pilatus seine gekrümmte Gestalt und deklamierte mit gewaltiger Stimme jene Zeilen, die er so gut kannte und liebte:

Iamque opus exegi, quod nec Iovis ira nec ignis
Und nun habe ich ein Werk vollbracht, das weder Jupiters Zorn, noch das Feuer,
nec poterit ferrum, nec edax abolere vetustas.
noch Eisen oder gefräßiges Alter zerstören wird können.
Cum volet illa dies, quae nil nisi corporis huius
Mag jener Tag kommen, der nur über diesen Körper Recht hat,
ius habet, incerti spatium mihi finiat aevi;
und mag er die Zeit meines unsicheren Lebens beenden, wann er will;
parte tamen meliore mei super alta perennis
dennoch werde ich durch den besseren Teil meines Ichs
astra ferar, nomenque erit indelebile nostrum
über die hohen Gestirne getragen und mein Name wird unzerstörbar sein.
quaque patet domitis Romana potentia terris
Und wo immer sich die römische Macht erstreckt über bezwungene Völker,

ore legar populis, perque monia seacula fama
werde ich vom Mund des Volkes gelesen werden, und durch alle Jahrhunderte,
si quid habent veri vatum praesagia, vivam.
wenn die Weissagungen der Seher etwas Wahres haben, werde ich leben.

Pontillus und Maxillus hatten gebannt zugehört. Dann begannen sie zu klatschen, erst zaghaft, dann mit Begeisterung, immer lauter. Selbst der Sklave, der in der Ecke gestanden hatte, klatschte, obwohl Sklaven eigentlich Gemütsäußerungen jeglicher Art untersagt waren.
„Ovid wäre stolz gewesen", rief Pontillus aus, „wenn er dich seinen Epilog zu den Metamorphosen hätte deklamieren hören."
Und Maxillus ergänzte voller Bewunderung: „An dir ist ein großer Mime verloren gegangen."
„Doch auch diese Fähigkeiten nutzen mir in Rom nichts", sagte Pilatus leise, „außerdem liegt es mir fern, mich irgendeiner Eitelkeit hinzugeben."
Er machte eine kurze Pause und sah seine Freunde mit einem durchdringenden Blick an.
„Freunde! Habt meinen tiefen Dank! Meinen Dank für das, was ihr in den letzten Tagen geleistet habt. Jetzt will ich den Trank beruhigt nehmen, so wie es einem Stoiker geziemt."
Bei diesem Wort umwölkte sich Pontillus' Stirn.
„Stoiker!", sagte er leise und fuhr dann fort: „Um wie viel beruhigter wäre ich, wenn du vor deinem Tode noch den wahren Gott erkennen würdest."
„Den, den ich habe kreuzigen lassen?"
Pontillus nickte nur.
„So wisse denn, lieber Freund. Der Gedanke, dass ich damals falsch gehandelt haben könnte, quält mich mein ganzes Leben lang. Aber ich habe damals nach den Prinzipien meiner Lehre gehandelt."
„Und die wären?", wollte Maxillus wissen, obwohl er die Antwort schon kannte.

„Ich bin, wie alle Stoiker, davon überzeugt, dass jegliches Geschehen einer strengen Kausalität unterliegt. Was also immer auf der Welt und den Menschen geschieht, beruht auf einer lückenlosen Kausalität. Wo man diese nicht nachweisen kann, muss unser Erkenntnisvermögen versagen. So ist auch der Einzelne durch das Schicksal bestimmt. Nach unserer Lehre wird nur als wahr anerkannt, was nach methodisch korrektem Einsatz aller Entscheidungsmittel unmittelbar einleuchtet. Und nur wer diesen Prinzipien folgt, gelangt zu Apatheia, Autarkie und Ataraxie, den Zielen unserer Lehre."
Er machte eine kurze Pause, in der er zum Mulsum griff, bevor er nun ganz im Stile eines Lehrers fortfuhr: „Nun sagt, Freunde, als der Nazarener vor mir stand und kein Wort zu seiner Verteidigung vorbrachte, hätte ich da nach Einsatz aller Entscheidungskriterien sicher sein müssen, dass ein Gott oder der Sohn eines Gottes vor mir stand?"
Die Freunde schwiegen, aber Pilatus schüttelte den Kopf. „Nein, mir blieb keine Wahl!"
Pontillus blickte ihn scharf an.
„Deine Argumentation hat eine entscheidende Lücke!"
„Nämlich?"
„Die Lehre der Stoa ist ebenso wie die Epikurs ... barer Unsinn! Unwissende Kinder mögen ihr folgen, nicht aber wir."
„Unwissende Kinder? Wie kannst du das sagen?", rief Pilatus empört. „Tausende folgen ihren Lehren! Weise Männer, Philosophen, Dichter, sie alle folgen ihnen."
„... und gelangen dadurch zu ihrem Unglück!"
Pilatus wollte widersprechen, aber Pontillus wischte seinen möglichen Widerspruch mit einer barschen Geste weg.
„Öffne deine Augen, Freund Pilatus, und kehre zu den Ursprüngen der Lehren zurück. Nichts daran ist römisch! Beide Lehren, wie auch die anderen, die Vorsokratiker, die Kyniker, die Akademiker und welche auch immer, sie alle kamen aus Griechenland, einem Land, das seinen Glauben an die zahlreichen Götter schon längst verloren hatte und einen befriedigenden Ersatz suchte. Ersatz, nicht mehr! Ein schaler

Ersatz, der die Köpfe der Dummen vereinnahmte und die der Weisen verwirrte."
Er machte eine kurze Pause und fixierte seine Zuhörer mit einem scharfen Blick.
„Von da schwappten diese Philosophien wie die Wellen des Meeres nach Rom, das seinen Glauben ebenfalls verloren hatte. Und wie wir die meisten Götter von den verhassten Griechen übernahmen, übernahmen wir dann auch ihre Ersatzreligionen, ohne sie zu prüfen.
Wer seinen Glauben verloren hat, sucht schnell nach einem neuen und lässt sich dabei gerne durch wohlgesetzte, trügerische Worte verblenden. Nein", er schüttelte den Kopf und seine Augen blitzten wild, „wir Römer wissen zu kämpfen, aber denken können wir nicht! Was das angeht, sind wir wie unmündige Kinder. Und doch hat Gott, der wahre Gott, das gewusst, so wie er alles weiß, alles voraussieht. Er blickt in die tiefsten Kammern des Menschen, nichts bleibt ihm verborgen, keine Tür ihm verschlossen. Die Menschen in ihrer Unwissenheit dauerten ihn. Und so schickte er uns seinen Sohn, um uns alle mit der Botschaft der Liebe zu überzeugen. Ich meine, was kann ein Gott mehr tun, als seinen Sohn schicken. Und was passierte mit ihm? Du hast ihn hinrichten lassen."
„Wie hätte ich das wissen sollen? Sein eigenes Volk hat ihn nicht erkannt!"
„Das ist richtig", murmelte Pontillus düster, „und darin liegt die große Tragik dieses Volkes. Über tausend Jahre warteten sie auf ihren Messias, und als er kam, erkannten sie ihn nicht und schleppten ihn vor deinen Richterstuhl. Dafür wartet großes Leid auf sie. Sie dauern mich in ihrer Arglosigkeit!"
Pilatus stützte den Kopf in seine Arme, er war sich seiner Sache offenbar nicht mehr so sicher.
„Aber wie … wie kann man an einem Gott erkennen, dass er der richtige ist? Es gibt so viele …"
„An dem, was er lehrt!"
„Was meinst du damit?"

„Vergleiche ihre Lehren! Und ihr Verhalten! Vergleiche und erkenne! Unsere alten Götter verhielten sich wie Menschen. Sie soffen, fraßen, hurten, kämpften, hassten, raubten, einige starben sogar. Was ist daran *göttlich*? Nichts! Und gelehrt? Gelehrt haben sie uns überhaupt nichts! Oder kannst du mir eine Lehre nennen, die sie uns erteilten? Eine nur?"
Pilatus schwieg.
„Da kannst du mehr von unseren Bäckern lernen als von unseren Göttern. Mein Gott", seine Stimme hob sich merklich, „mein Gott predigt Liebe, dir selbst, dem Nächsten, ja selbst dem Feind gegenüber. Statt Kampf und Rache, Frieden und Verzeihung. Tue Gutes jenen, die dich verfolgen! So könnten die Menschen in immerwährendem Frieden leben. In gegenseitigem Respekt, Respekt für alle. Für Männer und Frauen, für Sklaven und Freie. Das Goldene Zeitalter, das Ovid beschrieben hat. Aber freilich muss das in unseren Ohren als völlig unrömisch gelten. Wir sollen die Germanen lieben, die unsere Legionen in den finsteren Wäldern abgeschlachtet haben? Ha, du warst ja selbst dabei! Oder die tückischen Parther? Die engstirnigen Britannier? Die heißblütigen Juden? Die rachsüchtigen Punier? Wie könnte man die lieben, nicht wahr? Und die Sklaven? Sie sollen ihren Herren gleich sein? Ja, bei den Saturnalien mag das für ein paar Tage gelten. Aber sonst? Unser ganzes Wirtschaftssystem bräche ja zusammen."
Er schüttelte entschieden den Kopf. „Nein, lieber Freund, unser Glaube ist völlig unrömisch und wird eine lange Zeit brauchen. Aber am Ende dieser Zeit ...", seine Stimme klang ernst und würdevoll, „... am Ende dieser Zeit wird das Zeichen des Gekreuzigten über Rom stehen und die Welt weitaus mächtiger beherrschen, als unsere Legionen es jemals könnten."
Seine Rede hatte ihn erschöpft. Er machte eine Pause, leerte hastig einen Becher Wasser und legte seine Hand auf den Arm von Pilatus.
„Ja, mein Freund, wir müssen sie lieben. Lieben und Verzei-

hen! Aus Hass entsteht immer nur Hass, aus Rache immer nur Rache, Gewalt zeugt stets Gewalt! Wie viel leichter würden wir unser Imperium regieren, wenn seine Macht nicht auf den Waffen unserer Legionen basieren würde, sondern auf gegenseitiger Achtung und Liebe? Welche Macht hätte unser Rom, wenn es den besiegten Völkern nicht nur Thermen und Straßen, sondern den wahren Glauben bringen würde!"

Maxillus, der bisher geschwiegen hatte, mischte sich jetzt zaghaft ein. „Wenn ich das höre, lieber Pontillus, gebe ich dir in vielem recht. Ich habe bisher an nichts geglaubt. Die Götter waren mir so unwichtig wie der Staub des Weges und diese philosophischen Schulen zu schwierig. Aber jetzt? Du hast mich nachdenklich gemacht. Ich will mehr von den Lehren deines Gottes erfahren. Willst du mir den Weg weisen?"

Pontillus ergriff den Arm des Mannes herzlich. „Das will ich gerne tun. Aber wie ist es mit unserem verehrten Präfekten?"

Pilatus schüttelte den Kopf. „Für mich ist es zu spät! Ich stehe bald vor Pluto oder im Nichts. Oder gar vor deinem Gott? Möge mir Gnade und Gerechtigkeit widerfahren, wo auch immer ich stehe."

X

Nach dieser Diskussion hatte Pilatus ein leichtes Mahl auftragen lassen, bei dem die Männer mit wenig Appetit nur zaghaft zugriffen. Auch während des Essens diskutierten sie weiter. Als die Sklaven sich zurückgezogen hatten, bat der Hausherr Pontillus und Maxillus in sein Arbeitszimmer.
„Wir wollen jetzt zu eurem letzten Auftrag kommen, dem Weg nach Rom. Es ist mein letzter Wunsch und ich weiß, ihr werdet diesen Auftrag getreu erfüllen."
Auf dem Tisch hatte er die Abschrift einer Karte ausgebreitet, die in groben Skizzen Orte und Wege zeigte, von Gallien bis nach Rom.
„Die Karte verdanke ich unserem guten Marcus Agrippa, der seinerzeit von Kaiser Augustus beauftragt wurde, sie zu erstellen."
Die Männer beugten sich über die Karte, auf der Pilatus mit einem trockenen Stilus einen Weg skizzierte.
„Dieser Weg wäre der kürzeste", sagte er, „von hier nach Massilia, der stolzen Hauptstadt von Gallia Narbonensis, von da über das Meer nach Ostia und fertig! Eine Reise von drei Tagen."
„Gut, so machen wir es", sagte Maxillus erleichtert, dem lange Reisen ein Grauen waren. Aber Pilatus schüttelte den Kopf. „Das geht leider nicht. Vergesst nicht, ihr reist ohne amtlichen Auftrag, als Privatleute. Ich hatte kurz daran gedacht, euch mit einer gefälschten Diploma über den kaiserlichen Postweg zu schleusen, aber die Gefahr, dass ihr auffallt, ist zu groß und dann wäre alles verloren. Für Privatleute dürfte es zudem unmöglich sein, in Massilia ein Schiff zu bekommen, zumal zu dieser Jahreszeit. Von November bis April ist die Handelsschifffahrt stark eingeschränkt, es fah-

ren nur Schiffe unserer Flotte, und auf eines dieser Schiffe zu gelangen ist unmöglich."
„Schade", murmelte Maxillus, während Pontillus dieses Problem schon gesehen hatte.
„Es bliebe aber ein anderer Weg", sagte der ehemalige Präfekt. „Warum nicht unserem trefflichen Ovid folgen?"
„Ovid?"
„*Invia virtuti nulla est via* – Für die Tapferkeit ist kein Weg ungangbar. Oft ist der kürzeste Weg nicht der sicherste. Aber ein längerer Weg, der wohl vorbereitet ist, mindert die Gefahr.
Dabei muss man auf Mittel und Freunde zurückgreifen, die einem ehemaligen Präfekten noch geblieben sind."
„Verzeih, aber du sprichst in Rätseln", meinte Pontillus.
„Schaut hier", antwortete Pilatus mit einem leichten Lächeln und wies auf die Karte, „dieser kleine, unscheinbare Ort nennt sich Ara Ubiorum, ein kleines gallisches Oppidum. Dort tat ich einst Dienst als Tribun unter dem Oberbefehl des Tiberius."
Er seufzte. „Das muss in einem anderen Leben gewesen sein, so lange ist das schon her.
Wie auch immer, dort waren bis vor einigen Jahren zwei Legionen stationiert, die ‚Legio I Germanica' und die ‚Legio XX Valeria Victrix'", er machte eine bedeutsame Pause und hob den Finger, „und seit Kurzem ein Flottenkastell!"
„Ein Flottenkastell? Aha!" Pontillus und Maxillus blickten ihren Freund ratlos an.
Der lächelte. „Die beiden Legionen wurden nach Bonna und Novaesium verlegt, jetzt leben nur noch Veterani in der Siedlung, aber die Rheinflotte ist noch da als Teil der Classis Germanica!"
„Und?"
„Einen ihrer Offiziere kenne ich sehr gut, ich nenne ihn einen Freund, noch aus meiner Zeit in Rom. Er heißt Lucius Valerius Verecundus und hat den Rang eines Gubernators, eines Steuermanns. Das ist nach dem Kapitän der ranghöchs-

te Offizier an Bord. Einen Brief an ihn gebe ich euch mit. Der wird euch helfen, auf eines der Schiffe zu kommen. Und von dort mit einem kleinen Kriegsschiff den Rhenus hinauf bis Vindonissa, dann über die Alpen und schon seid ihr in Italien! Es dauert länger, erspart euch aber viele Wege zu Land, auf denen Räuber, marodierende Deserteure und andere Gefahren eurer harren!"

Pontillus blickte nachdenklich auf die Karte.

„Und wie kommen wir in diese Ubierstadt? Die liegt ja auch nicht gerade vor der Tür."

Pilatus schmunzelte. Es schien unglaublich, wie heiter er angesichts der Entscheidung, die vor ihm lag, war. Er deutete auf die Karte.

„Das ist die Via Agrippa. Sie wurde unter Marcus Vipsanius Agrippa, dem römischen Feldherrn und Schwiegersohn des Augustus, als Statthalter Galliens vor mehr als achtzig Jahren angelegt. Sie führt von Lugdunum aus geradewegs bis in die Ubierstadt. Sie ist gut ausgebaut. Mansiones, Stationes – alles vorhanden. Ihr werdet die Reise genießen können!

Ich gebe euch Reisepapiere mit. Amtliche Dokumente, die zeigen, dass ihr im Auftrag eines Präfekten unterwegs seid. Unterschrieben und gesiegelt! Dass ich mein Amt nicht mehr ausübe, habe ich weggelassen. Das werden die Soldaten, die euch kontrollieren, nicht wissen. Woher auch? Rom ist weit weg!"

Es klang so einfach, und doch wussten alle drei, dass ein äußerst gefährlicher und beschwerlicher Weg vor den Reisenden lag.

Pontillus und Maxillus blickten ihren Freund voller Zweifel an.

„Und du meinst, dass das gehen wird. Ich meine …"

Pilatus lächelte gequält. „Man könnte mit Cicero sagen: ‚*Quod dubitas, ne feceris*! – Woran du zweifelst, davon lass die Finger', aber es ist die einzige Chance. Ich könnte es euch allerdings nicht verübeln, wenn ihr die Finger davonlassen würdet."

„Wir wissen, wie wichtig diese Reise für dich ist. Dein Testament muss nach Rom gelangen, in die Hände deiner Gattin. Und sie wird für dessen Verbreitung sorgen, damit jeder lesen kann, wie es dir ergangen ist und welch trauriges Schicksal du erlitten hast. Und zugleich wird man erfahren, welches Unrecht dem Sohn Gottes widerfahren ist", sagte Pontillus, und Maxillus ergänzte leise: „Wir sind es dir schuldig und wir werden es tun!"
Die Freunde sahen sich an und umarmten einander. Allen standen Tränen in den Augen. Für den übernächsten Tag wurde der Aufbruch beschlossen.

***

Der Tag des Aufbruchs war gekommen. Am Abend zuvor hatte ein letztes Gastmahl stattgefunden, an dem auch der gallische Nachbar Arbatrix teilgenommen hatte. Feierlich hatte Pilatus ihm die Besitzurkunde übergeben, ebenso feierlich den Sklaven ihre Freilassungsurkunde, die vom zuständigen Quästor ordnungsgemäß gesiegelt worden war. Und nun war alles bereit.
Ein Carpentum, ein schwerer, überdachter, einachsiger Reisewagen mit zwei kräftigen Gäulen samt gallischem Mietkutscher stand für die Fahrt in die Ubiersiedlung bereit, das Gepäck war verstaut, vor allem die Schriftrollen waren in Lederrollen geborgen, die noch einmal von metallenen Schutzhüllen umgeben waren. Die Zeit des Abschieds kam. Aber noch gab es für Pontillus einen Dienst zu tun, einen letzten Dienst. Die Phiole mit dem bläulichen Saft hatte er sich schon vor Tagen bei einem gallischen Druiden besorgt, einem Mann, der mehr Hexenmeister als Priester war und auf die Wirkung seines Mittels mit eifrigen Worten schwor. „Dein Herr wird in weniger als zwei Minuten tot sein, und er wird keine Schmerzen haben, das schwöre ich bei Teutates!"
Und jetzt standen sie vor Pilatus. Pontillus hatte das Fläsch-

chen in der Hand, gramgebeugt und voller Trauer. Pilatus ergriff es ohne Zögern.
„Ich werde es nehmen, sobald eure Kutsche hinter dem Hügel verschwunden ist. Und jetzt! Die Götter oder der eine, sie seien mit euch und mögen euch sicher nach Rom geleiten. Ich habe den Rollen einen Brief für meine liebe Claudia Procula beigefügt. Sie wird wissen, was sie zu tun hat!"
Die Männer umarmten sich ein letztes Mal, dann brachen Pontillus und Maxillus auf. Pilatus aber tat, was er versprochen hatte. Kaum war die Kutsche seinen Blicken entschwunden, leerte er die Phiole in einem Zug. Seine letzten Gedanken galten seiner fernen Gattin, aber dann wurden sie plötzlich vom Antlitz jenes Mannes überlagert, der einst vor seinem Richterstuhl gestanden hatte, Jesus Christus, dem Sohn eines Schreiners im fernen Jerusalem ...
Sekunden später brach er zusammen. Nur die schwarze hagere Gestalt war Zeuge dieses traurigen Todes. Befriedigt verließ sie das Haus. Jetzt war noch einiges zu tun. Eine lange Reise stand bevor!

XI

Via Agrippina
Vesontio

Die Reise begann gut. Das Wetter schien mitzuspielen. Der Schneefall hatte aufgehört und gegen die Kälte wappneten sich die beiden Reisenden mit wärmenden Decken, die sie über ihre gallischen Kapuzenmäntel legten. Der gallische Kutscher, er hatte sich als Crixus vorgestellt, trieb die geduldigen Pferde an, die ein vernünftiges Tempo einschlugen und nur, wenn es auf den vereisten Wegen abwärts ging, zögerlicher gingen. Bevor sie auf die Via Agrippa kamen, mussten sie zuerst einmal die kleineren und zum Teil schwer passierbaren Wege bis Lugdunum nehmen, kein leichtes Unterfangen!

Die Männer schwiegen und hingen ihren Gedanken nach, während Wiesen, Hügel und kleine Dörfer an ihnen vorbeizogen. Endlich passierten sie *Lugdunum*, den Ort, an dem sie noch vor einigen Tagen glücklichere Stunden verbracht hatten, und machten eine kurze Rast in einer Herberge, wo sie ein Schild freundlich willkommen hieß: „Hier verspricht Merkur Gewinn, Apollo Gesundheit, der Wirt Septumanus freundliche Aufnahme: Nachtquartier nebst Mahlzeit. Wer einkehrt, wird sich nachher besser fühlen."

Sie nahmen einen kleinen Imbiss ein und stärkten sich mit Mulsum gegen die Kälte, aber ihre Gedanken galten Herodes Antipas, der den letzten Weg bereits gegangen war und dessen Körper schon dem gefräßigen Feuer zum Opfer gefallen war.

„Inzwischen sind beide tot, der Präfekt und der Tetrarch", meinte Pontillus nachdenklich und spielte mit seinem Becher.

„Ja. Und? Wie wird es nach dem Tod sein? Hast du darauf auch eine Antwort?"
Pontillus blickte Maxillus lächelnd an. „Die Epikuräer meinen, dass die Seele nach dem Tod in ihre Bestandteile zerfällt und das war's, eine traurige Vorstellung, oder?"
Maxillus nickte schweigend.
„Und ein Römer glaubt, dass man nach dem Tod von den Geistern zum Fluss Styx begleitet wird. Dort wird man, zusammen mit den anderen kürzlich Verstorbenen, von Charon, dem Fährmann erwartet. Eine Münze, ein Obulus, wird, wie du weißt, im Mund des Körpers deponiert, um Charon zu bezahlen, und wenn man einen Aureus bereithält, wird man einen besseren Platz im Boot haben. Auf der anderen Seite des Styx geht man an Cerberus vorbei, dem dreiköpfigen Hund, der Dis, dem Gott der Unterwelt gehört."
Pontillus leerte seinen Becher und fuhr mit einem breiten Grinsen fort: „Ja, ja. Man kommt vor die drei Richter, Minos, Rhadamanthos und Aeacus, welche von dem Toten Rechenschaft über sein Leben verlangen. Nachdem man Rechenschaft abgelegt hat, erhält man Wasser aus dem Fluss Lethe, dem Fluss der Vergesslichkeit, damit man das vergangene Leben vergisst, und so weiter und so fort."
Seine Züge wurden härter, die Stimme lauter. „Märchen, alles Märchen, gut für Kinder oder Schwachsinnige. Man muss sich wundern, dass so viele Menschen, darunter Weise und Vernunftbegabte, diesen Blödsinn so lange geglaubt haben."
Er schüttelte den Kopf.
„Und was glaubst du?" Maxillus lehnte sich interessiert nach vorn.
„Was ich glaube? Das ist in wenigen Worte zusammengefasst: Mein tiefer Glaube, meine ganze Hoffnung ist Jesus Christus, der auferstandene Sohn Gottes. Er hat den Tod besiegt, er wird auch uns zum ewigen Leben erwecken."
Maxillus blickte ihn fragend an.
„Jesus hat gesagt: ‚Ich bin der Weg und die Wahrheit und das Leben; niemand kommt zum Vater außer durch mich.' Das

sind seine Worte und sie sind wahr! Folge ihnen, und du wirst das ewige Leben haben ohne diesen merkwürdigen Fährmann und seinen Obolus."
Eine Zeit lang herrschte Schweigen, während um sie herum das weinselige Gegröle der anderen Gäste tobte. Zwei stark geschminkte Huren kamen an den Tisch und versuchten ihr Glück, sie wurden freundlich, aber bestimmt zurückgewiesen.
„Werden wir es schaffen? Werden wir Rom je sehen?", fragte Maxillus und blickte den Reisgefährten fragend an. „Mit Gottes Hilfe, ja", antwortete Pontillus.
Wenig später setzten sie ihre gefährliche Reise fort, jetzt auf der empfohlenen Via Agrippa. Stunden vergingen, die Reisenden wurden müde, Kutscher und Pferde nicht weniger. Die langsame Reisegeschwindigkeit machte es ihrem Verfolger einfach. Auf einem kräftigen Rappen folgte er der Kutsche in gebührendem Abstand, immer darauf bedacht, nicht in Sichtweite der Reisenden zu sein. Es musste nur die richtige Gelegenheit kommen, dann würde er seinen Plan umsetzen.

„Wir Rast machen, Pferde können nicht mehr", rief Crixus bei einer Pause, in der er sich an einem Baum erleichtert hatte. „Außerdem bald dunkel, dann Weg gefährlich."
Die Ankündigung einer Rast gehörte zu den wenigen Gelegenheiten, bei denen er das Wort an seine Reisegäste richtete. Ansonsten war er äußerst schweigsam, verrichtete seine Arbeit aber zuverlässig. Und der Gallier hatte recht. Langsam begann sich die Sonne zurückzuziehen und bei einbrechender Dunkelheit drohten nicht nur Gefahren durch Räuber, sondern das tückische Eis und der Schnee, die schon bei Tageslicht gefährlich waren, machten die Wege in der Dunkelheit nahezu unpassierbar.
„Vesontio muss nur wenige Milia entfernt sein", sagte Pontillus nach einem Blick auf die Karte, die Pilatus ihnen mitgegeben hatte. Crixus murmelte leise einen gallischen Fluch und stieg wieder auf seinen Bock. Aber Pontillus hatte recht

gehabt. Nur knapp eine Stunde später, kurz nach Einsetzen der Dämmerung, lag das Oppidum Vesontio vor ihnen, die alte Hauptstadt des gallischen Stamms der Sequaner, die von einer Flussschleife des Dubis beinahe kreisförmig umschrieben wird. Sie fuhren durch eine kleine Siedlung von Handwerkern, überquerten eine Brücke und passierten einen Wall, der die Stadt vor Eindringlingen schützte und von einer Gruppe römischer Legionäre bewacht wurde. Die warfen einen nachlässigen Blick in die Kutsche und ließen die Reisenden mit einem Kopfnicken passieren.

Sie fuhren durch ein Tor, das mit seinen Skulpturen und dem zweigeschossigen Aufbau an einen prachtvollen Triumphbogen erinnerte und gelangten auf einer schnurgeraden Straße in das Innere der Stadt. Auf der rechten Seite lag eine große Tempelanlage, dahinter ein schmales Forum mit einer Säulenhalle und einer Brunnenanlage. Sie überquerten eine Querstraße und gelangten zu einem weiteren Forum. Maxillus wurde klar, dass Vesontio deutlich größer als Lugdumum war, größer und prächtiger, typisch römisch eben.

„Vesontio ist die alte Hauptstadt der Sequaner", erklärte Pontillus, „mit einer sehr wechselvollen Geschichte."

Maxillus lehnte sich nach vorne und blickte interessiert aus dem Fenster, wo sich ihm in ständigem Wechsel Villen, mehrgeschossige Häuser aus Holz und Ziegeln, Tavernen und breite Wege darboten, während Pontillus mit seinen Erklärungen fortfuhr. Er schien froh zu sein, einen aufmerksamen Zuhörer gefunden zu haben.

„Die kleine Stadt wurde vor langer Zeit von den germanischen Sueben unter Ariovist erobert, den der große Caesar in einer entscheidenden Schlacht besiegt hat." Stolz klang in der Stimme des Römers. „Später kamen die Haeduer und dann schließlich wir! Heute ist es ein wichtiger Militärstützpunkt und ein Handelszentrum der Provinz Gallien."

„Woher weißt du das alles?", wollte Maxillus wissen.

„Ich habe mich schon immer für Geschichte interessiert und im Hause des Präfekten standen mir die Bücher der Historiker in reichem Maße zur Verfügung. So wie Pilatus die Dichter liebte, vertiefte ich mich in die Historiker. Ich habe die *Commentarii* Caesars ebenso verschlungen wie die Bücher des Livius, die *Historia Romana* des Velleius Paterculus habe ich studiert wie die Werke Sallusts und selbst die *Annalen* des alten Quintus Fabius Pictor hatte ich in der Hand. Wenn ich …"

Plötzlich wurde er durch einen Ruf des Kutschers unterbrochen. „Wohin, Herr?"

„Such uns eine angenehme *Mansio* für die Nacht. Frag halt den Nächsten, den du triffst."

Die Kutsche hielt an. Pontillus hörte, wie der Kutscher abstieg und einen Passanten nach einer guten Herberge für die Nacht fragte. Wenig später stieg er wieder auf und trieb die Pferde an.

„Ist gleich hier in Nähe", rief er. Er lenkte den Wagen von der Hauptstraße ab und bog in eine Seitenstraße, an deren Ende eine alte, zweigeschossige Herberge stand, die die Gäste mit einem Schild willkommen hieß: „Komm herein, lieberer Wanderer: Auf einer Kupfertafel erfährst du alles hier!"

Pontillus und Maxillus stiegen aus und reckten ihre müden Glieder, während der Kutscher abspannte und das Pferd in den angrenzenden Stall führte. Ein kurzer Blick zeigte ihnen, dass sie nicht in einer noblen Herberge gelandet waren, sondern eher in einer landestypischen, gallischen Spelunke. Egal, wenn sie nur sauber war!

Windschief baumelte ein uraltes Tabernenschild an einem rostigen Haken. Das Haus schien noch aus der Zeit der Feldzüge Caesars zu stammen, und war seitdem nur sparsam renoviert worden.

Neugierig traten sie an die Kupfertafel und studierten die Preise:

Wein – 1 As
Brot – ½ As

Fleischbeilage – 2 As
Heu für die Pferde – 2 As
Nachtquartier – 3 As

„Das scheinen mir doch vernünftige Preise zu sein", sagte Pontillus. „Lasst uns hineingehen."
„Es scheint mir schon ... recht alt zu sein", murmelte Maxillus widerstrebend. „Ich denke, dass hier Caesar schon genächtigt hat."
Pontillus lachte laut auf. „Es ist sicher nicht das, was wir gewohnt sind. Wenn es nur sauber ist und das Essen genießbar", erwiderte er und zog seinen Freund ins Haus. Aber auch er hatte ein ungutes Gefühl.
Gemeinsam betraten sie den dunklen Schankraum, der nur von einigen Öllämpchen dürftig aufgehellt wurde. Das Mobiliar bestand aus mehreren grob behauenen Tischen und Stühlen und war bis auf einen offenbar betrunkenen Gast, der den Kopf auf den Tisch gelegt hatte, völlig leer. Die Kleidung wies den Mann als Einheimischen aus.
Über der Wirtstheke hing ein riesiges, von Motten zerfressenes Bärenfell, an den Wänden große alte Tonkrüge und ein paar veraltete Waffen.
Eilfertig humpelte aus dem dunklen Hintergrund eine kräftige, kahlköpfige Gestalt mit ausladendem Bauch hervor, die sich als Wirt vorstellte. Aus einem feisten, vernarbten Gesicht blitzten tückische, kleine Augen, die die Fremden argwöhnisch musterten. Eine Narbe zog sich vom Kinn bis zum rechten Ohr, Spuren eines Schwerthiebs. Kein Mann, den man unbedingt zum Freund haben musste, eher jemand, dem man mit Vorsicht begegnen sollte.
Er trug ein langärmeliges Hemd aus gemusterter Baumwolle, das bis zum Gesäß reichte, und eine Hose. Zum Schutz vor der Kälte hatte er sich ein Fuchsfell um den Hals gebunden.
„Willkommen, die Herren. Es ist kalt draußen und drinnen werdet ihr eine warme, gemütliche Herberge mit gutem Es-

sen und weichen Betten finden. Jupiter selbst würde hier nächtigen, wenn ihn sein Weg hierherführte."
Er lachte und zeigte große gelbe Zähne.
„Ich bin Faustus Celerinus, der Wirt, ehemaliger Hastatus der V. Legion. Zu euren Diensten!"
Ein Veteran! Ein ehemaliger Legionär, der ausgerüstet mit zwei Wurfspeeren, Schwert und Schild in den Kampf gezogen war. Pontillus blickte auf die Kleidung des Wirts. Offensichtlich hatte er sich inzwischen den Kleidungssitten der Einheimischen angepasst. Der Wirt bemerkte seinen Blick und ein schiefes Lächeln fuhr über seine Lippen.
Schnell fuhr er fort: „Was darf es sein? Ein gutes Mahl für verwöhnte Münder? Eine bequeme Unterkunft für die Nacht? Ein wohlfeiles Weib euch zu Gefallen? Es ist für alles gesorgt, und die Preise sind ihrer Leistung wert."
Pontillus nickte. „Danke. Wir brauchen nur drei Betten für die Nacht, ein gutes Essen und einen Krug von eurem besten Wein."
Der Wirt strahlte, allzu viele Gäste waren wohl zurzeit nicht vorhanden und zu den wenigen musste man freundlich sein. Inzwischen war auch der Kutscher hereingekommen und brachte das Gepäck. Aufmerksam schaute er sich um, aber die Herberge schien seinem einfachen Geschmack zu entsprechen, denn er nickte zustimmend.
„Varisia, *cito* – schnell, zeig den Herrschaften ihre Zimmer! Euer Abendmahl wird in Kürze bereitet sein."
Inzwischen war ein hübsches junges Mädchen mit schulterlangen blonden Haaren aus einem Nebenraum gekommen und hatte die wenigen Gepäckstücke auf ihre schmalen Schultern geladen.
„Folgt mir bitte", lächelte sie und deutete auf die zerbrechliche Holztreppe
Wortlos folgten die Gäste dem Mädchen. Die Zimmer waren klein, aber überraschend sauber, und verfügten über kleine Fenster zur Hofseite. Ein Holzgestell mit einer Strohmatte, die mit einer dicken grauen Decke bedeckt war, ein schmaler

Tisch und ein etwas wackliger Stuhl bildeten die Ausstattung. Crixus schlug auf das Stroh, aber weder Flöhe noch Wanzen flohen aus ihren dunklen Verstecken. Die Männer waren zufrieden.
Wenig später brachte das Mädchen eine Schüssel mit eiskaltem, frischem Wasser und die Reisenden konnten sich den Staub der Reise abwaschen. Der Hunger trieb sie bald in den Gastraum, wo der dicke Wirt bereits auf sie wartete.
„Herein, herein, das Essen ist bereit."

Während die Reisenden sich noch in ihren Zimmern erfrischten und sich auf ein gutes Mahl freuten, betrat einen Stock tiefer eine hagere Gestalt die Schankstube, in einen dicken, schwarzen Kapuzenmantel gehüllt, der von dem Gesicht fast nichts frei ließ. Wieder eilte der Wirt herbei, aber der barsche Ton, in dem der neue Gast sprach, ließ ihn erschaudern. Ein kurzes Gespräch, eine gut gefüllte Geldbörse wechselte den Besitzer, dann war alles geklärt. Der Mann verschwand in seinem Zimmer und wurde für den Rest des Abends nicht mehr gesehen
Die Reisenden betraten den dunklen Gastraum. Sie waren bis auf den betrunkenen Mann, der seinen gerechten Schlaf hielt, alleine und setzten sich an einen langen Holztisch, der von der letzten Mahlzeit noch schmutzig war.
Eine ältliche Frau mit langen blonden Zöpfen, offensichtlich gallischer Abkunft und vermutlich die Frau des Veteranen, putzte mit einem Tuch, das noch schmutziger als der Tisch war, die Holzfläche nachlässig ab. Wenig später brachte sie das Essen herein. Auf irdenen Schüsseln türmte sich ein gewaltiger Schweinebraten, der mit Zwiebeln, Lauch und Kohl umlegt war. Varisia brachte dazu ein dunkles Brot und zwei große Krüge. Aus einem der Krüge schüttete sie den Männern etwas in ihre Becher. Pontillus probierte – und spuckte das Getränk schnaufend aus.
„Was für ein Gebräu ist das? Ist das etwa der versprochene Wein?"

„Das ist Cervisia, Herr. Hast du das noch nie probiert? Die Leute hier trinken das alle."
Varisia lächelte die Gäste freundlich an
„Ich kenne das Zeug, aber ich habe es nie gemocht. Es ist ein Barbarentrank! Habt ihr keinen Wein?"
Schnell eilte der Wirt herbei. „Verzeiht, die Herren. Ich habe gleich erkannt, dass ihr Landsleute seid wie ich. Vielleicht auf der Durchreise? Und da dachte ich, ihr wollt vielleicht das einheimische Getränk kosten, das hier gerne getrunken wird."
Als er die unwirsche Miene seiner Gäste sah, fügte er schnell hinzu: „So bitte ich mit Verlaub um Nachsicht."
Er verbeugte sich tief. „Natürlich sollt ihr sofort euren Wein bekommen, den besten, den mein Haus zu bieten hat."
Er verschwand und kehrte bald darauf mit einem Weinkrug zurück. Eilig schenkte er ein und wartete neugierig auf das Urteil seines Gastes. Pontillus probierte – und verzog das Gesicht.
„Was für ein saurer Trank!"
„Verzeiht, die Herren, aber Falerner oder Caecuber kann ich euch nicht bieten. Der hier ist aus dem hiesigen Lande, aber die Sonne verwöhnt ihn nicht wie in unserer Heimat."
Seine betrübte Miene wirkte beinahe echt.
„So werden wir eben den trinken", sagte Maxillus und schob sich ein großes Stück Braten in den Mund, „man gewöhnt sich auch daran."
Pontillus tunkte sein Brot in die dunkle, aromatische Soße und sagte, während er mit vollem Mund kaute: „Ein guter Falerner wäre mir freilich lieber, aber den darfst du hier nicht erwarten, wir sind hier nicht in Rom. Aber hoffentlich auch nicht in Megara!"
„Megara, wieso Megara?"
Pontillus nahm einen tiefen Schluck von dem sauren Wein.
„Weil mich diese düstere Spelunke hier an eine Geschichte erinnert, die mir Pilatus einst erzählt hat. Sie ist einem seiner Freunde in Megara passiert."

„Megara? Wo liegt das denn?"
„In Griechenland, nicht weit von Athen."
Maxillus war neugierig geworden. „Erzähle, was ist da passiert?"
„Nun, der Geschäftsfreund des Freundes war zusammen mit ihm auf einer Reise zu jenem Ort gekommen. Der Geschäftsfreund übernachtete bei Freunden, der andere stieg in einer Herberge ab. Wahrscheinlich in einer wie dieser." Sein Blick wanderte über die düsteren Wände.
„Der Geschäftsfreund, der, der bei Gastfreunden schlief, träumte zu mitternächtlicher Stunde, dass ihn sein Freund aus der Herberge zu Hilfe riefe, weil ihn der Wirt berauben und ermorden wolle. Er war erschrocken und stand auf. Doch hielt er das nur für einen Traum und legte sich wieder hin. Abermals erschien ihm der Freund und sagte, wenn er ihm doch schon im Leben nicht geholfen hätte, so solle er doch wenigstens seinen Tod nicht ungerächt lassen. Er sei ermordet worden, auf einen Wagen geworfen und mit Stallmist bedeckt worden. So möge der Freund sich am nächsten Morgen doch am Stadttor einfinden."
Pontillus schnaufte, putzte sich die feuchte Stirn ab und fuhr fort: „Der Freund tat, wie ihm im Traum geheißen wurde, und als der Wirt kam, fragte er ihn, was er auf seinem Wagen habe. Der Wirt floh erschrocken von dannen, man zog den Toten unter dem Mist hervor und der Wirt wurde gefasst und hingerichtet!"
Nachdenklich und schweigend hatte Maxillus zugehört. Das weitere Essen verlief einsilbig. Zur Überraschung der beiden Reisenden waren die Speisen äußerst schmackhaft, selbst das Lauch und den schweren Kohl, an die ein römischer Magen kaum gewöhnt war, aßen sie mit gutem Appetit. Gesättigt stellten sie die Teller zurück. Zufrieden eilte der Wirt herbei und faltete die Hände vor dem dicken Bauch.
„Ich hoffe, ich konnte die edlen Gäste zufriedenstellen. Wie wäre es denn mit einer süßen Nachspeise, den Herren zu Diensten?"

Er zwinkerte wieder mit seinen tückischen kleinen Augen und sein Blick richtete sich auf Varisia, die begonnen hatte, den Tisch abzuräumen. Die Gäste hatten die Anspielung verstanden. In solchen Spelunken war es nicht unüblich, dass neben den Gaben des Bacchus auch solche der Venus offeriert wurden, aber sie lehnten beide entschieden ab.
„Es war ein harter Tag und der nächste wird kaum leichter werden. Wir werden die Zimmer aufsuchen", sagte Pontillus und konnte kaum ein Gähnen unterdrücken.
„So wünsche ich euch eine gute Ruhe in den Armen von Morpheus", sagte der Wirt salbungsvoll und blickte ihnen nachdenklich nach, als Pontillus und Maxillus die brüchige Treppe betraten, um ihre Zimmer aufzusuchen. Crixus blieb unten, angeblich, um noch etwas zu trinken, aber Pontillus vermutete, dass er das Angebot der Venus annehme wollte.

Die Nacht verlief ungestört, wurde aber gegen Morgen durch einen Schrei plötzlich unterbrochen.
„Bei Taranis! Diebsgesindel! Räuberbrut!"
Die Stimme von Crixus gellte durch die Dunkelheit. Pontillus wurde sofort wach. Er brauchte einen Augenblick, um zu sich zu kommen. Aber dann erkannte er, dass der Schrei aus dem Nebenzimmer kam, dem Zimmer, in dem der Kutscher schlief. Mit dem Gepäck! In Windeseile stand er auf und lief hinüber.
„Crixus! Was ist los?"
Der Kutscher deutete erregt auf den Gepäcksack. „Mein Reisegeld ist weg. Und die Schriftrollen auch!" Pontillus wurde blass und erschrak zu Tode. Wen interessierte schon die schmale Geldbörse des Kutschers! Aber die Schriftrollen! Das durfte nicht sein. Auf keinen Fall! Er war bereit, sein Leben für sie zu geben.
Inzwischen war auch Maxillus hereingekommen, er schlug die Hand vor den Mund. Wenig später polterte der Wirt herauf.
„Edle Herren, was ist passiert?"
„Diebe!", rief Pontillus empört. „Man hat unserem Kutscher

die Geldbörse gestohlen und einige Schriftrollen wurden auch entwendet."
„Schriftrollen?"
„Wichtige Schriftrollen. Amtliche Dokumente! Dokumente des römischen Präfekten aus Vienna!"
„Bei den Göttern! Welch eine Schande für mein Haus!"
Der Wirt wirkte leicht verlegen. Aber Pontillus ahnte sofort, wo der Dieb zu finden war, und er wusste, dass er nur eine Chance auf Rückgabe hatte, wenn er den gestohlenen Schriftrollen den Hauch amtlicher Bedeutung verlieh, und zögerte keinen Augenblick.
„Ich werde sofort die hiesige Präfektur verständigen!"
Das wirkte.
„Gemach, gemach, mein Herr!" Der Wirt kam ins Schwitzen und putzte sich mit einem schmutzigen Tuch über die Stirn. „Es wird sich finden. Ich werde alle hier im Haus befragen. Sicher hat einer der üblen Sklaven, die ich hier beschäftige, sich ein kleines Zubrot verdienen wollen."
Kopfschüttelnd verließ er den Raum. Wenig später vernahm man unten ein Klatschen und Schreie. Pontillus meinte die Stimme der Wirtsfrau zu erkennen. Dann kehrte der Wirt schnaufend zurück. In der Hand hielt er eine Geldbörse und einige Metallbehälter.
„Sind es diese, meine Herren?", fragte er scheinheilig. Pontillus ergriff die Rollen, die Siegel waren unbeschädigt. Er nickte. „Wo waren sie?"
„Bei allen Göttern! Ein neuer Sklave! Ich habe ihn erst seit einigen Tagen. Er hatte die Unverschämtheit ... Nie zuvor ist so etwas hier passiert. Die Götter mögen ihn strafen! Und ich werde ihn züchtigen, wie er es verdient."
Faustus Celerinus seufzte tief auf und man konnte meinen, dass alle Last der Welt auf seiner Seele liegen würde. Er machte wahrlich einen zerknirschten Eindruck. War das nicht gar eine Träne? Pontillus kam nicht umhin, ihn wegen seiner schauspielerischen Fähigkeiten zu bewundern. Dieser miese Drecksack!

Sie nahmen ein kleines Frühstück ein, zahlten und waren froh, als sie wenig später diesen üblen Ort verließen. Zurück blieb der schwarze Hagere, der mit vor Wut entstellter Miene feststellen musste, dass sein Plan diesmal nicht aufgegangen war.

„Wie hätte ich die Schriftrollen behalten und an dich weitergeben können", rief der Wirt mit weinerlicher Stimme, „es waren äh ... amtliche Dokumente. Ich hätte die ganze Garnison auf dem Hals gehabt."

Der Schwarze blickte ihn zornig an und forderte sein Geld zurück. Und er erhielt es, nachdem er dem Wirt einige schlagkräftige Argumente vorgetragen hatte. Dann nahm er die Verfolgung auf. Es würde noch weitere Möglichkeiten geben ...

XII

Ara Ubiorum/
später CCAA
Colonia Claudia Ara Agrippinensium
(Köln)

Die weitere Reise verlief ohne Zwischenfälle. Die Orte flogen nur so vorbei: Augusta Rauricoum, Argentorate, Andemantunnum, Divodorum, Augusta Treverorum, Confluentes, Bonna. Sie folgten weiter der Via Agrippa. Pilatus hatte nicht zu viel versprochen. Die Straße führte tatsächlich von Lugdunum aus geradewegs bis in die Ubierstadt. Natürlich diente diese Straße wie die anderen großen Staatstraßen in erster Linie zur schnellen Fortbewegung des Heeres und zur raschen Beförderung amtlicher Nachrichten durch kaiserliche Kuriere. Sie konnte aber auch zu privaten Zwecken benutzt werden. So begegneten sie etlichen anderen Reisenden, auch wenn jetzt im Winter ihre Zahl nicht sehr groß war. Fuhrwerke rumpelten über die Wege, schnelle Reisewagen huschten vorbei, deren Fenster verhüllt waren, gelegentlich ritt ein Trupp von Legionären vorbei. Fast hätten die Männer die Reise genossen, wenn sie nicht immer wieder an ihren düsteren Zweck erinnert worden wären.
Die Straßen waren tatsächlich gut ausgebaut. Meilensteine nannten regelmäßig die Entfernungen und ordentliche Herbergen standen in ausreichendem Maße zur Verfügung. Dazu sorgten regelmäßige Stationes für ein beruhigendes Maß an Sicherheit. Wachposten mit *Milites stationarii,* den Stationssoldaten, sorgten an wichtigen Knotenpunkten oder an Provinzgrenzen für Sicherheit. Sie wurden von den *Beneficarii* befehligt, Unteroffizieren aus dem Stab des jeweiligen Statt-

halters. Wenn ihre Papiere kontrolliert wurden, wurden sie freundlich durchgewunken. Der Papyrus eines ehemaligen Präfekten galt hier in der Provinz noch etwas. Wer von den Provinzsoldaten hätte auch ahnen können, dass der Aussteller der Papiere in Rom in tiefste Ungnade gefallen war und sein Leben bereits freiwillig beendet hatte?
Pontillus und Maxillus wussten die Annehmlichkeit durchaus zu schätzen, die ihnen dieses Straßensystem bot. Mehrfach hatten sie die Pferde gewechselt, zahlreiche Herbergen aufgesucht, in denen ihnen keine unerfreulichen Vorfälle begegneten. Selbst das Wetter besserte sich. Eis und Schnee waren Matsch und Pfützen gewichen, was die Fahrt zwar nicht beschleunigte, aber sicherer machte. Allerdings erschwerten dichte Nebelschwaden häufig die Sicht, manchmal konnte man keine zehn Passus weit sehen.
Je weiter sie nach Norden kamen, umso wärmer wurde es. Meilensteine wiesen ihnen den Weg, wenn sie langsam aus dem Nebel auftauchten, und wenn sie sich doch einmal verfuhren, trafen sie immer auf jemanden, der ihnen den Weg zeigte.
„Schaut", rief Crixus begeistert und hielt die Kutsche an. Er wies auf einen Meilenstein, der ihnen eine Entfernung von zehn Milia bis zum Zielort anzeigte. Da die Sonne ihren höchsten Stand erreicht hatte, war das bis zum Abend zu schaffen. Erleichterung und verhaltene Freude machte sich unter den Reisenden breit. Noch vor Einbruch der Dämmerung hatten sie ihr Ziel erreicht.

Die Ubiersiedlung jedoch begrüßte sie in dichtem Nebel. Und enttäuschte sie! Das war keine Stadt. Es war eher eine Siedlung von Bauern und Handwerkern, die da auf einem flachen Hügel vor ihnen lag. Keine Mauer, kein Wall, der die Häuser umgab. Keine Wache, die die Eintretenden kontrollierte. Die Wege ungepflastert, die Häuser aus Lehm und Holz, die Tabernen niedrig und wenig einladend. Selbst die Menschen, die in ihrer einheimischen Kleidung geschäftig

umherliefen, machten einen griesgrämigen Eindruck. Kein eindrucksvolles Forum, keine Kolonnaden, keine Denkmäler, keine Thermen. Es war, als hätte die römische Baukultur ihren Weg hierhin noch nicht gefunden. Reiter ritten über die matschigen Wege und ließen den Dreck hochspritzen. Reiter und Karren, von Maultieren gezogen, bewegten sich mühsam durch die engen Gassen und behinderten die Fußgänger, die ärgerlich auswichen. In einer gewissen Entfernung konnte man das leise Rauschen eines großen Stroms wahrnehmen, des Rhenus, wie Pontillus später erklärte.
Allerdings blieb ihren Augen nicht verborgen, dass die kleine Siedlung im Umbruch begriffen war. Überall sah man Baugerüste und fleißige Handwerker, die ihrer Arbeit nachgingen. Berge von Ziegeln lagen umher und warteten auf ihre Bearbeitung, Kalkmörtel wurde angerührt, Steine behauen, Holzbalken bearbeitet. Auf einigen Straßen wurden die einfachen Kiesbetten bereits durch Pflasterung abgelöst.
Pontillus ahnte, dass hier bald eine kleine Stadt nach römischem Vorbild entstehen würde. Aber noch machte das eher einen ärmlichen Eindruck. Doch dann tauchte ein großes Bauwerk aus dem Nebel auf. Plötzlich stand es vor den Reisenden, aus Stein und Marmor, mit Ornamenten sparsam geschmückt, mit lateinischen Inschriften versehen. Man hätte es von Weitem sehen können, wenn der Nebel es nicht verhindert hätte. Eine Altaranlage mit anschließendem Tempelbezirk. Nicht mit den großen Tempelanlagen Roms vergleichbar, aber solide gebaut und gut instand gehalten. Einige Menschen betraten die Anlage gerade, andere kam heraus. Pontillus gab einen kurzen Befehl und Crixus hielt die Kutsche an. Die Männer verließen das Gefährt. Sie streckten und reckten sich, froh, sich einmal wieder bewegen zu können. Der Platz rund um die Anlage war gepflastert und so versanken ihre Füße nicht im Matsch, was die Männer dankbar quittierten.
Auch der schwarze Reiter hinter ihnen hielt an und stieg vom Pferd ab. Eine vorspringende Mauer entzog ihn aller Blicke.

„Eine solche Anlage hätte ich hier nicht vermutet", sagte Maxillus.
Pontillus nickte. „Das ist die *Ara Ubiorum*. Sie wurde zu Ehren des göttlichen Augustus errichtet."
„Du nennst ihn göttlich?", wunderte sich Maxillus.
„Für mich war er kein Gott, aber für meine Landsleute. Wie auch immer, dieser Ort hier, so klein er auch ist, spielt in unserer Geschichte eine wichtige Rolle."
Maxillus sah sich um. „Kaum zu glauben."
„Ja, man sieht es ihm wahrlich nicht an. Aber hier gebar Agrippina, die Gattin des großen Germanicus vor etwa fünfundzwanzig Jahren ihre gleichnamige Tochter, hier stolzierte der kleine Caligula in seinen kleinen Soldatenstiefelchen durch das Legionslager, was ihm später seinen Spottnahmen eintrug, hierhin eilte Germanicus, um die beiden hier stationierten Legionen von der Meuterei abzuhalten."
„Meuterei? Warum? So etwas kommt doch im römischen Heer eher selten vor, oder?"
„Richtig, mein Freund, aber soweit ich es verstanden habe, waren die Legionen über den langen Dienst und die harte Disziplin unzufrieden. Und dann starb Augustus. Und als man hier hörte, dass Tiberius auf ihn folgen sollte, kam es zum Aufstand. Man versprach sich von Tiberius nichts Gutes und die Männer hier hätten viel lieber Germanicus auf dem Thron gesehen, einen Mann, den sie liebten und verehrten. Wie erzählt wird, hatte Germanicus große Mühe, die erregte Schar zu beschwichtigen, und erst als seine Frau Agrippina dazukam, weinend mit dem kleinen Caligula durchs Lager ging und verlauten ließ, sie müsse wohl unter den Schutz der Germanen fliehen, kamen die Soldaten zur Einsicht. Die Vorstellung, dass eine Tochter des Agrippa und Enkelin von Augustus bei einem fremden Volke Schutz suchen müsse, hat ihre Wut abgekühlt. Die beiden Legionen wurden dann, wie Pilatus uns erzählt hat, an andere Orte versetzt und zurück blieben Veteranen und ein verlassenes Legionslager."
„Und dieser Altar."

„Ja, ich glaube, den hat es schon vorher hier gegeben, als zentrale Weihestätte der Gallier. Aber später wurde er Augustus geweiht und hier sollten die unterworfenen Germanen ihre Treue zu Rom und dem Kaiser beschwören. Hier versahen ranghohe Germanen das Priesteramt. Auch das ist ein Merkmal der Unterwerfung."
Er holte kurz Luft und sah sich um, während Maxillus ihn voller Bewunderung anschaute. Was der Mann alles wusste. Unglaublich!
Aber schon fuhr Pontillus fort. Er war wieder ganz in die Rolle des Lehrers geschlüpft, der einem aufmerksamen Schüler einen Vortrag hielt.
„Hier war auch Segimund tätig. Kennst du diesen Namen?"
Maxillus musste zugeben, dass ihm der Name völlig unbekannt war.
„Segimund war der Sohn des Verräters Segestes, dem Schwager von Arminius, jenem Cherusker, der die römischen Legionen unter Varus so schmählich verraten hat. Jene Schlacht im Saltus Teutoburgiensis, die uns drei Legionen gekostet hat. Pilatus hatte übrigens auch an dieser Schlacht teilgenommen und sich nur mit Mühe retten können."
„Davon habe ich gehört", murmelte Maxillus, dem inzwischen längst der Sinn nach einer guten Mahlzeit und einem guten Becher Wein stand.
„Und als ihn die Nachricht von der Niederlage des Varus erreichte, soll sich der Verräter die Priesterbinde vom Kopf heruntergerissen haben und über den Rhein nach Germanien geflohen sein, um sich den Aufständischen anzuschließen."
Crixus, der Kutscher, hatte sich inzwischen mit Einheimischen unterhalten und trat jetzt wieder zu den beiden Männern. Er wies zum Himmel, wo dunkle Wolken die hereinbrechende Nacht ankündigten.
„Besser jetzt Herberge suchen. Ich gefragt und gutes Empfehlung bekommen."
Pontillus lächelte müde.
Der hagere Schwarze stand nur wenige Schritte entfernt und

lachte freudlos. Diesmal würde es gelingen! Er zog sich in den Nebel der Dunkelheit zurück und bestieg sein Pferd. Sekunden später war er mit der Dunkelheit eins geworden und den Blicken entschwunden.

Die beiden Männer stiegen wieder in den Wagen. „Bring uns hin", sagte Pontillus lapidar. Plötzlich machten sich die Strapazen der Reise bemerkbar. Sie waren jetzt seit zwölf Tagen unterwegs und jetzt, am Ziel angelangt, schmerzte der Rücken, die Augen waren müde, eigentlich taten alle Knochen weh und die Reisenden hätten einiges für ein warmes Bad und eine wohltuende Massage in einer Therme gegeben. Aber eine Therme schien es hier gar nicht zu geben. Und plötzlich, ganz plötzlich stand das Gesicht des sterbenden Pilatus vor Pontillus' Augen und der letzte Auftrag, den ihm der Tote erteilt hatte. Und der weite Weg, den sie noch vor sich hatten, denn die kleine Ubiersiedlung hier war ja nur eine Zwischenstation.

Pontillus musste an ein Zitat des griechischen Philosophen Sokrates denken, das er einmal an einem Tempel gelesen hatte:

Was wunderst du dich, dass deine Reisen dir nichts nützen? Bist du es nicht selber, den du herumschleppst? Was dich forttrieb, sitzt dir unmittelbar im Nacken.

Ja, so war es. All die Sorgen und Ängste, die er auf der langen Reise nicht gespürt hatte, die von der Mühsal des Wegs verdrängt worden waren, sie drangen jetzt mit Macht auf ihn ein. Sie saßen ihm im Nacken und er spürte, wie sie wie mit kalten Fingern nach seinem Herz griff.

XIII

Eine Stimme riss ihn plötzlich aus seinen trüben Gedanken. Crixus zeigte auf eine kleine Herberge, die halb hinter einer Gruppe hoher Bäume hervorragte. Ein schmaler, ungepflasterter Weg, kaum mehr als ein Pfad, führte dorthin, auf beiden Seiten durch hohe Bäume gesäumt und den Blicken verborgen. Zwischen den Bäumen standen kleine, windschiefe Hütten, wie sie von den Jägern zum Ausweiden der erlegten Tiere benutzt wurden. Die aufgespannten Felle davor legten beredt Zeugnis davon ab. Die Kutsche verlangsamte ihren Weg und sie konnten das kleine Schild erkennen, das über der windschiefen Tür hing.
Ad castra – am Lager. Auch hier wieder der übliche Werbespruch:

Sei willkommen, müder Wanderer, und freue dich auf
eine gute Mahlzeit und ein sauberes Bett.
Aduatrix und sein Weib heißen dich willkommen.
Auf einer Kupfertafel erfährst du alles hier.

Und neben der Tür hing das übliche Preisschild, das Gäste vor unangenehmen Überraschungen bewahren sollte, denn, wie Pontillus zu seiner Überraschung feststellte, war die Auswahl größer, aber die Preise lagen hier auch deutlich höher als im gallischen Kernland:

Wein – 2 As
Cervisia – ½ As
Brot – 1 As
Fleischbeilage – 3 As
Gemüsebeilage – 1 As

Heu für die Pferde – 3 As
Nachtquartier – 4 As

Gleichwohl, das Gasthaus machte einen deutlich besseren Eindruck als jenes des Faustus Celerinus in Vesontio und die Reisekasse, die Pilatus ihnen mitgegeben hatte, war noch immer prall gefüllt. Also …
Der Wirt kam sofort herbei, als die Kutsche vor seinem Haus hielt, ein kleiner, schlanker Mann mit langem Bart und braunem Zopf in einheimischer Kleidung. Freundlich, aber nicht überschwänglich begrüßte er die Männer und erkundigte sich nach ihren Wünschen.
„Freilich habe ich freie Zimmer, allerdings nur noch zwei. Es strömen zurzeit viele Besucher in unser Städtchen …"
Städtchen?
„… und ein gutes Mahl wird euch mein Weib Ceara gerne bereiten, es wird euch munden, wie es auch mir immer mundet."
Er strich über sein kleines Bäuchlein.
„Tretet nur ein, mein Bursche wird sich um Kutsche und Gepäck kümmern."
Sie betraten den Gastraum, der einen deutlich saubereren Eindruck machte als der in Vesontio. Er war erfüllt vom Duft bratenden Fleisches, dem Ruß brennender Fackeln und den Ausdünstungen der Gäste. An den Wänden hingen Fackeln und auf den Tischen standen Öllämpchen, die den Raum in ein warmes Licht tauchten. Die langen Holztische waren fast alle besetzt und, wie man an der Kleidung erkannte, waren es ausschließlich Einheimische. Beim Eintritt der neuen Gäste sank der Geräuschpegel sofort. Ein kurzer Blick der Neugierde, dann wendete man sich wieder den Tischgenossen zu.

Ein Diener führte sie in den ersten Stock zu ihren zwei Zimmern. Sie beschlossen, dass Crixus das eine Zimmer nehme solle und Pontillus und Maxillus sich das andere teilen würden. Eine Magd brachte frisches Wasser und Tücher und die

Reisenden genossen die Erfrischung nach der langen Fahrt. Sorgfältig verbarg Pontillus die Schriftrollen unter dem Bett und legte seinen Kapuzenmantel darüber. Auf keinen Fall durfte dasselbe wie in Vesontio passieren!
Bald fanden sich alle in der Gaststube wieder.
Die Holztische wirkten neu und stabil, die Stühle waren mit Wolfsfellen belegt. Gegenüber der Tür lag die Feuerstelle, in der ein Kessel mit Fleisch stand. Darüber hingen lange Spieße mit knusprigem, fett glänzendem Fleisch. Pontillus blickte sich neugierig um. An allen Tischen wurde kräftig zugelangt. Hier benutzte man nicht Messer und Gabel wie in Rom, hier hatten die Männer – Frauen waren außer den Mägden nicht vorhanden – das Fleisch in beiden Händen, bissen mit dem Appetit eines Löwen herzhaft ab oder nagten an den Knochen wie Wölfe auf einem Beutezug.
Pontillus fühlte sich an ein Zitat aus einer Komödie des alten Plautus erinnert:

Verecundari neminem apud mensam decet –
bei Tische ziemt es sich für keinen, Scheu zu zeigen.

Lediglich für die Suppen wurde ein Löffel benutzt. Eine Magd brachte sie zu dem einzig freien Tisch. Sie brauchten nicht lange zu warten, bis eine hübsche blonde Frau mit langem, wallendem Haar eine Suppe auftischte. Sie stellte sich als Ceara, die Frau des Hauswirts, vor. Schon bald tauchten die hungrigen Gäste emsig ihre Löffel in die dampfende Brühe, eine Suppe aus Bohnen, Lauch, Möhren und Wirsing, mit Lorbeerblättern, Fenchel und Majoran aufs Feinste gewürzt. Genießerisch leckte sich Maxillus über die Lippen. „Das ist das Beste, was ich auf unserer Reise bis jetzt bekommen habe."
Pontillus stimmte zu und Crixus gab durch ein lautes Grunzen sein Einverständnis. Aduatrix, der Wirt, brachte einen kräftigen, mit Wasser und einem leichten Hauch von Essig vermischten Landwein, der ebenfalls die Zustimmung der Gäste fand.

„Darf ich fragen, ob die Herren länger hierbleiben oder nur auf kurzer Durchreise sind?"
Pontillus blickte den Wirt aufmerksam an, konnte aber keine Falschheit an ihm finden.
„Wir sind in amtlichem Auftrag hier und suchen nach einem Mann, der bei der *Classis Germanica* zu finden sein müsste." Seine Stimme klang streng und geschäftsmäßig.
„Hm ... bei der Flotte. Ja, nicht weit von hier bauen sie gerade ein Flottenkastell, nicht mehr als fünfzehn Minuten Ritt. Und hat der Mann auch einen Namen?"
Pontillus zögerte nur kurz, dann sagte er: „Er heißt Lucius Valerius Verecundus und hat den Rang eines Gubernators."
Bei der Nennung dieses Namens überzog ein Lachen das sympathische Gesicht des Wirts.
„Lucius? Freilich kenne ich den. Er ist oft hier zu Gast, er und seine Kameraden", er blickte sich um, „wenn auch nicht heute Abend. Wenn du ihn morgen im Kastell aufsuchst, so bestelle ihm doch bitte beste Grüße von Aduatrix."
Pontillus nickte und nahm einen tiefen Schluck aus dem Becher.
Inzwischen brachten zwei Mägde die Hauptspeise, eine große Platte mit gebratenem Rind- und Hammelfleisch, umlegt mit Zwiebeln, Wildkräutern und Pilzen, dazu dunkel gebackenes Brot. Ein köstlicher Duft stieg in die Nasen der Hungrigen und wenig später aßen sie mit gleichem Appetit und gleicher Sitte wie die Einheimischen.
„Ich würde gerne mit dir einen Becher deines schmackhaften Weines trinken, wenn es deine Aufgaben als Wirt zulassen", sagte Pontillus und riss ein Stück des leckeren Brotes ab. Genießerisch kratzte er damit die letzte Soße vom Teller, um sich ein weiteres Stück des Bratens zu nehmen.
„Recht gerne", sagte Aduatrix. Er schaute sich um. Einige Gäste brachen bereits auf und er durfte nicht versäumen, seinen Wirtslohn einzufordern. „Wenn die meisten Gäste weg sind, komme ich gerne auf dein freundliches Angebot zurück.
Etwa eine Stunde später war es dann so weit.

Die meisten Gäste hatten die Schankstube verlassen, auch der Tisch der römischen Gäste war abgeräumt worden.
Crixus, der dem Wein ordentlich zugesprochen hatte – man hätte ihn auch als völlig besoffen bezeichnen können –, hatte ausführlich gerülpst und sich dann zurückgezogen. Pontillus und Maxillus hatten den Wein sparsamer genossen und warteten jetzt auf die versprochene Rückkehr des Wirts. Und der kam wenig später, in der Hand einen neuen Weinkrug.
„Ich sehe, dass ihr das Mahl genossen habt."
Die beiden Gäste nickten. „So sollt ihr denn nun noch von einem anderen Wein kosten, den ich nur für besondere Gäste habe. Gäste aus Rom, in amtlicher Eigenschaft."
Er zwinkerte den Männern freundlich zu, stellte für sich auch einen Becher hin und schenkte aus.
„Das ist freilich ein besonderer Trank", lobte Maxillus. „Das ist doch nicht etwa ...?"
„Doch", grinste Aduatrix, „das ist Falerner. Ihr müsst wissen, als das Legionslager hier aufgelöst wurde, da konnte ich mir dank des guten Verhältnisses zum Kommandanten einige Amphoren dieses Tropfens sichern. Er war oft hier zu Gast und immer hat es ihm geschmeckt."
„Kann ich mir gut vorstellen", sagte Pontillus. „Dein Weib scheint eine besondere Gabe zu haben. Auf der ganzen Reise hat es uns nicht so gut geschmeckt wie hier. Aber sag, dein Name klingt eburonisch, oder täusche ich mich?"
Aduatrix schüttelte den Kopf. „Für einen Römer kennst du dich recht gut aus. Ich stamme aus dem Volk der Eburonen und der große Ambiorix war sogar einer meiner Vorfahren."
„Ambiorix?", warf Maxillus ein, „verzeih meine Unkenntnis, aber wer war das?"
Bevor Aduatrix antworten konnte, ergriff Pontillus das Wort: „Ambiorix war einer der beiden Könige der Eburonen, eines großen und mächtigen gallischen Stammes." Er dachte kurz nach. „Das muss jetzt fast neunzig Jahre her sein, dass er durch eine List unserem große Iulius Caesar eine herbe Niederlage beigebracht hat, nicht wahr?"

Aduatrix nickte und ein feines Lächeln zog über seine Lippen. „Sprich weiter, du wirst die Dinge besser kennen als ich."

„Nun, Caesar ließ sich das aber nicht bieten und startete einige Jahre später mehrere, recht brutale Rachefeldzüge gegen die Eburonen. Er verwüstete ihr Gebiet und gab es den umliegenden Stämmen zur Plünderung frei. Die Einwohner wurden niedergemetzelt, die Gehöfte eingeäschert, das Vieh weggetrieben. Das Volk der Eburonen wurde ...ausgelöscht."

Bei diesen Worten verdunkelte sich die Miene des freundlichen Gastwirts zunehmend.

„Und Ambiorix?", wollte Maxillus wissen.

„Ambiorix konnte mit knapper Not über den Rhein zu den Germanen entkommen, soweit ich weiß, nicht wahr?" Wieder nickte Aduatrix zustimmend. „Was aus ihm geworden ist, weiß man nicht", fügte er mit düsterer Stimme an.

„Nun, jedenfalls war das Gebiet der Eburonen damit sozusagen frei geworden. Und da man sich an der Provinzgrenze keine freien Gebiete leisten konnte, kam man auf die Idee, hier die Ubier anzusiedeln."

„Die Ubier? Wieso? Wo kamen die denn her?"

Pontillus lächelte Maxillus an, wie ein Lehrer seinen Schüler anlächelt, der sich zwar viel Mühe gibt, aber nichts versteht.

„Die Ubier waren ein kleines, friedliebendes germanisches Volk, das auf der anderen Seite des Rhenus lebte. Sie schlossen mit uns Verträge, entrichteten Tribut, trieben Handel mit uns, stellten sogar Hilfstruppen. Und das, obwohl sie mitten in germanischem Gebiet lebten und die Germanen uns nicht gerade wohlgesonnen waren. Kein Wunder also, dass ihre germanischen Nachbarstämme sie mehr und mehr als Feinde ansahen und behandelten. Sie wurden ständig überfallen, ihr Vieh geraubt, ihre Weiber entführt."

„So war es", warf Aduatrix ein. „Ihnen schien dasselbe Schicksal zu drohen wie meinem Volk. Dann kam vor etwa zwanzig Jahren Agrippa, Heerführer des großen Augustus und damaliger hiesiger Statthalter auf dieser Rheinseite, auf

die wahrhaft glorreiche Idee, das gesamte Volk umzusiedeln, hierhin. Hier war ja … Platz!"
Das letzte Wort sprach er nicht ohne Bitterkeit aus.
„Hier gründeten die Ubier eine neue Stadt und die wenigen aus meinem Stamm, die überlebt hatten, blieben und schlossen sich ihnen an. Und zum Schutz für das Reich, aber auch für uns verlegte Augustus zwei Legionen hierhin, mit denen wir gut zusammengelebt haben. Eigentlich bedauere ich es, dass die Truppen abgezogen wurden. Sie gaben uns Schutz und Sicherheit und ließen meinen Geldbeutel klingen." Ein leichtes Grinsen zog über seine Lippen.
„Du sahst sie nicht als Besatzer?", wollte Maxillus wissen.
„Besatzer? Bei allen Göttern, ihr Römer seid jetzt schon seit fast hundert Jahren hier. Man hat sich daran gewöhnt. Außerdem habt ihr eine Menge von Dingen mitgebracht, die uns von Nutzen sind."
„Nämlich?"
Aduatrix kratzte sich an seinem langen Bart und dachte einen Augenblick nach.
„Die Straßen sind besser geworden. Die Überfälle der räuberischen Germanen von der anderen Seite sind seltener geworden. Die Häuser haben sich verändert, sie sind stabil und trotzen der Kälte, demnächst sollen hier ein Forum und sogar Thermen entstehen. Und, wie ich gehört habe, soll eine Wasserleitung gebaut werden, die uns frisches Wasser aus anderen Gebieten bringen wird. Du siehst, man kann es hier unter euch Römern aushalten. Sie lassen uns unsere Kultur, unsere Sitten, unsere Götter."
Er machte eine kurze Pause und griff nach seinem Weinbecher, den er geräuschvoll leerte.
„Und so lebe ich heute hier. Ein Eburone im Ubierland! Mein Weib ist Ubierin, also man sieht, die Verschmelzung beider Völker ist gelungen."
Er machte Anstalten aufzustehen, aber Pontillus ergriff seinen Arm. „Noch eine Frage, lieber Freund. Gibt es hier … Christen? Vielleicht nennen sie sich auch Nazarener."

Aduatrix blickte ihn befremdet an. „Christen? Nazarener? Wer soll das sein?"
„Ich ... ich war vor langer Zeit in einer Provinz im Orient. Dort ist ein neuer Glaube entstanden, gegründet von einem Mann namens Jesus Christus, der später hingerichtet wurde und ..."
„Du meinst den Gekreuzigten, der behauptete, ein Sohn Gottes zu sein?"
Pontillus nickte erfreut. „Du hast von ihm gehört?"
„Ja, habe ich. Zwei der Legionäre, die hier stationiert waren, haben mir erzählt, sie hätten vor ihrer Versetzung hierhin früher in einer Provinz mit dem Namen Judäa oder so ähnlich Dienst getan. Sie haben mir von diesem Manne erzählt. Der eine von ihnen war gar bei dieser äh... Kreuzigung dabei."
„War dabei?" Pontillus schlug die Hände vor den Mund. Ein Zeuge der Kreuzigung. Herr im Himmel! Wenn er mit dem sprechen könnte!
„Was ist aus ihnen geworden?", wollte Pontillus schnell wissen. Er lehnte sich interessiert nach vorne und fixierte den Wirt mit scharfem Blick.
„Soweit ich weiß, ist der eine mit der Legion nach Bonna gezogen, der andere, der bei der Kreuzigung dabei war, ist Veteranus und lebt noch hier."
„Ach!", rief Pontillus begeistert aus, „weißt du, wie er heißt und wo ich ihn treffen kann?"
„Freilich, sein Name ist Vitellius Gratus und er wohnt mit seiner Familie nicht weit von hier, kaum mehr als zehn Minuten. Er arbeitet jetzt als Schmied."
„Könntest du uns zu ihm führen?"
„Sicher, gleich morgen, wenn du willst. Aber jetzt sollten wir uns zur Ruhe begeben, mein Tagwerk beginnt schon sehr früh."
Die Männer wünschten einander eine gute Nacht. Pontillus und Maxillus begaben sich in ihr Zimmer, schauten zunächst im kargen Licht eines Öllämpchens nach den Schriftrollen, die unter dem Bett lagen und fanden sie unberührt vor. Dann

ließen sie sich mit einem Seufzer der Erleichterung auf ihre Betten fallen. Die Matratzen waren weich und vor allem sauber. Kein Ungeziefer, das herumkrabbelte und den Schlaf beeinträchtigen würde – eine Seltenheit.
Pontillus gähnte ausgiebig, während Maxillus leicht verärgert murmelte: „Wir sollten hier nicht zu viel Zeit verstreichen lassen, mein Freund. Wir haben noch einen weiten Weg vor uns. Claudia Procula erwartet uns und das Testament ihres Gatten."
„Keine Sorge, Freund. Aber gib mir wenige Tage! Die Gelegenheit, mit einem Manne zu sprechen, der bei der Kreuzigung meines Herrn dabei war, kann ich mir nicht entgehen lassen."
Danach versanken beide in einen erholsamen, traumlosen Schlaf.

XIV

Am nächsten Tag weckte eine strahlende Sonne die kleine Ubiersiedlung. Wolken und Nebel hatten sich verzogen. Aduatrix hielt Wort und führte seine beiden Gäste zu dem Veteranen Vitellius Gratus, der jetzt als Schmied arbeitete. Aufmerksam betrachteten die beiden Römer die Häuser und Gassen, durch die sie der Gallier führte. Wären sie etwas aufmerksamer gewesen, hätten sie vielleicht den Reiter in seinem schwarzen Kapuzenmantel bemerkt, der ihnen ständig in einem Abstand folgte, der angemessen, aber nie zu groß war. Aber ihre Augen waren zu sehr mit der Entwicklung beschäftigt, die die Siedlung durchmachte.

Überall wurde gebaut. Straßen wurden gepflastert, Lehmhütten abgerissen und durch Bauten aus Stein ersetzt, man konnte schon sehen, wo ein Forum entstehen würde. Ein kleiner Tempel stand schon in seinen Grundrissen …

Pontillus konnte sein Erstaunen nicht verbergen.

„Wo kommen all die Arbeiter her? Das Material? Hat man hier so viel Geld, dass man sich diese Arbeiten leisten kann?"

Aduatrix zeigte ein breites Grinsen mit lückenlosen, kräftigen Zähnen.

„Gut, nicht wahr? Aus unserem kleinen Dorf wird eine Stadt, eine römische Stadt. Und das Geld dafür? Nun, soweit ich gehört habe, wurde eine Schwester eures Kaisers hier geboren, nicht wahr?"

„Agrippina, ja!"

„Sie scheint sich ein wenig in ihren Geburtsort verliebt zu haben und trotzt ihrem Bruder das Geld dafür ab. Der hat ja wohl auch einige Jahre seiner Jugend hier verbracht."

„Caligula?" Pontillus nickte düster.

„Siehst du? Und so fließt das Geld aus Rom an den Rhein.

Und Handwerker haben wir genug. Da sind etliche Sklaven, die ihr Handwerk verstehen, und vor allem sind Hunderte von Soldaten als Veteranen hiergeblieben. Sie haben schon in der Legion gebaut: Brücken, Häuser, Straßen. Und so sorgen sie dafür, dass sie sich heimisch fühlen.
Sie bauen und bauen ... und versorgt werden sie von unseren einheimischen Bauern, die ihre Felder rings um die Siedlung haben. Sie liefern und die anderen kaufen. So haben beide was davon. Vitellius Gratus hat mir erzählt, dass er neunzehn Jahre Dienst getan hat. Nach seiner Entlassung hat er ein Stück Land erhalten, wo jetzt seine Schmiede steht, und eine Abfindung bekommen, von der es sich trefflich leben lässt. Er ist jedenfalls sehr zufrieden."
„Hm", brummte Pontillus, der sich in den wirtschaftlichen Verhältnissen ehemaliger Legionäre überhaupt nicht auskannte.
„Dafür müssen sie sich aber als *Evocati* bereithalten, wieder in den Legionsdienst einzutreten, wenn sie gebraucht werden. Ihre Rüstungen, ihre Waffen haben sie behalten. Gratus hat sie mir gezeigt. Hängen sauber und gepflegt an der Wand."
Inzwischen waren sie durch ein Gewirr kleiner Gassen auf einen breiten Platz gekommen, auf dem ebenfalls gebaut wurde. „Hier wird eine Therme entstehen", sagte Aduatrix. „So etwas kannten wir bisher nicht. Früher haben wir nur in eiskalten Bächen und Flüssen gebadet. Demnächst in warmem Wasser zu baden und danach eine wohltuende Massage zu bekommen, ich freu mich schon darauf. Gratus hat mir alles erzählt. So, wir sind da."
Er zeigte auf ein kleines Haus mit roten Ziegeln und einer angebauten, offenen Schmiede, deren Ziegeldach auf breiten Holzbalken ruhte.
Das Klingen des Hammers auf dem Amboss war weithin zu hören. Sie traten näher. Der Raum war dunkel, die Wände schwarz vom Ruß. Mehrere Fackeln waren an den Wänden befestigt und sorgten für ein karges Licht.
An der Stirnseite stand die Esse, ein breiter, gemauerter Ofen,

aus dem helle Flammen loderten, darüber ein Rauchfang aus Bronze. Vor der Esse lag ein Holzklotz, auf dem der Amboss stand, daneben ein großer Bottich mit Wasser, und eine aus Feuerkratze, Feuerschaufel, Schlackenhacke, Feuerspieß und Löschwedel bestehende Ausrüstung.
An der anderen Wand hingen, sauber aufgereiht, etliche Werkzeuge, Hämmer, Schmiedezangen, lange Nägel in jeglicher Größe. Daneben lehnten Holzräder mit eisernen Beschlägen an der Wand und auf einem Tisch lagen Hufeisen, Schwerter, Dolche und Messer, offenbar das Warenangebot des Mannes. Neben der Tür lagen, sauber aufgestapelt, Mengen von Holzscheiten, die auf ihre Verwendung warteten.
War es draußen doch recht kalt gewesen, herrschte hier eine ordentliche Hitze. Pontillus begann zu schwitzen und suchte in seinem Mantel nach einem Tuch.
Der Schmied selbst war ein hünenhafter Kerl, dessen kräftige Muskeln sich unter der brauen Tunika und dem Lederschurz spannten. Er schien sich den einheimischen Sitten angepasst zu haben, denn er trug lange Haare und einen ebensolchen Bart. Er hörte die Männer nicht kommen, drehte sich aber überrascht rum, als Aduatrix leicht seine Hand auf die Schulter legte. Er musterte die Ankömmlinge mit misstrauischem Blick, legte aber den Hammer weg.
„Aduatrix, was führt dich hierher. Und wer sind diese Männer?" Seine Stimme klang rau und tief.
„Sei gegrüßt, werter Gratus. Diese Männer baten mich, sie hierherzuführen. Es sind Römer wie du und sie haben wohl einige Fragen an dich."
„Fragen? Für so was habe ich keine Zeit. Frauen und Kinder mögen schwatzen, ich muss arbeiten", erwiderte er mürrisch. „Das muss heute noch fertig werden."
Er deutete auf eine gebogene Sichel, die noch rötlich glühte.
„Es wird sicher nicht lange dauern, lieber Freund", nahm Pontillus das Wort, „aber für uns ist es sehr wichtig."
„Wichtig? Was ist so wichtig, dass es mich von der Arbeit abhalten könnte?"

„Wir haben gehört, dass du früher einmal in Judäa Dienst getan hast."
Der Schmied blickte überrascht auf. „Legio X Fretensis", murmelte er.
„Ich war der Sekretär von Pontius Pilatus, du wirst den Namen sicher kennen, und ..."
„Pilatus? Freilich kenne ich den Namen des Präfekten, aber was will der Sekretär des Präfekten von einem ehemaligen Legionär?"
„Ich sehe, du hast jetzt keine Zeit, aber vielleicht können wir das heute Abend bei einem guten Becher Wein in der Taverne des Aduatrix besprechen?"
Gratus schien einen Augenblick nachzudenken. Er kratzte sich an der Stirn und hinterließ schwarze Streifen.
„Und ein gutes Mahl wird auch auf dem Tisch stehen", ergänzte Aduatrix, „soweit ich weiß, wird Ceara heute einen köstlichen Wildschweinbraten zubereiten."
Das gab den Ausschlag. „Zur zwölften Stunde könnte ich wohl kommen."
„Ausgezeichnet, so sei es", sagte Pontillus. Seine Wangen glühten, nicht nur vor Hitze. Es war mehr die Aussicht auf dieses Gespräch, das ihm das Rot ins Gesicht zauberte.
Ein Augenzeuge von Jesu Kreuzigung! Welch ein Geschenk des Himmels! Was musste der erzählen können!

***

Pontillus konnte es kaum abwarten, dass die Sonne im Westen unterging. Er ging trotz der Kälte ruhelos vor der Taverne auf und ab und war erleichtert, als die hünenhafte Gestalt des Schmieds aus der Dämmerung auftauchte. Der trug einen Wolfsfellmantel mit Kapuze und kam mit langen Schritten auf den Wartenden zu. „Sei gegrüßt, Gratus! Ich freue mich, dass du den Weg hierher gefunden hast."
„Auch dir meinen Gruß, Pontillus." Seine Stimme klang erheblich freundlicher als am Morgen in der Schmiede.

„Es ist kalt“, Pontillus schüttelte sich. „Lasst uns hineingehen. Maxillus ist bereits drinnen, er bevorzugt die Wärme des Schankraums.“ Gratus murmelte irgendetwas in seinen Bart und folgte dem Angebot. Der Schankraum des Aduatrix war heute bei Weitem nicht so voll wie am Abend zuvor, doch in der Ecke saß ein Mann, der seine Kapuze endlich einmal abgelegt hatte, sodass sein langes schwarzes Haar zum Vorschein kam. Er schien in seine Mahlzeit vertieft und nichts von seiner Umwelt wahrzunehmen.
Als sie eintraten, eilte der Wirt auf sie zu, begrüßte den Schmied und führte sie zu einem Tisch, der etwas abseits in einer Ecke stand. Maxillus saß bereits dort und blickte die Ankömmlinge erwartungsvoll an. Er war wie Pontillus an den Berichten des ehemaligen Legionärs sehr interessiert und erhoffte sich, weitere Details des neuen Glaubens zu erfahren.
Wenig später waren sie mit Getränken versorgt. Gratus hatte sich für den sauren, einheimischen Wein entschieden, Pontillus und Maxillus nahmen lieber einen wärmenden Mulsum.
„Du warst also in Judäa stationiert? Unter Pilatus?“, begann Pontillus das Gespräch.
„Viele Jahre! Auch schon unter seinem Vorgänger Valerius Gratus.“
Der wortkarge Gratus antwortete offensichtlich gerne knapp und in kurzen Sätzen.
„Meinem ... Namensvetter“, fügte er noch hinzu und rang sich ein dünnes Lächeln ab.
„Wo warst du stationiert? In Jerusalem?“
„Nein, in Cäsarea. Aber als Pilatus nach Jerusalem aufbrach, nahm er zwei Kohorten zur Sicherheit mit. Ich gehörte auch dazu und wir wurden in der Kaserne *Antonia* einquartiert.“
„Was waren eure Aufgaben?“
„Es war viel Volk unterwegs. Sie drängten sich in den Vorhöfen der Tempel, sie lärmten und waren unruhig. Wir sollten sie in Zaum halten. Pilatus befürchtete einen Aufstand.“

„Warst du bei dem Prozess dabei? Dem Prozess vor Pilatus?“
Gratus schüttelte den Kopf. „Da hatte ich Dienst vor der Präfektur.“
„Aber bei der Kreuzigung, nicht wahr? Wie kam es dazu?“
„Der Centurio hat zwanzig Männer für die Kreuzigung gesucht, dazu zehn Reiter. Hab' mich gemeldet. Zusätzliche Prämie!“
„Aha, nun, berichte mir bitte alles, was da geschehen ist.“
Inzwischen kam Cerea mit einer Magd an den Tisch und servierte den versprochenen Wildschweinbraten, umlegt mit verschiedenem Gemüse, dazu das übliche dunkel gebackene Brot. Die Männer griffen zuerst einmal beherzt zu. Besonders Gratus schien geradezu ausgehungert zu sein. Sie aßen schweigend, außer den Kaugeräuschen und einem ordentlichen Schmatzen war nichts zu hören. Dazwischen trank Gratus eine gehörige Menge Wein. Pontillus ließ ihn gewähren. Ein satter Bauch spricht besser.
Als sie das Mahl beendet hatten, wiederholte Pontillus seine Frage. Gratus lehnte sich entspannt zurück, rülpste und schielte erneut nach dem Wein. Pontillus schenkte einen weiteren Becher ein und blickte seinen Gast erwartungsvoll an.
„Nun“, Gratus räusperte sich und nahm einen tiefen Zug aus dem Becher, „was soll ich dazu sagen? War eben 'ne normale Kreuzigung. Hatte ich schon paar Mal vorher erlebt.“
Offensichtlich hatte seine Bereitschaft, Einzelheiten des Geschehens zu schildern, unter dem guten Mahl gelitten. Er war jetzt satt und müde, und er wollte merklich nach Hause.
Pontillus hatte das geahnt und Vorsorge getroffen. Er holte einen Geldbeutel aus der Tunika und schob ihn langsam über den Tisch. Die großzügige Reisebörse, die Pilatus ihm mitgegeben hatte, machte es möglich. Gratus warf einen kurzen Blick hinein und seine Augen weiteten sich. Einhundert Denar, fast der Jahressold eines Legionärs.
„Das ist viel Geld, mein Freund.“
Gratus nickte schweigend.

„Dafür erwarte ich alle Einzelheiten. Alle!"
„*Bene*, du sollst alles hören."
Er holte tief Luft, dann begann er: „Wir holten den Verurteilten aus dem Palast von Pilatus ab. Er … er machte einen erbärmlichen Eindruck. Seine Hände waren gebunden. Man hatte ihn gefoltert, mit Ruten geschlagen und ihm eine Krone aus Dornen aufgesetzt. Die war viel zu groß, und so hatte man sie ihm tief ins Gesicht gedrückt. Ihr könnte euch vorstellen, welche Wunden das in einem Gesicht hinterlässt."
Pontillus und Maxillus schwiegen. Pontillus' Miene war schmerzverzerrt, als erlebe er das Geschilderte persönlich mit.
„Man hatte ihm einen Purpurmantel umgelegt, er sollte wohl zum Hohn wie ein König aussehen. Den Mantel haben wir ihm abgenommen, dann lösten wir seine Fesseln. Sklaven hatten nämlich ein Kreuz herbeigebracht, dass der Verurteilte selbst schleppen sollte."
„Schleppen? Wohin?"
„Es gibt da einen Hügel außerhalb Jerusalems. Die Juden nennen ihn Golgatha, das heißt in ihrer Sprache Schädelstätte. Wir nannten diesen Ort *Calvariae Locus*. Dorthin werden die Verurteilten gebracht.
„War die Kreuzigung eigentlich eine normale Art der Hinrichtung?", wollte Maxillus wissen.
Gratus zögerte einen Augenblick. Er schien nachzudenken.
„So genau weiß ich das nicht. Soweit ich weiß, hat man nur Sklaven, Kriegsgefangene oder Aufrührer gekreuzigt. Einen römischen Bürger hätte man wohl niemals auf diese Weise getötet. Aber der Mann da, … er galt eben als gefährlicher Aufrührer!"
Pontillus nickte. „Weiter!"
„Wir haben ihm seine alten Kleider wieder angezogen. Irgendjemand muss sie inzwischen gewaschen haben, denn sie waren sauber. Merkwürdig, nicht? Übrigens wurden zusammen mit dem Mann zwei weitere Männer hingerichtet."
„Was für Männer?"

„Ihre Namen habe ich bis heute nicht vergessen, Gesmas und Dismas. Es waren berüchtigte Mörder und Räuber, die über Jahre an der Grenze zu Ägypten gehaust hatten und viele Verbrechen begangen hatten. Unsere Truppen hatten sie lange Zeit gesucht. Am Schluss hatten sie gar eine Frau mit ihrem Kind ermordet und wir haben sie erwischt. Üble Kerle, das! Ich erwähne das nur, weil die beiden ihren Trank bekamen, der dritte aber nicht!"
„Welchen Trank?"
„Es ist üblich, dass die Verurteilten einen guten Becher Wein kriegen, damit sie die Qualen besser aushalten können."
„Und warum hat der dritte ihn nicht bekommen?"
„Die … die Hohepriester hatten das bei Pilatus durchgesetzt!"
„Diese Hundesöhne!", murmelte Maxillus aufgebracht.
„Ja, so war's. Also wir luden dem Verurteilten sein Kreuz auf. Schwer war es und einer alleine konnte es eigentlich gar nicht tragen. Wundere mich heute noch, dass der Mann es tragen konnte."
Gratus schüttelte voller Verwunderung seinen Kopf.
„War übrigens ein anderes Kreuz als sonst."
„Wieso das?"
„Ein normales Kreuz, das für eine Hinrichtung angefertigt wird, hat in der Mitte einen Sattel, eine Art Holzbock, damit der Verurteilte, wenn er am Kreuz hängt, sich darauf abstützen kann. Dann sind seine Qualen nicht ganz so schlimm."
„Aber dieses Kreuz hatte diesen Bock nicht?"
„Nein. Die Juden hatten es verhindert. So waren die Qualen größer. Ich frage mich heute noch, warum die Juden diesen Mann so gehasst haben. Auf mich machte er einen eher sanften und gutmütigen Eindruck."
Ein weiterer Schluck Wein fand seinen Weg.
„Also, die Verurteilten mussten ihre Kreuze auf sich laden. Inzwischen hatte sich eine große Menge Volks angesammelt und der Weg führte durch enge Gassen. Unsere Reiter ritten zur Hälfte vorne, zur Hälfte hinten. So hatte es der Centu-

rio befohlen. Links und rechts standen die Leute, sie schüttelten ihre Fäuste und schrien. Ich war besorgt, ob unsere kleine Gruppe groß genug war, um Angriffe zu verhindern. Ich schaute auch immer wieder nach dem Verurteilten, weil ich Angst hatte, er könne unter der Last zusammenbrechen."
„Wie weit warst du von ihm entfernt?", wollte Pontillus wissen.
„Keine fünf Schritte."
Pontillus nickte. „Weiter!"
„Wir kamen dann durch eine Pforte in der Stadtmauer und der unebene Weg wurde immer schwieriger. Und jedes Mal, wenn der Mann stolperte, wurde er von meinen Kameraden geschlagen."
„Und du? Du hast ihn nicht geschlagen?"
Gratus dachte einen Augenblick nach, dann schüttelte er entschieden den Kopf.
„Nein, bei meiner Ehre, ich schlug ihn nicht. Aber warum, kann ich kaum sagen. Ich glaube, der Mann tat mir leid! Aber es kam noch schlimmer. Als wir nach dem Tor durch eine besonders enge Gasse kamen, warfen einige der Bewohner, viele von ihnen Sklaven, mit Steinen, Unrat und sogar Kot nach dem armen Mann. Ich selbst wurde von mehreren kleinen Steinen getroffen und erhob meine Lanze drohend gegen die Umstehenden. Dann kamen unsere Reiter und sorgten für Ruhe."
Er machte eine kurze Pause. Er schien die Szene noch einmal zu durchleben und seine Stirn furchte sich. Dann schüttelte er den mächtigen Kopf, als wolle er die unliebsamen Gedanken vertreiben.
„Dann kam die kleine Brücke, eigentlich nur ein großer Stein, der über eine mit Wasser gefüllte Vertiefung führte."
„Was passierte da?"
„Der Mann stolperte und ließ wieder das Kreuz fallen. Meine Kameraden und die Umstehenden fluchten, sie schlugen ihn, sie zerrten an ihm wie wild, sie gaben ihm Fußtritte."
Seine Stimme wurde zunehmend leiser, war zuletzt kaum hörbar.

„Fandest du das nicht barbarisch, unmenschlich?", fragte Pontillus leise.
Gratus brauchte eine gewisse Zeit, bevor er antworten konnte. „Eigentlich war das so wie immer, aber dieser Mann … dieser Mann war anders."
„Anders? Wie anders?"
„Die anderen Verurteilten, die früher den gleichen Gang gegangen waren, sie fluchten und beschimpften uns, sie machten unflätige Gesten und sie lästerten gar die Götter.
Dieser aber", er machte wieder eine kurze Pause, „dieser aber tat nichts dergleichen. Er schaute uns nur an, aus seinen sanften blauen Augen. Er streckte die Arme zur Hilfe aus, aber niemand half. Sogar die Pharisäer, die am Schluss des Zuges gingen, forderten zur Hilfe auf. Sie fürchteten wohl, er möge schon auf dem Weg sterben. Ich half ihm auf und legte das Kreuz wieder auf seine Schulter. Den Blick, den er mir zuwarf, werde ich nie vergessen."
In diesem Augenblick versagte seine Stimme und dieser Hüne von Mann erschien auf einmal schwach und verwundbar. Die beiden Zuhörer gönnten ihm eine Pause, in der Gratus gierig nach dem Wein griff, als könne er durch einen guten Schluck das Vergessen zurückbringen.
„Erzähle bitte weiter", sagte Pontillus und berührte sanft den Arm des Veteranen.
Doch plötzlich bemerkte er, dass sich die Stimmung in der Taverne verändert hatte. Es war so ruhig geworden. Ruhe wie in einem Totenhaus …

XV

Und als er sich umschaute, erschauerte er. Jegliches Gespräch war verstummt. Sämtliche Männer starrten zu ihnen herüber und hingen an den Lippen des Erzählers. Sie ließen das Fleisch auf dem Teller, kein Weinkrug wurde angerührt. Einige hatten ihre Stühle gar näher gerückt, um nur ja nichts von den Worten zu verpassen, die da stockend herüberdrangen. War ihnen auch der Gott, von dem da gesprochen wurde, gänzlich unbekannt, erschien ihnen doch das Geschehen als besonders spannend. So was hörte man nicht alle Tage, und gar von einem Augenzeugen. Unter denen, die da näher gekommen waren, befand sich auch der hagere Schwarzhaarige, aber seine Lippen waren höhnisch verzogen, als wolle er sagen: „Was für ein Unsinn wird hier den Leuten erzählt!"

Auch Aduatrix und sein Weib Cerea hatten ihre Arbeit liegen lassen und blickten mit großen Augen zum Tisch der drei Gäste.

Gratus bemerkte von all dem nichts. Mit stockender Stimme fuhr er fort:

„Und es ging weiter. Wisse, der Weg vom Palast des Pilatus bis zu jener Stätte dauert normalerweise etwa eine halbe Stunde. Aber so langsam, wie alle gingen, vor allem der Verurteilte, war er viel länger.

Wir kamen nun auf den Berg Zion zu, die Juden nennen ihn Tempelberg. Da brach der Verurteilte ein zweites Mal zusammen."

„Nenn ihn bitte nicht den ‚Verurteilten'. Sein Name war Jesus, Jesus Christus!", warf Pontillus mit scharfer Stimme ein.

„Jesus Christus, ja, so hieß er wohl. Also, er brach wiederum zusammen. Zu schwer war die Last, zu schwer seine Wun-

den! Es geschah dies etwa vor dem Haus des Kaiphas, jenes Hohenpriesters, der die Anklage bei Pilatus betrieben hatte. Hier muss der Verurteilte … äh, ich meine dieser Jesus Christus seine Mutter getroffen haben."
„Seine Mutter?", unterbrach Pontillus ihn ungläubig.
„Ja. Es standen da einige Frauen. Sie weinten und klagten. Und eine von ihnen stürzte nach vorn und schrie: ‚Mein Sohn!' Und er antwortete: ‚Meine Mutter!' Einige Frauen eilten nach vorn und führten sie weg. Mein Centurio aber schrie ihr hinterher: ‚Weib, was hast du hier zu tun? Hättest du ihn besser erzogen, wäre er jetzt nicht in unseren Händen und müsste diesen Weg nicht gehen!' Inzwischen hatten wir Jesus wieder aufgehoben und ihm das Kreuz wieder auf die Schultern gelegt. Jetzt kam der schwierigste Teil, denn wir befanden uns in einer Talsenke, von wo ein mühsamer Aufstieg zum Richthügel war. Aber nach ein paar Schritten stürzte er ein drittes Mal und blieb wie tot liegen. Und ich denke nicht, dass er sich noch einmal aus eigener Kraft hätte erheben können."
Er machte eine kurze Pause und sah sich überrascht um. Die anderen Gäste saßen und standen inzwischen dicht um ihn herum, lediglich der Hagere war auf etwas Abstand bedacht, man sollte sich nicht sein Gesicht einprägen können.
Es herrschte atemloses Schweigen, für eine Versammlung barbarischer Gallier recht untypisch. Aber Gratus schien das nicht zu beeindrucken, eher fühlte er sich durch diesen Umstand beflügelt.
„Ich schaute mich ratlos um. Ich wusste, dass dieser … Jesus den Weg alleine niemals schaffen würde. Mein Blick fiel auf einen Hünen, der am Wegesrand stand und die Szene neugierig beobachtete. Er war vielleicht um die vierzig Jahre, etwa so groß und stark wie ich". Gratus lächelte versonnen. „Ich sehe ihn noch so vor mir. Ich fragte ihn, wie er hieße und woher er käme. Simon sei sein Name und aus Cyrene käme er. Das liegt in der Provinz Africa. Und da ich, wie jeder römische Soldat, im Notfall jeden Nichtrömer zum Frondienst

zwingen kann, hieß ich ihn, dem armen Mann zu helfen und das Kreuz für ihn zu tragen. Simon weigerte sich zunächst, denn er empfand sicher Ekel vor dem verletzten und blutbeschmierten Mann. Aber dann blickte der Verurteilte … ich meine Jesus, ihn an. Und dieser Blick muss mehr bewirkt haben als eine Drohung von mir hätte ausrichten können, denn dieser Simon half Jesus plötzlich auf und nahm dessen Kreuz. Er trug es mit Leichtigkeit, denn er war stark wie ein Bär in unseren Wäldern."

Gratus lächelte leicht und nahm einen herzhaften Schluck aus dem Weinbecher, der ständig gefüllt wurde. Pontillus und Maxillus lauschten den Worten des Veteranen gebannt, nicht anders die übrigen Gäste im Schankraum.

Inzwischen war längst die Nacht hereingebrochen. Der Wirt und sein Weib brachten neue Fackeln herbei und gossen Öl in die Lämpchen auf den Tischen. Dann gesellten sie sich wieder eilig zum Kreis der Zuhörer. Gratus leckte sich über die Lippen und fuhr in seiner Erzählung fort.

„Ich will zum Ende kommen …"

„Nein", drängte Pontillus, „die Einzelheiten! Ich muss alles hören!"

Gratus nickte geduldig. „So sei es! Also, wir setzten den Weg fort, jetzt etwas schneller. Wir waren etwa zweihundert Schritte weitergegangen, da kamen wir an einer Gruppe von Frauen vorbei. Sie weinten und jammerten, was durchaus tapfer war, denn es war nach jüdischer Vorschrift verboten, die Verurteilten zu beweinen, war doch das Urteil stets ein gutes und gerechtes Urteil! Wie auch immer, eine der Frauen, eine große und ansehnliche Frau, löste sich aus dem Kreis, bahnte sich ihren Weg durch den Pöbelhaufen, fiel auf die Knie und rief: ‚Erlaube mir, das Angesicht meines Herrn abzutrocknen!' Ich wusste nicht, was ich darauf tun sollte, ebenso wenig meine Kameraden. Und so ließ ich es zu, dass die Frau das Gesicht des Delinquenten mit einem Schweißtuch aus feiner Wolle trocknete. Ich glaube, dieses Weib hieß Veronika oder auch Seraphia? Nun, sie nahm das Tuch zurück, und siehe,

das Antlitz des Mannes war auf ihm abgebildet. Ich kann es bis heute nicht glauben. Sie wollte ihm auch aus einem Krug einen Trank reichen, aber das ließen wir nicht zu. Es hätte doch sein können, dass der Trunk die Sinne des Verurteilten trübten und seine Schmerzen lindern könnten, und das durften wir doch nicht zulassen. Die Frauen am Wegesrand aber jammerten und wehklagten immer noch. Da wandte sich Jesus zu ihnen und sagte mit schwacher Stimme: ‚Ihr Töchter Jerusalems, weint nicht über mich, sondern weint über euch und eure Kinder! Denn seht, es werden Tage kommen, wo man rufen wird: Selig die Unfruchtbaren und die Leiber, die nicht geboren haben, und selig die Brüste, die nicht gesäugt haben! Dann werden sie zu den Bergen schreien: Fallt über uns her! Und zu den Hügeln: Bedeckt uns! Denn wenn man das am grünen Holz tut, was wird erst mit dem dürren geschehen?'
So ungefähr waren wohl seine Worte, aber ich habe sie nicht verstanden. Was hat er mit dem grünen Holz gemeint? Und warum sollen die Berge über sie fallen?"
Pontillus hätte ihm das wohl aus seinem tiefen Glauben heraus erklären können, aber er schwieg und dachte sich seinen Teil.
„Und dann kamen wir endlich zur Richtstätte", fuhr Gratus fort. „Es muss etwa zur siebten Stunde gewesen sein. Eine Menge johlenden Volks stand umher und wollte sich die Kreuzigung nicht entgehen lassen. Die einen aus Neugier, andere aus Mitleid, wieder andere, weil sie gerne Blut sahen, solange es nicht das eigene war. Auch die Pharisäer, die dem Zug auf Pferden gefolgt waren, hatten an der Kuppe des Hügels Halt gemacht.
Die Kreuze lagen auf dem Boden bereit, und meine Kameraden und ich waren froh, die Sache nun bald erledigt zu haben. Die Verurteilten wurden bis auf einen Lendenschurz entkleidet, die beiden Räuber wurden mit Seilen ans Kreuz gebunden, dem dritten aber, dem Jesus, wurden Nägel durch Hände und Füße getrieben und so wurde er ans Kreuz befestigt. Die

Hammerschläge konnte man bis weit in die Runde hören und viele zuckten bei jedem Schlag zusammen. Andere klatschten bei jedem Schlag in die Hände und riefen: ‚Da hat er's!'"

Bei dieser Schilderung schlug der Veteran mehrfach kräftig mit der Faust auf den Tisch, als wolle er durch die Schläge die Wahrheit seier Worte untermauern. Und bei jedem Schlag zuckte Pontillus schmerzhaft zusammen, als hätten die Schläge ihn selbst getroffen.

Gratus wischte sich fahrig über die Stirn, auch ihn schienen die eigenen Worte zu berühren. Nach einer kurzen Pause und einem weiteren Schluck Wein fuhr er mit leiser Stimme fort: „Die Schreie des Gequälten aber werde ich im Leben nicht vergessen."

„Hast du auch ... Nägel eingeschlagen?" Pontillus blickte Gratus mit verzerrtem Gesicht an.

„Ich? Nein, das haben die Knechte gemacht, die uns begleitet haben. Ich ... ich hätte das nicht gekonnt. Im Kampf töten, das war ich gewohnt. Aber so eine barbarische Tat ..."

Gratus machte wieder eine Pause und die Umstehenden nahmen erstaunt wahr, wie Tränen aus den Augen des Hünen traten und in seinen zotteligen Bart liefen. Aber dieser kampferprobte Riese schien sich seiner Tränen nicht zu schämen. Er kniff die Lippen trotzig zusammen, und es dauerte nur wenig, bis er sich wieder gefasst hatte und die Erzählung beenden konnte.

„Die Kreuze wurden nun aufgerichtet, die beiden Räuber je zur Rechten und Linken von Jesus. Der eine, der Gesmas genannt wurde, stieß grässliche Schreie und Verwünschungen aus, der andere blieb still. Wir aber waren mit unserer Arbeit fertig. Wir ließen uns unter den Kreuzen nieder und wuschen uns das Blut von Händen und Armen. Unsere letzte Aufgabe war das Bewachen der Delinquenten, auf dass sie weder jemand über Gebühr verhöhnte noch sie etwa von den Kreuzen nähme. Besonders das Letzte hat man uns eingebläut, denn es ging das Gerücht, dass Anhänger von Jesus seinen Leichnam vom Kreuz stehlen wollten. Langsam zerstreute sich die

Menge und uns standen einige Stunden der Langeweile bevor. Wir nahmen etwas von dem mitgebrachten Wein und dem Proviant zu uns und dann begannen einige meiner Kameraden, um die Kleider der Gekreuzigten zu würfeln. Ich habe dabei nicht mitgemacht, denn die Sachen waren für mich ohne Wert.
Inzwischen waren neue Leute aus der Stadt gekommen, denn Sensationsgier, Hass oder auch Mitleid haben sie wohl auf diesen Hügel getrieben. Die einen schmähten die Verurteilten und riefen ihnen hasserfüllte Worte entgegen, andere schüttelten die Köpfe und riefen: ‚He du, der du den Tempel Gottes zerstören und in drei Tagen wieder aufbauen wolltest, nun hilf dir selber. Wenn du der Sohn Gottes bist, so steig herab vom Kreuz!'
Die Zeit verging. Ein Schreiner kam, um am Kreuz dieses Jesus auf Befehl des Pilatus ein Schild anzubringen."
„Ein Schild? Was stand darauf?" Diese Frage kam vom Wirt Aduatrix, der bisher schweigend zugehört hatte.
„Die Inschrift lautete *‚INRI – Jesus Nazarenus, Rex Iudaeorum‘*."
„Aber Jesus war doch gar nicht ihr König, oder?"
„Pilatus hat es so befohlen, und die Hohepriester und Pharisäer waren außer sich. Aber Pilatus hat gesagt: *‚Quod scripsi, scripsi* – Was ich geschrieben habe, habe ich geschrieben!' – und damit war die Diskussion beendet."
„Und Jesus? Hat der geschwiegen oder hat er noch gesprochen?", wollte Maxillus wissen.
„Er hat etwas ganz Merkwürdiges gesagt", antwortete Gratus nachdenklich.
„Nämlich?"
„Er hat gesagt: ‚Herr, verzeih ihnen, denn sie wissen nicht, was sie tun.'"
Eine Zeit lang herrschte völliges Schweigen. Nur das Knistern der Holzscheite im Ofen war zu hören. Aduatrix stand auf, um neue Weinkrüge zu holen, und Cerea legte große Stücke von dem dunklen Brot auf die Tische, aber kaum jemand

wollte essen. Der Schwarzhaarige aber leerte seinen Becher und putzte sich den Mund ab. Für heute hatte er genug Geschwätz gehört. Er legte das Geld auf den Tisch und verschwand mit einem geringschätzigen Lächeln.
Noch in der Tür hörte er die Worte des Schmieds.
„Und dann ist wieder etwas Merkwürdiges geschehen."
„Erzähl!", rief einer der Umstehenden, ein kleiner gallischer Kaufmann mit langem, spitzen Gesicht. Seine Wangen glühten rot vor Aufregung.
„Jesus wurde offenbar ohnmächtig. Kein Wunder angesichts der Qualen, die er erlitten hat.
Einer der beiden Räuber, der Gesmas, rief zu seinem Kumpan: ‚Sein Teufel hat ihn verlassen!' und zu Jesus: ‚Wenn du der Christus bist, so rette dich selber und uns damit!'.
Aber statt Jesus antwortete ihm sein Spießgeselle Dismas: ‚Hast du denn keine Furcht vor Gott, da du doch zu derselben Strafe verurteilt bist? Wir empfangen unsere Strafe zu Recht, jener aber hat nichts Böses getan.' Dann wandte er sich an Jesus: ‚Herr, gedenke meiner, wenn du in dein Reich kommst!', und Jesus, der inzwischen wieder bei Sinnen war, erwiderte mit klarer Stimme, dass alle Umstehenden ihn hören konnten: ‚Wahrlich, ich sage dir, noch heute wirst du bei mir im Paradies sein!'
Und dann sagte der Räuber zu den Umstehenden, die den Gekreuzigten immer noch schmähten: ‚Wie könnt ihr den beschimpfen, der für euch gebetet hat? Er ist ein Prophet, der Sohn Gottes!' Da machte sich Unmut unter den Leuten breit und sie wollten ihn mit Steinen bewerfen. Aber unser Centurio ging dazwischen und duldete es nicht."
Gratus machte jetzt einen erschöpften Eindruck. Sicher hatte er im ganzen Leben nicht so lange gesprochen wie an diesem Abend. Aber es machte den Eindruck, dass er all das loswerden wollte, als würde es seine Seele von einer Last befreien. Pontillus bemerkte das.
„Nur noch ein wenig, Freund. Erzähle uns den Rest", drängte er.

Gratus nickte müde. „Unter dem Kreuz standen einige Frauen und jüngere Männer. Seine Mutter stand ebenfalls darunter. Auch der Gekreuzigte sah sie. Und dann sagte er plötzlich zu seiner Mutter: ‚Weib, siehe dein Sohn!‘ und zu dem jungen Mann, der neben ihr stand: ‚Siehe, deine Mutter!‘. Merkwürdig, nicht? Aber wer weiß schon, was in den letzten Minuten vor dem Tod in einem vorgeht. Aber das Merkwürdigste kommt erst noch!“
Die Zuhörer, von denen einige fast schon vom Schlaf übermannt wurden, setzten sich wieder aufrecht hin und starrten den Erzähler an.
„Plötzlich verdunkelte sich die Natur, die Sonne verhüllte sich, wie ich es noch nie gesehen habe. Es war, als trauere die Natur um den Tod dieses Mannes. Ein rötlicher Kreis umgab die Sonne, blutrot schimmerten die Sterne, die Vögel flogen dicht am Boden, manche fielen wie Steine herab, das Vieh auf den umliegenden Feldern brüllte. Die Pferde der Pharisäer drängten sich ängstlich zusammen, schnaubten und senkten furchtsam ihre Köpfe. Wie ich später gehört habe, senkte sich Nebel über die Häuser und Gassen und die Menschen tappten in arger Finsternis umher. Auch uns auf dem Hügel machte das Geschehen nachdenklich. Einige der Gaffenden entfernten sich eilig, andere warfen sich zu Boden und beteten. Es herrschte eine schauerliche Stille. Und mitten in dieser Stille hörte man die Stimme des Gekreuzigten. Er betete leise. Ich habe es nicht verstanden, so leise war es. Aber etwas habe ich verstanden.“
„Was? Was war es?“, riefen mehrere der Umstehenden.
„Er rief: ‚Mein Gott, mein Gott, warum hast du mich verlassen?‘ Wir dachten, dies wären seine letzten Worte, aber so war es nicht. Wenig später rief er: ‚Mich dürstet!‘
Das konnte mich nicht wundern, denn der arme Mann hatte seit Stunden nichts gegessen oder getrunken. Und so empfand ich Mitleid. Wir hatten in der Nähe einen Eimer mit Essigwasser stehen, den wir selbst zum Stillen unseres Durstes benutzten. Ich steckte also einen Schwamm auf einen Stock,

tauchte ihn in den Eimer und führte den Schwamm zum Mund des Sterbenden. Inzwischen war die Sonne fast gänzlich verschwunden, obwohl es noch nicht die Zeit dafür war. Und plötzlich, ganz plötzlich, war die Stimme jenes Mannes noch einmal zu hören, ein letztes Mal. Eine klare Stimme hallte über den Hügel und sagte: ‚Es ist vollbracht! Vater, in deine Hände empfehle ich meinen Geist!'
Dann starb der Mann. Wir haben die Stätte noch bis Mitternacht bewacht, dann sind wir müde und erschöpft in die Kaserne zurückgekehrt. So, mehr kann ich dazu nicht berichten."

XVI

Pontillus hatte in der folgenden Nacht kein Auge zugemacht, während lautes Schnarchen vom guten Schlaf des Gefährten an seiner Seite kündete. Zu sehr hatten ihn die Berichte des Gratus aufgewühlt und die Worte, die Jesus Christus vor seinem Tod noch gesagt hatte.

Sein gequälter Geist führte ihn den gleichen Weg, den Gottes Sohn an jenem letzten Tag durch die engen Gassen Jerusalems gegangen war. Fast empfand er die Qualen am eigenen Körper. Manches von dem, was Gratus berichtet hatte, war ihm aus Erzählungen von Pilatus bekannt. Aber nicht diese Einzelheiten, die nur jemand wissen konnte, der dabei war.

Gratus war nach dem Ende seiner Erzählung sofort aufgebrochen und ließ eine Gruppe von Männern zurück, die noch ganz unter dem Eindruck des Gehörten stand. Sie diskutierten noch eine Weile über das Gehörte, bis der Schlaf sein Recht forderte.

Als die beiden Römer am Morgen bei einem Frühstück aus kalten Fleisch, Obst und Brot saßen, drängte Maxillus zum Aufbruch. „Du hast jetzt alles gehört, was jener Schmied zu sagen hatte. Wir müssen jetzt zum Flottenkastell. Lucius Valerius Verecundus wartet auf uns. Unsere Reise muss weitergehen!"

Pontillus nickte. „Wir werden unseren freundlichen Wirt nach dem Weg fragen."

Aduatrix, dem die Folgen einer langen Nacht anzusehen waren, bot ihnen an, einen Diener als Führer mitzugeben, und wenig später machten sie sich auf den Weg. Der Weg war nicht lang. Der Diener führte sie durch ein Gewirr von Gassen zum Rhein hinunter, im Schlepptau immer den unbekannten schwarzhaarigen Begleiter, der ihnen wie ein Schatten folgte, schweigsam und nahezu unsichtbar.

Hier nun sahen sie den gewaltigen Strom zum ersten Mal aus der Nähe. Seine braunen Fluten trieben gemächlich dahin, Boote fuhren in beide Richtungen, von fleißigen Ruderern angetrieben.

„Dort drüben leben Germanen." Syphax, der Diener, zeigte mit dem Arm auf die andere Rheinseite. „Vor allem die Sugambrer, aber auch Usipeten und Tencterer."

„Und? Ich meine, wie kommt ihr mit denen zurecht?"

„Überhaupt nicht", antwortete der Diener grinsend und entblößte dabei eine Menge schadhafter Zähne. „Sie sind Barbaren und Räuber. Hades verdamme sie! Sie kommen nachts in ihren Booten rüber. Sie rauben und plündern, sie entführen unsere Weiber, sie töten unsere Wachen. Als die römische Garnison noch hier war, war es besser. Aber seit die abgezogen sind, sind wir hier nicht mehr sicher."

Der Weg führte weiter am Ufer entlang, stieg leicht an und nach einer Weile zeigte Syphax auf eine große Baustelle. „Da ist das Flottenkastell oder besser die Baustelle, aus der das Kastell einmal werden wird." Der Diener verabschiedete sich und wurde mit einem kleinen Obolus belohnt, was er mit einem devoten Kopfnicken quittierte.

Pontillus und Maxillus traten näher. Eine riesige Baustelle lag vor ihnen, Hunderte von Arbeitern, Sklaven und Soldaten eilten geschäftig hin und her. Wachen standen an den Rändern und beobachteten aufmerksam das Geschehen. Gerüste und begonnene Mauerwerke zeigten an, wo die späteren Gebäude stehen würden. Landmesser steckten mit Winkelkreuz, Kreuzscheibe, Winkeltrommel und Maßstäben künftige Hausmaße ab. Kanäle wurden verlegt, Wasserleitungen geplant.

Am Fluss lagen Boote, die neue Baumaterialien heranbrachten. Maultiere zogen unter den Flüchen der Kutscher die Lastkarren mit Holz und Steinen. Ein großes, lang gestrecktes Haus, massiv aus Ziegeln gebaut, mit einem großen Tor,

schmalen Fenstern und roten Dachziegeln, war bereits fertig und die Männer vermuteten zu Recht, dass das die Flottenpräfektur mit den Offiziersquartieren war. Zwei Legionäre standen mit grimmigen Mienen davor.
Am Ufer wurde gerade eine neue Mole von der Verschalung befreit und die Arbeiter betraten sie vorsichtig, um ihre Standfestigkeit zu prüfen. Die beiden Römer blickten fasziniert auf das Geschehen vor ihnen. Eine Baustelle dieses Ausmaßes hatten sie noch nie gesehen. Dann plötzlich – eine Wache hatte sie bemerkt und näherte sich ihnen gemächlichen Schritts.
„Was habt ihr hier zu suchen, Fremde?", herrschte der Mann sie an. Pontillus meinte einen griechischen Akzent in seiner Aussprache zu hören. Das war nicht ungewöhnlich, denn in der römischen Armee dienten Menschen aus allen Erdteilen, vor allem aus den eroberten Provinzen.
Er trug die Uniform eines Manipularius, eines einfachen Seesoldaten. Aber wenn man seine Stimme hörte und sein Gesicht sah, hätte man ihn für den Oberbefehlshaber halten können. Er war klein, aber mit breiten Schultern und einem vernarbten Gesicht, das von der Erfahrung etlicher Schlachten zeugte. Sein Schwert trug er an einem Waffengürtel und in der Hand hielt er eine Lanze.
„Nur ruhig, mein Freund", sagte Pontillus geduldig. „Wir kommen im Auftrag unseres Präfekten und wollen mit Lucius Valerius Verecundus sprechen. Ist er hier?"
Dabei wedelte er mit einem Dokument herum, das unübersehbar einen amtlichen Eindruck machte. Die Miene des Soldaten entspannte sich. „Verzeih, Herr, aber hier treiben sich so manche rum, die den Bau unserer Anlage ausspionieren wollen. Andere lassen Baumaterial mitgehen oder stehlen von unseren Vorräten."
„Aber so sehen wir wohl nicht aus, nicht wahr?"
„Nein natürlich nicht. Lucius Valerius Verecundus befindet sich übrigens dort drüben bei dem Torbogen." Er wies auf einen Torbogen, der kurz vor der Vollendung stand, und salutierte nach römischer Art.

„Hab Dank!", sagte Pontillus. Sie machten sich auf den Weg. Lucius Valerius Verecundus war von mittlerer Größe, kräftiger Gestalt und freundlicher Miene. Sein schütteres braunes Haar war kurz geschnitten, sein Gesicht glatt rasiert. Er trug keine Uniform, sondern einen langen Militärmantel. Als sie auf ihn zutraten, sah er sie fragend an.
„Ich komme im Auftrag des Präfekten Pontius Pilatus und soll dir seine Grüße ausrichten."
„Pilatus? Bei allen Göttern, wie geht es ihm? Und wo lebt er? Zuletzt hörte ich ..."
„Gibt es hier einen Platz, an dem wir ungestört sprechen können?", unterbrach ihn Pontillus.
Verecundus schaute sich um. „Hier ist eigentlich außer dem Amtsgebäude noch nichts fertig, aber dahin möchte ich nicht gehen, zu viele Zuhörer!" Dann deutete er auf eine längliche Baracke am Flussufer: „Aber da müsste es gehen."

Sie betraten den länglichen Raum, der aus langen Hölzern grob gezimmert war und außer einem Ofen und ein paar langen Bänken und Tischen kein Mobiliar beinhaltete. In einer Ecke standen lediglich ein paar Holzbretter, die auf die nächste Verschalung warteten. Trotz des Ofens war es kalt hier und die beiden Römer erschauerten.
„Ziemlich kalt hier, nicht wahr?" Verecundus lächelte seine Gäste freundlich an, vor seinem Mund bildeten sich kleine Atemwolken.
„Hier halten sich unsere Leute auf, wenn sie Pause machen. Ist nicht besonders gemütlich, sollte aber gehen, oder?
Pontillus blickte ihn aufmerksam an. Er musste den Mann erst einmal besser kennenlernen.
„Wie lange tust du hier schon Dienst?"
„Hier? Seit fünf Jahren."
„Und wie lebt es sich hier?"
Verecundus lächelte. „Ich komme zurecht. An das kalte Klima muss man sich gewöhnen. Mein Weib lebt hier, meine beiden Kinder. Sie fühlen sich wohl. Der Sold kommt regel-

mäßig, mein Präfekt ist umgänglich. Also was soll mir fehlen? Aber du bist bestimmt nicht gekommen, um meine Lebensgeschichte zu hören, oder? Was kann ich also für euch tun?"

Pontillus nickte und griff in seine Manteltasche.

„Ich habe dir ein Schreiben von Pilatus mitgebracht."

Er übergab die kleine Rolle an Verecundus, der das Siegel zerbrach und sie neugierig öffnete. Schon nach wenigen Sekunden veränderte sich seine Miene. Zuerst wurde sie traurig, dann zornig, am Schluss wütend. Seine Faust schlug auf den Tisch, Staub und Brotkrümel flogen in die Luft.

„Bei Jupiter, was für eine Sauerei! Pilatus ist tot und das nur wegen ..."

Er brach seine Rede ab und schaute sich vorsichtig um. Manche Wahrheit sprach man besser nicht aus. Er reichte den Brief Pontillus. „Du kennst den Brief?"

„Nein, bis jetzt nicht."

„So sollst du ihn jetzt lesen!"

Schnell überflog Pontillus über die Zeilen, die hastig hingekritzelt waren.

Pilatus grüßt seinen teuren Freund Verecundus

Wenn du das liest, werde ich nicht mehr sein! Das Schicksal in Gestalt unseres allmächtigen Caesars hat meinen Tod beschlossen und ich bin diesem Entschluss gefolgt. Welch andere Wahl hatte ich auch? Aber an dich, lieber Freund, habe ich eine letzte Bitte: Die Männer, die dir diesen Brief überbringen, Pontillus und Maxillus, sind meine letzten und besten Vertrauten. Ich habe sie beauftragt und dringlich gebeten, mehrere Schriftrollen nach Rom zu bringen, nach Rom, zu meiner geliebten Claudia Procula. Diese Rollen beinhalten mein Testament, meine Rechtfertigung und meine Rache, Rache an diesen kleinwüchsigen Kerl, der sich unser Kaiser nennt. Ganz Rom soll es wissen, wie man einem verdienten Mann mitgespielt hat. Sorge du nur mit den Mitteln deiner Flotte dafür, dass sie sicher und unbehelligt nach Rom kommen, dann hast du mir einen letzten und unschätzbaren Dienst erwiesen.

Es grüßt dich in unveränderter Freundschaft
Pontius Pilatus
Praefectus emeritus der Provinz Judaea

Pontillus legte den Brief wieder auf den Tisch. Aber Verecundus war in seinem Zorn nicht zu stoppen. „Dieses miese kleine Stiefelchen! In den Hades mit ihm!"
„Pscht!", mahnte Maxillus. „Man könnte dich hören!"
„Bei allen Göttern, wenn ich hier in meinem Haus nicht sprechen kann, wo dann? Ich hasse diesen arroganten Kerl in Rom, der glaubt, mit dem Leben seiner Bürger ein Spiel treiben zu können." Mit einer wütenden Handbewegung fegte er den Brief vom Tisch.
„Und natürlich sollt ihr eure Hilfe bekommen. Ich werde für ein Schiff sorgen, das euch sicher den Fluss hinaufbringen wird und ..."
Im gleichen Augenblick hörte man draußen einen Krach, einen Lärm, als wäre ein Haus zusammengestürzt. Sekunden später stürzte ein leichenblasser Arbeiter herein.
„Verecundus, du musst sofort kommen. Die ganze Mole ist eingestürzt. Pferde und Reiter liegen darunter!"
„Beim Hades, das hat uns gerade noch gefehlt. Alles muss man selber machen!"
Sofort eilten die Männer hinaus. Eine große Staubwolke zeigte an, wo der Zusammenbruch stattgefunden hatte. Schreie waren zu hören, das ängstliche Wiehern von Pferden. In aller Hast eilten die Männer zum Unglücksort. Den Brief ließen sie in der Baracke liegen. Das war ein Fehler, ein Fehler, der sich noch rächen sollte.

Während alle zum Unglücksort liefen, huschte der Hagere in

die Baracke. Er trug diesmal keine schwarze Kleidung, sondern den groben Kittel eines Arbeiters. Gelassen schaute er sich um. Schnell hatte er den Brief auf dem Boden entdeckt. Er nahm ihn an sich und überflog die Zeilen. Weder die Rollen noch die Männer sollten Rom jemals erreichen, beschloss er. Mit einem befriedigten Lächeln steckte er den Brief ein.
Er wollte gerade die Baracke verlassen, als die Tür aufflog. Ein Mann kam hastig herein, klein und nahezu kahlköpfig. Er war schmutzig und mit Staub bedeckt. Seine Kluft wies ihn als Vorarbeiter aus. „Was machst du hier drinnen, du Faulpelz? Weißt du nicht, dass draußen alle Hände gebraucht werden? Gerade jetzt!"
Sein Akzent wies ihn als Einheimischen aus. Der Mann kam näher und schaute den Fremden misstrauisch an. „Wer bist du überhaupt? Dich kenne ich gar nicht und ich kenne alle hier auf der Baustelle. Erkläre mir …"
Er packte den Arm des Hageren, aber der entzog sich dem Griff. Er langte blitzschnell in seine Tasche und zog einen länglichen Dolch hervor.
„Was soll das denn …", stieß der Vorarbeiter noch mit vor Schreck geweiteten Augen hervor, bevor sich der kalte Stahl des Dolches in sein Herz bohrte.
„Tapferer kleiner Arbeiter, wofür bist du jetzt gestorben?", murmelte der Hagere mit gleichmütiger Miene. Ungerührt zog er das Messer aus dem toten Körper, putzte es an dessen Kittel ab und steckte es ein. Er zog den Toten in eine Ecke, legte einige Holzbalken darüber und verließ den Raum. Niemand draußen beachtete ihn.

***

Als die Männer wenig später zurückkehrten, machte sich Entsetzen breit. Sie hatten den Toten sofort entdeckt, der sie mit gebrochenen Augen anstarrte.
„Das ist Virudix, einer unserer gallischen Vorarbeiter, einer unserer besten Männer! Bei den Göttern, was ist hier gesche-

hen?“ Verecundus zeigte sich fassungslos. „Ich muss es sofort dem Präfekten melden.“
„Warte!“, rief Pontillus.
„Was?“
„Der Brief ist weg“, keuchte Pontillus. „Hier hat er gelegen.“
„*Mehercule* – beim Herkules, wer könnte ein Interesse daran haben, diesen Brief mitzunehmen?“ Maxillus wirkte ratlos und gebrauchte dabei unwillkürlich einen typisch römischen Fluch.
„Der, der auch diesen Arbeiter erstochen hat“, sagte Verecundus düster. „Ich glaube, ihr seid in Gefahr. Ist euch jemand gefolgt, als ihr hierhergekommen seid?“
Pontillus und Maxillus dachten einen Augenblick nach. Maxillus schüttelte den Kopf, aber Pontillus kratzte sich am Kinn, das wieder einmal eine Rasur gebraucht hätte, und sagte mit leiser Stimme: „Es ist mehr ein Gefühl, aber ich habe schon seit Längerem das Gefühl, dass wir verfolgt werden.“
„Verfolgt? Von wem?“, wollte Maxillus wissen.
„Ich kann es nicht genau sagen, aber wenn ich an die lange Reise denke, die wir jetzt hinter uns haben, sehe ich immer so etwas wie einen schwarzen Schatten hinter uns.“
„Einen schwarzen Schatten“, lachte Maxillus leise, „das klingt nach einer ... Gespenstergeschichte.“
„Gespenster oder nicht, wir werden aufpassen“, sagte Verecundus, „und bis ihr euer Schiff besteigt, werde ich euch eine Wache mitgeben. Kommt morgen wieder! Ich muss eure Reise mit dem Flottenpräfekt regeln, aber es wird keine Schwierigkeit geben. Ich bin seine rechte Hand.“
Die Männer wollten schon gehen, als Verecundus den Arm von Pontillus ergriff: „Und noch etwas. Es ist besser, wenn ich die Schriftrollen meines lieben Freundes hier in Verwahrung nehme. Wie der Vorfall in Vesontio zeigt, sind sie in einer Herberge nicht sicher.“
„Aber hier ist auch schon ein Mord geschehen. Offensichtlich hat der Unbekannte seinen Weg auch schon hierhin gefunden“, meinte Pontillus nachdenklich.

„Richtig, aber ich werde Vorsorge treffen. Ich werde die Wachen verdoppeln und die Rollen in meinem Zimmer unterbringen. Mit einer Wache davor!"
Damit waren die Männer einverstanden.
„Ich werde gleich zwei Reiter schicken, denen ihr die Rollen übergeben könnt."
Die Männer verabschiedeten sich herzlich und die beiden Römer begaben sich unter dem Schutz von zwei Seesoldaten auf den Heimweg. Aber auch diesmal folgte ihnen ihr Schatten.

XVII

Ara Ubiorum/
später CCAA
Colonia Claudia Ara Agrippinensium
(Köln)

Die hagere Schattengestalt schien niemals eine Spur zu hinterlassen. Sie wurde von niemandem gesehen, aber sie hatte einen Namen, einen Namen, den sie mit Stolz trug: Tullius Sergius Niger, aus dem Geschlecht der Sergier, jenem altehrwürdigem Geschlecht, das sich bis zur Gründung Roms zurückverfolgen ließ und in Gestalt seines Großvaters einen Mann hervorbrachte, der als Verschwörer gegen den römischen Staat in die Geschichte einging: Lucius Sergius Catilina!

Vor gut hundert Jahren hatte sich Catilina geschworen, den amtierenden Consul Cicero zu stürzen und seine Stelle einzunehmen. Der mörderische Plan misslang und statt Cicero starb Catilina. Er fiel wahrhaft heldenhaft in der anschließenden Schlacht bei Pistoria, von der jener römische Historiker Sallust berichtete, dass „Catilina auch im Tode noch den Trotz in seinen Mienen gehabt habe, den er im Leben gezeigt" habe.

Vielleicht gerade deshalb verehrte Niger seinen Großvater zutiefst, war er ihm doch in Wesen und Natur allzu ähnlich. Sallust hatte Catilina zuvor in seinem Werk „Die Verschwörung des Catilina" so beschrieben:

Lucius Catilina stammte aus adligem Geschlecht; seine geistige und körperliche Kraft war bedeutend, sein Charakter völlig verdorben. Von früh an waren Bürgerkrieg, Mord,

Raub und Zwietracht unter den Bürgern seine Freude … gegen Hunger, Frost und Mangel an Schlaf war er unglaublich abgehärtet; ein tollkühner Kerl, tückisch und unbeständig, ein Meister in Heuchelei und Verstellung jeder Art, nach fremdem Gute gierig, mit dem eigenen verschwenderisch, glühend in seinen Leidenschaften, redegewandt, doch wenig einsichtig. Unersättlich begehrte er Maßloses, Unglaubliches allzu Hohes …

Jedes Wort dieser vernichtenden Charakteristik traf auch auf Niger zu. Den Beinamen hatte man ihm gegeben, weil er stets nur schwarze Kleidung trug. Schwarze Tuniken, schwarze Togen, schwarze Mäntel, alles schwarz. Schwarz war aber auch seine Seele, grausam und ohne jedes Mitgefühl für seine Opfer. Und all diese Eigenschaften, die den eigenen so ähnlich waren, hatten Caligula veranlasst, ihn zu einem persönlichen Vertrauten zu machen, ihm ganz besondere Aufträge zu erteilen. Mal war es ein unbotmäßiger Provinzpräfekt, mal ein ungehorsamer General oder eine ehemalige Geliebte in Rom, die allzu viel Geschrei machte. Ein Ehemann, der im Wege stand, ein Senator, der den Senat aufhetzte, ein Familienmitglied, das nach dem Thron strebte …
Egal, was es war, Tullius Sergius Niger war zur Stelle und kümmerte sich um das Problem, bis es gelöst war. Dabei war ihm Mord als Werkzeug nicht fremd, wenn das Wort nicht ausreichte. Ein Dolch war stets sein treuester Begleiter. Im ganzen Imperium hatte er schon Aufträge dieser Art erledigt, stets zur Zufriedenheit des Auftraggebers. Er reiste und tötete – und er genoss die Macht, die damit verbunden war. Auch darin war er seinem Großvater ähnlich.
Er stand unter dem besonderen Schutz des Kaisers und war mit allen Mitteln ausgestattet, die er zur Lösung der Probleme benötigte. Am Hofe wurde er hinter vorgehaltener Hand ein *Agens in rebus* genannt, ein „Mann für alle Fälle". Spätere Generationen würden jemanden wie ihn als Geheimagenten bezeichnen.

Da er zu dem Zeitpunkt, als Herodes und Pilatus im gallischen Exil waren und Probleme sich anbahnten, zufällig auch in Gallien war, lag es in Rom nahe, ihn mit dieser Angelegenheit zu betrauen. Niger hatte beide beobachtet, hatte zudem Spione in beiden Häusern und hatte regelmäßig Berichte nach Rom geschickt. Dort war man sehr zufrieden mit ihm. Und als er vom Freitod der beiden Männer berichtete, wuchs die Zufriedenheit noch. Aber jetzt gab es ein neues Problem und damit eine weitere Aufgabe für Niger.
Es war nicht verborgen geblieben, dass Pilatus einen Bericht, mag man es auch ein Testament nennen, verfasst hatte, das er nach Rom bringen und dort veröffentlichen lassen wollte. Das musste verhindert werden, und Niger hatte die ersten Schritte eingeleitet. Eine solche Beleidigung konnte man nicht dulden! Er wusste jetzt, was dieses Testament beinhaltete und in Rom wusste man das auch. Und man wusste auch, wer es hatte. Es galt schnell zu handeln!

Nachdem er die Baustelle am Hafen verlassen hatte, folgte er unauffällig, wie es seine Art war, den beiden Römern und ihren neuen Bewachern. Pah, zwei Flottensoldaten! Die mochten Segel setzen und navigieren, aber kämpfen? Niger beobachtete, wie die Männer sich in das Gasthaus des Aduatrix begaben. Er hatte am Tag zuvor die Gelegenheit gehabt, die Örtlichkeit genau zu erkunden und das sollte ihm jetzt hilfreich sein. Er ließ sie zurück und ging in sein eigenes Quartier.
Niger selbst wohnte in einer anderen Herberge, nicht weit entfernt, aber im Gegensatz zum Haus des Aduatrix war es eine üble Spelunke. Ständig grölende Männer, grell geschminkte Huren, die Zimmer schmutzig, das Essen widerwärtig. Aber man stellte ihm keine Fragen, solange er bezahlte, und ließ ihn in Ruhe seinem Tagwerk nachgehen. Und das erforderte jetzt eine neue Kleidung. Die schwarze Kleidung war auf Dauer zu auffällig, aber er hatte genug in seinem Gepäcksack und trat wenig später in der rauen Kutte eines Stra-

ßenarbeiters vor die Tür, von denen es hier so viele gab. Die schwarzen Haare steckten unter einer phrygischen Kappe, wie sie gerne von auswärtigen Arbeitern getragen wurde. In seinem Lederschurz steckte das übliche Werkzeug eines Arbeiters – und der Dolch des Mörders.
Mit leisem, federndem Schritt ging er zur nahen Herberge des Aduatrix. Dunkle Wolken zogen von Osten heran, es war wieder kälter geworden und würde sicher bald schneien. Ein Umstand, der seinem Vorhaben eher hinderlich war, denn im Schnee hinterließ man Spuren, aber egal!
Er war gerade an der Herberge angekommen, als er zwei Flottenlegionäre zu Pferd sah, die sich vom Haus entfernten. Er maß diesem Umstand keine Bedeutung bei und machte damit einen ersten Fehler. Denn die Reiter verbargen unter ihrer Rüstung mehrere Schriftrollen.
Wenig später verließ auch Pontillus die Herberge. Niger folgte ihm für kurze Zeit, bis er merkte, dass der Mann den Weg zur Schmiede des Gratus einschlug. Niger vermutete, dass er noch einige Fragen an den religiösen Spinner hatte. Umso besser!
Er schaute sich um. Einige Leute gingen die Gasse herab. Sie waren mit ihren eigenen Angelegenheiten beschäftigt und achteten nicht auf den phrygischen Arbeiter in seinem abgeschabten Kittel. Niger betrat die Herberge. Sollte er auf den Wirt treffen, würde er nach einem Trunk verlangen, nicht ungewöhnlich. Aber der Wirt war nicht im Schankraum. Stimmen klangen von der Kochstelle nebenan, ein Streit zwischen Mann und Frau. Der Weg war frei. Behutsam stieg er zu den Schlafräumen hinauf. Er wusste, wo die Männer ihren Raum hatten. Leise öffnete er die Tür.

Maxillus war gerade dabei, seine Sachen für die Fortsetzung der Reise zu packen und drehte ihm den Rücken zu. Blitzschnell war er bei ihm und drückte seine Hand auf dessen Mund. Mit der anderen Hand umfasste er seine Kehle. Maxillus erschrak zu Tode und gab einen röchelnden Laut von sich.

„Ganz leise, mein Freund! Kein Wort, wenn dir dein Leben lieb ist. Hast du das verstanden?“
Nach dem ersten Schreck versuchte Maxillus die Stimme des Angreifers zu deuten. Es war immer gut zu wissen, mit wem man es so plötzlich zu tun hatte. Die Stimme war sonor und sie klang römisch. Latein war die Muttersprache des Angreifers, kein Zweifel. Und sie klang nicht nach römischem Pöbel, sondern so, wie die Adligen sprachen. Oder die Ritter. Er beschloss zu schweigen, aber er ahnte, was auf ihn zukommen würde.
Der Mann verstärkte den Druck auf Mund und Kehle. Maxillus konnte kaum noch atmen.
„Hast du jetzt verstanden, Alter?“
Maxillus nickte. Er hatte nicht vor, im nächsten Augenblick zu ersticken. Vielleicht würde sich irgendeine Möglichkeit ergeben ...
„Wo ... sind ... die ... Schriftrollen?“
Die Stimme betonte jedes einzelne Wort, zog den Satz in die Länge. Sie klang jetzt drohend, verkündete Unheil. Der Mann nahm seine Hand jetzt etwas vom Mund weg, um eine Antwort zu ermöglichen.
„Welche Schriftrollen?“, keuchte Maxillus. Schweißtropfen standen auf seiner Stirn. Er hatte Angst und nun ahnte er auch, wer da hinter ihm stand, auch wenn er ihn nicht sehen konnte.
„Treibe keine Scherze mit mir, alter Narr! Bedenke, was dem Arbeiter im Flottenkastell geschehen ist!“
Gleichzeitig holte er seinen Dolch aus dem Lederschurz und hielt ihn Maxillus unter die Nase. Dessen Puls raste. Er wusste genau, dass die Rollen in höchster Gefahr waren, wenn er ihren Aufenthaltsort preisgeben würde. Und wenn er schwiege? Dann wäre sein Leben in Gefahr, kein As mehr wert. Der Unbekannte würde ihn töten, kein Zweifel! So wie er den Vorarbeiter im Kastell getötet hatte. Ein eiskalter Mörder stand hinter ihm. Wer mochte ihn geschickt haben?

Aber es blieb keine Zeit für solche Gedanken, denn schon raunte ihm die dunkle Stimme ins Ohr:
„Sprich, Dummkopf. Willst du dein Leben für ein paar wertlose Stück Papyrus opfern?"
Wertlos? Der hatte offensichtlich keine Ahnung. Oder doch? War er ihnen den weiten Weg gefolgt, weil er genau wusste, was in den Rollen stand? Und wenn er sie bekäme? Dann wäre alles umsonst! Pilatus wäre für nichts gestorben! Das durfte nicht passieren!
Er nutzte den geringen Spielraum, den er hatte, und biss kräftig in die Finger vor seinem Mund. Ein unterdrückter Schrei des Schmerzes und schäumende Wut waren die Folgen. Gleichzeitig schrie Maxillus mit aller ihm noch verbliebener Kraft: „Hilfe! Mörder! Zu Hilfe!"
Danach spürte er einen heftigen, schmerzhaften Schlag auf den Kopf, der ihn zu Boden warf und ihm das Bewusstsein nahm. Dass ein kalter Stahl sich in sein Herz bohrte, spürte er kaum noch. Maxillus sank zu Boden, hellrotes Blut sprudelte aus seinem Körper und ergoss sich auf den Boden. Blitzschnell durchsuchte der Schwarze den kleinen Raum, die Kleider, den Gepäcksack. Keine Schriftrollen. Da hörte er Schritte auf der Treppe. Schritte und Rufe.

XVIII

Pontillus hatte den Weg umsonst gemacht. Gratus war, wie seine Frau ihm verriet, mit seinem Karren zu einem Bauern gefahren, der neue Eisen für seine Pferde brauchte. Frustriert machte er sich auf den Rückweg. Er hätte noch so viele Fragen gehabt. Schneefall setzte ein und nach wenigen Minuten waren die Gassen weiß gepudert. Unwirsch putzte er die Flocken von seinem dicken Mantel. Er sehnte sich nach der Sonne und Wärme Roms. Wenn Sein Gott mit ihm wäre, würde er Rom bald schon wiedersehen, dachte er. Aber sein Gott hatte anderes mit ihm vor. Schon von Weitem sah er, dass vor der Herberge des Aduatrix Menschen standen und aufgeregt gestikulierten. Er beschleunigte seine Schritte.
„Da kommst du ja!", rief Aduatrix ihm entgegen. „Furchtbares ist geschehen. Dein Freund Maxillus …" Er konnte den Satz nicht beenden.
„Was ist geschehen?"
„Er ist tot! Man hat ihn erstochen!"
Er ergriff Pontillus' Arm, aber der schüttelte ihn ab, drängte sich durch die Menge und eilte die Treppe hinauf. Erschüttert sah er den Gefährten in seinem Blut liegen. Alles war durchwühlt, und Pontillus wusste auch, was der Täter gesucht hatte.
„Er ist uns wieder zuvorgekommen", murmelte er und ließ sich zu Boden sinken.
Die Augen des Toten schienen ihn klagend anzusehen und er drückte sie sanft zu. Dann flossen erste Tränen über seine Wangen und er schluchzte verzweifelt auf. Wie viele Opfer würde das Testament des Pilatus noch kosten? Würde er es überhaupt nach Rom bringen?
Inzwischen war der Wirt hereingekommen.
„Man hat den Täter gesehen", sagte er.

„Und? War er schwarz gekleidet, völlig schwarz?"
Aduatrix schien irritiert. „Schwarz? Wieso schwarz? Die Männer, die ihn gesehen haben, erzählen, dass er wie ein griechischer Wanderarbeiter ausgesehen habe. Er ist aus dem Fenster geklettert, als er gehört hat, dass ich raufgekommen bin. Dein Freund hat laut geschrien, und da bin ich hinaufgeeilt. Aber ich kam zu spät. Er war schon weg. Mehrere Männer haben gesehen, wie er einen prächtigen Rappen bestiegen hat und in aller Ruhe weggeritten ist.
Allerdings ein ungewöhnliches Pferd für einen Wanderarbeiter."
Er wies auf den Toten.
„Soll ich ... äh für eine Bestattung sorgen? Eine Bestattung nach gallischer Art? Oder willst du ihn nach eurer Weise bestatten lassen?"
„Wie? Äh ... also, ich weiß nicht."
„Ich verstehe. Du hast jetzt andere Sorgen. Ich werde mich um alles kümmern."
Pontillus ergriff den Arm des hilfsbereiten Galliers.
„Ich danke dir, danke dir sehr. Aber ich muss sofort zum Flottenlager. Verecundus muss wissen ...!"
„Nimm mein Pferd, Freund. Du kennst inzwischen den Weg, oder?"
Pontillus nickte und nahm das Angebot gerne an.

Wenig später preschte er mit dem Gaul des Wirts durch die verschneiten Gassen und kam kurz darauf atemlos im Flottenlager an. Am Eingang übergab er das Pferd einer Wache und stürmte, soweit es seine alten Füße zuließen, auf Verecundus zu, den er schon von Weitem erblickt hatte. „Was bei allen Göttern ist denn los?", rief der Flottenoffizier fröhlich. Aber als er das Gesicht des Ankömmlings sah, verdüsterte sich seine Miene. Er ahnte schon eine schlimme Nachricht. Und er erhielt sie.
„Maxillus ist tot! Ermordet!"
Verecundus blickte ihn betroffen an. „So ist die Sache noch

ernster, als ich gedacht habe. Immerhin, die Schriftrollen sind hier und sie sind in Sicherheit. Und wir müssten den Täter finden. Niemand darf ungestraft in einer römischen Siedlung einen Mord begehen. Aber wie? Wir haben keine Anhaltspunkte, wissen nicht einmal, wie der Kerl aussieht! Und was machen wir mit dir? Du könntest hierbleiben. Ich werde einen Platz für dich finden."

„Hierbleiben? Was soll ich hier? Ich muss nach Rom, sobald wie möglich. Nur da bin ich in Sicherheit."

„Sicherheit? So wie ich die Situation einschätze, könntest du da erst recht in Gefahr sein."

„In Rom? Wieso?"

„Weil ich nach allem, was du mir erzählt hast, glaube, dass der Auftrag für diese Dinge aus Rom kommt. Und es würde mich nicht wundern, wenn ...", er schaute sich vorsichtig um, „der Kaiser persönlich dahintersteckt."

Pontillus dachte einen Augenblick nach, dann nickte er. „Du hast recht. Er kann es nicht wollen, wenn diese Dinge ans Tageslicht kommen. Im Senat würde man murren, wenn man erführe, wie er mit einem verdienten Präfekten umgegangen ist. Aber ... aber woher weiß er nur davon? Woher kann er wissen, dass Pilatus so ein Testament verfasst hat und dass es auf dem Weg nach Rom ist?"

„Rom hat seine Augen überall, auch hier, im fernen Gallien. Und der Mann, den du beschrieben hast, der euch verfolgt hat, er könnte ein Agent des Hofes sein."

„Ein Agent?"

„Ich habe von früheren Fällen gehört, in denen Seianus, der damalige Prätorianerpräfekt von Tiberius, eigens für solche Fälle seine ganz besonderen Männer gehabt hat. Warum sollte Caligula es anders handhaben?"

„Also, was rätst du mir?"

Verecundus machte einen nachdenklichen Eindruck. „Es ist schwierig. Ich kann hier nichts ohne meinen Flottenpräfekten unternehmen. Und selbstverständlich nichts, was gegen die Interessen des Kaisers verstoßen würde. Das würde mei-

nen sofortigen Tod zur Folge haben. Und deinen auch! Gib mir einen Tag Zeit, ich muss nachdenken. Willst du einstweilen hier Quartier nehmen?"
Pontillus schüttelte den Kopf. „Ich bin im Hause des Aduatrix gut aufgehoben. Noch einmal wird sich der Meuchler nicht in dieses Haus trauen!"
Aber darin sollte sich Pontillus irren!

***

Ein anderer hätte vor Wut gekocht. Nicht so Tullius Sergius Niger. Er blieb auch in Fällen, in denen sein Vorhaben misslang, kalt und gefühllos. Er hatte schon vor langer Zeit gelernt, dass Gefühle bei seinen Aufgaben hinderlich waren. Hass führte zu unnötiger Eile, Liebe zur Verzögerung. Beides Gefühle, die schädlich waren. Sie verführten zu unklugen Handlungen, an deren Ende häufig der Misserfolg stand. Sein Großvater hatte so gehandelt, und es war sein Verderben gewesen. Nein, nur ein kühler Kopf in jeder Situation führte zum Erfolg.
Er war zu seiner Herberge geritten, um die Dinge zu besorgen, die für einen neuerlichen Versuch nötig waren. Dabei hatte er sich bei einer der Dirnen einiges ausgeliehen und dafür gut bezahlt. Freilich war die Dirne erstaunt, dass er von ihrem Körper nichts wissen wollte. Er war eher an gewissen Kleidungsstücken interessiert, aber wenn man schon so lange in diesem Geschäft war wie sie, wunderte man sich auch über solche Wünsche nicht mehr. So gab sie die Dinge gerne her und erhielt ein Honorar, für das sie sonst fünf Freier hätte beglücken müssen. Kaum war der merkwürdige Kunde fort, begab sie sich in den Schankraum, um den größten Teil des unverhofften Geldes in Wein umzusetzen. Niger aber verzog sich in sein schmutziges Zimmer, um seinen Plan umzusetzen.

***

Auf dem Ritt zur Herberge gingen Pontillus tausend Gedanken durch den Kopf. Zunächst vermisste er den Gefährten, der ihm schon nach kurzer Zeit zum Freund geworden war. Auch das Interesse an dem neuen Glauben, das er in ihm geweckt hatte, war ihm nicht verborgen geblieben. Wie gerne hätte er den Acker bestellt, in dem ein erster Samen zu liegen schien. Dann hatte er schlicht Angst. Angst um seine eigene Person und die Aufgabe, der er sich immer weniger gewachsen fühlte. Der Weg nach Rom war noch so weit und der Gefahren viele!
Sicher würde der Schwarze nicht aufgeben, und wozu er imstande war, hatte er gezeigt. Vielleicht hätte er das Angebot des Verecundus doch annehmen sollen?
Bald hatte er die Straße verlassen, die am Rhein entlangführte, und bog in das Gewirr der schmalen Gassen ein. Jetzt im Winter wurde es hier im Norden früh dunkel und die erste Dämmerung senkte sich langsam über die Ubierstadt. Der Schneefall hatte zugenommen und man konnte kaum die Hand vor Augen sehen. Er zügelte das Pferd. Fußgänger kreuzten seinen Weg. Ein Mann bedachte ihn mit einem herben Fluch, weil er ihn mit dem Pferd gestoßen hatte. Dann bog er in die schmale Gasse ein, die zur Herberge führte. Endlich Ruhe! Der Pfad war völlig verlassen. Die dichten Bäume, die auf beiden Seiten standen, verstärkten noch die Dunkelheit, und plötzlich scheute sein Pferd. Er konnte es kaum halten, als es ängstlich wiehernd in die Höhe ging und ihn fast abgeworfen hätte. Der Grund war schnell ausgemacht. Vor ihm, mitten auf dem schneebedeckten Weg lag eine Frau. Ein dünnes grellbuntes Kleid bedeckte den hageren Körper. Eine Dirne, fuhr es ihm durch den Kopf, eine solche Kleidung trug keine ehrbare Frau. Sie würde erfrieren, wenn er sie liegen ließe!
Das Gebot der Nächstenliebe fuhr ihm durch den Sinn, die Geschichte vom barmherzigen Samariter, die er irgendwo mal gehört hatte. „Liebe deinen Nächsten wie dich selbst!"
Er seufzte, hielt das Pferd an und stieg ab. Vorsichtig bückte

er sich über die Frau. Aber schon im nächsten Augenblick hatte die Frau ihn an der Kehle gepackt und herumgerissen. Zu spät erkannte Pontillus, dass er in eine Falle geraten war. Er erhielt einen mächtigen Schlag gegen die Schläfe und versank in nachtdunkler Schwärze.

Dass Erste, was er wahrnahm, als er aufwachte, war der furchtbare Gestank um ihn herum.
Er befühlte die Beule an seiner schmerzenden Stirn und schaute sich um. Erst, nachdem sich seine Augen an die Dunkelheit gewöhnt hatten, konnte er Einzelheiten erkennen. Er saß auf einem wackligen Holzstuhl, die Hände waren gefesselt. Und auch die Ursache des Gestanks war schnell ausgemacht. Er befand sich in eine dieser dunklen Hütten, die die Jäger zum Ausweiden ihrer Beute benutzten. In den Ecken lagen Reste von Tierhäuten und blutige Eingeweide, auf denen sich Legionen von Fliegen und anderem Ungeziefer niedergelassen hatten. Maden krochen über den Boden.
Eine trübe Öllampe erhellte den Raum spärlich, und im Lichte dieser Lampe erkannte er schließlich eine dunkle Gestalt. Er ahnte, wer vor ihm saß: der unbekannte Schwarze! Wie üblich in einen schwarzen Mantel gehüllt. Jetzt bekam die schwarze Gestalt endlich ein Gesicht, aber gleichzeitig befiel ihn kalte Angst, die langsam an ihm heraufkroch.
„Schön, dass du endlich wach wirst. Und schön, dass wir uns persönlich kennenlernen. Mein Name ist übrigens Tullius Sergius Niger."
Der Schwarze verzog sein Gesicht zu einer höhnischen Fratze und machte eine elegante Geste, wie sie wohl in Hofkreisen üblich war. Jetzt konnte Pontillus ihn zum ersten Mal genauer ansehen und wunderte sich. Der Mann sah ausgesprochen gut aus, hatte feine Züge und ein ansehnliches Gesicht. Volle Lippen umgaben ein makelloses Gebiss gepflegter Zähne. Dichte schwarze Haare rahmten das schmale Gesicht ein. Unter anderen Umständen hätte er diesen Man unbedingt als sympathisch empfunden. Er hätte ein griechischer Gelehrter

sein können oder ein edler Patrizier, vielleicht ein gutmütiger Minervapriester, aber er war ein eiskalter Mörder. Pontillus war sich der Ausweglosigkeit seiner Lage vollends bewusst. Er brauchte nur an das Schicksal des armen Maxillus denken. Ihm war klar, dass er diese Hütte nicht mehr lebend verlassen würde. Diese Augen kennen kein Erbarmen! Aber sein Ziel würde der Schwarze nicht erreichen!

Niger fixierte ihn jetzt. „Hast du genug geglotzt? Wir sollten jetzt über einen kleinen Handel reden, nicht wahr?"
„Einen Handel?", presste Pontillus mühsam hervor. Niger nickte und brachte ein Lächeln hervor, das die Augen nicht erreichte.
„Du hast etwas, was ich haben möchte, und ich habe etwas, was du willst!"
„Was könnte das sein, das ich von dir will?"
„Dein Leben", sagte Niger lapidar. „Und was ich von dir will, ist auch klar, oder?"
Pontillus bemühte sich, ihn fragend anzuschauen. Niger reagierte ärgerlich und schlug ihn mit der flachen Hand ins Gesicht. Pontillus' Gesicht wurde zur Seite geschleudert und aus seiner Nase floss Blut.
„Oder möchtest du lieber noch etwas leiden? Wie hat es unser trefflicher Livius doch ausgedrückt:

Et facere et pati fortia Romanum est –
Tapfer zu handeln wie auch tapfer zu leiden ist Römerart.

Spiel also nicht den Narren! Das hat dein Freund auch schon versucht, und es ist ihm schlecht bekommen. Wo sind diese Schriftrollen, die du nach Rom bringen sollst?"
Pontillus aber schwieg. Niger versuchte es auf andere Weise, seine Stimme bekam einen einschmeichelnden Klang.
„Es wäre dein Schaden nicht. Die Gunst unseres göttlichen Kaisers wäre dir sicher. Vielleicht gar ein Senatorenamt? Und eine nicht unerhebliche Belohnung."
Er machte eine kurze Pause, um seine Worte wirken zu las-

sen, bevor er fortfuhr: „Zwei Aurei? Wäre das angemessen?“ Nun war das eine Geldsumme, die Pontillus in seinem Leben noch nie in der Hand gehabt hatte. Aber Pontillus richtete sich auf, seine Mundwinkel verzogen sich verächtlich. Und mit aller Würde, zu der er noch fähig war, stieß er hervor:

„Du magst dir dein Blutgeld woanders hinstecken. Und überdies kommst du zu spät! Die Rollen befinden sich bereits auf einem Schiff der Classis Germanica und dürften in einigen Tagen ihr Ziel erreicht haben.“

Niger sprang auf. „Du lügst!“

Er wurde seinem Vorsatz untreu und raste vor Zorn. Mehrere Schläge trafen den gequälten Pontillus. Laut schrie er auf, stöhnte vor Schmerz. Er fiel mit dem Stuhl um und schwere Fußtritte der nagelbeschlagenen Caligae trafen seinen ungeschützten Körper.

„Sag die Wahrheit oder du stirbst“, schrie Niger. Speichel spritzte aus seinem Mund und das ansehnliche Gesicht war einer bösen Fratze gewichen. Pontillus lag schwer atmend auf dem Boden. Er wusste, dass das Ende nicht mehr fern war. Und in diesem Augenblick erinnerte er sich an die letzten Worte des Gekreuzigten, von denen Gratus ihm berichtet hatte. Und mit letzter Kraft hauchte er: „Herr verzeih ihm, denn er weiß nicht, was er tut!“

„Verzeihen? Was? Du hast deinen Verstand verloren, alter Mann? Ich weiß sehr gut, was ich tue. Ich töte einen Feind des Kaisers!“

„Tu, was du willst, schwarzes Ungeheuer, aber die Rollen wirst du nie kriegen! Nie, nie, nie!“

„Dann stirb“, schrie Niger und stach zu. Immer wieder senkte sich sein Dolch in die Brust von Pontillus. Blut strömte aus mehreren Wunden, verband sich zu einem stetigen Strom, der sich auf dem Boden ausbreitete.

***

Die entstellte Leiche von Pontillus wurde am nächsten Tag gefunden. Aduatrix hatte ihn – und mehr noch sein Pferd – gesucht und schließlich gefunden. Das Entsetzen in dem kleinen Oppidum war groß. Der zweite Mord in wenigen Tagen und keine Spur von dem Täter! Man suchte nach einem hageren Mann in schwarzem Umhang, aber der Nebel schien ihn verschluckt zu haben. Auch Verecundus war sehr betrübt. Er sorgte für eine würdige Bestattung des Mannes und schickte seine Männer aus, um den Täter zu suchen. Aber wenn man nicht weiß, wen man sucht, kann man ihn auch nicht finden, und so verlief die Suche im Sande. Der Alltag im Oppidium Ubiorum kehrte wieder ein.
Verecundus war ratlos und überlegte, wie er mit den Rollen verfahren sollte, die der Tote ihm anvertraut hatte. Eine Reise nach Rom kam nicht infrage, das ließ sein Dienst nicht zu. Und wen hätte er schicken sollen, um die Mission des Toten zu Ende zu bringen? Er sah keine Lösung. Und so legte er die Rollen in seinen Schrank, wo sie in den Staub der Vergessenheit gerieten.

XIX

CCAA
Colonia Claudia Ara Agrippinensium
November des Jahres 355 n. Chr.
(Köln)

Sie lagen auch noch dort, als Lucius Valerius Verecundus viele Jahre später bei einem Flotteneinsatz umkam. Seine Witwe reichte sie an ihren Sohn weiter, der schon zu Lebzeiten des Vaters von ihnen gehört hatte, aber auch nicht wusste, was er damit anfangen sollte. Und so blieben sie wohlbehütet in ihren Behältern, ohne dass ihnen allzu viel Aufmerksamkeit gewidmet wurde.

Inzwischen war der Caesarenthron in Rom an Claudius gefallen, dessen Gemahlin Agrippina drängte, die Ubiersiedlung zur Stadt zu erheben. Und so wurde aus der ubischen Siedlung eine Stadt, eine Stadt, die den stolzen Namen *Colonia Claudia Ara Agrippinensium* trug. Eine gewaltige Stadtmauer verlieh ihr Sicherheit und später wurde sie gar Sitz des römischen Statthalters in Niedergermanien. Sie wuchs und blühte und wurde zu einer der wichtigsten Metropolen dieser Provinz.

Die Jahre vergingen. Kaiser kamen und gingen. Auf den tyrannischen Caligula war der weise Claudius gefolgt und viele andere. Kluge Herrscher wie Vespasian oder Trajan, grausame Tyrannen wie Domitian oder Commodus.

Manche regierten nur kurze Zeit, andere wie Diokletian mehr als zwanzig Jahre. Es gab sogar Zeiten, in denen hintereinander drei Kaiser in einem Jahr regierten. Sie alle drückten dem Imperium mehr oder minder ihren Stempel auf, sie gingen in die Geschichtsbücher ein als Helden oder Monster.

Auch das Reich veränderte sich. Mal nahm es seine größte Ausbreitung unter Trajan an, dann wurde es wie nach dem Tode des Theodosius I. in zwei Hälften geteilt. Und dann, nach einer wechselvollen Geschichte, ging es langsam aber unaufhaltsam seinem Untergang entgegen.

Und der neue Glaube? Ebenso, wie es einen steten Wechsel auf dem Kaiserthron gab, hatte auch Petrus als Bischof von Rom seine Nachfolger gefunden. Und wie bei den Kaisern gab es auch hier Männer, die des Amtes würdig waren, und andere, die es nicht waren.

Gleichwohl änderte das nichts daran, dass aus dem Bischofsamt von Rom das Amt eines Papstes wurde, das mit seiner Machtfülle von jetzt an die Geschicke der neuen Kirche bestimmen sollte. Und so hatte sich der Traum, von dem Claudia Proculeia gesprochen hatte, erfüllt. Rom war die Metropole des neuen Glaubens geworden, seit Kaiser Konstantin im Jahre 313 für das ganze Reich Religionsfreiheit garantiert hatte. Und Jahre später wurde das Christentum gar Staatsreligion – welch eine Entwicklung!

Im Jahre 355 nach Christus regierte Kaiser Constantius II. den Ostteil des Reiches. Im Westteil waren die Machtverhältnisse weitgehend ungeordnet, es regierten Gegenkaiser und Usurpatoren.

Im Zuge dieser chaotischen Zustände wurde im Jahre 355 nach Christus jedoch ein gewisser Silvanus in Köln von seinen Soldaten zum weströmischen Kaiser ausgerufen, ein Amt, das er nur wenige Tage bekleiden sollte, bevor er von bestochenen Soldaten erschlagen wurde. Anders als im geordneten Ostteil herrschte im Westen des Reiches ein völliges Chaos, ein Chaos, das das Einfallen fremder Mächte ermöglichte.

***

Und die Familie des Lucius Valerius Verecundus? Wie so viele andere hatte auch sie inzwischen längst zum christlichen

Glauben gefunden. Seit mehr als dreißig Jahren ließen sich die Valerier taufen und lebten ihren Glauben mit Hingabe. Sie hüteten die Schriftrollen, die ihnen von ihrem Ahnherrn hinterlassen worden waren, wie einen Schatz. Ihre Bedeutung war ihnen inzwischen klar geworden. Die Schriftrollen eines Pontius Pilatus galten ihnen als ein literarischer und religiöser Schatz, der unter allen Umständen bewahrt werden musste.

Aus der ehemaligen Legionärsfamilie war inzwischen die Familie des Gnaeus Valerius Verecundus, eines wohlhabenden Gutsherrn, geworden, der mit der Bewirtschaftung umfangreicher Äcker und Felder sein Auskommen hatte.

Vor den Toren der Colonia Claudia Ara Agrippinensium gelegen, führte man ein sicheres und beschauliches Landleben. Regelmäßige Besuche in der aufblühenden Stadt dienten der Erbauung, man besuchte gerne die Thermen oder besorgte Einkäufe, schlenderte mit Freunden über das Forum oder besuchte das Theater. Ein Verwalter überwachte sorgsam den Verkauf der landwirtschaftlichen Produkte in der Stadt und sorgte für den Erhalt eines bescheidenen Wohlstandes.

Und natürlich war die Familie Mitglied der kleinen, aber stetig wachsenden christlichen Gemeinde. Hatte man sich in früheren Zeiten noch heimlich treffen müssen, so durfte man jetzt seinen Glauben ohne die Gefahr einer Verfolgung leben und hatte unweit der Stadtmauer einen Versammlungsraum des christlichen Glaubens.

Und mit Maternus hatte die Gemeinde vor einigen Jahren sogar einen Bischof gehabt, der als Vertrauter des Kaisers an einer wichtigen Lateransynode in Rom teilgenommen hatte. Dieser Maternus war es auch, der – wie die Leute sich erzählten – durch Berührung mit dem Petrusstab vom Tode wiedererweckt wurde, jenem Stab, den der Apostel Petrus den Begleitern des Maternus zu diesem Zweck übergeben hatte. Mochte es auch eine fromme Legende sein, die Menschen in der Colonia glaubten es und waren stolz auf ihren Bischof.

Darüber hinaus war Gnaeus Valerius geachtetes Mitglied im

städtischen Magistrat und dieses geruhsame Leben hätte so noch lange währen können, aber das Schicksal hatte es anders geplant …

***

Der Mond hatte sich fast völlig hinter die schwarz aufgetürmten Wolken zurückgezogen, die Unheil kündend aus dem Osten nahten. Obwohl die Wasseruhr erst die neunte Stunde anzeigte, umgab nachtgleiche Dunkelheit den abgelegenen Gutshof, der südwestlich vor den Toren der römischen Provinzstadt Colonia Claudia Ara Agrippinensium lag.

Die Felder ringsum lagen verlassen da, kein Sklave, der arbeitete oder die unruhigen Tiere in ihre Ställe trieb, kein Verwalter, der sich mit wachem Blick um das Eigentum seines Herrn sorgte.

Die ersten Regentropfen prasselten in unbarmherzigen Schauern nieder, als ein Reiter sich in eiligstem Galopp dem Gehöft näherte. Angst und Entsetzen schienen den Hufschlag des schweißnassen Pferdes zu beflügeln, immer wieder blickte der Reiter wie von Teufeln gehetzt zurück. Jetzt hatte er den Gutshof endlich erreicht.

Atemlos sprang der Mann vom Pferd, warf den Zügel achtlos zu Boden und lief ins Haupthaus. Die Dienerin, die gerade zur Küche wollte, sah er nicht, stieß sie rau beiseite. Klirrend fielen Gläser und Karaffen zu Boden.

„Herr", rief er keuchend, als er das Atrium erreicht hatte, „Herr, sie kommen!"

Gnaeus Valerius Verecundus, der alte Gutsherr, blickte seinen Verwalter verständnislos an.

„Fasse dich, Arax. Wer kommt, und warum bist du so außer Atem?"

„Sieh nur, wie du den Fußboden verschmutzt hast", ergänzte die Herrin des Hauses in strengem Ton. „Und Maximia hast du auch umgestoßen!"

Aber Arax achtete nicht auf den Tadel. Sein Gesicht war von Furcht verzerrt.

„Die Franken! Sie sind da. Und nicht nur Franken. Man hat auch Alemannen und Sachsen mit ihnen gesehen. Sie haben den Rhenus östlich der Stadt überquert und nähern sich unaufhaltsam. Es sind Tausende, bewaffnet bis an die Zähne. Den Hof des Orosius sollen sie schon in Brand gesteckt haben, niemand hat überlebt! Die Frauen haben sie vergewaltigt und sogar die Kinder getötet!"

Klirrend fiel das Weinglas auf den Boden, das Valeria eben noch in der Hand gehalten hatte.

„Die Franken, gütiger Gott, steh uns bei", hauchte sie tonlos. Wächserne Blässe überzog ihr ältliches Gesicht. Der Hausherr hatte sofort begriffen.

„So bald schon? Wir müssen sofort in die Stadt fliehen, hinter ihren starken Mauern werden wir Schutz finden. Arimius! Tullia! Maximia!"

Sein Ruf galt den Freigelassenen, die im Nebenzimmer erschrocken gelauscht hatten.

„Packt sofort das Nötigste zusammen, was wir für die Flucht brauchen. Und dann lasst die beiden Kutschen anspannen. Valeria, nimm nur das Wichtigste mit, wir haben kaum noch Zeit."

„Aber mein Schmuck, meine Kleider, wie soll ich ...?"

„Was nutzen dir Schmuck und Gewänder, wenn dir ein fränkischer Dolch die Kehle durchschneidet? Geh und tu, was ich sage!"

Seine Stimme duldete keinen Widerspruch, und sofort erfüllte hektische Betriebsamkeit das Haus.

„Arimius, du folgst mir!"

Sein Befehl galt einem würdigen Greis, der mit schreckgeweiteten Augen zugehört hatte und nun eiligst die blaue Tunika über den klapperdürren Beinen zusammenraffte, um seinem ehemaligen Herrn zu folgen. Als Kind von zehn Jahren war er in das Haus des Valerius gekommen, doch bald schon hatte er sich, wie die anderen, einer neu gewonnenen Freiheit erfreuen dürfen. Sechsundsiebzig Sommer hatte er erlebt und war darüber müde geworden. Die Jahre hatten seine wenigen

Haare silbrig gefärbt, Arbeit und Mühe hatten seine Kräfte aufgezehrt und tiefe Züge in sein schmales Gesicht gegraben. Die Taufe des ganzen Hauses war wahrscheinlich das wichtigste Erlebnis in dieser Zeit gewesen. Mehr als dreißig Jahre ist das schon her, und immer noch zauberte die Erinnerung an dieses Geheimnis Glanz in seine ausgemergelten Züge.
„Träum nicht, Alter!" Die Stimme des Herrn war fest und doch freundlich, fast liebevoll. Eilig folgte der Alte seinem Herrn. Der Weg führte sie in die umfangreiche Bibliothek des Hausherrn. Hunderte von Schriftrollen ruhten in geordnetem Chaos auf den Regalen, viele mit bunten Bändern markiert, auf denen Titel und Autor standen.
Mit einer knappen Geste deutete Valerius auf eine Reihe von Schriftrollen, die auf seinem Schreibtisch lagen.
„Diese dort", sein Blick wanderte weiter, „nur diese mit den roten Bändchen, die nimm! Es sind mir die wichtigsten Schriften, Zeugnisse unseres Glaubens. Mein Ahnherr hat sie mir zu treuen Händen hinterlassen, Pontius Pilatus hat sie mit eigener Hand verfasst. Und auch der Bericht des edlen Nikodemus befindet sich bei den Rollen. Das Leben und Sterben unseres Herrn ist darin verzeichnet und sie dürfen auf keinen Fall den heidnischen Franken in die Hände fallen. Wahrscheinlich würden sie sie für ihre Latrina benutzen. Nimm sie und stecke sie in die festen Lederrollen, nicht in die Holzbehälter. Dann bringst du sie in den Keller, wo die Amphoren stehen. Die hinteren beiden Amphoren sind leer und sauber. Versiegle die Rollen gut und verstecke sie in den Amphoren, je vier in ein Gefäß, dann versiegelst du die Gefäße ebenfalls. Über die Amphoren legst du Stroh und Holz. Mit Hilfe Gottes mögen sie den Ansturm der heidnischen Barbaren überleben. Wenn es uns vergönnt ist, hierhin zurückzukommen … "
Er beendete den Satz nicht und wandte sich mit leerem Blick ab. Voller Wehmut streifte sein Blick die anderen Buchrollen, die er zurücklassen musste. Ein flüchtiges Kreuzzeichen, dann verließ er den Raum, während sich Arimius sofort an die Arbeit machte.

Wie alle Gutshöfe dieser Zeit verfügte auch der Hof des Valerius über eine Anlage von mehr als zwanzig Tonamphoren, die tief in den Boden des Kellers eingegraben sind. Hier, in der feuchten Kühle der lehmigen Erde, ruhten gewöhnlich Wein und Vorräte geschützt vor den Strahlen der sengenden Sonne. Nun aber, im Winter, waren die Amphoren schon zum Teil leer und so füllte der Alte zwei von ihnen in Windeseile mit den genannten Papyrusrollen, nachdem er sie sorgsam in Lederbeutel steckte und diese mit heißem Pech versiegelte. Er wusste, wie wichtig diese Schriften für seinen Herrn waren, seit der sich vor mehr als dreißig Jahren dem Glauben der Christiani angeschlossen hatte. Einen Augenblick verharrte er und seine Züge nahmen einen verklärten Ausdruck an. Der neue Glaube bedeutete ihm alles, erst recht jetzt, wo er wohl bald die letzte Wahrheit persönlich erfahren würde. Mochten auch die wenigen Freunde, die ihm die Zeit noch gelassen hatte, es mehr mit Teutates, Epona, und den anderen alten keltischen Göttern halten, er wusste es besser.
Rasch verschloss er die Köpfe der Amphoren und bedeckte sie sorgsam mit Stroh und einigen Holzstücken. Er wollte sich schon abwenden, doch mit einem Male straffte sich seine dürre Gestalt. Er hatte eine Entscheidung getroffen, und das feine Lächeln, das über die dünnen Lippen zog, zeigte, dass es die richtige war: Er würde diese wichtigen Schriftstücke nicht im Stich lassen. Er würde sie bewachen und, wenn es sein musste, mit seinem Leben verteidigen. Er setzte sich auf einen wackligen Stuhl und legte den Kopf auf die Arme. Auf den Tisch legte er eine Goldmünze, einen Solidus, seinen wertvollen Glücksbringer, den er von Jahren mitten auf einem Acker gefunden hatte. Seine Finger spielten mit dem silbernen Anhänger, den er um den Hals trug. „Arimius" stand darauf. Sein Herr hatte ihm dieses kleine Schmuckstück vor vielen Jahren zur Freilassung geschenkt, sein Herr, den er liebte und für den er alles tun würde. Und nun würde er die Schriftrollen seines Herrn vor den Barbaren schützen. Wahrscheinlich würden die Heiden ihn im Keller gar nicht entdecken. Und wenn doch …?

Er stand auf und verschloss sorgsam die Kellerluke. Dann verkeilte er sie von unten mit einem schweren Stock. Die da oben würden den alten Mann wohl kaum vermissen; zu beschäftigt waren sie damit, ihr eigenes Leben zu retten. Wenn sie zurückkämen, würden sie ganz schön überrascht sein, ihn hier zu finden. Dankbar würden sie ihm sein, wenn sie zurückkämen. Wenn sie zurückkämen ...
Aber die Familie würde nie mehr auf den Gutshof zurückkehren, der schon Stunden später unter dem infernalischen Geheul der Franken in Flammen aufging.

Seit der fränkische König Silvanus, der sich selbst zum Caesar ausrufen ließ, nach üblem Ränkespiel auf Befehl von Constantius II. unter den Dolchen gedungener Mörder gefallen war, hatten die Franken den mächtigen Strom überschritten und befanden sich auf ihrem mörderischen Rachefeldzug. Da waren keine Legionäre mehr, die Schutz boten, schutzlos waren die Menschen den barbarischen Horden ausgeliefert. Wenige nur standen auf den massiven Mauern der Stadt und starrten mit ängstlichem Blick dem Ansturm der Franken entgegen. Sie näherten sich mit furchterregendem Geschrei jener Stadt, die dreihundert Jahre zuvor unter Kaiser Claudius auf Drängen seiner Ehefrau Agrippina zur Provinzstadt erhoben worden war. Golden glänzte auf den Stadttoren im rastlosen Fackelschein der Angreifer noch der Name der stolzen Stadt: CCAA. Doch schon prallten die ersten Rammböcke auf das harte Holz der Tore ...

XX

Colonia (Köln)
um 955

Über mehrere Jahrhunderte sollten die Franken in *Colonia* bleiben. Die Stadt selbst veränderte sich kaum. Problemlos okkupierten die neuen Herren den herrenlosen römischen Staatsbesitz und machten ihren Frieden mit den Bewohnern. Sieger und Besiegte verschmolzen miteinander zu einem neuen Gemeinwesen. Zwar genossen die Franken politisch eine höhere Stellung und die Römer mussten ihren neuen Herren einen Grundzins zahlen, aber den Römern, die ihren Bezwingern geistig überlegen waren, gelang es, die einflussreichen Stellungen in Staat und Kirche einzunehmen und so ihren Einfluss zu behalten.

Die Stadtmauer stand noch und wurde sorgsam instand gehalten und auch die meisten anderen Gebäude hatten den Ansturm überstanden. Das Leben in der Stadt nahm seinen gewohnten Gang wieder auf.

Aber nichts bleibt auf ewig: Auf die Franken folgten die Karolinger, später die Salier, die Staufen. Die Bevölkerung wuchs und mit ihr die Stadt. Die Zahl gläubiger Christen nahm ebenso zu wie die Zahl der Kirchen, die mit ihren bedeutenden Reliquien Pilger anlockten. Im Jahre 953 war Bruno, der Bruder des späteren Kaisers Otto I., zum Erzbischof und damit zum geistlichen Oberhaupt von Köln gewählt worden. Er beschloss, hier in seiner Residenz ein Benediktinerkloster zu errichten, und beauftragte die besten Baumeister der Stadt damit. Ein passendes Grundstück war schnell gefunden, ein brachliegendes Grundstück auf einem flachen Hügel vor den Toren der Stadt, auf dem sich noch die Grundmauern eines römischen Landgutes befanden.

Eine alte, verwitterte Inschrift bezeugte, dass sich hier vor Hunderten von Jahren einmal das Landgut eines gewissen Gnaeus Valerius Verecundus befunden haben musste. Jetzt galt es zunächst, die alten Grundmauern abzutragen – die alten Steine waren willkommenes Material für den Neubau – und eine Grube für das Fundament auszuheben. Die Aufsicht hatte Erzbischof Bruno seinem Hofbaumeister Rutger von Guerdain übertragen.
Dieser stand nun am Rande der Baustelle über einen Tisch mit Plänen und Skizzen gebeugt und beriet sich mit einem Benediktinermönch. Bruder Christian war eigens aus der Reformabtei St. Maximin aus Trier angereist, um seinen Rat zur Verfügung zu stellen, denn auch dort war er für Bauarbeiten zuständig gewesen.
Zwischendurch richteten die beiden Männer sich auf und beobachteten mit wachem Blick den Fortgang der Arbeiten. Müßiggang durfte nicht geduldet werden. Aber was sie sahen, erfüllte sie mit Befriedigung. Dutzende von Arbeitern liefen geschäftig hin und her, schleppten Steine und Holzbalken heran oder trugen Sand und Schutt in großen Säcken fort. Treträder standen bereit, an denen Schubkarren ohne Räder hingen, um die schweren Steine hochzuziehen. Ein Mann konnte mit diesem Tretrad das Zehnfache seines Körpergewichts hochziehen. Daneben standen lange Wasserbehälter, in denen Baumstämme lagen. Je länger sie im Wasser lagen, desto härter wurde das Holz.
Auf einem großen Platz im Zentrum schallte der schnelle und helle Ton eines Klopfholzes, der auf das Schlagende eines Meißels traf. Andere Arbeiter schlugen am Ende des Holzes Kerben ein, um die Streben später zu Dachkonstruktionen zu verbinden.
Das ziehend-schleifende Geräusch einer fußbetriebenen Drechselmaschine drang aus einer anderen Hütte. An der nächsten Hütte hieb ein Schindelmacher Dachziegel von dicken Baumklötzen zurecht. Ein Töpfer drehte nebenan das Rad per Hand oder mit einem Schwingstock, um sein Roh-

material zu rotieren. In einer kleinen Schmiede wurden Nägel fabriziert, von denen man eine ganze Menge brauchte. Behälter von Sand, Tonerde und gelöschtem Kalk standen bereit, um den nötigen Mörtel herzustellen. Es war ein fleißiges Gewusel, das den großen Platz erfüllte. Die Männer waren zufrieden.
Rutger wischte sich den Schweiß von der Stirn, denn die Sonne brannte ohne Erbarmen.
„Wir machen gute Fortschritte und werden den Zeitplan einhalten." Er griff nach einem Tonkrug mit Wasser und füllte beide Becher.
Der Mönch nickte. „Gott wird seine Hand über unser Werk halten. Wir haben …"
In diesem Augenblick wurde er von einem Schrei unterbrochen. Wenig später kam einer der Arbeiter herbei. Sein Blick verriet Furcht und Schrecken.
„Meister, wir … wir haben …"
„Was habt ihr? Habt ihr etwas gefunden?"
Meister Rutger legte seine Hand auf den Arm des erregten Arbeiters. Der nickte. „Ein … ein Skelett!"
Rutger von Guerdain blickte überrascht auf. „Ein Skelett?"
„Ja, wenn, wenn Ihr bitte folgen wollt. Seht selbst!"
Rasch folgten die beiden Männer dem aufgeregten Arbeiter. Die Arbeiter waren gerade dabei gewesen, eine weitere Grube für das Fundament auszuheben. Sie hatten ihre Spaten beiseitegelegt und starrten in die Grube. Angst zeichnete sich auf ihren Gesichtern ab. Ein Skelett brachte Unheil, dieser Aberglaube war tief in den Männern verwurzelt.
„Da! Seht selbst!" Mit zitternder Hand deutete der Arbeiter in die Grube. Unter Schutt und Steinen war deutlich ein Skelett zu sehen, daneben die Reste eines Tisches und eines Stuhles. In der Ecke konnte man deutlich mehrere unbeschädigte Amphoren aus Ton erkennen.
„Was sollen wir jetzt machen. Sollen wir … das ausräumen? Damit wir weitermachen können?"
Und ein anderer Arbeiter, ein grober, ungeschlachter Geselle

mit vernarbtem Gesicht murmelte: „Vielleicht liegt da unten gar ein Schatz, ein Schatz aus römischer Zeit."

Andere stimmten ihm zu, ihre wilden Gesichter zeugten von Gier, und Gier war stärker als Aberglaube. Aufgeregt schwatzten die Männer durcheinander. Schätze hatte man auch bei früheren Grabungen schon gefunden und so manche Goldmünze war in verborgene Taschen gewandert. Der Lohn war spärlich, aber so konnte man sich ein willkommenes Zubrot erwerben.

Rutger spürte, dass hier eine rasche Entscheidung gefragt war, wollte er die Arbeiter nicht gegen sich aufbringen. Aber während er noch nachdachte und den Kopf hin und her wiegte, wurde ihm die Entscheidung abgenommen. Eine scharfe Stimme schallte über die Grube und ließ das Schwatzen der Männer abrupt verstummen.

„Haltet ein!", rief Bruder Christian. „Dies ist ein geweihter Ort. Gott selbst hat ihn durch den Tod geweiht!"

„Wie meint Ihr das?", fragte Rutger.

„Hier ist ein Mann gestorben. Gott hat diesen Platz für ihn vorgesehen. Wir dürfen den Ort nicht entweihen und ihn seiner ewigen Ruhe berauben. Das wäre eine Sünde, und mit einer solchen Sünde darf der Bau eines Klosters nicht beginnen!"

Die Männer murrten leise und Rutger dachte nach. Er wollte sich auf keinen Fall mit dem Benediktinermönch streiten, das würde Erzbischof Bruno nicht gefallen.

„Was verlangt ihr also?"

„Lasst den Mann, wo er ist. Ihr mögt eine stabile Platte über ihn legen, damit seine Ruhe nimmermehr gestört werde. Ich werde ihn segnen und die Gnade unseres Herrn auf ihn herabrufen."

Gleichzeitig machte er die Geste des Segnens und die Männer fielen auf die Knie. Absolutes Schweigen herrschte, und die Männer, die eben noch gemurrt hatten, weil sie sich ihres Fundes beraubt sahen, verharrten in andächtiger Stille.

„So sei es", sagte Rutger. „Hab Dank für deinen weisen Rat."

Er zeigte auf mehrere der umstehenden Arbeiter. „Ihr habt gehört, was der weise Mann gesagt hat. Gießt eine Platte und legt sie über die Grabstätte. Niemand soll den Frieden des armen Mannes mehr stören! Das soll zugleich als Fundament gelten und der Bau kann fortschreiten."
Und so geschah es und der treue Arimius durfte seinen ewigen Schlaf für weitere Jahrhunderte fortsetzen.

XXI

Köln,
Zweiter Weltkrieg
30. Mai 1942

Und diese Ruhe sollte noch fast tausend Jahre währen. Zeiten, in denen Arimius klaglos in seiner dunklen Höhle verharrte und die Schriftrollen wohlverwahrt und gut erhalten in ihren Behältern ruhten. Zeiten, in denen Köln das Münzrecht erhielt, in denen die Bürger gegen ihren Erzbischof rebellierten, in denen die Kreuzritter zu ihrem heiligen Krieg ins Morgenland aufbrachen. Die Gebeine der Heiligen Drei Könige wurden von Erzbischof Rainald von Dassel nach Köln gebracht, und um eine würdige Kirche für ihren Schrein zu haben, wurde mit dem Bau des Doms begonnen. Um 1400 lebten schätzungsweise 40.000 Bürger in der Stadt. Damit war Köln zu dieser Zeit die größte Stadt des Reichs.

Es wurde gebaut, Hochwasser wurde bekämpft, Fehden wurden ausgetragen, Hexen wurden verbrannt, vom Dreißigjährigen Krieg blieb die Stadt weitgehend unbehelligt. Dann kamen die Franzosen, später die Preußen, der Dom war immer noch nicht fertig.

Ein großer Krieg begann – und wurde verloren, der Kaiser ging und die Engländer kamen. Sie besetzten die Domstadt und blieben acht Jahre.

Von all dem bekam Arimius in seinem Grab nichts mit, er hatte seine Ruhe. Vielleicht hätte die Ruhe auch bis zum Jüngsten Gericht gehalten, hätte sich nicht ein größenwahnsinniger Führer entschlossen, der Welt den Krieg zu erklären und Deutschland ins Verderben zu führen. Und hätte nicht ein britischer Air-Marshal namens Arthur Harris beschlossen, alles auf eine Karte zu setzen und mit allen verfügbaren Flugzeugen Köln anzugreifen.

Der 30. Mai 1942 war ein warmer Frühlingstag. Die Kinder spielten in kurzen Hosen, viele Kölner verbrachten den Tag im Freien, saßen entspannt am Rhein und hielten ihr Gesicht in die Sonne. Es konnte nicht schaden, mal wieder etwas Farbe abzukriegen. Beim Sportfest der Hitlerjugend in der Merheimer Heide tobten Kinder und Jugendliche über die Wiesen, an einen Angriff dachte niemand. Hatte doch so lange keinen mehr gegeben.

Aber dann. Kurz nach Mitternacht. Wer den Himmel beobachtete, sah die Pfadfinderbomben, die die Ziele ausleuchten. Und er ahnte, dass es dieses Mal so schlimm wie nie zuvor werden würde. Und dann kamen sie! Zuerst sah man nur die Silhouetten der Bomber am Kölner Nachthimmel. Dann auch die Bomber selbst, wie sie ihre Last abwarfen, die pfeifend und dröhnend ihre Ziele suchte. Die Strahlen der Flak, die versuchten, die Flugzeuge ins Visier zu bekommen. Die Sirenen begannen zu heulen, da war es für viele schon zu spät.

Als Operation Millennium – tausend Bomber gegen Köln – ging dieses Vorhaben in die Kriegsgeschichte ein. Am Nachmittag des 30. Mai 1942 begann der Angriff, und in der Nacht zum 31. Mai brach um 0.47 Uhr, acht Minuten vor der geplanten Zeit, die Hölle über die Stadt am Rhein herein. In den folgenden achtundachtzig Minuten erreichten immerhin 898 der gestarteten 1.047 Flugzeuge das Zielgebiet und warfen ihre Bomben ab. Die Folgen dieses 109., aber mit Abstand bisher schlimmsten Luftangriffs auf Köln waren grauenvoll: Über 2.500 einzelne Brandherde registrierte die Feuerwehr, davon 1.700 große Feuer. Über 3.000 Gebäude wurden total zerstört, über 2.000 schwer und über 7.000 leicht beschädigt. Allerdings gab es mit knapp 500 Toten gemessen an der Größe der Stadt relativ wenig Opfer. Gleichwohl, Köln war seiner Seele beraubt. Aber das war noch nicht der letzte Bombenangriff …

***

Es war ein warmer Frühlingstag und die Sonne deckte zunächst mit ihren wärmenden Strahlen die Trümmer der Stadt. Dann setzte plötzlich heftiger Regen ein. Er sorgte dafür, dass sich der Staub, den die Bombardierung hervorgerufen hatte, schneller legte. Er sorgte aber auch dafür, dass die Möbel und Wertgegenstände, die man aus den Häusern geborgen hatte, völlig durchnässt und vielfach unbrauchbar wurden. Die Schreie waren verstummt, unter vielen Trümmerteilen ragten Menschen heraus.
Erstes Leben kehrte zurück. Die Menschen, jedenfalls die, die den furchtbaren Angriff überlebt hatten, krochen aus ihren Bunkern heraus, leichenblass, verstört, ängstlich. Sie machten sich daran, überlebende Angehörige zu suchen oder zu sichten, was die Bomben ihnen übrig gelassen hatten. Frauen saßen mit ihren Kindern auf den Trümmerbergen und beteten. Ernste, gramgebeugte Männer starrten mit tränenfeuchten Augen in die Glut. Überall der Gestank von Brand und Verwesung, die Augen schmerzten vom Qualm, die Kleider waren mit einer feinen Staubschicht bedeckt, die der Regen allmählich abwusch. Die Tropfen mischten sich mit den Tränen, tiefe Verzweiflung, wo man hinsah.
Gruppen meist älterer Männer, unterstützt von ein paar Kindern, versuchten, die letzten Brände zu löschen oder die Toten aus dem Schutt zu bergen. Am Straßenrand lagen Leichen, die aussahen, als ob sie schliefen. Die Straßen ähnelten Kraterlandschaften, waren übersät mit Trümmerteilen und Autowracks. Manche der wenigen Soldaten, die auf Heimaturlaub waren, fanden die Verhältnisse daheim schlimmer als an der Front und schüttelten sich vor Grauen.
Und trotz der verheerenden Situation herrschte bei vielen wilder Trotz: Von den Scheißtommis würden sie sich nicht unterkriegen lassen! Andere, deren Verstand noch nicht von der NS-Propaganda vernebelt worden war, sahen in dieser Aktion eine logische Vergeltung für die Luftangriffe, die Görings Luftwaffe gegen England geflogen hatte. Aber das sagte

man nur heimlich. Viele waren auch längst in die vermeintliche Sicherheit des Umlandes geflohen und überließen die Stadt ihrem ungewissen Schicksal. In solchen Zeiten galt der Überlebenswille mehr als Patriotismus.

Unter den getroffenen Gebäuden war auch die Kirche St. Pantaleon, die etwa dreißig Jahre nach dem Bau der Benediktinerabtei erbaut worden war und die Reste dieser Abtei in ihrer Krypta beherbergte. Zusammen mit Pfarrer Diefenbach betrat der Küster, der alte Wilhelm Nübbers, vorsichtig die Kirche durch den Nebeneingang. Feuerwehr und andere Hilfskräfte der Gemeinde hatten endlich die letzten Brände gelöscht. Der Gestank von Brand und glimmenden Holzresten zog durch die Reste der großen Basilika. Gott sei Dank hatten sich keine Menschen zum Zeitpunkt in der Kirche aufgehalten. Die Bomben hatten den sakralen Bau mitten in der Nacht getroffen. Der Pfarrer und sein Küster hatten den kleinen Luftschutzraum unter dem Pfarrhaus aufgesucht und in ängstlicher Sorge gewartet, bis die Sirenen aufgehört hatten und das infernalische Geräusch fallender Bomben und der nachfolgenden Explosionen geendet hatte.
Ein erster Blick zeigte sofort, welchen Schaden die ehrwürdige Kirche genommen hatte: Das Dach sowie ein Teil der Außenmauern und große Teile der Innenausstattung waren den Bomben zum Opfer gefallen. Wertvolle Decken- und Wandmalereien waren für immer zerstört. In der Ostpartie des Südannexes befand sich eine Bresche, das Gewölbe und die Giebelwand des Nordannexes waren eingestürzt, ein Teil der Mittelschiffgewölbe war zerstört, die Katharinenkapelle und der größte Teil der Abteigebäude waren verloren, der Kapitelsaal erheblich beschädigt.
Beiden Männern standen Tränen in den Augen, vorsichtig tasteten sich ihre Füße durch den Schutt. „Wir können Gott danken, dass wir so wichtige Teile vorher geschützt oder ausgelagert haben", murmelte Nübbers. Diefenbach nickte. „Den Hochaltar, den Lettner und die Schreine konnten wir so bewahren, aber der Rest ..."

Seine Stimme versagte angesichts der Trümmer. Seine schöne Kirche, seine stolze Kirche! Würde sie jemals wieder so sein wie früher? Nübbers hob ein altes Holzkreuz auf, das zwischen den Steinen lag und putzte es mit dem Ärmel seiner Küstersoutane ab. Tränen benetzten das mittelalterliche Holz und rannen den Korpus hinunter. Es schien, als ob Christus selbst über sein zerstörtes Haus weinte. Plötzlich glitt Nübbers auf einem der Steine aus, mit Mühe gelang es dem Pfarrer, seinen Küster zu halten.

„Vorsichtig, mein lieber Nübbers, nicht dass Sie sich noch verletzen."

Sie gingen langsam zum Chor, wo früher der Hochaltar gestanden hatte. Auf der linken Seite befand sich der Eingang zur Krypta, der wie durch ein Wunder frei stand und nicht verschüttet war. Behutsam tasteten sich ihre Füße die Treppen hinunter. Nübbers hatte eine Taschenlampe mitgenommen, denn hier unten herrschte völlige Dunkelheit. Sein Blick fiel auf den Boden der Krypta. Hier hatte sich ein Loch aufgetan, wohl durch die Erschütterungen, denen der Bau ausgesetzt gewesen war. Er richtete den Lichtstrahl auf das dunkle Loch, das im Boden sichtbar geworden war. Er schreckte zusammen und ließ seine Lampe fast zu Boden fallen. Ein Schreckenslaut entfuhr seinen schmalen Lippen und er schlug die Hände vor dem Mund zusammen.

„Was ist, Nübbers?" Der Pfarrer stand hinter dem Küster und sah noch nicht, was seinen Küster so erschreckt hatte.

„Sehen Sie nur, Herr Pfarrer!"

Nübbers trat zu Seite, seine Lampe leuchtete nach wie vor das kleine Loch aus. Diefenbach warf einen Blick nach unten. Der dünne Strahl der Lampe erfasste ein Skelett, Reste eines Holztisches, eines Stuhls. Daneben lagen Amphoren, sie schienen unbeschädigt.

„Das muss noch aus dem Mittelalter sein", mutmaßte der Pfarrer, „oder vielleicht noch aus der Römerzeit. Vielleicht eine Krypta aus der Klosterzeit oder gar ein Keller aus der Zeit des römischen Gutshofes, der früher hier gewesen sein soll."

Diefenbach wusste nicht, wie recht er mit dieser Vermutung hatte, denn es war kein anderer als der treue Arimius, der hier aus dem Nebel der Vergangenheit aufgetaucht war. Er hatte auch dem Bombenangriff getrotzt und wartete darauf, dass man ihm endlich sein Geheimnis entreißen würde. Aber noch war es nicht so weit!

Und doch, bei allem Leid war der Pfarrer neugierig. Was lag da unten in seiner Kirche? Zwei Tage später kletterte er wieder mit seinem Küster in die Krypta. Sie hatten starke Lampen und eine Leiter mitgenommen. Behutsam setzten sie die Leiter an den Rand des Loches. Diefenbach war mit seinen fünfundfünfzig Jahren zwölf Jahre jünger als sein Küster, also kletterte er hinab. Er war ein gut aussehender Mann, das volle Haar trug er zurückgekämmt, sein Gesicht war ausdrucksstark und doch voller Milde, aber jetzt war es vor Gram und Trauer gezeichnet. Seit acht Jahren stand er nun der Gemeinde vor, hatte seinen Beruf geliebt und wurde von den Menschen geliebt und geachtet. Aber jetzt war er allein. Bis auf den alten Nübbers.

Behutsam setzte er einen Fuß vor den anderen, erreichte den Boden. Mit der Lampe leuchtete er alle Ecken aus. Auf dem Boden lagen die Reste einer zerbrochenen Platte, die vielleicht vor langer Zeit einmal hier angebracht war.

Tatsächlich, mit etwas Fantasie konnte man sich sogar vorstellen, dass der Mann – oder war es eine Frau? – hier an einem Tisch gesessen hatte. Und die Tonamphoren, die da auf dem Boden lagen – hatte er sie bewacht? Diefenbach näherte sich den Gefäßen, stellte eins hin. Die Öffnung war versiegelt. Und sie war alt. Das war nicht Mittelalter, das war römisch! Vorsichtig kratzte er die Versiegelung aus Pech ab und leuchtete in die Amphore. Solche Behälter hatte man zur Römerzeit für Vorräte benutzt, für Getreide, für Wein, für Öl oder Honig. Aber diese hier waren staubtrocken, kein öliger Film am Rand, kein Geruch von Wein, keine Getreidereste. Und Diefenbach ahnte auch, welchem Zweck sie gedient hatten.

Wie zur Bestätigung hielt er wenig später eine Lederrolle in

der Hand, brüchig und zerbröselnd. Jetzt kannte er den Inhalt der alten Amphore. Die Römer hatten so ihre Schriftrollen verwahrt, wenn sie sie verbergen wollten. Sollte er sie öffnen? Sie musste sehr alt sein, und wenn Diefenbach auch kein Archäologe war, wusste er doch, dass sie vermutlich sofort zerfallen würde, wenn sie mit Sauerstoff in Berührung käme. Und dann wäre sie verloren! Sie und die anderen, die sich in der Amphore verbargen.
Er seufzte und legte die Rolle mit ihrem brüchigen Ledermantel zurück. Darum würde er sich später kümmern. Später, wenn der unselige Krieg vorbei war. Vorsichtig kletterte er wieder zurück.
„Und? Was haben Sie gefunden?" Auch der Küster war neugierig.
„Was auch immer es ist", sagte Diefenbach, „es muss warten, bis es sein Geheimnis preisgibt. Es ist jetzt nicht die Zeit dafür. Wir haben Wichtigeres zu tun. Ich werde morgen mit unserem guten Weißkirch sprechen. Er soll eine neue Platte über das Loch legen, damit niemand hineinfällt."

Und der gute Franz Weißkirch, der immer gerne handwerkliche Arbeiten für die Pfarrei erledigte, tat, um was man ihn bat. So wurde das rätselhafte Loch wieder verschlossen und Arimius hatte wieder seine Ruhe.
Pfarrer Diefenbach indes notierte in der Pfarrchronik, die man ihm zum Amtsantritt geschenkt hatte, dass er am 2. Juni 1942 auf ein Loch im Boden der Krypta gestoßen sei und dass sich in diesem Loch vermutlich Funde aus der Römerzeit befänden, darunter vermutlich alte Schriftrollen, deren Inhalt von großer, archäologischer Bedeutung sein könne. Zu gegebener Zeit müsse man sich darum kümmern. Leider ging diese Chronik und ihr wichtiger Hinweis beim nächsten Bombenangriff in Flammen auf. Nübbers, der treue Küster, starb noch vor Kriegsende.
Und Pfarrer Diefenbach? Der hatte nach Kriegsende alle Hände voll zu tun, sich um den Neuaufbau seiner Kirche zu küm-

mern, und vergaß darüber völlig, was er an jenem Kriegstag im Juni 1942 gefunden hatte. Als er im Jahre 1961 starb, sank sein Geheimnis mit ihm ins Grab.
Wieder musste Arimius warten, bis man sein Geheimnis entdecken würde.

XXII

Köln,
2018

Die alten Griechen hätten vielleicht von der blindwütenden Tyche gesprochen, die Römer vom unabänderlichen Fatum und gläubige Christen sprachen von einem Wink Gottes. Vielleicht war es aber ganz einfach auch nur ein Zufall, dass in jenen kalten Dezembertagen ein Abwasserrohr unter der Krypta der altehrwürdigen Kölner Kirche St. Pantaleon brach und sich sein Inhalt auf den Boden der Krypta ergoss.
Jedenfalls weckte ein aufgeregter Küster den Pfarrer noch weit vor der Frühmesse und berichtete in übersprudelnden Worten von dem schlimmen Unglück, dass sich anschicke, mit übel riechender Flut die ganze Krypta zu bedecken.
In aller Eile zog sich Pfarrer Diefenstein an und folgte dem Küster durch die eiskalte Morgenluft in die Kellerräume seiner Kirche.
„Furchtbar", murmelte er mit frostschaudernder Stimme, „ganz furchtbar."
Er zog seinen Mantel zu und rümpfte die Nase.
„Und wie das stinkt."
Pflichtschuldig ergänzte der Küster. „Und das jetzt kurz vor den Feiertagen."
Besorgt blickte der Pfarrer zu einer kleinen Gittertür, die an der Stirnseite angebracht war. Die Türöffnung gab den Blick frei auf Mauerreste, Abwasserkanäle, Säulen, Kapitelle und fünf Stufen einer Treppe, die ins Nichts führte, alles Hinterlassenschaften einer alten, längst vergangenen Zeit.
„Auf keinen Fall darf das Wasser in die Ausgrabungsstätten gelangen."
Blaschke nickte nur sorgenvoll.

Doch Pfarrer Diefenstein wäre nicht er selbst gewesen, wenn er sich von solch einem Unglück aus der Bahn hätte werfen lassen. Seine schlanke hohe Gestalt straffte sich, sein Blick nahm jene besonnene Gelassenheit an, die seine Gemeinde an ihm so schätzte. Wie einer seiner Vorgänger, dessen Name – wie es der Zufall wollte – dem seinen recht ähnlich klang, war er in seiner Gemeinde beliebt und geachtet.
„Wir müssen sofort den Installateur kommen lassen, und den Schaden beim Generalvikariat melden. Nehmen Sie das Erstere in die Hand, Blaschke, ich kümmere mich um das Zweite. Und schnell, ganz schnell, Blaschke, bevor die braune Suppe noch mehr Schäden anrichtet."
Sorgenvoll betrachtete er das Abwasser, das inzwischen unaufhaltsam durch die Fliesen des Bodens sickerte und die gesamte Krypta bedeckte.

Und so kam es, dass vier Stunden später zwei kräftige junge Männer in blauen Overalls in die Kellergewölbe der Kirche herabstiegen.
„Wird nit einfach sin, die Stelle zu finden", sagte der eine, der sich als Frank Schmitz vorgestellt hatte, zu Blaschke und kratzte sich in seinem dichten schwarzen Haarschopf. Da er einen Kopf größer war als der Küster, musste er ständig auf ihn herabsehen. Der gut aussehende junge Mann mit dem Dreitagebart und dem kölschesten aller Namen, was sich in seiner Aussprache weitgehend bestätigte, zeigte auf den Boden.
„Irjendwo he", er zog mit der Hand einen imaginären Kreis, „irjendwo he im Boden verläuft en ahl Abwasserrohr, und dat is kapott. Wir werden dä janze Boden aufreißen müssen, um die undichte Stelle zu finden."
„Aber zuerst müssen wir abpumpen", ergänzte der andere, ein schmaler junger Mann mit dünnen blonden Haaren und blassblauen Augen namens Marc Heinen. Er war Werkstudent und nur als Aushilfe hier, aber er schien etwas von diesem Handwerk zu verstehen. Er verstand die körperlichen

Arbeiten als willkommene Abwechslung von seinem Studium der Geschichte und Archäologie.
Und bevor Blaschke noch seinem Entsetzen über die bevorstehenden Arbeiten Ausdruck verleihen konnte, fügte Schmitz schnell hinzu:
„Und selbstverständlich dürfen für die nächste Zeit die sanitären Anlagen nit benutzt wäde, damit das Zeug keinen Nachschub erhält. Gibt es hier eine Toilette, Waschbecken oder so etwas?"
„In der Sakristei", antwortete der Küster und machte ein Gesicht, als habe man ihm soeben die Sonntagskollekte entwendet.
„Müsse mer vorüberjehend stilllegen", sagte Schmitz einfach.
Der Küster plusterte empört die Backen auf.
„Und wo sollen wir zur Toilette gehen, es ist die einzige Toilette in der Kirche? Ich meine, äh ... bei langen Messen mit großem Aufzug, da kann es doch vorkommen ..."
Der Installateur zuckte nur mit den breiten Schultern, setzte ein Lächeln auf und entgegnete: „Machen Sie sich keine Gedanken! Gejenüber ist doch et Finanzamt, vielleicht ..."
„Sehr komisch", raunzte Blaschke, „wirklich sehr komisch. Ihr habt den Schaden ja nicht!"

Einige Stunden später hatten sich die Kellergewölbe von St. Pantaleon in eine veritable Baustelle verwandelt, während in der Kirche darüber die Gläubigen ihrer Hoffnung Ausdruck verliehen, dass nun bald Emmanuel kommen müsse.
Das Abwasser war abgepumpt und die rotbraunen Fliesen auf breiter Front entfernt worden.
„Wir werden dat Fundament aufbohren müssen", meinte Schmitz zu seinem Kollegen Heinen. „Hol schon ens dä Bohrhammer!"
Minuten später erbebte das Gebäude unter den infernalischen Geräuschen eines Bohrhammers, der sich mit nervtötender Langsamkeit in den alten brüchigen Beton fraß.

„Wir müssen die ganze Strecke bis zur Außenwand freilegen“, meinte Heinen lakonisch,
„Irgendwo da muss der Bruch liegen.“
Schmitz wischte sich den Schweiß von der Stirn. Trotz der Kälte im Kirchengewölbe hatte ihn die Arbeit mit dem Bohrhammer erhitzt.
„Dat is ne Arbeit für einen, der Vater und Mutter totjeschlagen hat! Damit werden wir vor Weihnachten kaum fädisch wäde.“
„Dann müssen wir Überstunden machen, hat der Alte gesagt. Wenn es sein muss nachts und auch am Wochenende.“
Triumphierend hob Heinen ein Bündel alter Schlüssel in die Höhe. „Schließlich hat man uns alle Schlüssel anvertraut. Für die kleine Außentür, die Tür zum Altarraum und die Krypta.“
Im Geiste zählte er schon das Honorar für die Überstunden, das er gut gebrauchen konnte. Ein Studium war teuer, dazu die Geschenke für das Fest. Der Zuschuss seiner Eltern war karg, BAföG bekam er nicht. Und schließlich will man ja auch noch leben! Da zählte jeder Euro!
„Du spinnst, Heinen. Und wann soll ich die Weihnachtsjeschenke koofe? Ich han doch fast noch nix. Warum schickt uns der Alte nicht mehr Leute?“
„Weil die alle in Bonn arbeiten, damit der Posttower endlich fertig wird, weißt du doch.“
Schmitz nickte nur und stemmte sich mit aller Kraft auf den Hammer.

Stunden später – die Frau des Küsters hatte sie inzwischen mit heißer Suppe, einer Unmenge belegter Brote und einer riesigen Kanne Tee versorgt – war immer noch kein sonderlicher Fortschritt in den Arbeiten zu erkennen, wie Pfarrer Diefenstein stirnrunzelnd bemerkte.
„So schnell jeht dat nit, Herr Pfarrer“, keuchte Schmitz und schaufelte einen Berg Abraum in eine Schubkarre. „Wir müssen erst die Stelle finden, an dem das Rohr gebrochen ist. Sehen Sie selbst, wie marode dat he alles is.“

Ein Blick auf die alten verrosteten Eisenrohre genügte Pfarrer Diefenstein, um den Wahrheitsgehalt der Worte zu erkennen.
„Von wann sind eigentlich die Rohre?“, wollte Heinen wissen und schob sich eine weitere Zigarette in die Mundwinkel.
„Ehrlich gesagt, keine Ahnung. Ich leite die Gemeinde hier seit fünfzehn Jahren, seitdem ist an den Rohren nichts verändert worden. Und wenn es Ihnen nichts ausmacht, würde ich Sie bitten, hier nicht zu rauchen. Wir sind in einer … äh Kirche.“
Schmitz packte die Zigarette missmutig wieder weg, nahm sich aber vor, sie wieder herauszuholen, wenn der Pfarrer sie verlassen hätte.
„Dem Alter und dem Zustand nach müssen die Rohre aus den 50er-Jahren stammen, das Hauptrohr ist aus Eisen, die Nebenrohre sind aus Blei. So was verwenden wir schon lange nicht mehr“, sagte er in lupenreinem Hochdeutsch und wies auf ein Stück freigelegten Rohres.
„Wo geht's eigentlich da hin“, wollte Heinen wissen und zeigte auf die kleine Gittertür.
„Das ist eine römische Ausgrabungsstätte, die muss unter allen Umständen vor dem Wasser geschützt werden. Sie stammt aus dem vierten Jahrhundert nach Christus, als hier noch keine Kirche, sondern ein römisches Landgut stand.“
Schmitz interessierte sich sehr wenig für solche archäologischen Schätze und meinte lakonisch: „Keine Sorge Herr Pfarrer, mir dun unser Best. Da passiert schon nichts, machen Sie sich keine Gedanken. Und Sie werden sehen, bis Weihnachten sind wir fertig.“
Der Pfarrer murmelte irgendetwas von „Gottes Ohr“ und verschwand zur Abendandacht.

Zwei Tage ging die Arbeit so fort, ohne dass für einen neutralen Beobachter wirklich größere Fortschritte auszumachen gewesen wären.
Am Abend des dritten Tages verabschiedete sich Kollege Heinen frühzeitig. Die Arbeit mit dem Bohrer hatte ihn nämlich

daran erinnert, dass auch noch ein Besuch beim Zahnarzt ausstand. „Jeh nur“, hatte Schmitz ihm nachgerufen, „ich bohr dat Stück bis zur Wand noch zu Ende, dann machen ich och Schluss.“

Es war lange nach Feierabend, als er den schweren Bohrer gegen die Wand legte. Das gesamte Abflussrohr, das sich unter dem Boden der Krypta bis hin zur Außenwand erstreckte, war nun freigelegt. Das letzte Stück war merkwürdiger Weise viel schneller gegangen, denn der Boden war hier sehr viel weicher gewesen und bot dem Bohrhammer entschieden weniger Widerstand.

Schwer atmend hockte Schmitz auf dem Boden und leerte seine letzte Wasserflasche. Ein Blick zur Uhr zeigte ihm, dass es schon nach 21 Uhr war. Zeit für den Feierabend. Aber eine letzte Zigarette noch! Voller Vorfreude angelte er sich eine Zigarette aus der Tasche, zündete sie an und inhalierte tief – als es geschah.

Zuerst spürte er ein leichtes Beben des Bodens, verbunden mit einem grollenden Geräusch, und dann, wie von Geisterhand, öffnete sich der Erdboden an der Stelle, an der eben noch der Bohrhammer gestanden hatte. Mit einem unheimlichen, schmatzenden Geräusch sog die Erde alles ein, was sich an dieser Stelle befand. Der Bohrhammer, eine Sprudelflasche und diverse Werkzeuge verschwanden im Nichts.

Ruckartig drehte Schmitz den Kopf, seine Zigarette fiel zu Boden. Kalkweiß beobachtete er, was da geschah. Doch schon nach wenigen Sekunden herrschte unheimliche Ruhe, nur eine leichte Staubwolke verriet noch etwas von dem, was sich gerade ereignete hatte. Zögernd trat Schmitz näher, zündete sich mit zitternden Fingern eine neue Zigarette an. Seine Knie waren weich, das Gesicht aschfahl.

Vor ihm tat sich ein ovales Loch mit einem Durchmesser von fast einem Meter auf, die Tiefe war schwer zu bestimmen. Aber jedenfalls war es so tief, dass man von dem verschwundenen Bohrgerät nichts mehr erkennen konnte.

Was war denn hier passiert?

Er hockte sich an den Rand des Kraters und spähte hinein. Nichts zu sehen!
Davon hatte er schon gehört. War das Fundament zu alt oder nicht fest genug oder war es – wie hier – vom langen Wasserzufluss zerstört, dann gab der Boden darunter nach. Das Fundament musste ja Hunderte von Jahren alt sein. Wie alt war eigentlich die Kirche? Schmitz musste zugeben, dass er davon keine Ahnung hatte.
Egal! Heute war nichts zu machen. Morgen, wenn sein Kollege wieder da war, mochte man dem Rätsel auf den Grund gehen, im wahrsten Sinne des Wortes. Er legte eine Plane über das Loch und stellte mehrere Arbeitsböcke davor, um die Stelle zu sichern. Eilends schrieb er mit ungelenker Hand einige Worte der Warnung auf einen Zettel und heftete sie an einen der Böcke. In aller Ruhe, die ihm nach diesem Vorfall noch möglich war, schloss er Krypta und Seitentür der Kirche ab und begab sich nachdenklich in den wohlverdienten Feierabend.

XXIII

Eine Woche vor Weihnachten brummte die Kölner City. Die Parkhäuser waren zum Bersten voll, in den Kaufhäusern ärgerten sich ungeduldige Kunden über genervte Verkäufer und umgekehrt. Paketbeladene Menschen eilten nach Hause und stießen mit denen zusammen, die noch nichts hatten. Busladungen aus Holland, Belgien oder England spuckten Ladungen hoffnungsfroher Touristen mit gut gefüllten Geldbörsen über die Weihnachtsmärkte aus, die Taschendiebe rieben sich die Hände, eben all das, was ein feiertagsbedingter Konsumrausch in einer Großstadt mit sich bringt. Rechtzeitig vor dem Fest war das frostkalte Winterwetter einem schmuddeligen Regenwetter gewichen. Schirm und Regenjacke ersetzten Schal und Wollmütze. Für die Kölner ein vertrauter Klimawechsel.
Wie viel mehr Ruhe herrschte da doch in der alten romanischen Kirche St. Pantaleon! Der Küster war mit einigen älteren Damen der Frauengemeinschaft bemüht, die Dekoration für die bevorstehenden Feiertage zu richten, die Organistin übte das Weihnachtskonzert von Corelli und Pfarrer Diefenstein saß im angrenzenden Pfarrhaus grübelnd über seiner Weihnachtspredigt.
Hin und wieder lauschte der verärgerte Küster auf die Geräusche, die aus der Krypta kamen. Der Bohrlärm hatte endlich aufgehört, an seine Stelle waren die leisen, zischenden Geräusche des Schweißbrenners getreten. Man hatte beschlossen, das alte Rohr auf gesamter Länge durch moderne Kupferrohre zu ersetzen und die Arbeiten waren schon fast abgeschlossen. Der Pfarrer hatte erleichtert geseufzt: unvorstellbar, dass die Weihnachtsmesse durch irgendwelche Arbeitsgeräusche aus der Krypta gestört worden wäre!

Hätte er aber einen Blick in seine Krypta geworfen, wäre er doch sehr erstaunt gewesen: Den verschwundenen Bohrhammer hatte Schmitz schon am frühen Morgen mittels einer Leiter geborgen, war dabei aber völlig überraschend auf eine alte Münze und Reste von Tontöpfen oder Ähnlichem gestoßen, weshalb er das Loch unbedingt noch einmal gründlicher untersuchen wollte.
„Wenn wir Feierabend haben", so hatte er Heinen instruiert, „sagen wir dem Küster, wir müssten noch ein paar Überstunden machen. Und dann gucken wir uns die Sache ganz genau an. Braucht ja keiner zu wissen. Wo eine Münze ist, da sind meistens auch noch mehr. Wer weiß, vielleicht findet sich unter der alten Krypta so was wie ein Schatz?"
Heinen hatte nur müde genickt. Frostschauer und Gliederschmerzen machten ihm zu schaffen, seine Stirn war fieberwarm. Außerdem musste er noch eine Hausarbeit fertig schreiben, die ihn ziemlich nervte. Das Thema der Arbeit war „Münzfunde aus byzantinischer Zeit".

Am Spätnachmittag hatte Blaschke noch einmal einen Blick in die Krypta geworfen und sich mit der Erklärung der beiden Männer seufzend zufriedengegeben.
„Schließen Sie aber gut ab", hatte er noch gesagt, „nach der Abendandacht bin ich weg. Meine Schwägerin hat Geburtstag."
Besser konnte es gar nicht kommen, hatte sich Schmitz gedacht und dem Küster empfohlen, sich keine Gedanken zu machen und freundlich einen „Schönen Abend" gewünscht.
„Halt die Leiter fest und gib mir die Taschenlampe!"
Heinen reichte das Gewünschte und sah frostschaudernd zu, wie sein Kollege in der dunklen Vertiefung verschwand.
„Siehst du irgendwas?"
„Warte doch, Heinen. Es ist ziemlich dunkel hier unten. Man sieht die Hand vor Augen nicht."
Quälende Minuten der Stille vergingen. Die Kirche lag längst in tiefer Dunkelheit und die Krypta war nur noch von zwei

Arbeitslampen notdürftig erhellt. Dann ertönte plötzlich ein Schrei von unten.
„Was ist?", fragte Heinen und beugte sich nach vorn.
„Hier ... litt e Skelett oder su jet. Knoche, ne Schädel, ne janze Dude!"
Eine kurze Pause, bevor die Meldung aus der Unterwelt weiterging.
„Un Scherbe vun ener Vas oder esu. Ne Rest vun enem Tisch, ne Stohl, wat weiß ich? Wirf mir ens en Schüpp eraf. Ich muss he in die Erde."
Schnell reichte Heinen den Spaten nach unten. Hastig schluckte er ein weiteres Aspirin. Wie sehnte er sich nach einem warmen Bad und seinem Bett! Seine Frau würde ihm einen heißen Tee machen, dann ein paar Stunden Schlaf und ab nach Österreich. Weihnachten im verschneiten Ötztal, ein absoluter Traum. Die lästige Hausarbeit konnte er auch im Schnee fertigstellen. Aber wie kam der Tote dahin? Aus dem letzten Krieg? Oder älter? Man müsste ... Seine Gedanken wurden jäh unterbrochen.
„Ich han jet ", tönte plötzlich eine Stimme aus der Dunkelheit.
„Münzen? Gold?" Tief beugte sich der Student über das Loch, seine Beschwerden schienen für einen Augenblick wie weggezaubert. Ein kleiner Goldschatz wäre für sein Studium schon hilfreich. Obwohl ... eigentlich müsste man es ja abgeben, oder? Fundunterschlagung – so etwas hatte er schon mal gehört. War das eine Straftat? Seine Überlegungen wurden durch einen weiteren Ruf aus der Unterwelt unterbrochen ...
„Nä, 'ne Lederrolle oder su jet. Wirf mir ens ne Korb eraf."
Heinen tat wie geheißen und warf seinem Kollegen einen Korb herunter, der normalerweise der Aufnahme von Schutt diente. Minuten später tauchte das verschmutzte und vor Aufregung glühende Gesicht von Schmitz auf.
„Und? Hast du was gefunden?", fragte Heinens.
Schmitz deutete auf den Korb. „Weiß nit, wat dat is. So ein

paar Lederrollen. Und Scherben, jede Menge alter Tonscherben. Die lagen neben dem Dudekopp."
Mit einer raschen Bewegung fegte er Arbeitsmaterial und Werkzeug von dem hölzernen Arbeitstisch und legte behutsam vier alte, verschlissene Lederrollen darauf.
„Was ist da wohl drin?"
„Bin ich Hellseher? Aber alt sind die Dinger, uralt."
Er tastete vorsichtig über das brüchige Leder. „Kein Metall", murmelte er enttäuscht, „keine Münzen!"
„Mach mal vorsichtig eine auf", riet Heinen, dem die Enttäuschung ebenfalls anzumerken war. Schmitz nickte und nahm einen Seitenschneider. Behutsam löste er den Verschluss, der wie eine Plombe die Lederrolle verschloss. Mit spitzen Fingern griff er in die geöffnete Rolle.
„Und?", rief Heinen atemlos.
„Warte doch ab, Mensch. Da ist wat!"
Er zog die Finger aus der Rolle und schaute verblüfft auf das, was ihm unter den Fingern förmlich zu zerrinnen schien. Bröcklig und bröselig fiel der Inhalt auf den Tisch, um sich gleich darauf in kleinste Elemente aufzulösen.
„Wat is dat denn?", wunderte sich Schmitz.
Heinen fiel ihm sofort in den Arm und raunzte ihn energisch an: „Nicht anfassen! Die geht sofort kaputt. Das ist eine alte Schriftrolle, Papyrus wahrscheinlich", sagte er mit heiserer Stimme, „eine ganz alte Schriftrolle. Vielleicht aus dem Mittelalter oder sogar aus der Römerzeit. Eine … archäologische Sensation vielleicht. Aber leider löst sie sich auf, wenn man sie herausholt."
Schmitz blickte ihn ratlos an. „Hä?"
„Der Sauerstoff ist dafür verantwortlich", führte Heinen fachmännisch aus. „Hab ich schon an der Uni gesehen. Die haben uns da auch solche Schriften gezeigt, aus Ägypten oder so, und kaum hatte man sie an die Luft geholt, lösten sie sich auf. Einfach so."
Schmitz nickte, ohne dass er die Zusammenhänge wirklich verstand. Aber Heinen war in seinem Element. „Sauerstoff

kann sehr aggressiv sein, vor allem, wenn er auf papierähnliche Substanzen aus grauer Vorzeit trifft. Und wenn das hier Papyrus ist, stammt es aus der Römerzeit. Im Mittelalter hat man auf Pergament geschrieben."

„Pergament?"

„Das ist dünn geschabte Tierhaut, war billiger und stabiler als Papyrus."

„Aha! Aber wie kommen die wohl hierhin?"

Heinen zuckte mit den Achseln und wies auf die kleine Gittertür.

„Römische Ausgrabungen, du hast doch gehört, was der Pfarrer gesagt hat. Hier war doch früher mal ein römisches Landgut und jetzt haben wir ein Stück aus seiner Bibliothek ausgegraben."

„Dat is bestimmt wat wert, oder?"

Aber Heinen schüttelte den Kopf.

„Das müssen wir melden!"

„Melden? Biste jeck? Dat maache mer zo Jeld!"

Schmitz angelte sich trotz des Verbots eine weitere Zigarette und blies den Rauch in kleinen Kringeln aus. Er machte mit den Fingern die Geste des Geldzählens.

„Künnt ich vor Weihnachte joot gebruche!" Mit einem leicht überheblichen Grinsen blickte er seinen Kollegen an. Aber Heinen schüttelte entschieden den Kopf. Das würde er nicht zulassen!

„Also erstens, wenn wir die aus den Behältern herausholen, gehen sie alle kaputt und du kriegst gar nichts. Nada, niente! Und zweites machen wir uns strafbar. Ein historisch wichtiger Fund muss gemeldet werden."

„Melde? Warum dat dann?"

„So ist die Rechtslage", meinte Heinen lakonisch. Er machte Anstalten, die Lederrollen vorsichtig in eine Tüte zu packen.

„Wat is denn jetzt los? Wat mäste da?"

„Ich packe die Rollen ein."

„Und dann?"

„Dann werde ich sie mit zur Uni nehmen und meinem Prof

zeigen. Der wird wissen, was man damit tun muss."
„Und meine Belohnung?"
Heinen zuckte mit den Achseln.

XXIV

Professor Dr. Henscheid sah ungefähr so aus, wie man sich einen zerstreuten Akademiker vorstellte. Das lichte weiße Haar in wildem Durcheinander, ein kurzer, gepflegter Kinnbart, kleine, kluge Augen, die hinter dicken Brillengläsern verborgen waren. Dazu ein zerknitterter grauer Anzug, den er wohl schon zum Zeitpunkt seiner Habilitation vor dreißig Jahren getragen haben mochte. Die wenigen Jahre, die er noch bis zum Ruhestand hatte, widmete er mehr der Forschung als der Lehre, und so gab er zurzeit nur ein Seminar zur Archäologischen Frühgeschichte. In diesem saß Marc Heinen. So war es für ihn kein Problem, einen Termin für die Sprechstunde seines Professors zu bekommen und nun saß er vor ihm, die Tüte mit den Schriftrollen hatte er behutsam auf dem Tisch platziert. Da er zum ersten Mal hier war, schaute er sich interessiert um. Der kleine, fast quadratische Raum war mit Büchern überladen. An drei Seiten standen Regale, die vom Boden bis zur Decke mit Büchern und Zeitschriften gefüllt waren, nur die Türseite war noch frei. Das kleine Fenster, das dringend einer säubernden Hand bedurft hätte, zeigte auf die Rückseite des Hochschulgebäudes hinaus, wo in sommerlichen Zeiten Hunderte von Studenten lagerten und die Zeit zwischen den Vorlesungen mit Freunden, vor allem aber mit ihrem Smartphone verbrachten. Zu dieser Jahreszeit waren die Wiesen leer und nur vereinzelte Hundebesitzer waren zu sehen.

„Erzählen Sie mal, junger Mann, wie Sie an die Schriftrollen gekommen sind."

Und Heinen erzählte, sachlich und konzentriert, ließ kein Detail aus, während sich Prof. Henscheid – dem allseits geltenden Rauchverbot zuwider – gemütlich eine Pfeife stopfte und aufmerksam zuhörte.

„Und diese Rollen sind jetzt in dieser ... Tüte?"
Henscheid verzog seine Miene, die sein mittelgroßes Entsetzen verriet. Heinen nickte.
„Und Ihr Kollege hat versucht, eine davon zu öffnen, und dabei ist sie teilweise in ihre Bestandteile zerfallen?"
Wieder nickte der Student, während der Professor sein Gesicht noch schmerzlicher verzog. Er klopfte entschieden auf den Tisch.
„Das haben Sie richtig gemacht! Nicht auszudenken, wenn durch diesen laienhaften Umgang noch mehr Schaden entstanden wäre!"
„Aber es stimmt doch, dass man einen solchen Fund abgeben muss, oder?"
Henscheid nickte, griff hinter sich und nahm ein abgegriffenes Taschenbauch, ein BGB, zur Hand. Er schlug es auf und las langsam vor: „Wird eine Sache, die so lange verborgen gelegen hat, dass der Eigentümer nicht mehr zu ermitteln ist (Schatz), entdeckt und infolge der Entdeckung in Besitz genommen, so wird das Eigentum zur Hälfte von dem Entdecker, zur Hälfte von dem Eigentümer der Sache erworben, in welcher der Schatz verborgen war."
„Also gehört die Hälfte des Wertes uns?"
Henscheid schüttelte bedächtig den Kopf. „Ich bin kein Jurist, aber da ich in meiner Laufbahn schon öfter mit solchen Angelegenheiten zu tun hatte, ist mir die Rechtslage doch ganz gut vertraut."
Er zündete die Pfeife an, zog daran und blies den blauen Dunst genüsslich von sich. Ein würziger Duft zog durch den kleinen Raum.
„Es stört Sie doch nicht?"
Heinen schüttelte den Kopf und Henscheid nickte zufrieden.
„Also, um auf Ihre Frage zurückzukommen: Hier in Nordrhein-Westfalen gilt nicht nur das BGB, wir haben auch ein so genanntes Schatzregal."
„Ein ... was? Ich kenne nur Bücherregale."
Henscheid lächelte nachsichtig.

„Diese Verordnung ist 2013 mit der Änderung des Denkmalschutzgesetzes eingeführt worden. Seitdem müssen archäologische Funde unverzüglich den Behörden gemeldet werden und gehen in Landeseigentum über."
Er stand auf, ging zu einer der Regale und zog nach kurzem Suchen einen schmalen Band heraus. Er blätterte kurz durch, bis er die gesuchte Stelle gefunden hatte.
„Hier", sagte er und deutete auf eine Stelle, „lesen Sie selbst. § 17 des Schatzregals NRW."
Heinen las und auf seinem Gesicht machte sich Enttäuschung breit.
„Das heißt, es ist gar nicht klar, ob wir eine Belohnung bekommen, oder? Ich meine, die sprechen hier von einer ‚unerlaubten Nachforschung', bei der man keine Belohnung erhält."
Henscheid nickte bedächtig. „Ich kann das nicht beurteilen. Wichtig ist zunächst, dass wir die Meldung an die Behörde nachholen. Und dann gehören die Rollen endlich in die richtigen Hände, damit sie sachgerecht geöffnet werden, ohne dass ein weiterer Schaden entsteht. Ich habe auch keine Ahnung, ob dieser Fund, wie es hier heißt, von besonderer wissenschaftlicher Bedeutung ist. Dazu müsste man zuerst einmal den Inhalt kennen, aber ich rate Ihnen dringend: Lassen Sie Ihre Finger davon!"

***

Heinen folgte dem Rat. Er informierte die Behörde und gab den Fund ab. Sein Kollege Schmitz hatte gemault, aber die Aussicht auf eine mögliche Belohung hatte ihn beruhigt. Außerdem wurden die Knochenreste in der Krypta von St. Pantaleon geborgen und einer würdigen, christlichen Bestattung zugeführt, was dem treuen Arimius, der nun endlich seine letzte Ruhstätte gefunden hatte, sicher gefallen hätte.
Die Schriftrollen aber wurden nach einer ersten sorgsamen Begutachtung durch die Landesbehörde an das Institut für Al-

tertumskunde der Universität zu Köln zur weiteren Bearbeitung gegeben. Dort aber traute man sich nicht, die Rollen einfach zu öffnen, und nach Rücksprache mit einigen versierten Wissenschaftlern übergab man sie an die Europäische Synchrotronstrahlungsanlage in Grenoble weiter.
Dort wurde zunächst mit der Radiokarbonmethode C14 ein Datierungsversuch der Papyri vorgenommen. Die aufwendige, radiometrische Untersuchung ergab nach einer Woche, dass die Rollen etwa aus dem 1. Jahrhundert nach Christus stammen mussten, und selbst wenn man eine gewisse Ungenauigkeit in der Datierung berücksichtigt, konnte ausgeschlossen werden, dass es sich etwa um eine mittelalterliche Fälschung handelte.
Damit war noch nichts über den Autor ausgesagt und viel weniger noch über den Inhalt. Bevor man sich aber entschloss, die Rollen vorsichtig zu öffnen, wandte man eine andere Methode an. Diese Einrichtung verfügte nämlich über eine ganz besondere Methode, um alten Schriftrollen ihre Geheimnisse zu entlocken: die Röntgenphasenkontrast-Tomografie, bei der die Röntgenstrahlen unterschiedliche Muster beim Durchgang durch den pflanzlichen Stoff und an den Stellen, die mit Tinte beschrieben waren, erzeugten und damit die Schrift lesbar machten.
Danach erst wurden die Rollen unter größter Vorsicht und mit geringem Verlust geöffnet und gaben ihre Geheimnisse preis. Atemlose Spannung herrschte unter den Männern und Frauen des Instituts. Wovon würden diese Rollen erzählen? Bisher wusste man nur, dass sie unter einer alten Kirche geborgen worden waren, die auf den Fundamenten eines römischen Gutshofs aus dem vierten Jahrhundert errichtet worden war. Also kämen kirchliche Themen in Betracht, wie die Forscher mutmaßten.
Vielleicht Verzeichnisse von Priestern oder Äbten, sicher interessant, aber nichts, was einen Entdecker vom Hocker reißen würde. Historische Berichte aus dem spätrömischen Köln? Neue Erkenntnisse über die Franken, die Köln zu die-

sem Zweitpunkt eingenommen hatten? Vielleicht handelte es sich aber auch lediglich um belanglose landwirtschaftliche Verzeichnisse, wie man sie auch schon gefunden hatte. Möglicherweise um Berichte eines Historikers aus diesem Jahrhundert. Das vierte Jahrhundert war der Zeitraum, zu dem das Römische Reich durch den Ansturm der Völkerwanderung seinem Ende entgegenging. Ein Bericht darüber könnte zu ganz neuen Erkenntnissen führen.

Die Aufregung wuchs bis zu dem Zeitpunkt, als die erste Rolle ihr Geheimnis preisgab. Eine Übersetzung der lateinischen Texte stellte kein Problem dar. Und dann begann man zu lesen. Aber mit dem, was die Wissenschaftler dann fanden, hatten sie tatsächlich nicht gerechnet.

Die erste Rolle enthielt ein Schreiben von Pilatus an seine Frau Claudia in Rom. Das allein war schon eine wissenschaftliche Sensation, besonders wenn man Absender und Adressatin berücksichtigte. So lasen sie mit Ehrfurcht und Staunen Zeilen, die einmal vor fast zweitausend Jahren verfasst worden waren:

Pontius Pilatus an seine geliebte Frau
Claudia Proculeia in Rom

Geliebte, wenn du diesen Brief in Händen hältst, werde ich diese Welt bereits verlassen haben. Die Nachricht, die ich vom Kaiser erhielt, ließ mir keine andere Wahl. Umso mehr hoffe ich, dass du keiner Unbill des Palatins ausgesetzt bist! Aber höre: Zusammen mit diesem Brief erhältst du durch die Hände meines treuen Pontillus mehrere Schriftrollen, die ich in meinen letzten Tagen hier in Vienna diktiert habe und die ich dir als mein Vermächtnis, mein Testament, ans Herz lege. Mein letzter und inniger Wunsch ist es, dass du sie verlegen und veröffentlichen lässt, wie einst die Tristien jenes Ovid, den ich so sehr verehrte. Möge Rom, möge die Welt durch diese Zeilen erfahren, wie ich gelebt

habe und wie ich zu jenem Urteilsspruch fand, den du so sehr verurteilt hast und durch den ich vielleicht das größte Unrecht begangen habe, das ein Mensch begehen kann.
Die Nachwelt mag darüber richten, aber bevor sie das kann, muss sie alle Umstände kennen, die dazu geführt haben.

Sei ein letztes Mal umarmt und geküsst
Leb wohl!
Dein Pontius Pilatus

Eifrig machten sich die Forscher nun daran, die anderen Rollen zu öffnen, hofften sie doch, in ihnen das angekündigte Vermächtnis des ehemaligen Präfekten von Iudäa zu finden. Doch auf sie wartete eine weitere Überraschung.

XXV

Die nächsten Rollen enthielten nämlich etwas gänzlich anderes. Sie begannen mit den Worten des treuen Pontillus, der seinerzeit in seiner Stube in Vienna ein Zeugnis verfasst hatte, von dem er hoffte, dass es seinen Freund und früheren Herrn von jeglicher Schuld entlasten würde. Er begann mit den Worten:

Ich, Pontillus, getreuer Diener und Freund des Pontius Pilatus, schreibe dies und bezeuge, dass es wahr ist. Vor unserer Abreise aus Iudaea übergab mir Nikodemus, ein redlicher Pharisäer und angesehener Führer der Juden, ein Dokument, in dem er die Geschichte vom Tode unseres Herrn und der Rolle des Praefecten aus seiner Sicht darstellt, und sie bezeugt die Unschuld meines Herrn und Freundes am Tod des Gottessohnes. Mein Freund und Herr weiß nicht, dass ich diese Rollen anfüge. Er glaubt immer noch, dass die Geschichte ihn von jeder Schuld freisprechen werde. Ich aber habe meine Zweifel, und deshalb überliefere ich dieses Dokument einer unbekannten Nachwelt, auf dass sie glaube und meinen Herrn einer gerechten Beurteilung zuführe, denn er tat nur, was sein Gewissen ihm befahl. Und wenn er Falsches tat, so tat er es ohne Schuld, weil es ihm das Schicksal befahl!

So höret denn den Bericht des edlen Nikodemus, dessen Hand der Herr selbst geführt hat:

Im 19. Regierungsjahr des römischen Kaisers Tiberius, als Herodes König von Galilaea war, im 19. Jahre seiner Herrschaft, am 8. Tage vor den Kalenden des April oder am 25.

März, unter dem Consulate des Rufus und Rubellio, im 4. Jahre der 202. Olympiade, unter dem jüdischen Hohepriester Joseph Kaiphas habe ich, Nikodemus, nach der Passion des Herrn am Kreuze über das Vorgehen der Hohepriester und der übrigen Juden das Folgende festgestellt und der gläubigen Nachwelt überliefert:
Die Hohepriester und Schriftgelehrten Annas und Kaiphas, Semes, Dathaes und Gamaliel, Judas, Levi und Nephthalim, Alexander und Jairus und die übrigen Juden hielten nämlich eine Ratssitzung ab und kamen dann zu Pilatus, um Jesus wegen vieler Vergehen anzuklagen.
Sie erklärten: „Wir wissen, dass dieser der Sohn des Zimmermanns Josef und von Maria geboren ist; trotzdem behauptet er, er sei Gottes Sohn und ein König. Aber er schändet auch den Sabbat und will unser väterliches Gesetz abschaffen."
Pilatus entgegnete: „Was tut er denn, dass er es abschaffen will?"
Darauf die Juden: „Wir haben ein Gesetz, am Sabbat solle man keinen heilen. Dieser aber hat Lahme, Bucklige, Ausgemergelte, Blinde, Paralytiker und Besessene am Sabbat mit verwerflichen Mitteln geheilt."
Pilatus fragte sie: „Mit welchen verwerflichen Mitteln?"
Sie entgegneten ihm: „Er ist ein Magier und vertreibt mit Hilfe Beelzebubs, des Herrschers der Teufel, die bösen Geister, und alles ist ihm untertänig."
Darauf Pilatus zu ihnen: „Das bedeutet nicht mithilfe eines unreinen Geistes die Dämonen austreiben, sondern mithilfe des Gottes Asklepios."
Da sagten die Juden zu Pilatus: „Wir bitten deine Hoheit, ihn vor deinen Richterstuhl zu stellen und zu verhören."
Und Pilatus rief sie näher heran und sprach: „Saget mir! Wie kann ich als Statthalter einen König verhören?"
Sie antworteten: „Wir behaupten nicht, dass er ein König ist, sondern dass er sich dafür ausgibt."
Da rief Pilatus seinen Läufer und sprach zu ihm: „In rücksichtsvoller Weise soll Jesus vorgeführt werden."

Der Läufer aber ging hinaus, und da er ihn erkannte, bezeigte er ihm seine Ehrfurcht. Er nahm ein Tuch, das er in seiner Hand hatte, breitete es auf dem Boden aus und sprach zu ihm: „Herr, wandle auf diesem und geh hinein. Denn es ruft dich der Statthalter."
Als aber die Juden sahen, was der Läufer tat, schrien sie gegen Pilatus und sagten: „Weshalb hast du ihn nicht von einem Herold holen lassen statt von dem Läufer? Denn der Läufer erwies ihm, sobald er ihn erblickte, seine Ehrfurcht, und sein Tuch breitete er auf der Erde aus und hieß ihn, wie einen König darauf wandeln."

Da rief Pilatus den Läufer zu sich und sprach zu ihm: „Weshalb hast du das getan und dein Tuch auf dem Boden ausgebreitet und Jesus darauf wandeln lassen?"
Der Läufer antwortete ihm: „Herr Statthalter, als du mich nach Jerusalem zu Alexander schicktest, sah ich ihn auf einem Esel sitzen, und die Kinder der Hebräer hielten Zweige in ihren Händen und schrien; andere aber breiteten ihre Gewänder vor ihm aus, wobei sie ausriefen: ‚Rette doch, der du weilst in der Höhe! Gesegnet sei, der da kommt im Namen des Herrn!'"
Da schrien die Juden den Läufer an: „Die Kinder der Hebräer riefen doch auf Hebräisch, woher weißt du's auf Griechisch?"
Der Läufer erwiderte: „Ich fragte einen der Juden und sprach: Was ist das, was sie auf Hebräisch rufen? Und jener verdolmetschte es mir."
Da sagte Pilatus zu ihnen: „Was aber riefen sie auf Hebräisch?"
Die Juden antworteten: „Hosanna merubrome baruchamma adonai."
Pilatus fragte weiter: „Und das Hosanna und das andere, wie wird das übersetzt?"
Die Juden erwiderten: „Rette doch, der du in der Höhe weilst! Gesegnet sei, der da kommt im Namen des Herrn!"

Nun sprach Pilatus zu ihnen: „Wenn ihr die Äußerungen der Kinder bestätigt, worin hat dann der Läufer gefehlt?“
Da verstummten sie. Der Statthalter aber wandte sich an den Läufer: „Geh hinaus und führe ihn herein, auf welche Art du willst!“
Da ging der Läufer hinaus und verfuhr nach der vorigen Weise und sprach zu Jesus: „Geh hinein! Der Statthalter ruft dich.“

Als nun Jesus hineinging, während die Standartenträger die Standarten hielten, da verneigten sich die kaiserlichen Brustbilder auf den Standarten und bezeigten Jesus ihre Ehrfurcht. Da aber die Juden das Verhalten der Standarten sahen, wie sie sich neigten und Jesus ihre Ehrfurcht bezeigten, da schrien sie überlaut gegen die Standartenträger.
Pilatus aber sprach zu ihnen: „Staunt ihr nicht darüber, wie die Kaiserbilder sich neigten und Jesus ihre Ehrfurcht bezeigten?“
Darauf die Juden zu Pilatus: „Wir sahen, wie die Standartenträger diese senkten und ihm damit ihre Ehrfurcht bezeigten.“
Da rief der Statthalter die Standartenträger und fragte sie: „Warum habt ihr das getan?“
Sie antworteten: „Wir sind griechische Männer und im Tempeldienst. Welchen Anlass hatten wir also, ihn zu verehren? Wir hielten die Kaiserbilder; diese aber neigten sich von sich aus und verehrten ihn.“
Daraufhin schlug Pilatus den Synagogenvorstehern und den Ältesten des Volkes vor: „Wählet recht kräftige Männer zum Tragen der Standarten aus! Dann wollen wir sehen, ob die Bilder von sich aus sich neigen.“
Da bestimmten die Ältesten der Juden zwölf recht kräftige Männer und hießen sie je sechs die Standarten halten, und sie mussten vor dem Richterstuhl des Statthalters Aufstellung nehmen.
Pilatus aber sprach zum Läufer: „Führe ihn aus dem Präto-

rium hinaus und wieder herein, auf welche Art du willst!"
Und Jesus verließ mit dem Läufer das Prätorium. Pilatus aber rief die bisherigen Träger der Kaiserbilder und erklärte ihnen: „Ich habe beim Heil des Kaisers geschworen, wenn die Standarten beim Eintritt Jesu sich jetzt nicht verneigen, dass ich dann euch die Köpfe werde abschneiden lassen."
Und der Statthalter befahl, Jesus solle zum zweiten Mal eintreten. Und der Läufer verfuhr wie vorher und forderte Jesus auf, auf das Tuch zu treten. Dieser trat darauf und ging hinein. Und als er hineinging, da neigten sich wieder die Standarten und bezeigten ihm ihre Verehrung.
Als Pilatus das sah, geriet er in Furcht und wollte vom Richterstuhl aufstehen.
Und während er noch ans Aufstehen dachte, schickte seine Frau zu ihm und ließ sagen: „Habe du nichts mit diesem Gerechten zu tun! Denn ich habe in der Nacht viel seinetwegen ausstehen müssen."
Da rief Pilatus alle Juden herbei, stand auf und sagte zu ihnen: „Ihr wisst, dass meine Frau gottesfürchtig ist und eher mit euch dem Judentum anhängt."
Sie antworteten ihm: „Ja, das wissen wir."
Weiter sprach Pilatus zu ihnen: „Seht, da schickte meine Frau und ließ mir sagen: ‚Habe du nichts mit diesem Gerechten zu tun! Denn ich habe in der Nacht viel seinetwegen ausstehen müssen.'"
Darauf antworteten die Juden dem Pilatus: „Haben wir dir nicht gesagt, dass er ein Magier ist? Siehe, da hat er zu deiner Frau einen Traum geschickt."
Pilatus aber ließ Jesus rufen und sprach zu ihm: „Was bezeugen diese wider dich? Sagst du nichts dazu?"
Jesus entgegnete: „Stünde es nicht in ihrer Macht, so würden sie nichts vorgebracht haben.
Denn jeder hat Macht über seinen Mund zu reden Gutes und Böses. Da sollen sie selbst zusehen."
Darauf griffen die Ältesten der Juden ein und sprachen zu Jesus: „Was sollen wir sehen? Erstens, dass du außerehelich

geboren bist. Zweitens, dass deine Geburt den Tod der Kindlein von Bethlehem bedeutet hat, und drittens, dass dein Vater Josef und deine Mutter Maria nach Ägypten geflohen sind, weil sie bei den Leuten nichts galten."

Da erklärten einige der dabeistehenden Juden, gewissenhafte Männer: „Wir bestreiten, dass er aus einem vorehelichen Verhältnis stammt; wir wissen, dass Josef Maria geheiratet hat und keinerlei Hurerei zu seiner Geburt geführt hat."

Pilatus sprach daraufhin zu den Juden, die uneheliche Abstammung behauptet hatten: „Eure Aussage entspricht nicht der Wahrheit; denn Vermählung hat stattgefunden, wie eure eigenen Volksgenossen zugeben."

Darauf Annas und Kaiphas zu Pilatus: „Wir, die ganze Volksmenge, schreien, dass er aus Hurerei stammt, und finden keinen Glauben. Diese da sind Proselyten und Jünger von ihm."

Und Pilatus rief Annas und Kaiphas zu sich und fragte sie: „Was sind Proselyten?"

Sie antworteten: „Solche wurden geboren als Kinder von Griechen und sind jetzt Juden geworden."

Da erklärten die, welche bestritten hatten, dass er aus vorehelichem Verkehr stamme, nämlich Lazarus, Astenus, Antonius, Jakobus, Amnes, Zeras, Samuel, Isaak, Phinees, Krispus, Agrippa und Judas: „Wir sind keine Proselyten, sondern Abkömmlinge von Juden und reden die Wahrheit. Denn wir waren bei der Hochzeit von Josef und Maria zugegen."

Pilatus rief nun diese zwölf Männer, die seine uneheliche Geburt bestritten, heran und sprach zu ihnen: „Ich nehme euch einen Eid ab beim Heil des Kaisers, dass eure Aussage, er sei nicht unehelich geboren, wahr ist."

Da erklärten sie dem Pilatus: „Wir haben ein Gesetz, nicht zu schwören. Denn schwören ist Sünde. Sie aber sollen beim Heil des Kaisers schwören, dass es sich nicht so verhält, wie wir es sagten. Dann wollen wir des Todes sein."

Pilatus wandte sich also an Annas und Kaiphas: „Wie, ihr antwortet nichts darauf?"

Annas und Kaiphas aber erklärten dem Pilatus: „Diesen zwölf Männern wird geglaubt, er entstamme nicht der Hurerei. Wir aber, das ganze Volk, schreien, er sei ein uneheliches Kind und ein Magier und werfe sich zum Sohn Gottes und König auf, aber man glaubt uns nicht."
Und Pilatus schickte die ganze Menge hinaus außer den zwölf Männern, die seine uneheliche Geburt bestritten, und auch Jesus ließ er absondern. Jene aber fragte er: „Aus welchem Grunde wollen sie ihn töten?"
Sie antworteten dem Pilatus: „Sie ereifern sich, weil er am Sabbat heilt."
Darauf Pilatus: „Wegen eines guten Werkes wollen sie ihn töten?"
Sie erwiderten ihm: „Ja."
Und Pilatus wurde von Zorn erfüllt, ging hinaus aus dem Prätorium und sprach zu ihnen: „Ich nehme den Sonnengott zum Zeugen, dass ich keine Schuld an diesem Menschen finde."
Da antworteten die Juden und sprachen zum Statthalter: „Wäre dieser nicht ein Verbrecher, so hätten wir ihn dir nicht übergeben."
Da sagte Pilatus: „Nehmt ihr ihn und richtet ihn nach eurem Gesetz!"
Darauf die Juden zu Pilatus: „Uns ist es nicht erlaubt, jemanden zu töten."
Und Pilatus sagte: „Euch hat also Gott verboten zu töten, mir aber erlaubt?"
Und Pilatus ging wieder ins Prätorium, rief Jesus gesondert zu sich und fragte ihn: „Du bist der König der Juden?"
Jesus antwortete dem Pilatus: „Fragst du das aus dir selbst, oder haben andere dir das von mir gesagt?"
Pilatus entgegnete Jesus: „Ich bin doch kein Jude! Dein Volk und die Hohepriester haben dich mir überliefert. Was hast du getan?"
Jesus antwortete: „Mein Reich ist nicht von dieser Welt. Denn wäre mein Reich von dieser Welt, so würden meine

Diener für mich streiten, damit ich den Juden nicht ausgeliefert würde. Nun aber ist mein Reich nicht von hier."
Da sagte Pilatus zu ihm: „Bist du also ein König?"
Jesus antwortete ihm: „Du sagst es, dass ich ein König bin. Denn dazu bin ich geboren und gekommen, damit jeder, der aus der Wahrheit ist, meine Stimme höre."
Darauf Pilatus: „Was ist Wahrheit?"
Da erwiderte ihm Jesus: „Die Wahrheit stammt vom Himmel."
Und Pilatus erwiderte: „Gibt es auf Erden keine Wahrheit?"
Darauf Jesus zu Pilatus: „Du siehst doch, wie die, welche die Wahrheit sagen, von den irdischen Machthabern gerichtet werden."
Und Pilatus ließ Jesus im Prätorium, ging hinaus zu den Juden und sprach zu ihnen: „Ich finde keine Schuld an ihm."
Da erklärten ihm die Juden: „Er hat gesagt: Ich kann diesen Tempel zerstören und ihn in drei Tagen wieder aufbauen."
Darauf Pilatus: „Welchen Tempel?"
Die Juden: „Den Salomon in 46 Jahren gebaut hat. Er aber sagt, er zerstöre ihn und baue ihn wieder auf in drei Tagen."
Da sprach Pilatus zu ihnen: „Ich bin unschuldig an dem Blut dieses Gerechten. Da mögt ihr zusehen!"
Die Juden erwiderten: „Sein Blut komme über uns und unsere Kinder!"
Darauf rief Pilatus die Ältesten, Priester und Leviten zu sich und sprach zu ihnen insgeheim: „Handelt nicht so! Nichts, dessen ihr ihn bezichtigt, ist des Todes würdig. Denn eure Anklage lautet auf Krankenheilung und Sabbatschändung."
Die Ältesten, Priester und Leviten entgegneten: „Wenn einer den Kaiser lästert, ist er des Todes schuldig oder nicht?"
Pilatus: „Er ist des Todes schuldig."
Darauf die Juden zu Pilatus: „Wenn einer den Kaiser lästert, ist er des Todes schuldig, er aber hat Gott gelästert."
Da hieß der Statthalter die Juden aus dem Prätorium hinausgehen, rief Jesus zu sich und sprach zu ihm: „Was soll ich mit dir anfangen?"

Jesus antwortete dem Pilatus: „Tue, was in deine Macht gegeben wurde."
Pilatus: „Inwiefern das?"
Jesus: „Moses und die Propheten haben meinen Tod und meine Auferstehung vorherverkündet."
Die Juden hatten gelauscht und es gehört und sagten zu Pilatus: „Was hast du davon, diese Lästerung anzuhören?"
Pilatus aber sprach zu den Juden: „Wenn diese Rede eine Lästerung ist, so nehmt ihr ihn doch, führt ihn in eure Synagoge und richtet ihn nach eurem Gesetz!"
Die Juden entgegneten dem Pilatus: „In unserem Gesetz steht: Wenn ein Mensch sich gegen einen Menschen verfehlt, so soll er 40 Schläge weniger einen erhalten, wer aber Gott lästert, soll gesteinigt werden."
Da sagte Pilatus zu ihnen: „Nehmt ihr ihn doch und bestraft ihn nach eurem Belieben!"
Darauf die Juden zu Pilatus: „Wir wollen, dass er gekreuzigt werde."
Pilatus: „Er verdient den Kreuzestod nicht."
Der Statthalter schaute sich nun die herumstehenden Massen der Juden an. Er sah, wie viele von den Juden weinten, und sprach: „Nicht das ganze Volk will, dass er sterbe."
Die Ältesten aber der Juden erklärten: „Deshalb sind wir, das ganze Volk, gekommen, damit er sterbe."
Pilatus zu den Juden: „Weshalb soll er sterben?"
Die Juden: „Weil er sich Sohn Gottes und König genannt hat."
Da trat ich, Nikodemus, ein Jude, der diese Zeilen schrieb, vor den Statthalter und sprach:
„Ich bitte, Verehrungswürdiger, mir wenige Worte zu gestatten."
Pilatus entgegnete: „Sprich!"
Darauf sprach ich: „Ich sprach zu den Ältesten, Priestern, Leviten und dem ganzen Volke in der Synagoge: Was habt ihr mit diesem Menschen vor? Dieser Mensch tut viele Zeichen und Wunder, wie sie keiner getan hat noch tun wird. Lasset

von ihm und plant nichts Böses gegen ihn! Wenn die Zeichen, die er bewirkt, von Gott sind, so werden sie Bestand haben; sind sie Menschenwerk, dann werden sie zunichte. Denn auch Moses wirkte, von Gott gesandt, in Ägypten viele Wunder, die Gott ihn vor Pharao, dem König von Ägypten, wirken hieß. Und es waren da Diener Pharaos, Jannes und Jambres, und diese wirkten auch nicht wenige von den Wundern, die Moses vollbracht hatte, und die Ägypter hielten sie wie Götter, den Jannes und den Jambres. Aber da die Zeichen, die sie wirkten, nicht von Gott waren, gingen sie selbst und die, welche ihnen glaubten, zugrunde. Und jetzt lasset ab von diesem Menschen! Denn er verdient den Tod nicht."
Darauf die Juden zu mir: „Du bist ein Jünger von ihm geworden und trittst deshalb für ihn ein."
Ich aber entgegnete ihnen: „Ist etwa auch der Statthalter sein Jünger geworden, sodass er deshalb für ihn eintritt? Hat ihn nicht der Kaiser auf diesen hohen Platz gestellt?"
Da ergrimmten die Juden und knirschten mit den Zähnen gegen mich. Pilatus aber sprach zu ihnen: „Warum knirscht ihr mit den Zähnen gegen ihn, wenn ihr die Wahrheit hört?"
Darauf die Juden zu mir: „Nimm dir seine Wahrheit, ergreif seine Partei!"
Und ich erwiderte: „Wahrlich, es geschehe, wie ihr gesagt habt!"
Da eilte einer der Juden herbei und bat den Statthalter ums Wort.
Der Statthalter erwiderte: „Wenn du etwas sagen willst, so sage es."
Der Jude aber sprach: „Ich war achtunddreißig Jahre durch ein schmerzvolles Leiden ans Bett gefesselt. Und als nun Jesus auftrat, da wurden viele Besessene und an mancherlei Krankheiten Daniederliegende von ihm geheilt. Und einige Jünglinge hatten Mitleid mit mir, hoben mich samt dem Bett auf und trugen mich zu ihm. Und als Jesus mich sah, fasste ihn Erbarmen, und er sprach zu mir: ‚Nimm dein Bett und wandle!' Und ich nahm mein Bett und wandelte."

Darauf die Juden zu Pilatus: „Frage ihn, welcher Tag es war, an dem er geheilt wurde."
Der Geheilte erklärte: „An einem Sabbat."
Die Juden: „Haben wir dich nicht dahingehend unterrichtet, dass er am Sabbat heilt und die Dämonen austreibt?"
Und ein anderer Jude eilte herbei und sprach: „Ich wurde blind geboren, hörte wohl, wenn einer redete, sah aber sein Gesicht nicht. Und als Jesus vorbeiging, rief ich mit lauter Stimme: ‚Habe Erbarmen mit mir, Sohn Davids!' Und er hatte Erbarmen mit mir, legte seine Hände auf meine Augen, und ich konnte sogleich sehen."
Und ein anderer Jude eilte herbei und sagte: „Ich war bucklig, und er hat mich durch ein Wort gerade gemacht."
Und wieder ein anderer sagte: „Ich war aussätzig, und durch ein Wort heilte er mich."
Und ein Weib mit Namen Veronika schrie von Weitem und sagte: „Ich litt am Blutfluss und berührte den Saum seines Gewandes, und der Blutfluss, der zwölf Jahre angedauert hatte, hörte auf."
Da sagten die Juden: „Wir haben ein Gesetz, ein Weib nicht zum Zeugnis zuzulassen."
Und andere, eine Menge Männer und Frauen, schrien: „Dieser Mensch ist ein Prophet, und die Geister sind ihm untertänig."
Da sprach Pilatus zu denen, die gesagt hatten, die Geister seien ihm untertänig: „Weswegen sind nicht auch eure Lehrer ihm untertänig?"
Sie antworteten dem Pilatus: „Das wissen wir nicht."
Andere sagten, er habe den toten Lazarus nach vier Tagen aus dem Grabe auferweckt. Da begann der Statthalter zu zittern und sagte zu der gesamten Menge der Juden: „Weshalb wollt ihr unschuldiges Blut vergießen?"
Und er rief mich, Nikodemus, zu sich und die zwölf Männer, die seine uneheliche Geburt bestritten hatten, und fragte sie: „Was soll ich tun? Das Volk wird aufrührerisch."
Sie antworteten ihm: „Wir wissen es nicht. Sie selbst mögen zusehen."

Wieder berief Pilatus die gesamte Menge der Juden und sprach: „Ihr kennt die Sitte, euch am Feste der ungesäuerten Brote einen Gefangenen freizugeben. Ich habe nun im Gefängnis einen wegen Mordes verurteilten, der Barrabas heißt, und diesen Jesus, der vor euch steht, an dem ich keine Schuld finde. Welchen soll ich euch freigeben?"
Die aber schrien: „ Den Barrabbas!"
Darauf Pilatus: „Was soll ich nun mit Jesus tun, den man den Messias nennt?"
Die Juden schrien: „Er soll gekreuzigt werden."
Und einige Juden antworteten: „Du bist kein Freund des Kaisers, wenn du diesen freilässt, denn er hat sich Sohn Gottes und König genannt. Du willst also diesen zum Herrscher und nicht den Kaiser?"
Da wurde Pilatus zornig und fuhr die Juden an: „Immer neigt euer Volk zum Aufruhr und zur Rebellion gegen eure Wohltäter."
Die Juden fragten: „Welche Wohltäter?"
Pilatus erwiderte: „Wie ich gehört habe, hat euer Gott euch aus Ägypten weggeführt aus harter Knechtschaft und euch wohlbehalten durchs Meer geleitet, als ob es trockenes Land gewesen wäre, und in der Wüste ernährte er euch, gab euch Manna und Wachteln, tränkte euch mit Wasser aus Felsen und gab euch das Gesetz. Und nach alledem erregtet ihr den Zorn eures Gottes: Ihr wolltet ein gegossenes Kalb haben und erbittertet dadurch euren Gott, und er wollte euch vernichten; und Moses flehte um Gnade für euch, dadurch entgingt ihr dem Tode. Und jetzt bezichtigt ihr mich, dass ich den Kaiser hasse."
Er stand auf vom Richterstuhl und wollte weggehen. Da schrien die Juden: „Wir kennen als König nur den Kaiser und nicht den Jesus. Freilich die Weisen brachten ihm aus dem Morgenland Geschenke, als ob er ein König wäre. Und als Herodes von den Weisen hörte, dass ein König geboren wäre, da suchte er ihn, um ihn zu töten. Als aber sein Vater Josef das erfuhr, da nahm er ihn und seine Mutter, und sie flo-

hen nach Ägypten. Und als Herodes das hörte, da ließ er die Kinder der Hebräer, soweit sie in Bethlehem geboren waren, umbringen."
Als Pilatus diese Worte hörte, bekam er Angst. Und er gebot den Massen Schweigen, weil sie noch immer schrien, und fragte sie: „Also dieser ist es, den Herodes suchte?"
Die Juden antworteten: „Ja, dieser ist es."
Da nahm Pilatus Wasser, wusch sich die Hände vor der Sonne und sagte:
„Ich bin unschuldig am Blute dieses Gerechten. Da mögt ihr zusehen."
...

Hier brach die Schriftrolle ab. Am Rand waren noch halbe Buchstaben zu erkennen und es war klar, dass der Bericht des Nikodemus noch nicht beendet war. Die unsachgemäße Art der Bergung durch die Handwerker hatte leider diese eine Schriftrolle stark beschädigt. Einigermaßen ratlos schauten sich Forscher und Wissenschaftler an. Dieses Dokument hatte nahezu die Qualität eines neuen Evangeliums. Die Untersuchung des Papyrus und der Tinte bestätigten, dass alle Rollen aus der gleichen Zeit stammten, was ihre Authentizität untermauerte. Nikodemus war aus dem Johannesevangelium bekannt und was man hier von ihm lesen konnte, fügte sich nahtlos in die bisherigen Erkenntnisse ein.
Pilatus kam darin besser weg, als es ihm die anderen Evangelien zuschrieben, und das mochte wohl der Grund dafür gewesen sein, dass Pontillus diesen Bericht heimlich und ohne Wissen seines Herrn den Rollen hinzugefügt hatte. Man beschloss, die neuen Erkenntnisse der Öffentlichkeit vorerst vorzuenthalten. Eine Veröffentlichung sollte später und in geeigneter Form stattfinden.
Aber vorher galt es, die restlichen Rollen sorgsam zu öffnen und zu übersetzen. Wieder stieg die Spannung. Und sie wurden nicht enttäuscht. Ihre Begeisterung nahm zu, als sie die Überschrift lasen:

Das Testament des Pontius Pilatus

Atemloses Staunen und wissenschaftliche Begeisterung wuchsen mit jeder Zeile, die sich ihnen erschloss. Das war eine Quelle von höchster geschichtlicher und theologischer Bedeutung, von des Pilatus eigener Hand. Eine Sensation! Müsste die Bibel jetzt umgeschrieben werden? Der Text war nicht datiert, aber es war für die Wissenschaftler kein Problem, die Datierung nachzuholen. Der Text musste um 39 nach Christus verfasst worden sein. Schon die ersten Worte ließen aufhorchen:

Höre, Nachwelt, damit du weißt, wessen Zeilen du liest. Ich bin jener schreckliche Richter, durch dessen Urteil ein Mann zu Tode kam, vom dem viele behaupten, er sei der Sohn eines Gottes gewesen …

XXVI

Vienna (Südfrankreich)
Haus des Pilatus
Anno Domini 39
(nach römischer Zeitrechnung
792 nach Stadtgründung)

Höre, Nachwelt, damit du weißt, wessen Zeilen du liest. Ich bin jener schreckliche Richter, durch dessen Urteil ein Mann zu Tode kam, vom dem viele behaupten, er sei der Sohn eines Gottes gewesen. Ob ich mit meinem Spruch gefehlt habe, mögest dereinst du oder ein gnädiger Richter entscheiden, ich weiß es nicht! Was ich tat, tat ich aus Pflichtüberzeugung gegenüber meinem Kaiser und Senat und Volk von Rom, und doch quält mich bei Tag und Nacht der Gedanke, ich könnte größte Schuld auf mich geladen haben, eine Schuld, die alles übertrifft, was Menschen bislang getan haben könnten, wenn es denn wahr ist. „Was ist Wahrheit?", habe ich einst den Gekreuzigten gefragt. Ich weiß es bis heute nicht!

Spätere Zeiten mögen über mich ein Urteil fällen, doch da vor jedem Urteil der Angeklagte das Recht der Rechtfertigung hat – so verlangt es das römische Recht – vertraue ich diesem Papyrus alle wichtigen Dinge meines Lebens an bis hin zu jenem schrecklichen Tag, an dem ich jenen Mann hinrichten ließ, der, wenn er auch nicht der Sohn eines Gottes gewesen sein mag, jedenfalls doch unschuldig war. Und bis zu jenem Tag, an dem ich mit zitternder Hand die Phiole nehme, die mein Leben beendet, wie es Roms Spruch befiehlt.

Dieses mein Testament soll Zeugnis ablegen, von allem, was ich tat und was mir widerfuhr, auf das du, Nachwelt, in Gna-

de und Nachsicht ein gerechtes Urteil über mich fällen mögest.
Freilich zittern meine Hände zu sehr, als dass ich selbst den Stilus führen könnte, denn neben der Aufruhr des Geistes ist es die Kälte, die meine Finger lähmt, die Kälte jenes barbarischen Ortes, an den mich der grausame Spruch des Kaisers bannte. Oh, wie kann ich doch das Leid jenes trefflichen Dichters Ovidius nachempfinden, dem es ähnlich erging wie mir, wenn auch aus anderen Gründen. Doch will ich den Dingen nicht vorgreifen.
So schreibt nun statt meiner mein treuer Freigelassener Pontillus, dem ich für seine treue Pflichterfüllung danke. Er war damals Zeuge des Geschehens und hat mir bis zum heutigen Tage treue Dienste geleistet, wofür ich ihm mehr Dank schulde, als der Herr es dem Diener gegenüber gemeinhin tut. So sei versichert, guter Pontillus, dass du durch die Unvergänglichkeit des Wortes in gleicher Weise in die Ewigkeit der Erinnerung eingehen wirst wie ich. Ob man sich unser freilich in guter Weise erinnern wird oder ob man unsere Namen verfluchen wird, das wird die Zukunft erweisen. Das Bild, das die Geschichte von uns geben wird, mag durch der Parteien Hass und Missgunst verschwommen sein, diese Zeilen sind es nicht. Doch auch nicht vergessen will ich den treuen Maxillus, der mir erst spät und durch die Gunst des Herodes zum Begleiter wurde. Auch seine treffliche Hand war an der Niederschrift dieser Zeilen beteiligt und das danke ich ihm.

So höre denn Nachwelt, wie es zu jenem Spruch kam, der die Welt veränderte, wenn schon nicht die ganze, so doch zumindest meine. Und fasse dich in Geduld, denn damit du alles verstehst, muss ich ganz vorn anfangen.
So viel Unsinn ist über meine Herkunft verbreitet worden, so viele *fabulae legendae* ranken sich darum, dass ich damit aufräumen muss. Denn es ist kaum ein halbes Jahr her, da wurde mir in Rom eine Geschichte über mich zugetragen, die Ekel und Erstaunen zugleich in mir weckten. Nach dieser

Geschichte war ich der Sohn einer Müllerstochter namens Pila. Ich, der Spross eines alten Rittergeschlechts, Sohn einer Müllerstochter! Diese habe mich unehelich mit einem König namens Tyrus gezeugt, wer auch immer das gewesen sein soll. Nach ihrem Vater Atus habe sie mich Pilatus genannt. Aufgezogen worden sei ich dann am Hof meines königlichen Vaters zusammen mit dessen rechtmäßigem Sohn. Was für ein Unsinn!

Aber höre weiter und siehe, wie weit eine unmäßige Fantasie einen geschwätzigen Menschen treiben kann. Da ich nun meinen Stiefbruder um seine Überlegenheit beneidete, brachte ich ihn um. Zur Strafe schickte man mich als Geisel nach Rom. (Welch eine Strafe!)

Dort – so will die Erzählung wissen – habe ich dann eine andere Geisel getroffen, einen Königssohn aus Gallien. Auch diesen habe ich aus Neid getötet, weshalb man mich ins Exil auf die Insel Pontus schickte. Dort habe ich als grausamer Tyrann die freie Bevölkerung unter die Herrschaft Roms gebracht und mir den Beinamen Pontius erworben. Zur Belohnung für diese Leistung erhielt ich dann das Procurat in der Provinz Judäa.

Ahnst du, Nachwelt, wie ich gelacht habe, als ich diese Geschichte über mich hörte? Und doch kreist sie um das Forum und die Menschen dort saugen sie gierig auf. Denn die Menschen sehen immer nur, was sie sehen wollen, und greifen begierig auf, was ihnen an Dummheit geboten wird.

Aber nichts davon ist wahr! Bei allen Göttern und auch dem einen, wenn er einer war, schwöre ich, dass dies der reine Unsinn ist und mit der Wahrheit nichts zu tun hat. Die ist nämlich anders, ganz anders. Und so höre denn, wie es mir von Kindesbeinen an erging:

Ich wurde an den Kalenden des Aprilis im Jahre 740 nach Stadtgründung geboren und trug den gleichen Namen wie mein Vater, Spross eines alten und edlen Rittergeschlechts. Mag auch der Name unseres Geschlechts hinter dem der

Claudier, Julier oder Fabier verblassen, so trugen wir ihn doch stets mit Stolz. Das Geschlecht der Pontier stammt aus dem Land der Samniten, jenem Land, in dem mein Urahn im Jahre 432 nach Stadtgründung als Anführer der samnitischen Truppen das Heer der Römer an den Caudinischen Pässen in die Falle lockte und furchtbaren Blutzoll verlangte. Doch verließen meine Ahnen infolge eines Gelöbnisses in grauer Vorzeit die sabinische Heimat, um neue Wohnsitze zu suchen, und landeten in Rom, jener Stadt, gegen die die Vorfahren einst gekämpft hatten, und sie machten sich dort sesshaft, noch lange bevor diese Stadt zur großartigen Metropole der Welt wurde. Seitdem vererbt sich der Beiname Pilatus, also Speerträger, auf alle männlichen Nachkommen, denn es war der Ehrenname meines Urahns, den er nach der Schlacht erhielt. Große Titel und Ämter finden sich freilich nur selten in unserem Geschlecht, und einige Namen ließe ich gerne aus den Annalen streichen, wenn ich denn könnte. Zum Beispiel den Namen meines Großonkels Lucius Pontius Aquila, der zum Kreis jener Mörder um Brutus herum gehörte, die den sinnlosen Tod des großen Caesar zu verantworten haben. Welch eine Schande, zum Kreise jener gewissenlosen Schurken zu gehören, die die Welt um einen wahrhaft großen Mann betrogen haben. Da hilft es wenig, dass er auch zum Freundeskreis des großen Redners Cicero gehört hatte. Der hatte sich klug aus jener Verschwörung herausgehalten, mein Großonkel besaß diese Klugheit leider nicht und machte sich schuldig.
Aber so wenig man sich die Familie aussuchen kann, in die man geboren wird, so wenig Verantwortung trägt man für Schuld und Ehre seiner Vorfahren. Für das eine schämt man sich gleichwohl, des anderen erinnert man sich mit Stolz.
Ein einfaches, aber ehrenhaftes Rittergeschlecht war es also, in das ein gütiges Schicksal mich entsandte. Ich verbrachte meine Kindheit, geschützt im elterlichen Haus auf dem Quirinalis, einem einfachen, schmucklosen Haus, ohne Pomp und Prunk, so hatte es sich der Vater gewünscht. Und wenn es in diesem Hause etwas gab, was Wärme und Herzlichkeit

ausstrahlte so war es auf den Einfluss der Mutter zurückzuführen.
Ich verbrachte meine Kindheit, wie es in meinen Kreisen üblich war. Unbeschwert zwar, aber des Lernens war mehr Zeit als des Spielens, denn so wollte ich es. Die Wissenschaft, jedenfalls soweit sie sich einem Kinde geziemt, war mir mehr als das läppische Spiel mit dem Rad oder irgendwelchen Tonfigürchen.
Ich ging nicht zu einer Schule, sondern wurde, wie es meinem Stande geziemt, im elterlichen Haus unterrichtet, lernte Grammatik, Griechisch, Philosophie, Rhetorik, Metrik und einiges mehr.
Vieles verdanke ich meinem griechischen Lehrer Alphaios, der mir geduldig die Sprache Homers so nahebrachte wie meine eigene. Nie gebrauchte er den Stock, seine Stimme war stets so liebenswürdig, dass mein Vater ihn des Öfteren zu mehr Strenge aufforderte. Alphaios versuchte dann, etwas Strenge in sein Wort zu legen, aber hatte mein Vater das Zimmer verlassen, so war seine Stimme so sanft wie zuvor. So wurde mir das Lernen nicht zur Last, sondern zur Freude. Wohl dem Kinde, das einen solchen Lehrer hat!
Die großen Reden Ciceros waren mir bald so geläufig wie die Stoa des Xenon, Ovids Metamorphosen lernte ich so gut wie Vergils Aeneis, das liebreizende Liebeslied des Catull war mir so vertraut wie die schwere Elegie eines Propertius, und auch die gallig-bösen Satiren des Horatius liebte mein suchender Geist. Und schon früh liebte ich die Schriften von Panaitios und seinem Schüler Poseidonius. Manches war dabei, was mir sinnvoll erschien, manches auch, gegen das sich mein freier Geist sträubte. Und doch sollten gerade diese beiden Weisen mein Leben später bestimmen.
Allein, weder die Eltern noch die Lehrer nahmen auf solche Befindlichkeiten eines Knaben Rücksicht. Die *Septem artes liberales*, die sieben Künste, die eines freien Mannes würdig waren, sie quälten mich oder ich liebte sie, zu lernen hatte ich sie auf jeden Fall und ich tat es ohne Widerspruch.

Disce bonas artes, moneo, Romana iuventus – Lerne die edlen Künste, römische Jugend! Dieser Wahlspruch Ovids war auch der meines Vaters, und ich habe ihm erst später dafür gedankt. Mein Vater nahm an dieser Ausbildung des Geistes nicht teil. In den wenigen Tagen, an denen er zu Hause war, setzte er mich auf das Pferd und lehrte mich die ersten Schläge mit dem Schwert. Traf ich sein Holzschild mit kräftigem Schlag, lobte er mich, traf ich nicht und mein Schlag ging ins Leere, bedachte er mich mit einem Blick, den man allenfalls einem verfaulten Fisch auf dem Forum schenken würde. Näher kamen wir uns während dieser Übungsstunden nicht, eher noch wuchs die Entfremdung zwischen Vater und Sohn. Gleichwohl war meine Freizeit ausreichend bemessen, ich verbrachte sie mit Freunden, beim sportlichen Wettkampf, ringend, reitend, lesend oder auch nur einfach träumend. Träumend von einer goldenen Zukunft, denn im Rom der damaligen Tage schien einem jungen, ehrgeizigen Mann von ritterlichem Stande alles offen zu stehen. Von den Freunden meiner Jugend aber stand niemand meinem Herzen so nah wie Cornelius, der, mir gleichaltrig, in Sichtweite wohnte und mehr Bruder als Freund war. Die Freundschaft zu ihm sollte sich trotz aller widrigen Umstände als zuverlässig erweisen – bis zum bitteren Ende. Aber ich will nicht vorweggreifen.

Meinen Vater sah ich selten, denn er versah seinen militärischen Dienst mit großem Eifer und war oft in den entferntesten Provinzen des Reiches stationiert, auch wenn die Friedensliebe des großen Augustus, den man zurecht den „Erhabenen" nannte, ihm stets eine sichere Rückkehr gewährte. Die Liebe aber, die der Vater dem Dienst gewährte, fehlte dem Sohn.

Statt seiner war es meine Mutter, die das Füllhorn elterlicher Liebe über mir ausgoss, und das in reichem Maße. Voller Zärtlichkeit erinnere ich mich ihrer warmen Umarmungen und ihrer zarten, mütterliche Küsse, doch als ich gerade meinen fünfzehnten Geburtstag feierte und die Toga virilis für mich schon geschneidert war, da starb sie, plötzlich und ohne Vorahnung. Keine Krankheit hatte sie vorher gezeichnet, die Götter hatten sie mir einfach genommen, heimlich und still, wie Diebe in der Nacht.

Da zum ersten Mal begann ich die Götter zu hassen, die mir das Liebste genommen hatten, was mein unschuldiges Kinderherz besaß. Nie wollte ich ihnen diese Tat verzeihen, diesen missgünstigen Ungeheuern in fernen Welten!

Ich vernachlässigte die Opfer und in den zahlreichen Tempeln der Stadt sah man mich nur noch, wenn der Vater es auf seinen seltenen Besuchen mir gebot. Ich vermochte den steinernen Statuen keinen Glauben zu schenken, die in den prächtigen Tempeln auf die Opfer der Gläubigen warteten. Ich hatte nur noch Verachtung für jene Menschen kleinen Geistes in mir, die sich auf Leitern stellten, um den steinernen Ohren ihrer Standbilder nahe zu sein, als ob sie dadurch eher Gehör fänden. Die Tempelwächter hatten sie vorher bestochen, damit man ihr unziemliches Verhalten zuließ, und doch fand ich ihr Benehmen so ungehörig wie sinnlos.

Und wenn ich in die kalten Augen jener Statuen sah, wenn ich von den Geschichten hörte, in denen sie mordeten und den Menschen Böses antaten, raubten oder hurten, reifte in mir die ungewisse Ahnung, dass es entweder andere Götter geben müsse – oder gar keine!

XXVII

In meinem siebzehnten Lebensjahr endete meine Kindheit abrupt. Mein Vater hatte meine militärische Karriere beschlossen, wie es einem Ritter gebührte, und es gab wenig, was ich dagegen hätte einwenden können. Und die Mutter, die sich sicher widersetzt hätte und mich gerne länger im heimischen Hort behalten hätte, sie weilte längst nicht mehr unter uns.
„Es wird Zeit, dass du dein läppisches Spielzeug mit der Waffe vertauschst", hatte der Vater gesagt. „Wir Pontier waren immer Soldaten, haben dem Reich Senatoren und Tribunen gegeben. Es wird Zeit, dass du dich in diese ehrenvolle Reihe einfügst."
Meine zaghaften Einwände wischte er barsch beiseite.
„Du bist unserem Namen höhere Ziele schuldig als die, die du bisher im Sinne hattest. Nicht in den trockenen Büchern der Dichter und Philosophen wirst du deine Erfüllung finden", er schnaufte und fixierte mich mit einem scharfen Blick, „auf dem Schlachtfeld musst du deinen Mann stehen wie es unserer Tradition entspricht. Das vergossene Blut der Feinde Roms bringt dir Ruhm, nicht das sinnlose Gekritzel auf dem Papyrus."
„Und doch waren es die großen Dichter und Philosophen wie ein Ovid, ein Vergil oder ein Cicero, die den Ruhm unseres Volkes auf der Welt verbreitet haben", wagte ich zu erwidern.
„Unsinn!", schrie mein Vater. „Diese Schreiberlinge hätten nie den Stilus führen können, wenn nicht unsere Legionen es ermöglicht hätten. Ich dulde keinen Widerspruch! Willst du länger mein Sohn bleiben, so folgst du dem väterlichen Gebot!"
Was blieb mir übrig? Ich gehorchte. Ungern und ohne Begeisterung, aber ich tat, was der unnachsichtige Vater befahl.

So vertauschte ich das vertraute Haus auf dem Quirinalis mit dem zugigen Zelt der Soldaten und nahm vorerst Abschied von Cornelius, dem Freund meines Herzens, den sein Studium nach Rodos führte. Mein erster Befehl aber schickte mich in die Provinz Hispania, wo ich im Stab des dortigen Befehlshabers als Militärtribun diente. Den Rang verdankte ich meiner ritterlichen Abkunft, keineswegs meiner Erfahrung, und die altgedienten Legionäre dort ließen mich das mehr als einmal spüren. Doch führte ich mehr den Stilus als den Gladius und war eher in den Weinkneipen zu finden als auf einem Schlachtfeld, doch sei dies meiner unreifen Jugend zugeschrieben.
Ich habe nur wenige Erinnerungen an jene Zeit, und diese wenigen sind keine guten! Hispania empfing mich mit den Strahlen einer heiß glühenden Sonne. Kein Wind, der Erleichterung brachte, sonnenversengt auch das Land und seine trotzigen Einwohner. Das einstige Reich der Asturer und Cantabrer war von Augustus nach heftiger Gegenwehr erobert worden und den bitteren Trotz der Besiegten spürte man noch in ihren Blicken, ihren Worten. Es gab Aufstände, die freilich stets ohne Erfolge waren, und doch geschah es in weiser Voraussicht, dass unser Lager mehr einem trutzigen Kastell als einem gemeinen Prätorium entsprach. Ein Wall mit Palisaden und der nötige Gräben umgaben das Lager, das wie alle anderen im Römischen Reich gebaut war. Im quadratischen Viereck, unterteilt durch die beiden Hauptstraßen, Via Principalis und Via Prätoria, die sich in der Mitte trafen, wo die Principia stand, das Haus des Prokonsuls. Seinen Namen habe ich vergessen – ich glaube, er hieß Aelius –, er erschien mir auch nicht von Bedeutung, ich habe ihn kaum gesehen. Das Lagerleben empfand ich als hart, oft sank ich am Abend erschöpft auf mein Lager und gab mich dem Trunk oder meinen Träumen hin. War es das, was mein Vater für mich gewollt hatte?
Die Träume aber blieben. Träume von Rom und einer Karriere, die mehr sein musste als das, was ich hier in der staubigen

Sonne des Südens erlebte. Mein Traum war es, selbst einmal eine Provinz als Proconsul oder Präfekt zu leiten. Oh, hätte ich doch diesen Traum nie geträumt!

Nach zwei Jahren schickte man mich nach Syrien, wo die erbarmungslose Sonne den Ankömmling mehr noch plagte als in Spanien. Dort diente ich unter dem Legat Quinctilius Varus. Dieser Mann sollte mir später zum Unheil werden, weshalb ich ihn etwas näher beschreiben will:
Quintilius Varus stammte aus einer angesehenen, wenn auch nicht hochadeligen Familie. Er war von milder Gemütsart, ruhigem Temperament, etwas unbeweglich an Körper und Geist, mehr an müßiges Lagerleben als an den Felddienst gewöhnt. Dass er wahrhaft kein Verächter des Geldes war, beweist seine Statthalterschaft in Syrien: Als armer Mann betrat er das reiche Syrien, und als reicher Mann verließ er das arme Syrien, doch sollte ihm sein unrechtmäßig erworbener Reichtum nicht lange zum Vorteil sein.
Ich jedenfalls erinnere mich noch sehr gut daran, wie wir mit drei Legionen nach Jerusalem beordert wurden, um einen Aufstand der dort ansässigen Juden niederzuschlagen, und obwohl Varus die Fähigkeiten eines guten Feldherrn nicht zu Gebote standen, gelang es ihm, die Ruhe wiederherzustellen.
Das Land selbst erschien mir heiß und unwirtlich, die Menschen dort fanatisch und unduldsam, ihr Glaube schien für sie eine große Rolle zu spielen, etwas, was mir, der ich keinen Glauben mehr hatte, unverständlich war. Hätte ich damals ahnen können, dass mir dieses Land einmal zum Schicksal werden würde! Die Zeit verging wie im Fluge, inzwischen wuchs mir der erste Bart und ich begriff, dass ich zum Manne reifte. An den einheimischen Weibern fand ich mehr Gefallen als an den Kasernen, aber der Legat duldete es. Und es war keine Trauer, die mich befiel, als mich ein neuer Einsatzbefehl erreichte.

Man kommandierte mich nach Gallien und ich kletterte langsam, aber stetig in der Hierarchie nach oben, wie es einem ritterlichen Spross gebührt. Längst hatte ich mich an mein neues Leben gewöhnt und schätzte die Kameradschaft, die in den Zelten herrschte. Als mein Vater seine Entlassung von der Legion erhielt, verbrachte ich meinen vorletzten Urlaub im elterlichen Haus. Es war zugleich eines der letzten Male, dass ich meinen Vater sah.

Alt war er geworden und grau. Die wenigen Haare, die seine strenge Stirn noch kränzten, strahlten in silbernem Grau. Die lange Dienstzeit hatte tiefe Furchen in sein schmales Gesicht gezogen und der frühe Tod meiner Mutter hatte ein Weiteres getan. Nie mehr hatte er sich übrigens mit einer Frau verbunden, obwohl es ihm an Angeboten nie fehlte.

Die Zeit, die wir gemeinsam verbrachten, war von bitterer Schweigsamkeit geprägt. Geschwätzig war mein Vater nie gewesen, jetzt aber verschlossen Einsamkeit und Bitterkeit seine Lippen vor dem Sohn. Mit altrömischer Strenge führte er Aufsicht über die Sklaven unseres Haushalts, und mit der gleichen Strenge begegnete er mir, seinem einzigen Sohn. Auf Verständnis für die Belange eines jungen Mannes, eines Sohnes gar, durfte ich nicht hoffen, viel weniger noch auf väterliche Liebe.

So verbrachte ich die meiste Zeit meines Urlaubs außer Hause, beim Würfelspiel mit meinen Kameraden, in den Thermen oder beim Pferderennen im Circus Maximus. Die Abende verbrachte ich gerne in den Theatern des Pompeius bei den kurzweiligen Stücken eines Plautus oder Naevius oder auch bei amüsanten Gelagen mit Männern meines Standes.

Oft auch traf ich mich mit Freunden auf dem Marsfeld zu Wettkampf und sportlicher Übung. Gelegentlich unternahm ich Ausritte, die mich bis nach Ostia oder Tusculum führten. In den Armen der dortigen Dirnen versuchte ich die Liebe zu finden, die das elterliche Haus seit dem Tod der Mutter nicht gewährte.

Doch bei aller Liebeskunst, die den dortigen Frauen zu Ge-

bote stand, blieb doch stets ein schaler Geschmack zurück. Auch der Gedanke an eine feste Verbindung blieb mir fern. Was ich an Frauen hätte haben können, gefiel mir nicht, und was mir gefiel, konnte ich nicht haben. Dabei fand meine Erscheinung Gefallen beim weiblichen Geschlecht. Ich war von großer, stattlicher Gestalt, in den Schultern breiter als in den Hüften, mit einem einnehmendem Gesicht und schwarzen Locken, die sich anmutig über der Stirn wölbten.
Doch macht ein anmutiges Aussehen wählerisch und, wie Ovid es so trefflich ausdrückt: *Forma bonum fragile.* – Schönheit ist ein zerbrechliches Gut.
So ließ mich mein Hochmut wohl manches Weib nicht erkennen, das gut zu mir gepasst hätte, und ich blieb allein.

Nach einem Monat erhielt ich schriftliche Order, die mich nach Germania Inferior versetzte und als frischen Militärtribun der XVII. Legion zuwies. Zusammen mit der XVIII. und der XIX. Legion war meine Truppe dem Kommando des Legaten Publius Quinctilius Varus unterstellt, der mir ja schon aus meiner Dienstzeit in Syrien bekannt war.
Das war im Jahre 761 nach Stadtgründung unter dem Prinzipat des Octavian, dem man den Ehrentitel Augustus verliehen hatte, und unter dem Konsulat des Furius Camillus und des Sextus Nonius Quinctilianus. Zwar ahnte ich zu diesem Zeitpunkt noch nichts von der Katastrophe, die meiner harrte, gleichwohl hatte ich ein ungutes Gefühl, und dieses Gefühl hatte mit dem Oberbefehlshaber und seine unzulänglichen Fähigkeiten zu tun, die ich in Syrien kennengelernt hatte.
Nun denn, ich stand im 21. Lebensjahr und die Welt stand mir offen. Sie schien nur auf mich gewartet zu haben bis zu jenem Tag, an dem die launische Fortuna beschloss, ihr Haupt von uns abzuwenden.
Es war Anfang September und die heiße Sonne begann langsam, trübem Regen zu weichen, der den Boden weich und die Gemüter schwermütig machte. Unser Standlager befand

sich zu diesem Zeitpunkt an den Quellen eines Flusses, den die Einheimischen Lupia nannten, einer freudlosen, eintönigen Gegend voller Wald und geheimnisvoll flüsternder Bäche. Wölfe und Bären machten die Gegend so unsicher wie umherziehende Barbaren, und es war nicht geraten, allein durch den Wald zu streifen.

Aber so eintönig wie das Land war auch unser Alltag: Truppenausbildung, langweilige Wachdienste, Manöver und Patrouillen, tägliche Appelle, Streitigkeiten unter Männern, kleinere Liebschaften mit den einheimischen Mädchen. Drill und Exerzieren bestimmten unser Lagerleben. Freilich war das Leben, verglichen mit dem Dienst in Syrien, fast angenehm, jedenfalls bis zu jenem Abend, an dem der Legat alle Offiziere in sein Zelt rief.

In dem großen Zelt drängten sich zahlreiche Centurionen, Tribune und ganz hinten am Eingang stand ich und betrachtete voller Respekt den Aufmarsch an Uniformen, Orden und würdigen Gesichtern. Hätte ich nur da schon gewusst, welch grausames Schicksal meiner und meiner Kameraden harrte! Vor sich auf dem Tisch hatte der Legat eine große Karte von Gallien und Germanien ausgebreitet, die durch zwei mächtige Flüsse beherrscht wurde: in der Mitte der Rhenus, im Osten die Albis. Nie werde ich diese Szene vergessen, die am Anfang unseres Untergangs stand.

„Meine Herren Offiziere", sagte Varus mit erhobener Stimme, „wir werden unser Standlager aufgeben, zu unserem Sommerlager in Alisio marschieren und von dort unser Winterquartier am Rhenus aufsuchen. Im nächsten Jahr, so lautet unser Auftrag aus Rom, werden wir wiederkommen und die Grenzen des Imperiums nach Osten bis zur Albis ausdehnen im Namen von Senat und Volk von Rom und im Auftrag unseres gnädigen Kaisers!"

Seine spitzen Finger deuteten auf jenen großen Strom im Osten.

„Gleich morgen werden wir mit den Vorbereitungen zum Aufbruch beginnen."

Er blickte in erstaunte und überraschte Gesichter, denn

normalerweise sprachen sich solche Entschlüsse im Lager rechtzeitig herum. Rasch beeilte sich Varus also zu ergänzen: „Nicht dass unsere Mission hier gescheitert wäre, im Gegenteil. Wir haben mit allen wichtigen Germanenstämmen Verträge geschlossen, mit den Cheruskern, den Friesen, den Hermunduren und den Chatten. Wohin der römische Adler seinen Schatten wirft, herrscht Frieden. Ich spreche hier Recht wie ein Prätor in Rom, die Germanen entrichten uns Tribute und dienen in unseren Hilfstruppen. Der Zeitpunkt ist nicht mehr fern, da dieses Land dem Imperium in gleicher Weise als Provinz dient wie Gallien, Syrien oder Griechenland."

Die älteren, erfahrenen Offiziere schauten sich befremdet an. Dass er Land und Leute völlig falsch einschätzte, hatte er schon in früheren Besprechungen unter Beweis gestellt. Tatsächlich fühlte er sich eher als Stadtprätor, der auf dem römischen Forum Recht spricht, denn als Oberbefehlshaber einer Armee im tiefsten Germanien. Wer wie er die angeblich unterworfenen Germanen überhaupt nicht kannte, musste sie völlig falsch einschätzen, was nur zum Untergang führen konnte.

Denn die Leute dort sind – aber, wer es nicht wie ich erfahren hat, wird es kaum glauben – bei all ihrer Wildheit äußerst verschlagen, ein Volk von geborenen Lügnern. Sie erfinden einen Rechtsstreit nach dem anderen; bald schleppt einer den anderen vor Gericht, bald bedanken sie sich dafür, dass das römische Recht ihren Händeln ein Ende mache, dass ihr ungeschlachtes Wesen durch diese neue und unbekannte Einrichtung allmählich friedsam werde und, was sie bisher durch Waffengewalt entschieden hätten, nun durch Recht und Gesetz beigelegt würde. So säuselten sie es Varus ins Ohr, und er glaubte ihnen allzu willig.

Aber zurück zu jener Versammlung. Varus hatte eine kurze Pause gemacht und blickte die Umstehenden aufmerksam an. Da kein Widerspruch erfolgte, fuhr er ermutigt fort: „Wir werden mit dem ganzen Tross marschieren ..."

Doch ehe er seine Rede fortsetzen konnte, wagte einer unserer Reiterpräfekten einen zaghaften Einwand: „Mit dem ganzen Tross, nicht in Kampfformation. Ich meine …"
Mit einem zischenden „Tace!" wischte Varus den Einwand seines Präfekten beiseite. „Es interessiert hier nicht, was du meinst, verehrter Velleius. Wir befinden uns nicht in Feindesland, das Land ist befriedet, die Straßen sind gut ausgebaut, der Weg durch Kastelle gesichert. In spätestens acht bis zehn Tagen befinden wir uns in Castra Vetera und richten uns für den Winter ein."
Einmal Mut gefasst, wagte ein anderer kühn den nächsten Einwand: „Und die Gerüchte? Die Gerüchte um einen Aufstand? Nimmst du sie nicht ernst, Legat?"
„Welche Gerüchte meinst du?", fuhr Varus ihn an und säuberte sich angelegentlich seine Fingernägel mit einem Dolch. Dann wendete er langsam seinem Blick dem Fragenden zu. Das blasse Gesicht mit der spitzen Nase schien den Fragenden zu durchbohren. Doch der alte Tribun – ich habe seinen Namen vergessen, aber ich sehe heute noch sein von den Äxten der Germanen entstelltes Gesicht nach dem Überfall vor mir – ließ sich nicht aus der Ruhe bringen. „Arminius, meine ich. Bei allen Göttern, die Gerüchte sagen, dass er mehrere Stämme um sich schart und einen Angriff plant. Fürst Segestes selbst hat uns eine Warnung zukommen lassen, sein eigener Stammesgenosse! In Ketten sollst du den Verräter legen lassen, so hat er geraten!"
Ich fuhr zusammen. Ich kannte jenen Arminius, hatte manchen Becher mit ihm zusammen geleert. Und ich teilte den Argwohn des alten Tribuns. In der Miene des Germanen und in seinen Augen spiegelte sich sein feuriger Geist. Im letzten Feldzug hatte er beständig auf unserer Seite gekämpft und hatte mit dem römischen Bürgerrecht auch den Rang eines Ritters erlangt und so hatte er uns, vor allem aber Varus, von seiner Treue und Loyalität überzeugt. Erst später erfuhr ich, wie er die Unerfahrenheit unseres Feldherrn ausgenutzt hatte. Es war kein dummer Gedanke von ihm, dass niemand

leichter zu fassen ist als ein Nichtsahnender und dass das Unheil meistens dann beginnt, wenn man sich ganz sicher fühlt.
Erst hatte er nur wenige in seinen Plan eingeweiht, dann mehrere. Die Römer könnten vernichtet werden, das war seine Behauptung, mit der er auch überzeugte. Er ließ den Beschlüssen Taten folgen und legte den Zeitpunkt für den Hinterhalt fest. Aber davon ahnten wir zu diesem Zeitpunkt nichts.
Das Schicksal war stärker als die Entschlusskraft des Varus und hatte die Klarheit seines Verstandes völlig verdunkelt. Denn so geht es ja: Wenn ein Gott das Glück eines Menschen vernichten will, dann trübt er meistens seinen Verstand und bewirkt damit, was das Beklagenswerteste daran ist, dass dieses Unglück scheinbar verdientermaßen eintrifft und sich Schicksal in Schuld verwandelt. Varus wollte es also nicht glauben und beharrte darauf, die offensichtlichen Freundschaftsbezeugungen der Germanen gegen ihn als Anerkennung seiner Verdienste zu betrachten. Und so blieb nach diesem ersten Mahner für einen zweiten keine Gelegenheit mehr. Das Unheil nahm seinen Lauf.
Einen Augenblick herrschte trotziges Schweigen im Zelt. Dann brachte ein heiseres Lachen aus rauer Kehle die Antwort: „Arminius? Segestes? Bei Mars, Arminius steht seit Jahren in unseren Diensten. Seine Leistungen haben ihm inzwischen den Rang eines römischen Ritters eingetragen. Er speiste gestern noch an unserer Tafel, hast du das vergessen, Licinius? Hast du ihm nicht gegenübergesessen? Und Segestes ist ein eitler Schwätzer, von Neid und Hass zerfressen. Er hegt gegenüber Arminius einen tiefen persönlichen Groll, seit der ihm seine Tochter entführt und geheiratet hat, obwohl Segestes sie einem anderen versprochen hatte." Varus musterte mit überheblicher Miene seine Offiziere. Mich überkam ein deutliches Unwohlsein. Meine Nackenhaare sträubten sich und ich verspürte eine unbestimmte Gefahr und konnte doch nicht sagen, weshalb. Die Warnungen jenes

Segestes waren mir bisher unbekannt gewesen. Behutsam blickte ich mich um, aber wohin ich auch schaute, ich sah in verschlossene, ernste Gesichter. Doch fehlte es mir, dem jungen Tribun Gaius Pontius Pilatus, an Mut, meine Bedenken vorzutragen. Und ich schluckte wie die anderen meine Bedenken, was mir später noch sauer aufstoßen sollte.

Zwei Tage brauchten wir, um alles für den Aufbruch vorzubereiten. Zwei Tage, um das Chaos zu ordnen, das der Aufbruch einer solchen Menschenmenge zwangsläufig mit sich bringt. Sklaven und Knechte packten alles auf Karren zusammen, die Soldaten ihre Waffen, Schwerter wurden geschärft. Die Mägde bargen Vorräte in Schläuche und Krüge, die Pferde wurden noch einmal gestriegelt und und und …
Am dritten Tag weckten uns heftige Regenfälle, die gegen die feuchten Zeltplanen prasselten. Blitz und Donner tobten über unseren Köpfen und machten die Pferde und Trosstiere rasend. Jupiter selbst schien uns mit seinem Zorn zu warnen und manchen von uns, der dies als Warnzeichen der Götter ansah, beschlich ein ungutes Gefühl. Doch die Priester beruhigten uns. Aus den Eingeweiden geopferter Tiere lasen sie, dass unser Zug unter guten Zeichen stünde. Diese Narren! Als könne man aus Leber und Niere eines toten Schafes auch nur einen Hauch von Zukunft ablesen!
Dann brachen wir auf. Es war ein riesiger Heereszug, der sich da auf den Weg durch die dunkle Wildnis des Saltus Teutoburgiensis machte: Drei Legionen, sechs Auxiliarkohorten, drei Reiteralen und ein unüberschaubarer Tross an Weibern, Knechten, Sklaven und gar Kindern, mehr als 25.000 Mann. Machtvoll und unbesiegbar.

XXVIII

Zuerst lief alles wie geplant. Langsam ließ der Regen nach und manchmal kam sogar zaghaft die Sonne hervor, um den Marsch unserer langen Kolonne zu begleiten. Wir blieben zunächst unbehelligt und ich glaubte schon, all die Ängste, die mich im Zelt meines Feldherrn befallen hatten, könnten grundlos gewesen sein. Bald schon kamen wir an ersten Weilern und Dörfern vorbei, Rauchfahnen hatten sie schon lange vorher angezeigt. Sie waren leer und brannten. Später erfuhren wir, dass Arminius den Befehl dazu gegeben hatte, damit uns auf dem Marsch nichts in die Hand fallen sollte, was von Nutzen wäre. Wir marschierten weiter, die Bäume über uns bildeten oft dichte grüne Dächer, die uns die Sonne nur erahnen ließen. Und immer wieder Regen.

Ich hatte nicht geahnt, dass der Himmel so viel Nässe für uns hatte. Er drang unaufhaltbar durch unsere Mäntel und Rüstungen, lief an unseren Gesichtern herunter. Fast sehnte ich mich nach der heißen Trockenheit Syriens. Und obwohl wir erst zwei Tage unterwegs waren, schlich sich schon erste Müdigkeit ein. Die Nächte waren kurz und zur Erholung nicht geeignet. Selbst die Schlafenden rechneten ständig mit dem Ruf: „*Ad arma!* – Zu den Waffen!"

Die Fußsoldaten murrten schon jetzt unter der Last, die ihre gebeugten Rücken zu tragen hatten: Waffen, Kochgeschirr, Kleidung, Werkzeuge, Tagesvorräte. Aber wenn sie murrten, geschah das leise, denn der Centurio mit dem Stock war nie sehr weit.

Aber wo war der Feind? Hatten wir ihn zu früh gefürchtet? Fehlte es ihm an Mut und barg er sich in den tiefen Wäldern und wartete, bis der glänzende Heereszug vorbeigezogen war? Nein, weit gefehlt! Am dritten Marschtag trafen wir ihn zum

ersten Mal. Und es war ein Treffen, das wir niemals in unserem Leben vergessen würden.
Wir marschierten gerade durch einen Engpass über unebenes Berggelände, das von tiefen Schluchten durchbrochen war. Hohe, dichte Bäume verdeckten jede Sicht. Lang gezogen streckte sich unsere Kolonne dahin, stürmischer Wind und Regen hatten die endlose Kolonne noch zusätzlich weiter auseinandergezogen. Der Boden war voller Schlamm und rutschig, Wurzeln und Äste ließen nicht die übliche Marschgeschwindigkeit zu. Herabfallende Äste und Wipfel sorgten für Unruhe, brachten die Wagen oft genug zum Stehen und ließen uns immer wieder haltmachen. Ich befand mich mit meiner Centurie im vorderen Abschnitt des Zuges.
Plötzlich vernahmen wir ein Geschrei, das mir noch heute das Blut in den Adern stocken lässt. Zunächst ging über uns ein Hagel von Pfeilen, Lanzen und anderen Wurfgeschossen nieder. Er kam völlig überraschend, die voranreitende Reiterei hatte uns nicht gewarnt. Dann, nachdem sie sich langsam wie ein Raubtier, das seine Beute erst vorsichtig umlauert, angeschlichen hatten, stürzten die Barbaren wie die Teufel der Unterwelt plötzlich aus allen Richtungen aus dem Dickicht des Waldes hervor. Schrecklich waren sie anzusehen mit ihren bemalten Fratzen, den langen Haaren und ungepflegten Bärten. Sie schwenkten ihre Waffen und die kehligen Laute, die sie ausstießen, verhießen nichts Gutes. Schon sanken die Ersten von uns entseelt zu Boden.
Wir hatten mit diesem Angriff nicht gerechnet, zu sorglos war man nach zwei Tagen friedlichen Weges geworden. Wir kämpften, bis die Dunkelheit ein Auseinanderhalten von Freund und Feind unmöglich machte. Wie viele von meinen Kameraden an jenem ersten Tag gefallen sind, weiß ich nicht. Der glitschige Waldboden war von Blut getränkt – und es war kaum das der Barbaren.
Unter schweren Verlusten konnten wir diesen ersten Angriff abwehren und schlugen, wie es unsere militärische Tradition gebietet, am Abend ein Lager auf, so gut wir es noch konn-

ten. In der Nacht blieb es überraschend ruhig, wenn man von dem Lärm absieht, den unsere Feinde aus dem Dicht des Waldes verursachten und der unseren jungen Legionären die Blässe ins Gesicht trieb. Ich selbst ging mit zwei Decurien rings um das Lager Wache, immer in der Furcht, ein plötzlicher Pfeil oder eine aus dem Dunkel auftauchende Axt könnte mein Leben beenden. Furcht verspürte ich, Furcht – und Hass. Hass auf jene ungebildeten und primitiven Barbaren, die es wagten, uns anzugreifen, uns Römer, die sich nicht umsonst die Herren der Welt nennen durften. Brachten wir diesem rohen und unkultivierten Volk nicht Zivilisation und Kultur? Brachten wir ihnen, die in der düsteren Ödnis ihrer Wälder gefangen waren, nicht auch die Freiheit des Geistes? Und wie vergalten sie uns es? Mit Mord und Brand! Und wie war es mit ihrer Treue? Ganz offensichtlich war doch jener Arminius, Offizier und Ritter wie ich, der doch zuvor unter römischen Standarten gedient und den Fahneneid wie ich geleistet hatte, der Anführer dieses mörderischen Anschlags.
Ich war an jenem Abend nicht in Varus' Zelt bei der Stabsbesprechung, weil ich Wachdienst hatte. Aber wie man mir später sagte, verbreitete der Legat unerschütterlichen Optimismus.
„Wir werden diese Barbaren vernichten und unsere Toten rächen. Jupiter selbst wird dieses Unrecht nicht ungerächt lassen."
Aber seine markigen Worte hatten die Ohren der müden und deprimierten Offiziere kaum noch erreicht. Und Jupiter? Der war weit weg. Saß in seinem capitolinischen Tempel in Rom und genoss die Opferungen, die müßige Bürger ihm darbrachten.
Am nächsten Morgen verbrannten wir auf Varus' Befehl alles, was uns für den weiteren Weg hinderlich erschien: Wagen, Gepäck, Vorräte und weitere Dinge aus dem Tross. Es gelang uns, uns zu einer Hochfläche durchzukämpfen, die unbewaldet war und einen weiten Blick nach allen Richtungen gestattete. Wenn ich sage „uns", so meine ich den ersten Teil des

Heereszuges, denn es war den Germanen gelungen, den Zug in zwei Teile zu spalten, und wie es dem hinteren Teil ergangen sein mochte, darüber wagten wir kaum nachzudenken.
Wir ordneten unsere Verbände und marschierten, ohne dass die Barbaren uns angegriffen hätten. Hier, auf freiem Gelände, wagten sie es nicht und sie wussten auch warum. Zu gut war dem verräterischen Arminius die Überlegenheit unserer Taktik in offenem Gelände bekannt. Auch das Wetter hatte sich gebessert, wenn auch die tiefschwarzen Wolken am Himmel nichts Gutes verhießen.
Am nächsten Tag mussten wir die Hochebene wieder verlassen. Dunkel und drohend lag ein weiteres Waldstück vor uns und vielen von uns kehrte der kalte Schweiß auf die Stirn zurück.
Und wieder – als hätten es die Barbaren beeinflussen können – fielen Sturm und Sturzregen mit elementarer Plötzlichkeit über uns her, sodass die Wege kaum noch passierbar waren. Erneut kamen die Barbaren mit ihrem Schlachtgeheul, beschossen uns aus sicherer Deckung, fielen zuerst über die Nachhut her, dann über die anderen Truppen. Nichts konnte uns da die Reiterei nutzen, in panischer Angst tänzelten die Pferde auf den engen Wegen. Nichts nutzten uns unsere schweren Schilder, die von Pfeilen und Nässe schwer waren und unsere Arme mehr behinderten als schützten. Die Germanen griffen an und zogen sich zurück, ständig wiederholte sich dieses teuflische Spiel. Setzten wir ihnen nach, schlugen wir ins Leere, oder, schlimmer noch, die ausgesandten Truppen kamen nie mehr zurück. Während wir vorne noch kämpften, plünderten hinten die Germanen schon unsere Toten und vergewaltigten unsere Weiber, so berichteten Reiter mit schreckengeweiteten Augen.
Ich weiß nicht, wie viele Germanen ich zu diesem Zeitpunkt schon mit meinem blutnassen Schwert niedergemacht hatte. Lodernder Hass führte mein Schwert, und er führte es gut. Mars selbst schien mich zu beflügeln, wenn ich auf ihre ungeschützte haarige Brust einhieb, mit wuchtigem Schlag

die Glieder vom Leib trennte oder mein Schild auf ihre ungepflegten Köpfe niedersausen ließ. Bis auf eine kleine Wunde am Arm und eine blutende Schramme am Bein war ich unverletzt geblieben und feuerte meine Männer mit heiserer Stimme an. Ich achtete wie meine Kameraden nicht auf Hunger und Durst, und die ständige Müdigkeit war längst einem Rausch von Blut und grausamer Besessenheit gewichen. Überkam mich ein menschliches Bedürfnis, so vollzog ich es im Kampfe, ohne der Folgen zu achten. Dieser Kampf kannte keine Würde, nur Überleben. Man hat mir später in Judäa meine Grausamkeit vorgeworfen. Zu diesem Vorwurf werde ich noch kommen, aber wenn es denn so sein sollte, dann waren die Germanen des Arminius meine besten Lehrmeister!
Was soll ich den furchtbaren Kampf, den man uns tückisch aufgenötigt hatte, in all seinen Einzelheiten schildern? Wir kämpften, wie es römische Legionäre zu tun pflegten, und wir kämpften nicht für Augustus oder das Reich, sondern um unser nacktes Leben. Aber um mich herum sanken sie dahin, schon längst war der Adler unserer Legion in blutgetränkter feindlicher Hand. Wir waren völlig umzingelt, langsam ließ unsere Gegenwehr nach, die Arme wurden schwer und die Augen leer.
Da erreichte uns eine Nachricht, die furchtbarer nicht hätte sein können: Unser Oberbefehlshaber Varus und fast alle seiner Stabsoffiziere hatten sich mit eigener Hand den Tod gegeben. Sie zogen den kurzen Streich ihres eigenen Schwertes den Qualen vor, die die Sieger sich für ihre Feinde vorgenommen hatten.
Hatten sich nicht in den beiden vorigen Nächten die Gerüchte von furchtbaren Folterungen herumgesprochen, die die Germanen an den Gefangenen, zumal wenn sie Offiziere waren, vollzogen hatten? Hatten wir nicht selbst die Schreie gehört und die furchtbaren Bilder gesehen, als sie einigen Prätoren die Augen ausgestoßen hatten, bevor sie sie auf ihren Opferaltären verbrannt hatten?
Bei allen Göttern, ich selbst hatte Tribunen und Centurio-

nen gesehen, die sie mit Lanzen an Bäume genagelt oder auf hastig zusammengezimmerten Stämmen gekreuzigt hatten. Und die unmenschlich verzerrten Gesichter hatten Zeugnis davon abgelegt, dass sie zu diesem Zeitpunkt noch gelebt haben mussten.

XXIX

Es war, als ob unser Kampfesmut mit einem Mal erloschen wäre, wie eine Kerze, die der plötzliche Lufthauch vergehen lässt. Die Nachricht vom Tod unseres Befehlshabers und seiner Offiziere wirkte auf uns alle, die wir noch in blutigen Kampf verwickelt waren, lähmend. Bis zuletzt hatten wir gehofft, dass wir Unterstützung von Asprenas erhalten könnten, lag doch der Unterfeldherr nur etwa zwei Tagesmärsche entfernt mit zwei ausgeruhten Legionen. Doch diese Hoffnung erfüllte sich nicht.

Auflösungserscheinungen machten sich breit, einzelne Truppenteile versuchten sich abzusetzen und wurden zur leichten Beute der Germanen, die darauf nur gewartet zu haben schienen. Ich selbst sah, wie der Legat Vala Numonius an der Spitze der ihm verbliebenen Reiterei die Flucht ergriff, um sich in Richtung des Rhenus durchzuschlagen. Später erst hörte ich, dass keiner von ihnen diesen Fluchtversuch überlebt hatte.

Was blieb uns noch? Einige von uns schlugen sich in panischer Angst in die Wälder, andere versuchten, in einem letzten Aufbäumen soldatischer Pflichterfüllung, die Leiche unseres Feldherrn zu verbrennen, um sie so vor Entstellung durch die Barbaren zu bewahren, doch auch das misslang, wie ich später erfuhr.

Ich selbst zog mich mit zwei Dutzend verletzter Kameraden in den Schutz der Wälder zurück und wartete auf die Gnade der Dunkelheit. Wir marschierten zunächst in Richtung Süden. Sonne und Mond wiesen uns den Weg. Nach zwei Tagen hatten wir bereits die Hälfte unserer entkräfteten Kameraden verloren, obwohl wir nicht auf Feinde gestoßen waren. Die waren viel zu sehr mit der Plünderung und Schändung

der Überlebenden auf dem Schlachtfeld beschäftigt, als dass sie den wenigen Fliehenden nachgesetzt hätten.
Am dritten Tag wandten wir uns nach Westen und überquerten im Schutz der Nacht einen reißenden Fluss, was vieren von uns das Leben kostete. Wir nährten uns von dem, was Feld und Wald dem Hungernden darboten, immer in der Angst, auf marodierende Germanentruppen zu stoßen. Zwei unserer Kastelle passierten wir in sicherer Entfernung. Sie waren bis auf die Grundmauern niedergebrannt und der Hauch von Tod und Verwesung hing über ihnen.
Am vierten Tag gelang es uns, mit unserer letzten Lanze einen Rehbock zu erlegen. Wir tauchten unsere Münder in das warme Blut und saugten es gierig wie Tiere auf. Am nächsten Tag stießen wir zum ersten Mal auf einen germanischen Jagdtrupp. Die Hilfe der Götter, aber mehr noch die Trunkenheit der Barbaren mag es gewesen sein, die uns die rettende Flucht ermöglichte.
Am sechsten Tag nach unserer ehrlosen Flucht führte uns das Schicksal mit zehn Kameraden der XVIII. Legion zusammen, die wie wir dem Tode näher waren als dem Leben. Sie berichteten in abgehackten Worten von schlimmen Untaten der Germanen und schürten unsere Angst zusätzlich. Sie hatten jede Hoffnung verloren. Einzig ihr Centurio, ein gewisser Marcus Caelius, schalt sie Angsthasen und unwürdige Feiglinge. Einen Arm hatte er verloren und nur mit Fetzen war der blutige Stumpf abgebunden. Aber die Worte dieses Mannes habe ich noch im Ohr und sie verfolgen mich noch heute in manchen Träumen:
„Wer seid ihr, Kameraden? Seid ihr römische Legionäre? Seid ihr Soldaten oder feige Weiber? Habt ihr euren Fahneneid vergessen, den ihr einst dem Princeps, dem Senat und dem Volk von Rom geleistet habt? Wir mögen durch Trug und Hinterhalt eine Schlacht verloren haben, aber niemals den Krieg. In wenigen Tagen werden wir an den Ufern des Rhenus stehen. Seid gewiss, wir werden uns von dieser schmählichen Niederlage erholen, und die Götter wissen, dass wir

diese Schmach rächen werden, die jetzt wie das Feuer der Unterwelt in unseren Herzen brennt. Niemals verzagen – das war stets die Devise unserer Legion! Und jetzt weiter, Kameraden! Wir schaffen es! Die Götter sind mit uns!"

Wieder wurden die Götter ins Spiel gebracht. Wo waren sie denn, wenn es sie gab? Ich erinnerte mich an eine Komödie von Plautus, in der es hieß: *„Di nos quasi pilas habent* – Die Götter benutzen uns wie Spielbälle." Ja, Spielbälle waren wir, nicht mehr. Jahre später stand ich vor dem Grabstein dieses Centurios in Castra Vetera, den ihm sein treuer Bruder errichtet hatte. Er hatte es nicht geschafft.

Aber ich schaffte es! Am zwölften Tag nach unserer Flucht stieß ich mit fünf Mann, die mir noch geblieben waren, auf eine Patrouille der Unsrigen, die uns ins sichere Lager nach Castra Vetera brachte. Ich vermochte keine Freude zu empfinden, zu sehr hatte mich ein namenloses Entsetzen gepackt.

Freilich hatte sich die schlimme Kunde schon längst bis hierhin herumgesprochen und man ließ uns keine Ruhe. Immer wieder mussten wir erzählen, immer wieder. Ich höre jetzt noch, wie die Feder des alten missmutigen Schreibers über den Papyrus kratzt, um uns alle Einzelheiten des schrecklichen Geschehens zu entlocken und für eine begierige Nachwelt festzuhalten.

„Für die Akten", hatte der Alte gemurmelt. „Die in Rom wollen alles ganz genau wissen!"

Ruhe, Schlaf und gute Nahrung brachten mich langsam wieder zu Kräften. Die Wunden meines Körpers aber heilten schneller als die meiner Seele. In den langen Nächten hörte ich die Schreie meiner gequälten Kameraden, sah die grausamen Fratzen der Barbaren, die hingeschlachteten Legionäre in ihrem verzweifelten Todeskampf. Ihre Körper hingen an Bäumen oder verwesten auf den Opferaltären der Barbaren. Überall war Blut, Blut, Blut.

Zwei Wochen nach meiner glücklichen Ankunft in unserer Garnison erhielt ich zusammen mit dreißig anderen Überlebenden den Befehl, mich sofort nach Rom zu begeben, zur Berichterstattung. Kein Triumphzug würde auf uns warten, kein Volk, das freudig Spalier stand. Wir ahnten, was uns bevorstand, und doch war diese Ahnung noch zu optimistisch.

XXX

Rom! Ewiges Rom! Goldenes Rom! Etwa an den Iden des Novembers erreichte unser trauriger Zug die Stadt. Ahnst du, o Nachwelt, welche Freude mich erfasste, als ich endlich wieder den Boden dieser Stadt betreten durfte, auch wenn die Umstände meiner Rückkehr so furchtbar waren? Wie hatte ich doch die Hauptstadt des Imperiums vermisst, während ich durch die regenfeuchten Wälder und blutbefleckten Böden Germaniens marschiert war. Die Pracht seines Forums, die Schönheit der öffentlichen Gebäude, die Würde der Tempel, die sprudelnden Brunnen, die herrschaftlichen Villen. Ich hatte die breiten Straßen des Argiletums nicht weniger vermisst als die schmucklosen Kolonnaden der engen Insulae, und selbst den Schmutz und Lärm der Subura sog ich ein wie ein Verdurstender. Alles hier erfüllte mich mit Stolz und Freude. Ich, der ich an die Schweigsamkeit der barbarischen Wälder gewohnt war, genoss die nichtige Geschwätzigkeit der Menschen, das bunte Gewirr von Fremden aus dem ganzen Imperium, die das Forum bevölkerten.

Sogar das Geschrei der Markthändler und das zeternde Handeln der Sklaven klangen wie Musik in meinen Ohren, in denen noch die Todesschreie meiner gequälten Kameraden nachklangen. Langbärtige Skythen, dunkelfarbige Aethiopier, sonnenverbrannte Lydier, stolze Thracer und blasse Britannier, Griechen und Gallier, fremd anzusehen und mit noch fremderen Lauten schwatzend, sie alle bevölkerten in buntem Gemisch das Forum und bildeten prächtige Farbtupfer im öden Grau und Weiß der römischen Tuniken oder Togen – und ich genoss es!

In den Straßen der Hauptstadt summte es wie in einem Bienenschwarm. Die Menschen standen aufgeregt gestikulie-

rend zusammen, steckten verschwörerisch ihre Köpfe zusammen und schwatzten. Voller Neugier, aber auch voller Abscheu studierten sie die Aushänge auf dem Forum, in denen erste Einzelheiten des grauenhaften Geschehens geschildert wurden.
Die, die lesen konnten, lasen sie in stockenden Worten denen vor, die diese Kunst nicht beherrschten, und das waren in diesen Tagen recht viele. Gerade noch war die Nachricht vom glanzvollen Sieg des Tiberius im fernen Pannonien eingetroffen und man schickte sich schon an, die Vorbereitungen, für seinen Triumphzug zu treffen. Die Straßen wurden schon geschmückt, die Tempel vorbereitet, die Stiere wurden für die Opferung mit bunten Bändern herausgeputzt – da muss die furchtbare Meldung von unserer Niederlage in den germanischen Wäldern eingetroffen sein. Sie muss die Menschen wie ein Keulenschlag getroffen haben. Sie, die sich auf den Triumph eines Sieges vorbereiten wollten, sollten sich auf einmal mit der Schmach einer Niederlage vertraut machen?
Bei einigen schien sich gar Angst und Ratlosigkeit breitzumachen. Verweinte Gesichter säumten unsere Wege, Jammern und Wehklagen begleitete uns. Auf einmal tauchte eine Erzählung aus längst vergangenen Tagen auf, vom Zug der Cimbern und Teutonen, die diese Stadt schon einmal in Schrecken versetzt hatten. Das war jetzt fast hundert Jahre her, aber die Angst schien sofort um sich zu greifen wic eine schwelende Krankheit. Und wer könnte jetzt wie einst Marius den barbarischen Horden aus dem Norden Einhalt gebieten?
Diese Frage hörte ich mehrfach, während wir unerkannt durch die Straßen schlenderten. Bei den Göttern, wie hätten sie wohl reagiert, die braven Bürger Roms, wenn sie gewusst hätten, dass diese armen, ausgemergelten Gestalten, die da in ihren ausgeliehenen Uniformen an ihnen vorbeizogen, Überlebende jenes Gemetzels waren? Würden sie uns bedauern? Oder würden sich Spott und Häme über uns ergießen? Wir haben es nie erfahren, denn wir schlichen mit gesenkten

Köpfen durch die Stadt und hüteten uns, uns zu erkennen zu geben. Wir fühlten uns wie Aussätzige, nicht wie stolze Legionäre.
Auf dem Palatium empfing man uns, wie es dem schmachvollen Verlierer zusteht. Wir sahen uns einer Mauer feindseligen Schweigens gegenüber, als wir uns in der Schreibstube des Palatiums meldeten. Selbst die niedrigsten Schreiber und Sklaven verzogen hochnäsig und angewidert ihre Nasen, als wir uns zu erkennen gaben und unsere Meldung machten. Man bot uns keinen Platz an, keine Erfrischung. Stehen mussten wir wie Sklaven, wie Bittsteller. Und warten. Über Stunden standen wir herum, beobachteten die Sklaven und Schreiber, die mit ihren Dokumenten und wichtiger Miene ans uns vorbeihasteten. Sie beachteten uns nicht, sahen durch uns durch, als wären wir Luft. Die Uniform eines Tribunes machte nicht mehr Eindruck auf sie als die Pferdeäpfel, die dampfend vor dem Palatin lagen.
Endlich kam ein Sklave und sprach uns mit hochnäsiger Stimme an. Der schmale Bursche, der sicher noch nie ein feindliches Schwert aus der Nähe gesehen hatte, hielt Abstand, als gelte es, nicht mit einem Aussätzigen in Berührung zu kommen. Seine knochige Hand wies mit weibischer Geste auf uns und er teilte uns mit, dass wir für den nächsten Morgen zur ausführlichen Berichterstattung einbestellt seien, jeder zu einer anderen Zeit. Dann trennte sich unsere traurige Gemeinschaft.

Mein zweiter Weg führte mich ins elterliche Haus auf dem Quirinalis. Doch hatte ich auf Trost, Verständnis oder gar väterliche Liebe gehofft, sah ich mich bitter enttäuscht. Auch dort wurde ich eisig begrüßt und statt Freude war es Verachtung, die mich empfing. Mein Vater war an militärische Niederlagen so wenig gewöhnt wie alle Römer. Das Blutbad in Cannae, die Niederlage gegen Mithridates, die Katastrophe des Crassus in Parthien und auch das Desaster im Sklavenkrieg gegen Spartacus, das alles schien ewig her zu sein und

war längst stillem Vergessen anheimgefallen. Die glorreichen Siege von Caesar, Pompeius und Tiberius hatten die Moral verdorben. Wir hatten das Verlieren verlernt. Dann die lange Zeit des Friedens unter Augustus, die in allen Teilen des Reiches herrschte. Und die Kriege, die an den Außengrenzen des Imperiums zu führen waren, sie wurden erfolgreich geführt, so wie unlängst in Pannonien. So war die Vorstellung, wir Römer könnten auch schmerzliche Niederlagen einstecken, gänzlich abhandenkommen.
Fehlenden Mut warf mein Vater mir und meinen Kameraden vor, schlechte Taktik des Befehlshabers, Naivität und Dummheit. In groben Worten nannte er die Dinge beim Namen, jedenfalls wie er sie sah. Auf meinen Einwand, man habe mit der Tücke der Germanen nicht rechnen können, lachte er nur geringschätzig. Man müsse mit allem rechnen, wofür habe man Kundschafter und Spähtrupps, wenn sie Gefahren nicht rechtzeitig erkannten. Und die Germanen seien doch schon immer für ihre Tücke bekannt gewesen, das habe sich seit Caesar nicht geändert.
Und als er den Tod unseres Befehlshabers als feige Tat schmähte und seinen Namen verfluchte, da brach ich die unselige Diskussion ab und flüchtete in eine kleine Caupona in der Nähe des Circus Maximus, wo ich mich mit billigem, saurem Wein sinnlos betrank. Noch lange hallten die harten Worte meines Vaters nach und ich musste ihm in mancher Beziehung recht geben. Vergessen suchte ich danach in den Armen einer billigen Hure, allein, ich fand es nicht!

Am nächsten Morgen fand ich mich zur dritten Stunde am Palatium ein. Doch ich kannte die kaiserlichen Gemächer kaum wieder. Eine rege Bautätigkeit hatte in den letzten Jahren alles vergrößert. Wo vorher römische Schlichtheit geherrscht hatte, sah ich jetzt orientalische Prachtentfaltung. Goldener Stuck auf weißem Marmor, griechische Plastiken von unschätzbarem Wert auf den Gängen, bunte Gemälde mit heroischen Motiven an den Wänden. Der Princeps oder,

wie ich heute besser weiß, seine Berater hatten keine Kosten gescheut, während ich und meine Kameraden ihr Blut auf dem Boden der germanischen Wälder vergossen hatten. Und doch schien es mir eine würdige Behausung für den mächtigsten Mann des Erdkreises.
Die Räume waren von hektischer Betriebsamkeit erfüllt. Sklaven und niedere Beamte hetzten durch die langen Gänge, wichtige Schriftstücke mit ebensolcher Miene vor sich hertragend. An den Eingängen standen Prätorianer, die neue kaiserliche Garde, in ihren glänzenden Rüstungen und musterten jeden Ankömmling mit überheblicher Miene. Der Rang eines Militärtribunen schien ihnen jedenfalls keine besondere Achtung abzunötigen, so vermessen sahen sie auf mich herab.
Ich vermisste die germanische Leibgarde des Kaisers, stattliche Kerle, die ihrem Kaiser in unverbrüchlicher Treue gedient hatten. Erst viel später erfuhr ich, dass Augustus sie unmittelbar nach der schlimmen Nachricht aufgelöst und auf alle möglichen Truppen verteilt hatte. So büßten die Treuen für die Tücke ihrer Stammesbrüder.
Ein hochmütiger Freigelassener befahl mir zu warten. Endlos erschien mir die Zeit, bis ich endlich in einen schmucklosen, kalten Raum geführt wurde, der von keinem Kohleofen gewärmt wurde.
An den beiden Seitentischen saßen je ein Schreiber, an dem langen Tisch in der Mitte des Raumes sah ich mich einem Gremium von drei Männern in weißer Toga gegenüber, dem Präfecten der Prätorianergarde, Lucius Aelius Seianus, dem Consul Quintus Sulpicius Camerinus, und – niemandem anderen als Tiberius Nero Caesar, dem Adoptivsohn des Princeps und designiertem Nachfolger. Mich durchfuhr ein eisiger Schreck.

XXXI

Es dauerte einen Augenblick, bis ich mich gefasst hatte. Ein Consul, ein Senator vielleicht, damit durfte man rechnen. Aber Seianus und Tiberius, eine solche Kommission hatte ich nicht erwartet! Nie werde ich diese Situation vergessen.
„Name und Dienstrang!", schnarrte die Fistelstimme eines Schreibers, während mich die drei Männer am Mitteltisch schweigend, ja feindselig anstarrten.
„Gaius Pontius Pilatus, Militärtribun der XVII. Legion."
„Den Namen dieser Legion solltest du in diesen Räumlichkeiten nicht nennen", wandte sich Tiberius mit düsterer Miene an mich. „Sie hat Schande über Rom gebracht! Ihre Fahnen sind verloren, ihre Zeichen werden aus dem Verzeichnis getilgt!"
Seine Hand fuhr unwillig durch die Luft, so wie man eine Fliege vertreibt.
Und dann begannen die Fragen. Sturzbachartig ergossen sie sich über mich. Während die Federn der Schreiber über den Papyrus kratzten, versuchte ich so gut, wie es möglich war, all diese Fragen zu beantworten. Anfangs noch antwortete ich zögernd, machte Pausen und griff ständig nach dem Wasser, das man mir immerhin auf den Tisch gestellt hatte. Dann aber redete ich mich in Erregung, und während ich die Worte formte, tauchten mir die Gesichter meiner erschlagenen Kameraden auf, quälten mich ihre Todesschreie.
Wie war das Wetter? Wie verhielten sich die Offiziere? Zu welcher Tageszeit griffen die Germanen an? War ein ordnungsgemäßes Lager errichtet worden? Was war auf den Stabsbesprechungen besprochen worden? Über welche Ausrüstung hatten die Feinde verfügt? War der Heereszug nach den Regeln in Vorhut, Haupttruppe, Tross und Nachhut auf-

geteilt? Wo stand die Reiterei? Wie hoch wurde die Zahl der Germanen geschätzt? Hatten die Männer auf ihre Offiziere gehört? Wo hatte ich persönlich gekämpft? Wie viele Feinde hatte ich getötet?

Es schienen mir tausend Fragen gewesen zu sein, die die Männer mir abwechselnd stellten. Seianus war der Einzige, der mir gelegentlich ein dünnes Lächeln schenkte, während mich die anderen beiden den Eindruck gewinnen ließen, ich wäre an jener Katastrophe im Teutoburger Wald der Hauptverantwortliche gewesen.

Ich weiß nicht, wie lange diese Befragung gedauert hat. Fest steht aber, dass die Sonne schon ihren höchsten Stand erreicht hatte, als die Männer einander zunickten. Offenbar hatte ich alle Fragen zu ihrer Zufriedenheit beantwortet, denn sie entließen mich deutlich freundlicher, als sie mich empfangen hatten. Mein Schädel brummte, ich hatte Kopfschmerzen und eine total ausgedörrte Kehle. Die Thermen und ein ordentlicher Wein, das hätte Körper und Seele jetzt erfrischen können. Aber so weit kam es nicht.

Kaum war ich auf dem Flur angelangt, trat ein riesenhafter Prätorianer vor mich und befahl mir mitzukommen. Er führte mich in den westlichen Teil des Palastes und hieß mich warten. Wenig später traten zwei Gardisten an mich heran, durchsuchten mich gründlich nach Waffen (die ich gar nicht erst angelegt hatte), nahmen mir mit strenger Miene ein kleines Obstmesser weg, das ich stets mitführte, und brachten mich in einen sonnendurchfluteten Raum, an dessen Fenster ein Mann lehnte. Im Gegensatz zu den Gängen war dieser Raum von spärlicher Ausstattung und kargem Mobiliar. Die Männer ließen uns allein, und als der Mann sich herumdrehte, war meine Überraschung noch größer als zuvor. Vor mir stand Caesar Octavianus Augustus, mein Princeps und Kaiser, der mächtigste Mann des Imperiums, ja des ganzen Erdkreises. Ich erstarrte in Ehrfurcht.

Jahre zuvor hatte ich ihn persönlich gesehen, zuletzt bei einer Truppenparade auf dem Forum, kannte sein Bildnis auch von zahlreichen Statuen und Münzen, jetzt aber hätte ich ihn fast nicht erkannt. Wie ein Zerrbild seiner selbst stand er da vor mir, in blütenweißer Toga. Das Haupthaar nicht gekämmt und von unrömischer Länge, das Gesicht musste schon seit langer Zeit kein Rasiermesser gesehen haben, denn es war von silbernen Stoppeln verunziert. Tief lagen seine Augen in ihren Höhlen und flackerten unstet. Nach meiner Vorstellung musste der Princeps jetzt über siebzig Jahre sein, doch der Mann, der vor mir stand, erschien mir wesentlich älter. Und wo war die Energie geblieben, die man dem Princeps auch im hohen Alter immer noch nachgesagt hatte? Dieser Mann hier machte einen zerbrochenen Eindruck. Zerbrochen an jenem Land, aus dem ich kam?

Mit leiser Stimme sprach er mich an, die Hände immer in fahriger Bewegung. Dabei starrte er mich aus trüben Augen an, doch schien er durch mich hindurch in eine imaginäre Ferne zu blicken. Er stellte viele der Fragen, die ich gerade erst beantwortet hatte. Zwischendurch setzte er sich erschöpft auf eine der Liegen, trank etwas Wasser, bot mir Wein und Obst an, fragte wieder und wieder. Ob meine Antworten aber sein Ohr überhaupt erreichten, wusste ich nicht.

Dann stand er plötzlich auf, nahm behutsam meinen Arm und zog mich zur Wand, an der eine große Karte Germaniens aufgemalt war. Wie zur Entschuldigung flüsterte er: „Ich werde all die Akten noch lesen, die meine Schrciber zurzeit darüber anfertigen, Tribun, aber es ist mir wichtiger, die Zeugen selbst zu hören. Sieh hier!"

Er führte seine feingliedrigen Finger über die Karte, überquerte mit ihnen den Rhenus und blieb an einer Stelle stehen, an der in großen roten Buchstaben die Worte „Saltus Teutoburgiensis" verzeichnet waren.

„Hier habe ich meine drei Legionen verloren, Tribun! Zwanzigtausend treue Männer, gute Soldaten, viele von edlem Blut. Hier starb ihr Feldherr, dem ich meine Nichte zur Frau gegeben habe."

Hörte ich richtig? War es tatsächlich ein Schluchzen, das aus

dem Munde des gebrochenen Mannes kam? Täuschte ich mich oder waren es Tränen, die aus seinen Augen rannen? Längst hatte er sich abgewandt und sprach nicht zu mir, sondern zu sich selbst. Heiser war seine Stimme und kaum vernehmbar.
„Mein tapferes Heer, an Mut, Zucht und Erfahrung reich, der Stolz meines Imperiums, durch das Zögern seines Führers, durch die Tücke des Feindes, durch die Missgunst des launischen Schicksals geriet es in eine Falle! Hingeschlachtet wie Vieh in den Sümpfen und Wäldern eines barbarischen Landes. Niedergemacht bis zum letzten Mann. Und Varus? Er hatte mehr Mut zum Sterben als zum Kämpfen, durchbohrte sich mit seinem eigenen Schwert! Wie es sein Vater und sein Großvater schon gemacht hatten!"
Das war mir neu. Auch fand ich die Charakterisierung des Kampfes wie die meines Feldherrn wenig zutreffend. Hätte doch der Caesar selbst in diesen Sümpfen gestanden! Er hätte die Ausweglosigkeit der Situation erkannt, die Übermacht der Feinde, die Unwegsamkeit des Geländes, die ein Kämpfen nach römischen Maßstäben gar nicht erst zuließ. Schließlich die Tücke des Arminius, dem unser Legat vertraut hatte. Zählten Treue und Vertrauen denn nichts mehr bei diesen Völkern? Hatte jener Mann nicht an unseren Tischen gesessen, unseren Wein getrunken, mit uns gelacht und gescherzt? Hatte er nicht seine Ausbildung, die er dann gegen uns wandte, von unseren Cemturionen erfahren? Allein mir fehlte es natürlich an Mut zum Widerspruch. Schweigend ließ ich die bitteren Worte über mich ergehen. Längst schon schien er meine Anwesenheit überhaupt vergessen zu haben.
Urplötzlich wandelte sich die Trauer in schiere Wut. Fast sträubt sich meine Erinnerung, es hier zu berichten, aber der große Caesar schlug seine Stirn plötzlich mehrfach gegen die Wand und schrie: „Varus, Varus, gib mir meine Legionen wieder!"
Der Schmerz ernüchterte ihn. Blut rann in einem dünnen Rinnsal von seiner Stirn. Plötzlich bemerkte er mich, der

lodernde Blick verlosch, die Arme fielen kraftlos herunter. Er rang sich ein gequältes Lächeln ab und entließ mich mit einer stummen Handbewegung. Ich stahl mich von dannen, voll Trauer und Entsetzen nach solch einer Szene.

XXXII

Am nächsten Morgen hing dichter Nebel über Rom. Wie mit einem Leichentuch schien die Natur alle Sorgen und Ängste der Menschen zuzudecken, die jene Katastrophe im fernen Germanien ausgelöst hatte. Ich hatte schlecht geschlafen. Noch im Traum hatte mich das Bild des Kaisers verfolgt, der seine Stirn gegen die Wand schlug. Bei allen Göttern, wie muss das den großen Mann gequält haben! Schweißgebadet war ich aufgewacht. Ich hätte zu gerne mit jemandem darüber gesprochen. Aber mit wem?

Zwischen meinem Vater und mir hatte es kein weiteres Gespräch gegeben. Umso überraschter war ich, als mich ein Sklave am Nachmittag in sein Arbeitszimmer rief. Wortlos deutete er auf den Tisch, auf dem eine kleine Wachstafel lag. Mit Erstaunen nahm ich von einer Einladung zum Gastmahl im Hause des Prätorianerpräfekts Seianus Kenntnis. Selbstverständlich galt die Einladung meinem Vater und mir, doch der machte keine Anstalten, sie anzunehmen.

„Du magst gehen und diesem Burschen deine Aufwartung machen. Tue, was du nicht lassen kannst. Ich aber werde diesem abscheulichen Emporkömmling keine Ehre erweisen!"

„Emporkömmling?", wandte ich zaghaft ein. „Auch Cicero war ein homo novus, ein Emporkömmling, und doch war er einer unserer Größten. Und Seianus ist der Sohn des Prätorianerpräfekten Lucius Seius Strabo und ..."

„Pah", unterbrach mich der Vater polternd, „adoptiert wurde er! Eingeschmeichelt hat er sich bei Tiberius, eingeschmeichelt wie eine gemeine Bettwanze! Ein Ehrgeizling der übelsten Sorte. Sie sind alle gleich und Seianus ist der Schlimmste von ihnen!"

Mit diesem schroffen Kommentar war die Sache für ihn er-

ledigt. Er wandte sich ab und verließ wortlos den Raum. Ich jedoch freute mich auf einen abwechslungsreichen Abend, war ich doch der Gesellschaft des schweigenden Vaters längst überdrüssig. Überdies war mein Ehrgeiz noch lange nicht erloschen. Ich hoffte, bei dieser Veranstaltung wichtige Männer treffen zu können, die mir bei der weiteren und hoffentlich erfolgreicheren Gestaltung meines Lebens behilflich sein könnten. Auch Seianus selbst schien mir interessant genug, ihm einen Abend zu opfern, hatte ich doch längst erfahren, dass er im Begriff war, im kommenden Rom eine wichtige Rolle zu spielen. Der Präfekt der Prätorianergarde war ein einflussreicher Mann in Rom, er hatte das Ohr des Kaisers und verfügte über beträchtliche Mittel jeglicher Art.
So stattete ich am nächsten Tag zusammen mit meinem treuen Sklaven Pontillus zunächst den Thermen des Agrippa einen ausgiebigen Besuch ab und dies in der erfreulichen Begleitung meines Freundes Cornelius. Der hatte seine Studien vorerst beendet und – dem väterlichen Wunsche folgend – sich ebenfalls der Legion angeschlossen. Sein Kommando hatte ihn zur Legio III Augusta ins ferne Afrika gesandt, aber zurzeit hatte er Urlaub. Wie genoss ich doch Bäder, Massage und Salbung und die geistreichen Gespräche mit Cornelius und anderen Freunden aus der Jugendzeit. Freilich kam das Gespräch allzu oft auf die Ereignisse im Teutoburger Wald, doch traf ich hier auf viel mehr Verständnis als im väterlichen Hause. Gestärkt an Körper und Seele, gekleidet in meine beste Toga und mit frohem Geist machte ich mich zur neunten Stunde auf den Weg in das Haus meines Gastgebers auf dem Pincius, unweit der Gärten des Lucullus.
Hier wusste man Gäste würdig zu empfangen. Sklaven salbten die Füße der Gäste, bekränzten ihr Haupt mit Lorbeer und führten sie zu ihrer Liege im Speisezimmer, in dem zwei Lyraspielerinnen ihren Instrumenten bezaubernde Töne entlockten. Der Gastgeber hochselbst, angetan in einer meerblauen, golddurchwirkten Toga, begrüßte mich, als sei ich der Ehrengast.

„Mein lieber Pilatus, dein Kommen ehrt mein Haus. Sicher ist dein Vater unpässlich?"
Ich beeilte mich zu versichern, dass dem so sei, murmelte etwas von einem gereizten Magen und fand mich urplötzlich in einer ausgelassenen und trinkfreudigen Schar gut gelaunter Gäste wieder. Ich will dich, der du diese Zeilen dereinst lesen wirst, nicht mit den Einzelheiten des Mahls langweilen, denn dir werden solche Dinge vertraut sein. Sie tun auch nichts zur Sache, mit einer Ausnahme: Seianus selbst war es, der – zu vorgerückter Stunde – mir eine der wenigen anwesenden Damen vorstellte. Es handelte sich um eine unscheinbare, blässliche Person namens Claudia Proculeia. Unscheinbar, doch von edler Abstammung. Wie Seianus versicherte, war sie mit dem kaiserlichen Hause entfernt verwandt. Meine Musterung jener blassen Person muss wenig zufriedenstellend gewesen sein, denn es bedurfte diverser Aufforderungen seitens des Gastgebers, bis ich zu einer längeren Konversation mit ihr bereit war. In der Tat kam mir Seianus Verhalten an diesem Abend fast schon merkwürdig vor. Hätte ich es nicht besser gewusst, so hätte ich ihn für einen gewerbsmäßigen Kuppler gehalten. Heute weiß ich es besser!
Ich weiß nicht, wie und wann ich nach Hause gekommen bin. Sicher haben mich seine Sklaven nach Hause getragen, denn ich war völlig betrunken. Fest steht aber, dass mich einen Tag später eine weitere Nachricht des Seianus erreichte, mit der ich um mein baldiges Kommen ersucht wurde, doch diesmal hatte die Einladung dienstlichen Charakter.

Die Castra Praetoria, das zentrale Lager der Prätorianer im Nordosten der Stadt, befand sich damals noch im Bau und Seianus residierte in der Castra Urbana am östlichen Rand des Marsfeldes. Freundlich begrüßte er mich, und da er kein Freund großer Umwege war, kam er sehr bald zum Thema.
„Ich bedauere, dass du auf dem Palatium solchen Fragen ausgesetzt warst, aber du musst verstehen, der Princeps wollte alle Einzelheiten wissen. Die Sache hat ihn sehr mit-

genommen. Rom ist an Niederlagen nicht mehr gewohnt!"
Ich nickte und trank genüsslich von dem herrlichen Falerner, den er mir kredenzte.
„Wie soll es nun wohl mit dir weitergehen?"
Diese Frage hatte offenbar rhetorischen Charakter, denn er hatte wohl schon eine Entscheidung getroffen und beantwortete die Frage umgehend selbst.
„Ich denke, es ist das Beste, wenn wir dich erst einmal nach Germanien zurückschicken. Es wird in absehbarer Zeit eine Strafexpedition gegen die heimtückischen Germanen geben und ich denke, die Erfahrung eines Tribuns, der den Kampf gegen Arminius mitgemacht hat, wird nützlich sein. Übrigens wird Tiberius selbst die Expedition leiten."
Ein so baldiges Wiedersehen mit den dunklen Wäldern des Germanenlandes war nicht unbedingt das, was ich mir gewünscht hätte. Doch da jeder Widerspruch sinnlos gewesen wäre, nickte ich nur schweigend und versuchte, den Eindruck einer gewissen Begeisterung zu vermitteln. Aber ich spürte, dass das noch nicht alles war. Und schon fuhr Seianus fort: „Ihr habt euch gestern Abend angeregt unterhalten, nicht wahr?"
Ich blickte ihn verdutzt an. Wen meinte er?
„Du und die edle Claudia Proculeia", sagte er wie zur Erklärung, als er meine fragende Miene sah.
Aha, daher wehte der Wind. Nun, unsere Unterhaltung als angeregt zu bezeichnen, konnte man getrost als sehr übertrieben ansehen. Doch mir wurde bald klar, worauf er hinauswollte.
„Sie hat dir also gefallen, die junge Dame?"
Nein, durchaus nicht, aber konnte ich das sagen? Sie war mir wie eine vertrocknete Schnepfe vorgekommen. Also nickte ich nur und gab ein gepresstes „Äh ... ja, durchaus!" von mir. Sie war doch viel zu jung, höchstens sechzehn Jahre, wenn überhaupt. Aber viel Zeit zum Nachdenken blieb mir nicht.
„Du hast auch großen Eindruck auf sie gemacht", fuhr Seia-

nus lächelnd fort. „Sagte ich schon, dass sie mit dem Kaiserhaus verwandt ist?"
„Ja, edler Seianus, das sagtest du."
„Nun, mein Lieber, also, wie soll ich sagen? Wir haben noch einiges mit dir vor. Wenn Tiberius einmal dem großen Augustus auf den Caesarenthron gefolgt sein wird, wird auch – äh ... meine Rolle eine andere sein. Noch ein Glas Wein?"
Ich nickte eifrig und erhielt ein weiteres Glas des köstlichen Falerners.
„Also, deine Versetzung nach Germanien wird nur eine Zwischenstation sein. Danach wird man sicher für dich eine Position finden, die deinen Fähigkeiten und deinem Ehrgeiz angemessen sein wird. Und in diesem Zusammenhang wäre es für dich von unschätzbarem Nutzen, wenn du auf eine wenn auch weitläufige Verwandtschaft zum claudischen Hause verweisen könntest. Tiberius sieht das übrigens auch so!"
Damit war mein Schicksal besiegelt! Schon zehn Tage später feierten wir mit einem bescheidenen Fest Verlobung. Mein Vater jedoch blieb dieser Feier fern. Er schmähte diese Verbindung mit herben Worten, sprach von der Günstlingswirtschaft des intriganten Seianus und sagte mir für diese Verbindung großes Unglück voraus. Doch darin irrte er!
Ich muss nun an dieser Stelle freimütig gestehen, dass es wirklich das Drängen von Seianus war, das mich zu jener übereilten Verlobung veranlasst hatte, denn außer ihrer noblen Abstammung, einem recht hübschen Gesicht und einem edlen Charakter hatte mir die gute Claudia Proculeia, wie ich bald merkte, damals wenig zu bieten. Schönheit oder weibliche Reize waren es wahrlich nicht, was sie mitbrachte, und doch sind es meist gerade diese Eigenschaften, nach denen ein junger Mann giert, wenn er sich nach einem Weibe umsieht.
Heute jedoch, an diesem traurigen Tag, an dem mein treuer Pontillus diese Zeilen für mich niederschreibt, bin ich seit mehr als zwanzig Jahren mit jener Claudia ehelich verbunden. Und heute nun gestehe ich ehrlich, dass diese Entschei-

dung damals wohl die weiseste war, die ich je getroffen habe, auch wenn mein geliebtes Weib am Ende unserer gemeinsamen Tage eine Entscheidung traf, die mein Herz bis heute erschüttert. Aber wieder greife ich den Dingen vor.

Jedenfalls schulde ich Seianus, dessen Asche längst in tiefem Boden ruht, ewigen Dank dafür, dass er mich an jenem Tag zu dieser Entscheidung gedrängt hat, mag auch sein Motiv damals nicht sehr ehrenhaft gewesen sein.

Doch blieb keine Zeit, meine junge Verlobte näher kennenzulernen oder gar die knospenden Begierden der neuen Verbindung zu kosten, denn eine Woche später erhielt ich den Befehl, nach Germanien aufzubrechen. So zärtlich der Abschied von Claudia war, die mich in dieser kurzen Zeit schon allzu lieb gewonnen zu haben schien, so kühl und fremd war der Abschied von meinem Vater. An diesem Tag sah ich ihn zum letzten Mal. An den Nonen des Decembers brach ich auf, um meine Rückkehr in das ungeliebte Land der Barbaren anzutreten.

XXXIII

Das Land der Barbaren empfing mich mit der gleichen Kälte, in der ich es verlassen hatte. Eis, Schnee und Stürme verzögerten unsere Reise und gaben uns einen Eindruck von den widrigen Umständen, die uns erwarteten. Mich, der ich ja gerade erst aus dieser unwirtlichen Region zurückgekehrt war, mochte das nicht überraschen, aber die Klagen vieler meiner Kameraden, die man aus südlichen Gefilden erstmals hierhin versetzt hatte, ließen mich mitunter schmunzeln.

Unser Auftrag war klar umschrieben: Wir hatten mit aller Kraft die Rheinlinie zu sichern, sie mit Befestigungen und Kastellen zu einem unüberwindbaren Grenzwall auszubauen, dem Limes. Der Caesar hatte offensichtlich jegliches Expansionsstreben in Richtung Osten aufgegeben und stattdessen Verteidigung und Erhalt der bestehenden Grenzen angeordnet.

Was soll ich den Leser mit den Einzelheiten langweilen, die mein Dienst mit sich brachte. Vier Jahre lang tat ich Dienst am Rhein als Tribun der Legio XXI Rapax in einem kleinen Städtchen, das die Einheimischen Ara Ubiorum nannten. Zusammen mit den drei anderen Legionen unterstand sie dem Befehl des Legaten Caecina. Den Oberbefehl hatte drei Jahre lang Tiberius selbst gehabt, doch als er nach Rom zurückbeordert wurde, erhielt Germanicus, der Sohn seines verstorbenen Bruders Drusus, das Oberkommando.

In dieser Zeit passierte nichts, was der Erinnerung wert und für eine Notiz in diesem Schriftstück angemessen wäre. Zwar unternahm Tiberius einige kleinere Vorstöße über den Rhein, doch kam es nie zu Gefechten, da die Germanen sich bei unserer Ankunft stets aus ihren Dörfern zurückzogen.

Vielleicht mag es noch interessieren, dass es einen Anschlag auf das Leben unseres Oberbefehlshabers gab. Ein Germane aus dem Stamm der Bructerer hatte sich unter sein Gefolge gemischt, machte sich aber durch sein unruhiges Wesen verdächtig und gestand unter der Folter sein Vorhaben. Als wir davon hörten, waren wir ihm fast dankbar, denn immerhin stellte der Vorfall eine kleine Abwechslung in der Eintönigkeit der Lagerroutine dar.

In dieser Zeit wurde mir zweimal ein Urlaub gewährt, den ich nutzte, um meine Angelegenheiten in Rom zu ordnen. Inzwischen war mein Vater gestorben und ich – fast schäme ich mich dieser Worte – konnte doch keine Trauer empfinden. Ich übergab Haus und Geschäfte an unseren Verwalter Gabinius und mied fortan die Einsamkeit meines verwaisten Elternhauses. Ein kurzes Treffen mit Seianus machte mir klar, dass ich mich hinsichtlich meiner Karriere weiter in Geduld zu üben hatte.

„Die Berichte, die ich über dich empfange, sind äußerst positiv", hatte er voller Wohlwollen gesagt. „Es ist nur noch eine Frage kurzer Zeit, bis wir für dich einen angemessenen Posten haben werden."

Damit war ich entlassen und um die Illusion einer baldigen Beförderung ärmer. Selbstverständlich machte ich auch meiner Verlobten die geschuldete Aufwartung. Ich fand Claudia Proculeia im Zustand geduldiger, liebevoller Erwartung vor. Ihren Vorschlag, mir nach Germanien zu folgen, lehnte ich entschieden ab. Dieses Land mochte ich ihr nicht zumuten. Ich überließ sie der sicheren Obhut ihrer Tante und reiste zurück in die öde Langweile meines Dienstes.

Dann aber nahmen die Angelegenheiten plötzlich eine dramatische Wendung.

XXXIV

Es begann damit, dass die Legion zusammengerufen wurde. Dies geschah kurz vor den Iden des Septembers im Jahre 767 nach Gründung der Stadt unter dem Konsulat des Sextus Pompeius und des Sextus Appuleius.

Sechstausend Mann, in Reih und Glied geordnet nach ihren Kohorten, erwarteten die Worte ihres Befehlshabers. Caecina stand auf einer Holztribüne und richtete zum ersten Mal das Wort an uns: „Männer der XXI.! Ich habe soeben Nachricht aus Rom erhalten: Den unsterblichen Göttern hat es gefallen, unseren göttlichen Caesar aus dieser Welt abzuberufen! Unser ehemaliger Oberbefehlshaber Tiberius wurde zum Nachfolger ernannt."

Sofort begannen Einzelne mit Vivat-Rufen für den neuen Kaiser und wenig später leistete die ganze Truppe ihren Eid auf Tiberius. Gleichzeitig aber waren vereinzelt auch murrende Stimmen zu hören. Die einen forderten mehr Sold, weil sie sich gegenüber den Prätorianern zurückgesetzt fühlten, die anderen mochten gar Tiberius nicht anerkennen, da sie den überaus beliebten Germanicus auf diesem Thron sehen wollten. Zog sich dieser Unwille zunächst vereinzelt durch die Truppe, so nahm er in den nächsten Tagen an Umfang zu und dies umso mehr, als man hörte, dass auch die anderen Legionen ihre Unzufriedenheit offen erklärten.

Innerhalb kurzer Zeit brach unter der V., XXI., I., und XX. in Germania Inferior, und bei der II., XIII., XIV. und XVI. Legion in Germania Superior eine Meuterei aus, die ich in diesem Umfang noch nie erlebt hatte. Binnen kurzer Zeit war jede Disziplin dahin. Etliche Centurionen, die verhassten Zuchtmeister der Truppe, wurden von aufgebrachten Soldaten ermordet. Ich sah mit eigenen Augen, wie sie einen von ihnen,

sein Name war wohl Septimius, zerfleischten, obwohl er sich zum Legaten geflüchtet hatte. Doch Caecina, in Angst um sein eigenes Leben, lieferte ihn der Wut der Soldaten aus. Die Herrschaft der Centurionen und Tribunen war vorübergehend außer Kraft, alles regelten die entmenschten Soldaten selbst. Ich befand mich zu dieser Zeit beim Stab des Caecina und wurde voll ohnmächtigen Zorns Zeuge seiner Untätigkeit. Immerhin verschonten sie uns in ihrer Raserei.
Inzwischen wurde von Zelt zu Zelt gemeldet, dass sich Germanicus auf dem Weg zu uns befand und mit ihm Frau und Kind. Als er in unserem Lager eintraf, kehrte so etwas wie Ordnung zurück. Zum ersten Mal wieder traten die Soldaten, geordnet nach Kohorten und Manipeln unter ihren Feldzeichen an. Sie beklagten die Grausamkeit der Centurionen, die Länge und Härte des Dienstes, ausbleibende Soldzahlungen und vieles mehr, was ein gelangweiltes Soldatenherz als beklagenswert empfinden mag. Ich verfolgte diese Klagen aus dem Zelt des Legaten und mich packte kalter Zorn. Hätte ich an Germanicus Stelle gestanden, ich hätte nicht gezögert, die aufrührerischen Truppen zu dezimieren und ihre Anführer an Ort und Stelle hinzurichten.
Doch statt dieser Art durchzugreifen und die Ordnung wiederherzustellen, hielt Germanicus eine Rede. Er erinnerte die Männer an den alten Ruhm der Manneszucht, an Disziplin und Gehorsam, die unerschütterlichen Grundlagen aller römischen Erfolge. Als aber einige ihn aufforderten, selbst den Caesarenthron in Besitz zu nehmen, da sprang er angesichts eines solch ungeheuren Ansinnens entsetzt von der Rednertribüne und bot seine entblößte Brust ihren Schwertern dar. Er wolle lieber sterben, als Verrat am neuen Caesar zu begehen. Daraufhin kam er in unser Zelt und ich sah die Schweißtropfen, die seine Stirn zeichneten. Während wir ratlos und schweigend im Zelt zusammensaßen, berieten sich die Soldaten untereinander. Ich will es abkürzen. Man machte ihnen Zugeständnisse, versprach ihnen frühzeitige Entlassung, Aushändigung der Geldprämien und den Aufrührern Straflo-

sigkeit, alles Maßnahmen, die meine helle Empörung weckten.
Was die Soldaten endlich auch milde stimmte, war die Anwesenheit der Frau des Germanicus. Agrippina, Tochter des großen Agrippa und Enkelin des Augustus, Schwiegertochter des Drusus, war doch gleichwohl wegen ihrer Bescheidenheit immer schon unter den Männern beliebt gewesen. Und nicht weniger ihr Söhnchen Gaius, das, im Lager geboren, schon – kaum den Windeltüchern entwachsen – in einer kleinen Legionärsuniform und winzigen Soldatenstiefelchen unter den Legionären umherzustolzieren pflegte, was ihm den liebevollen Spitznamen Caligula (Stiefelchen) eintrug. Und diese beiden sollten sich jetzt, um der drohenden Gefahr zu entgehen, den Treverern anvertrauen? Da ergriff die rauen Soldaten Scham und Mitleid, wohl auch Neid, die Treverer möchten dieser Frau etwas gewähren, was sie selbst doch in hohem Maße ihr geschuldet hätten.
Mit Verwunderung sah ich, wie sie ihr den Weg verlegten, baten und bettelten, sie möchte umkehren und sich doch ihrem Schutze anvertrauen. Darauf hielt Germanicus, der den Nutzen der Situation erkannt hatte, eine weitere Rede, flammend und ins Herz treffend. Die Meuterei brach zusammen, die Rädelsführer wurden gefesselt und bestraft. Und Germanicus tat das Beste, was er in dieser Situation tun konnte: Er bot seinen Truppen ein Blutbad bei den Germanen an, um ihre aufgewühlten Herzen zu besänftigen. Nichts anderes mochte jetzt die wild erregten Gemüter besser beruhigen als die Aussicht, gegen den Feind zu ziehen und so ihre Raserei mit deren Blut zu sühnen.
So schlug man eine Brücke über den Rhein und setzte mit zwölftausend Mann, sechsundzwanzig Auxiliarkohorten und acht Reitergeschwadern ins Feindesland über. Germanicus selbst führte den Oberbefehl. In Eilmärschen durchquerten wir den Silva Caesia, überschritten den noch von Tiberius angelegten Grenzwall nördlich eines kleinen Flusses namens Lupia und schlugen dort ein erstes Lager auf. Die Moral der

Truppe hatte sich wieder eingestellt und die Männer folgten willig unseren Befehlen. Die Aussicht auf ein baldiges Gefecht hatte genügt, um die Disziplin wiederherzustellen.
Es war uns bekannt, dass die Germanen in diesen Nächten ein großes Fest feierten, und so durften wir mit nachlässiger Wachsamkeit rechnen. Meine Kohorte gehörte zu dem Truppenteil, der unter Caecinas Befehl vorauszumarschieren und den nachfolgenden Truppen den Weg zu bahnen hatte. Eine sternhelle Nacht wies uns den Weg zu den Dörfern der Marser. Und während die Einwohner noch ihren Rausch vom Fest ausschliefen, umstellten wir die Siedlungen. Dann begann der Angriff aus dem Nichts der Dunkelheit.
Wie soll ich es beschreiben? Wir verwüsteten alles mit Feuer und Schwert. Kein Geschlecht, kein Alter fand Erbarmen. Menschliche wie göttliche Stätten wurden dem Erdboden gleichgemacht. Diese Menschen hatten nicht nur unverschuldet für die Raserei zu büßen, die sich unsere Leute vorher bei der Meuterei geleistet hatten, sie wurden auch für die Tücke des Arminius bestraft, an der sie doch keinen Anteil hatten. Halbschlafende, Waffenlose, Kinder und herumirrende Greise wurden erschlagen, wir hatten keine Verluste.
Ohne Zweifel gehörte dieses Unternehmen nicht zu den Ruhmestaten unserer Feldzeichen, aber gleichwohl war es nötig gewesen und unter diesem Aspekt betrachtete ich die entseelten Opfer unseres Feldzuges ungerührt. Sie waren eben zur falschen Zeit am falschen Ort gewesen.

Als sich die Nachricht von dem Massaker in den verschneiten Wäldern herumgesprochen hatte, sannen die Brukterer, Tubanten und Usipeter auf Rache und versuchten, uns den Rückweg zu verlegen. Sie besetzten die Waldgebirge, durch die wir unseren Rückweg nehmen mussten, aber Germanicus wiederholte nicht den Fehler, den Varus einst gemacht hatte.
So traten wir den Rückweg in geschlossener Kampfformation an, an der Spitze die Reiterei und die Auxiliarkohorten. Dann

folgte die I. Legion. Die anderen Legionen, darunter auch meine XI., deckten die Flanken, die XX. sicherte die Nachhut. Dennoch gerieten wir angesichts der Übermacht zunächst in Gefahr und mich beschlichen ungute Erinnerungen an die furchtbare Schlacht unter Varus.
Aber Germanicus hielt von seinem Pferd aus mit lauter Stimme eine Rede und rief: „Männer, das ist die Stunde, jegliche Schmach zu tilgen und die Meuterei in Vergessenheit zu bringen. Das ist die Stunde, Schmach in Ehre und Unehre in Ruhm zu verwandeln. Heftet das Blut der Barbaren an eure Adler und reinigt sie somit von aller Schuld!"
Diese wenigen Worte reichten, um jede aufkeimende Verzagtheit zu tilgen. Die Männer schlugen auf ihre Schilder, riefen hämische Parolen zu den Feinden und rückten vor. Der Mut unserer Männer war erneut entbrannt. In einem einzigen Ansturm durchbrachen wir die geschlossenen Reihen der Feinde, trieben sie ins offene Feld und machten sie nieder. Unsere Verluste waren gering, die Barbaren aber wurden fast aufgerieben.
Und die gleichen Männer, die wenige Tage zuvor noch kaum gezögert hatten, ihre vorgesetzten Offiziere zu schmähen und gar niederzumachen, brachen jetzt in Hochrufe aus und trugen ihre siegreichen Generäle auf den Schultern ins Lager, an der Spitze den vergötterten Germanicus und Caecina.
Ich erhielt eine Verwundung am linken Arm, die mir aber weniger Schmerz als Ruhm eintrug. Wir hatten gesiegt. Die Moral der Truppe war wiederhergestellt, die Schmach der Meuterei getilgt. In Ruhm und Ehre flatterten unsere Feldzeichen über dem Winterquartier, das wir alsbald bezogen.

XXXV

Fünf lange weitere Jahre tat ich Dienst im unwirtlichen Barbarenland und ich hatte mich fast schon damit abgefunden, dass ich die strahlende Sonne Roms kaum noch sehen würde, als mich eines Abends ein Adjutant des Kommandeurs in das Quartier des Statthalters bat. Die Frühjahrswinde hatten gerade begonnen, die letzten Reste des Schnees zu tilgen und zaghaft wagte sich erstes Grün aus dem Boden hervor.
Caecina Severus bat mir freundlich ein Glas Wein an und kaum hatte ich es mir bequem gemacht, überreichte er mir mit einem süffisanten Grinsen eine bereits geöffnete Schriftrolle.
„Es scheint, man benötigt dich in Rom?" Ich muss ihn verdutzt angesehen haben.
„Lies, Tribun! Du hast deine Versetzung in Händen."
Meine Augen flogen über den Papyrus und konnten doch zunächst nur Bruchstücke fassen: alsbald nach Rom begeben ... bei Seianus melden ... Versetzung!
Ein zweites und ein drittes Mal musste ich den Text lesen, bevor ich richtig verstanden hatte, und der Wortlaut brannte sich mir so sehr ins Herz, dass ich ihn noch heute ohne Mühe zitieren kann:

Dem Tribun Pontius Pilatus einen Gruß

Hiermit wirst du angewiesen, dich unmittelbar nach Rom zu begeben und dich bei Ankunft sofort bei dem Praefecten der Praetorianer L. Aelius Seianus in der Castra Urbana zu melden. An den Statthalter von

Germania Inferior ist entsprechende Anweisung zur dienstlichen Abordnung gegangen.

Synophocos, 1. Kanzleischreiber

Mein Gesichtsausdruck muss ziemlich dümmlich gewesen sein, denn Caecina begann lauthals zu lachen. Er stand auf und schlug mir kräftig auf die Schulter. „Geschafft, Tribun! Bei Mercur, wenn das nicht deine Versetzung ist, sollen mich die heiligen Hühner der Juno fressen."
Ich stimmte freudig in sein Lachen ein. Was anderes als meine Versetzung nach Rom konnte es schon bedeuten. Endlich! Das freudlose kalte Land der Barbaren hing mir zum Halse heraus und allein der Gedanke an eine Versetzung in die Heimat brachte mein Blut in Wallung. Proculeia! Ihr zartes Gesicht stieg aus dem Nebel der Erinnerung empor. Seit mehr als fünf Jahren hatten wir uns nicht gesehen, nur gelegentliche Briefe erinnerten mich daran, dass ich tatsächlich verlobt war. Stumm hatte der Statthalter meinem Sturm der Gefühle zugesehen.
Dann hob er sein Glas: „Auf Rom, Tribun!"
„Auf Rom!"

Die Schiffe, die mich trugen, die Pferde, die Kutschen, sie müssen geflogen sein. Anders konnte es nicht sein, denn die Rückkehr nach Rom vollzog sich in solcher Eile, dass es mich selbst wunderte. Freilich hatte ich Zeit genug, mich quälenden Zweifeln hinzugeben. War es wirklich eine Versetzung, die mich nach Rom rief? Oder hatte ich den Unwillen des Präfekten, des Kaisers gar erregt? In den Zelten geisterten des Nachts oft genug Geschichten von Männern herum, die plötzlich in Ungnade beim Kaiser gefallen waren und sich im Exil wiederfanden, wenn ihnen nicht noch Schlimmeres widerfahren war.
In den stillen Nächten auf den Schiffen, auf den harten Betten der Poststationen, während der Ritte durch die stummen

dunklen Wälder marterte ich mein Hirn, doch konnte ich nichts finden, was Ursache eines solchen Unwillens hätte sein können. An einem feuchtwarmen Sommerabend betrat ich bei strömendem Regen die Metropole des Reiches und mein Herz jubilierte trotz aller Zweifel.
Natürlich führte mich mein erster Weg ins elterliche Haus auf dem Quirinalis. Der alte Gabinius, mein treuer Verwalter, war sehr erstaunt, mich zu sehen, hatte ich ihm doch meine Ankunft gar nicht mehr ankündigen können. Indes, ein schneller Blick zeigte mir, dass er alles sehr gewissenhaft gehütet hatte. „Wird der edle Herr jetzt in Rom bleiben?“
„Das wissen die Götter“, antwortete ich. „Aber sag, Alter, wie steht es in Rom? Im fernen Germanien hört man nur allzu wenig von dem, was hier passiert.“
Die Züge des Alten verklärten sich, und während er mir Wein nachschenkte, sprudelte es aus ihm heraus: „Die Götter haben es gut mit uns gemeint. Die Herrschaft des göttlichen Augustus war schon ein Segen für das römische Volk, aber sein Adoptivsohn steht ihm nicht nach.“
Hastig rang er nach Atem, so schnell sprudelte es ihm über die schmalen Lippen.
„Bescheiden ist der hohe Herr, will nicht als Herr angeredet werden. Gütig ist er und verzeiht selbst jenen, die ihn schmähen. Schmeichelei hasst er, und selbst den Titel seines Adoptivvaters mag er nicht führen. Keine Prozesse wegen Majestätsbeleidigung mehr, Tiberius hat die Furcht aus Rom verbannt. Die ehrwürdigen Väter des Senats hat er wieder in ihre alten Rechte eingesetzt, man möchte meinen, die Republik des Cicero lebte wieder auf. Und er hat ...“
„Genug, genug“, lachte ich und freute mich, dass der neue Princeps eine solch gute Regentschaft führte. Gleichzeitig fühlte ich Erleichterung. Ein solch gnädiger Herrscher würde mich nicht aus Germanien kommen lassen, weil ich seinen Unmut erregt hatte. Nein, gewiss nicht. Ich atmete tief aus und stürzte einen Becher des herrlichen Caecuber-

weines hinunter, den Pontillus zu meiner Ankunft aus dem Keller geholt hatte.

Am nächsten Morgen stattete ich zunächst den Bädern einen kurzen Besuch ab und legte meine neue Tribunenuniform an. Zur fünften Stunde fand ich mich in der Castra Urbana ein und bat die Ordonnanz, mich dem Präfekten zu melden. Vorbei an jenem Synophocos, einem vertrockneten alten Griechen, der das Schreiben ausgefertigt hatte, gelangte ich in den schlichten Warteraum, in dem schon zahlreiche Männer auf ihre Audienz zu warten schienen. Für mich entstand eher der Eindruck, dass es sich um den kaiserlichen Warteraum handelte, solch ein buntes und vielstimmiges Gewirr von Menschen empfing mich: Senatoren und Ritter, Kaufleute und ausländische Gesandte, Generäle und Legaten gaben sich ein Stelldichein, aber sie warteten noch, als man mich schon hereinrief, und ich werde ihre offenen Münder nie vergessen, als ich an ihnen vorbeiging.
Seianus nämlich empfing mich schon nach einer halben Stunde, was ich als gutes Zeichen deutete. Wie er so auf mich zukam, kraftvoll und von athletischer Statur, braun gebrannt und mit einer makellosen blütenweißen Toga bekleidet, strahlte er eine Pracht aus, die kaum größer hätte sein können, wenn er der Imperator persönlich gewesen wäre.
Sein markantes Gesicht strahlte vor Wohlwollen und er lud mich ein, neben ihm auf einem breiten mit roter Seide durchwirktem Sofa Platz zu nehmen. Ein dunkelhäutiger Sklave brachte Wein, Wasser, Gebäck und Obst und wir tranken auf das Wohl des Kaisers.
Nachdem Seianus herzhaft in eine Birne gebissen und sich den Mund sorgsam abgetupft hatte, blickte er mich freundlich an und begann: „Sicher wirst du dich über meine … äh Einladung wundern, Tribun, nicht wahr?“
Ich nickte stumm und nahm etwas Obst zu mir.
„Nun“, er pochte auf einen Bündel von Schriften, die auf seinem riesigen Schreibtisch lagen, „alle Berichte, die ich in den

letzten Jahren über dich empfing, hätten besser kaum sein können. Du bist ein guter Soldat, gewissenhafter Vorgesetzter, ein loyaler und dem Kaiser ergebener Bürger."

Er legte seine Hand auf meine Schulter. „Du hast dich bewährt, wie ich es von dir erwartet habe. Zeit, eine Stufe emporzusteigen, wie ich es dir versprochen habe."

Eine Woge des Glücks durchströmte mich und wischte alle Sorgen weg, die mich noch beim Eintritt begleitet hatten.

Seianus lehnte sich nach vorn und fuhr in vertraulichem Tone fort: „Wir haben noch viel mit dir vor, ich und der Kaiser."

Freilich entging mir nicht die Reihenfolge, in der Seianus gesprochen hatte, aber um mir über solche Nuancen Gedanken zu machen, fehlte mir die Zeit, denn schon sprach Seianus weiter: „Fürs Erste wirst du Tribun bei meinen Prätorianern, wie gefällt dir das?"

Es gefiel mir, und ich machte keinen Hehl daraus. Tribun in der kaiserlichen Leibgarde, davon musste jeder Soldat träumen. Und in Rom, in meinem geliebten Rom. Fortuna meinte es gut mit mir.

„Dreißigtausend Sesterzen wirst du im Jahr beziehen, auch nicht übel, oder?"

Ich überschlug die Summe blitzschnell. „Das Vierzigfache eines gemeinen Prätorianers, nicht wahr?"

Seianus nickte und machte die Geste des Geldzählens. „Das Leben in Rom ist teuer geworden, mein lieber Tribun. Du wirst es brauchen können. Vergiss die Preise in der Provinz, wo du für einen Quadrans ein Brot bekommst. Hier kostet ein Pfund Brot ein ganzes As, jedenfalls, wenn mich meine Sklaven nicht betrügen. Und in einem Lupanar zahlst du auch schon zwanzig Asse oder mehr, wenn du ein bisschen Entspannung haben willst." Er lachte dröhnend auf. Ich schwieg. In einem Bordell war ich seit ewigen Zeiten nicht mehr gewesen.

„Aber zurück zu deinen Aufgaben. Mir untersteht eine Garde von neuntausend Prätorianern, alles Elitelegionäre, bestens

gedrillt und ausgerüstet. Du wirst die Hälfte von ihnen befehligen."
Ich nickte nur, das Glück hatte mir die Sprache verschlagen.
„Zurzeit ist die Garde über mehrere Quartiere wie dieses hier verteilt, aber wie du vielleicht weißt, sind wir dabei, auf dem Viminalhügel ein angemessenes Castra Prätoria zu errichten. Eine deiner ersten Aufgaben wird es sein, den Umzug durchzuführen."
„Jawohl, Präfekt! Viminal!"
Seianus nickte zufrieden und goss uns Wein nach.
„Bene, alles weitere ergibt sich."
Abrupt wechselte er das Thema. „Hast du die edle Proculeia schon gesehen?"
Ich verneinte. Er umfasste meinen Arm und sah mich durchdringend an.
„Mein lieber Tribun, Fortuna hat dich unter ihre Flügel genommen, lass sie nicht entkommen! Bitte bestell der edlen Herrin meine besten Grüße."
Ich hatte zwar mehr den Eindruck, dass mich Seianus unter seine Flügel genommen hatte, aber ich versprach es und verließ die Prätorianerkaserne im Hochgefühl eines Mannes, der soeben eine kräftige Stufe nach oben genommen hatte.

XXXVI

Meine neue Aufgabe in Rom erwies sich wie erhofft als interessant und abwechslungsreich und ich genoss mein neues Leben in vollen Zügen. Der Dienst war mir mehr Lust als Last und die gesellschaftliche Stellung meines Patrons Seianus öffnete mir binnen kurzer Zeit all jene Türen, die einem Ritter gemeinhin verschlossen blieben. Ich erhielt Einladungen in Häuser, die ich zuvor nur von außen bestaunt hatte. Am meisten aber entzückte meine ständige Anwesenheit in Rom Claudia Proculeia und mit der Zeit wuchs unsere gegenseitige Zuneigung behutsam zu zarter Vertrautheit, ja, endlich zu echter Liebe. So erschien es fast wie eine unausweichliche Notwendigkeit, dass ich, der ich die Unabhängigkeit bislang immer sehr geschätzt hatte, sie zu meinem Weibe machte. Es war eine bescheidene Feier ohne Pomp und Luxus mit wenigen Gästen. Zur Feier des Tages schenkte ich meinem Sklaven Pontillus die Freiheit und freute mich über sein Angebot, als Freigelassener doch Mitglied meines Hauses zu bleiben.

Claudia Proculeia war nun mein Weib. Und ich bereute diesen Schritt nie! Wir bezogen das väterliche Haus auf dem Quirinalis und mit Claudia Proculeia zog das Glück in die alten Mauern ein. Leider blieben uns von den Göttern Kinder verwehrt, doch auch ohne diese krönende Erfüllung, unter der Claudia ohne Zweifel mehr litt als ich, führten wir eine Ehe, die in Rom von vielen als vorbildlich angesehen wurde.

Auch für die Pflege meiner alten Freundschaften ließ der Dienst genügend Raum, wie jene zu Cornelius, meinem engen Freund aus Kindertagen. Das Leben hatte uns nach unserer Kinderzeit zwar verschiedene Wege gewiesen, uns nun aber auf wundersame Weise wieder zusammengeführt. Er war

mir – ohne mein Zutun – als Centurio unterstellt worden, und seine herzerfrischende und humorvolle Art sowie seine Zuverlässigkeit und Wahrheitsliebe, die mich schon als Kind fasziniert hatten, ließen ihn sofort wieder den Rang des besten Freundes einnehmen, auch wenn die Verschiedenheit unserer Dienstgrade nach außen hin unüberwindbare Hürden zu errichten schien.
Wenn ich nun, am Abend meines Lebens, zurückblicke, so erscheinen mir jene Jahre als die schönsten, die das Schicksal für mich bereitgestellt hatte, und wie alle schönen Dinge schienen sie wie im Fluge zu vergehen. Sieben unbeschwerte Jahre vergingen auf diese Weise, sieben Jahre, in denen ich den Dienst als Prätorianertribun ebenso schätzen gelernt hatte wie das Leben in der Hauptstadt mit all seinen Annehmlichkeiten.

Dann aber begann sich Fortuna von mir abzuwenden. Es fing mit einer Einladung zu Seianus an. „Ein Abendessen im kleinsten Kreise", hatte auf der Schiefertafel gestanden, die mir ein Bote überbracht hatte. „Im kleinsten Kreise", das schloss Claudia aus und verwunderte mich, war sie doch bisher bei allen Einladungen der glanzvolle Mittelpunkt der Gesellschaft gewesen. Zugleich beschlich mich ein ungutes Gefühl, obwohl ich mir den Grund dafür nicht vorstellen konnte. So lag ich denn mit wachem Geist auf meiner Liege und delektierte mich an geröstetem Zicklein in Garumsoße, während der Blick des Präfekten wie forschend auf mir ruhte. Schweigend tunkte Seianus sein Brot in die vorzügliche Fischsoße, gab plötzlich den Sklaven einen Wink, sich zu entfernen, und erhob seinen Kelch.
„Auf den Kaiser!"
Ich putzte mir schnell den fetttriefenden Mund ab und wiederholte den Trinkspruch.
„Der Kaiser wird Rom verlassen", fuhr Seianus fort, und wenn ich mich nicht völlig täuschte, umspielte ein zynisches Lächeln seine schmalen Mundwinkel.

„Verlassen? Plant er ... äh eine Reise oder einen Feldzug? Ich habe nichts gehört, was ..."
„Keine Reise. Kein Feldzug. Er ist der Stadt überdrüssig und wird sich vorerst nach Capri in einen seiner dortigen Paläste zurückziehen."
„Nach Capri? Vorerst?" Das Stück Lamm wäre mir fast im Halse stecken geblieben.
Seianus zeigte sich über meine Reaktion amüsiert. „Warum nicht? Man kann das Reich auch von einer Insel aus regieren, oder nicht? Und wie lange? Wer kann das schon wissen, nicht wahr?"
Ich nickte schweigend und ertränkte mein Erstaunen in einem großzügigen Schluck Wein.
„Ich war ... nun, ich war an seiner Entscheidung nicht ganz unbeteiligt." Seianus musterte mich aufmerksam und spielte mit seinem großen goldenen Siegelring.
Ich begann zu verstehen und entgegnete kühner geworden: „Und man darf wohl vermuten, dass du hier in Rom sein ..." Ich suchte nach dem richtigen Wort, aber Seianus unterbrach mein Suchen: „Statthalter? So etwas meinst du wahrscheinlich."
Ich nickte wiederum.
„Ja", sagte er lächelnd, „das darf man vermuten. Und deshalb ist es wichtig, dass die Dinge hier und andernorts geregelt werden und die richtigen Männer auf den richtigen Plätzen sitzen. Ich muss mich auf alle verlassen können, und du, mein lieber Pilatus, spielst dabei keine unwichtige Rolle."
„Was könnte ich in diesem Spiel der Großen beitragen?"
In Seianus Augen trat etwas Lauerndes, als er fragte: „Kennst du unsere Provinz Judäa?"
Ich dachte einen Augenblick nach, bevor ich zögernd antwortete: „Kennen wäre zu viel gesagt. Als junger Tribun tat ich in Syrien Dienst, in der Zwölften. Wir kämpften in Jerusalem bei einem Aufstand. Ich habe damals ..."
Ungeduldig winkte Seianus ab. „Genug, das reicht, du

kennst es also. Kurz gesagt, ich werde dich dem Kaiser als neuen ... Präfekten dieser Provinz vorschlagen."
Für einen Augenblick schien sich das Triclinium um mich herum zu drehen. Die Hand, die den Weinkelch führte, begann zu zittern. Doch nahm ich mich zusammen und brachte mit einigermaßen fester Stimme heraus: „Zum Präfekten?"
Einen Augenblick lang herrschte Stille, dann begann Seianus zu grinsen.
„Ganz recht, mein lieber Pilatus. Judäa ist zu klein und unwichtig, um es mit dem Rang eines Procurators zu besetzen, aber für einen Präfekten reicht es."
Er lachte laut auf. „Schau, den Valerius Gratus haben wir gerade als Präfekten von Judäa abgelöst, er sitzt wohl schon auf seinen gepackten Kisten. Elf Jahre war er im Amt, das reicht! Zeit für einen Wechsel!"
Ich blickte ihn neugierig an. Da musste doch wohl noch etwas gewesen sein. Seianus schien meinen Blick bemerkt zu haben.
„Er hat drei jüdische Hohepriester aus dem Tempel von Jerusalem abberufen und einen gewissen Kaiphas eingesetzt. Du wirst ihn sicher kennenlernen. Jedenfalls hat das für große Unruhe unter den Juden gesorgt und es wird an dir liegen, die alten Verhältnisse von Ruhe und Ordnung wiederherzustellen. Unruhe können wir in dieser unbotmäßigen Provinz nicht gebrauchen. Das verstehst du doch sicher, oder?"
Ich verstand nichts und nickte.
Er griff nach meinem Arm und zog mich halb über den Tisch, sein weingetränkter Atem streifte mich. „Deine Chance, Pilatus, deine große Chance. Heute Präfekt in Judäa, morgen vielleicht mein Nachfolger in Rom. Nur die Götter mögen wissen, zu welchen Ehren dein Weg dich noch führen wird."
Er senkte seine Stimme und flüsterte in vertraulichem Tone: „Der Kaiser wird bald siebzig, wie du weißt, und er ..."
„... hinterlässt keinen Sohn", ergänzte ich frech. Seianus nickte eifrig. „Ich sehe, wir haben uns verstanden. Aber

nichts davon darf diesen Raum verlassen, keine Silbe, verstehst du?"
Und ob ich verstanden hatte. Ich genehmigte mir einen großen Schluck des köstlichen Mamertiners, da fuhr Seianus schon fort: „Komm in zwei Tagen zur achten Stunde, dann werden wir mehr wissen!"
Ich war entlassen und mein Herz hüpfte vor Freude, als mich die Sklaven in der Staatssänfte nach Hause trugen. Ich glaube, ich habe in dieser Nacht keine Stunde geschlafen, und musste doch meine Begeisterung vor den fragenden Augen meines Weibes verbergen.

***

Zur vereinbarten Stunde fand ich mich auf dem Esquilin im Hause des Prätorianerpräfekten ein, der mich in feinster Toga empfing, ganz der Staatsmann, als der er nun zu gelten bestrebt war. Als er mich sah, stand er auf und kam mir mit raschen Schritten entgegen. Seine kräftigen Hände legten sich auf meine Schultern. „Es ist vollbracht, lieber Freund. Ich grüße den neuen Präfekten von Judäa. Darauf wollen wir trinken."
Er kredenzte mir einen rubinglänzenden Falerner und wir verzichteten ausnahmsweise beide darauf, ihn mit Wasser zu verdünnen. In frohem Klang schlugen die beiden silberziselierten Becher aneinander, das übliche Trankopfer für die Götter wurde vollbracht, und dann erscholl es aus zwei Kehlen: „*Vivat Imperator* – Der Kaiser möge leben!"
Es fiel mir auf, dass wie bei unserer letzten Begegnung keine Sklaven anwesend waren. Offenbar handelte es sich auch hier um eine vertrauliche Unterredung. Wie vertraulich, wurde mir schon bald klar, denn Seianus gönnte sich nicht viel Zeit. „Die Truhen sind gepackt, die Kisten verschlossen. In zwei Tagen wird Tiberius aufbrechen."
Er lehnte sich entspannt auf der Brokatliege zurück und pflückte genüsslich eine Weintraube. „Rom gehört nun mir,

mein Lieber, und je eher das den Leuten klar wird, umso besser. Aber nun zu dir. Du kennst Judäa nicht wirklich, nicht wahr?"
Ich schüttelte wahrheitsgemäß den Kopf.
„Nun, so lass dich warnen. Die Juden sind ein merkwürdiges Volk, trunken von Religion und in jeder Beziehung unbotmäßig. Zwar nur ein Fliegendreck auf der Karte unseres Imperiums, aber schwierig zu verwalten. Es kommt immer wieder zu Unruhen und kleineren Aufständen und du wirst Mühe haben und diplomatisches Geschick beweisen müssen, um diese Dinge in den Griff zu kriegen. Wenn es nach mir ginge, würde ich anders vorgehen, denn mir ist dieses Volk verhasst, aber unser großer Kaiser scheint einen Narren an ihnen gefressen zu haben. Wusstest du, dass diese Provinz als einzige das Privileg hat, nicht in unseren Armeen dienen zu müssen, keine Hilfstruppen stellen zu müssen?"
Er wartete die Antwort nicht ab, sondern fuhr mit erhobener Stimme fort, das Gesicht von Zorn gerötet: „Die Germanen tun es, die Gallier, die Syrer, die Britannier, die Hispanier – sie alle folgen klaglos dem Ruf in die Legionen, wenn sie gebraucht werden. Nur die Juden nicht! Bei Jupiter, was bildet sich dieses Volk nur ein?" Ohne eine Antwort abzuwarten, fuhr er schon fort: „Du wirst nur über eine kleine Zahl von Truppen verfügen. Keine regulären Legionen, sondern nur syrische Hilfstruppen, eine doppelte Ala und fünf Kohorten."
Ich überschlug die Zahl schnell: „Nicht mehr als dreitausendfünfhundert Mann!"
Seianus nickte. „Im Notfall kannst du von dem Legaten in Syrien, der über vier komplette und kampferfahrene Legionen verfügt, Hilfe anfordern. Übrigens unterstehst du ihm."
„Wer ist zurzeit Legat in Syrien?"
Eigentlich hätte ich in Vorbereitung dieses Gespräches mich um diese Information vorher kümmern müssen. Aber Seianus schien meine Wissenslücke nicht weiter zu stören.
„Es gibt keinen."
Ich muss ihn ziemlich überrascht angesehen haben, denn er

fuhr schmunzelnd fort. „Umso besser, nicht wahr? So wird dir niemand in deine Amtsführung hineinreden. Aelius Lama, der bisherige Legat, war zu unzuverlässig und wurde nach Rom zurückbeordert, übergangsweise residiert dort der Legat der Legio Sexta ferrata, ein gewisser Pacuvius. Wir werden auch diese Position neu besetzen, und sei gewiss, lieber Pilatus, wir werden das in unserem Sinne tun, und der neue Mann wird dir keine Schwierigkeiten machen." – Hierin sollte sich Seianus irren, wie der weitere Fortgang der Geschichte noch erweisen wird.

„Nun zu deinen Aufgaben: Neben den normalen Aufgaben, die einem Statthalter obliegen, wirst du die Stelle eines obersten Gerichtsherren einnehmen. Insbesondere ist es den Juden verboten, Todesurteile zu vollstrecken. Jedes einzelne Urteil bedarf deiner Legitimation. Du wirst dabei mit der oberen jüdischen Behörde zusammenarbeiten, der sich ‚Sanhedrin' nennt, eine Horde vergreister und törichter Narren, die nichts anderes zu tun haben, als sich noch törichtere Gesetze einfallen zu lassen, mit denen sie ihre armen Gläubigen quälen können."

„Zum Beispiel?"

„Sie dürfen die Räume eines Nichtjuden – sie nennen einen solchen ‚Goy' – nicht betreten, ohne unrein zu werden." Er lachte geringschätzig auf. „Hast du so einen Unsinn schon einmal gehört?" Ich stimmte in sein Lachen ein, dieser Brauch erschien mir doch recht absurd.

„Kein Nichtjude darf ihren Tempelbezirk betreten, ohne befürchten zu müssen, sofort hingerichtet zu werden. Würden wir hier in Rom auch so handeln, wäre das Forum voller Blut, nicht wahr, mein lieber Pilatus? Aber nun weiter zu deinen Aufgaben: Du wirst natürlich die vorgeschriebenen Steuern erheben und in voller Höhe", das sagte Seianus sehr betont, „hier abliefern. Was du dir an kleinen Privatsteuern einfallen lässt, ist deine Sache, aber übertreibe es nicht. Dein Amtssitz ist Caesarea, eine Stadt, in der es sich leben lässt, du wirst schon sehen. In regelmäßigen Abständen aber musst du in

Jerusalem nach dem Rechten sehen. Das ist ihre größte Stadt und sie macht uns oft genug Probleme. Dort hast du natürlich auch einen repräsentativen Amtssitz. Aber mach dir darüber keine Sorgen!"
Ich machte mir keine Sorgen. Meine Gedanken schweiften ab in das ferne Land, über die heißen Wüstenflächen zu jenen unbekannten Städten des Orients, die für die nächste Zeit meine Heimat darstellen würden. Meine und die meiner Claudia, denn ich war fest entschlossen, sie dorthin mitzunehmen, auch wenn das, wie ich wusste, ungewöhnlich war.
Die Stimme meines Gönners riss mich gnadenlos aus meinen Träumen.
„Übrigens wird dein Einkommen mit hunderttausend Sesterzen pro anno ordentlich, wenn auch nicht im Übermaß dotiert sein. Aber du hast nicht mehr viel Zeit. An den Kalenden des Juli solltest du dein Amt übernehmen. Was sagst du dazu?"
Ich sagte eigentlich nichts dazu, erbat mir aber den Cornelius als persönlichen Adjutanten, was mir sofort großmütig zugesagt wurde. „Den sollst du haben, mein Wort darauf. Ach, und wenn ich dir einen Rat geben darf, du solltest bis dahin alles an Informationen sammeln, was du über deine neue Provinz bekommen kannst. Bei Juno und Minerva, sie sind alle verrückt in diesem Land, alle, du wirst schon sehen."

XXXVII

Ich hatte mir die Empfehlung meines Patrons und Gönners zu Herzen genommen und aus Schriften und Büchern alle Informationen über die Provinz Judäa gesammelt, derer ich habhaft werden konnte. Da meine eigene Bibliothek beziehungsweise die meines Vaters zu diesem Thema nichts hergab, war ich gezwungen, die öffentlichen Bibliotheken aufzusuchen. Ich tat dies ungern, denn zum einen hatten Männer meines Ranges eigene Bibliotheken zu haben, zum anderen musste ich tausend Hände schütteln, tausend Glückwünsche entgegennehmen, denn meine Beförderung hatte sich in Windeseile herumgesprochen.
Doch – den Göttern sei Dank! – hatte der gute Asinius Pollio schon vor mehr als sechzig Jahre eine ordentliche, öffentliche Bibliothek einrichten lassen und der göttliche Augustus hatte auf dem Palatin in Sichtweite des Apollotempels eine weitere, gut bestückte Bibliotheca errichtet, die mir nun beide von Nutzen waren.
Außerdem stand mir das Staatsarchiv zur Verfügung, dessen mürrische Sklaven ich allerdings erst auf Trab bringen musste. Außerdem stand mir der gute Pontillus zur Seite, der stets die Bücher heraussuchen musste, die ich benötigte. Kein Abend, an dem er nicht den Staub der Bücher aushustete, den er am Tag eingeatmet hatte.
Viel war es insgesamt nicht, was ich an Informationen erhielt, dafür erschien die ferne Provinz doch zu unbedeutend, aber selbst das wenige wollte mir nur zum geringen Teil gefallen: Als Erstes fiel mir auf, dass die Juden ganz offensichtlich lediglich an einen Gott glaubten und der unerschütterlichen Überzeugung waren, dass er allein der Richtige war. Welche Arroganz!

Das widersprach meinen und damit den römischen Grundsätzen von religiöser Toleranz. Wie man weiß, gehen wir Römer sogar gerne so weit, dass wir die Gottheiten anderer von uns besiegter Völker übernehmen, obwohl wir doch selbst nicht gerade wenige haben. Aber die Furcht, vielleicht auch die nie ausgesprochene Ahnung, ein anderes Volk könnte Götter haben, deren Macht größer wäre als die der unsrigen, ließ uns von jeher zu dieser Überform von Toleranz greifen. Zudem glaubten die Juden, dass dieser Gott, den sie *Jahwe* nannten, ihnen einen sogenannten *Messias* schicken würde, der sie von aller Unbill zu befreien hatte. Damit konnte ja jedenfalls zurzeit nur die römische Fremdherrschaft gemeint sein.
Seianus jedenfalls hatte recht, sie mussten alle verrückt sein. Auf was hatte ich mich da eingelassen? Religiöse Eiferer, die die meisten von ihnen waren, duldeten vieles nicht, was in anderen Provinzen völlig normal war. Abgesehen davon erfuhr ich, dass Pompeius sich vor mehr als neunzig Jahren durch den Sieg über den armenischen König Tigranes der Provinz Syrien bemächtigt hatte und damit auch des Gebiets Judäa. Der große Caesar hatte den Juden verschiedene Privilegien eingeräumt, seine Nachfolger hatten sie ihnen bis zum heutigen Tag gelassen, ein Fehler, den ich dem alten Fuchs nicht zugetraut hatte. Eine Auflistung im Staatsarchiv zeigte mir, dass die Provinz Judäa erst seit zwanzig Jahren unter einem römischen Präfekten stand und es bislang vier Vorgänger gab, von denen mir lediglich Valerius Gratus, mein unmittelbarer Vorgänger, namentlich bekannt war. Außerdem hieß der jüdische Oberpriester, der offensichtlich eine herausragende Rolle im Lande spielte, Joseph ben Kaiphas. Valerius Gratus hatte ihn eingesetzt und Seianus hatte mir empfohlen, ihn und seine Loyalität einer kritischen Prüfung zu unterziehen. Nötigenfalls könnte ich einen neuen Hohepriester einsetzen, allerdings gälte es, gewisse Beziehungen zu berücksichtigen, die Kaiphas zum Kaiser habe. Näheres hatte Seianus nicht gesagt.
Ausgerüstet mit diesem wenigen Wissen eilte ich nach Hause, um meinem Weib die neue Aufgabe zu erklären.

Ich begab mich in das Atrium unseres Hauses und befahl einer Sklavin, Claudia zu mir zu bitten. Außerdem orderte ich gekühlten Wein und etwas Obst. Jetzt, zur Mittagszeit, brannte die Sonne schon erbarmungslos, und eine Erfrischung tat gut. Während ich mich entspannt auf die Marmorbank neben dem kleinen Springbrunnen setzte und die Wasserfontänen beobachtete, wie sie in ein Nichts auseinanderstoben, um wenig später doch wieder zu kühlendem Strahl zusammenzufinden, hing ich meinen Gedanken nach.
Ein wenig fürchtete ich doch Claudias Reaktion, galt es doch, das mondäne Rom mit einer unzivilisierten Wüstenstadt zu vertauschen. Umso überraschter, ja erfreuter war ich über ihre Reaktion. Sie küsste mich auf beide Wangen und sagte mit fester Stimme: „Als wir die Ehe schlossen, Liebster, habe ich die alte Treuformel gesprochen: *‚Ubi tu Gaius, ibi ego Gaia'* – Wo du sein wirst, werde auch ich sein. Das habe ich damals nicht nur gesagt, sondern auch gemeint. Überdies langweilt mich Rom."
„Langweilt dich? Die schönste Stadt der Erde langweilt dich? Die Perle unter den Metropolen?"
Ich war fassungslos. Claudia nickte einfach. Sie knabberte an einem Apfel und erwiderte: „Ob Rom die schönste Stadt der Welt ist, weiß ich nicht. Ich halte Rom und die Menschen, die hier wohnen, für ... oberflächlich. Die Gastmähler und Gelage, die Gespräche auf dem Forum, selbst die Zeremonien in den Tempeln sind inhaltsleer und bedeutungslos. Die Priester sind eitle Gecken, die den Dummen das Geld aus der Tasche ziehen. Es muss ... es muss mehr als das geben. Etwas, für das es sich wirklich lohnt zu leben."
Ich muss Claudia verwundert angestarrt haben, so ernst hatte ich sie vorher nie erlebt.
„Und du meinst, in diesem fernen orientalischen Land könnte etwas geben, was dich ... äh ... erfüllt?"
„Das mögen die Götter geben, wenn es sie denn gibt", meinte sie nachdenklich.
„Du zweifelst an unseren Göttern?"

Ich bemühte mich, etwas Entrüstung in meine Stimme zu legen, doch Claudia wischte sie unbekümmert weg.
„Schau sie dir an! Mich erinnern sie zu sehr an Menschen. Sie trinken, essen, lieben, hassen, sie töten und haben alle schlechten Eigenschaften, die du bei den Menschen findest."
Ich wagte einen Einwand, wurde aber recht brüsk unterbrochen.
„Sie morden und vergewaltigen, sie quälen den Menschen mit unsäglichen Foltern, und sie kennen kaum Erbarmen. Und Erbarmen macht doch einen Gott aus, oder?"
Claudia hatte sich in Rage geredet und ihr hübsches Gesicht zeigte das Rot der Erregung, das ich so liebte.
„Und hast du schon einmal erlebt, dass sie dein Gebet erhören? Was geben sie uns zurück für all die Dinge, die wir ihnen in den Tempeln darbringen?"
„Sie ... sie schützen Rom und uns alle, sie ..."
„Und wo waren sie, deine Götter, als Rom von den Galliern eingenommen wurde, als Hannibal vor den Toren stand? Wo, als du und deine Kameraden in den finsteren Wäldern Germaniens vom verräterischen Arminius überfallen wurden? Wenn sie Rom schützen, warum haben sie dann nicht diese furchtbaren Bürgerkriege verhindert, die Rom in den letzten hundert Jahren ausgezehrt haben wie die Seuche einen Kranken?"
Darauf wusste ich keine Antwort, gab aber doch zaghaft zurück: „Also gibt es keine Götter?"
Claudia lächelte nachsichtig. „Manche glauben, wie du sicher weißt, dass es sie gibt, dass sie aber sich weder um uns kümmern noch uns brauchen, nicht wahr?"
„Epicurus?!"
„Ja, die Epikuräer."
„Du bist einer ihrer Anhänger?", fragte ich verdutzt.
Doch Claudia schüttelte so entschieden den Kopf, dass ihre hochgetürmte Frisur in bedrohliches Wanken kam. „Gewiss nicht! Lies nach bei Lucrez. Wir bestehen, so sagt er, aus winzigen kleinen Teilchen, die nur der Zufall zusammen-

setzt. Sterben wir, löst sich alles wieder in ein Nichts auf."
Ich kannte *De rerum natura* gut. Das Hauptwerk des Dichters gehörte zum Pflichtprogramm jeder Bildung. Daher entgegnete ich mit einiger Überzeugung: „Aber damit will er uns nur von der Angst befreien. Wenn nach dem Tode alles zerfällt, dann brauchen wir weder Angst vor dem Tod noch vor den Göttern zu haben, denn es gibt keine Strafe. Keinen finsteren Tartarus, in dem Sysiphus auf ewig den Felsen rollt, kein Tantalus, der ..."
Sie unterbrach mich. „Keine Strafe, aber auch keinen Lohn!"
„Keinen Lohn? Wie äh ... meinst du das?"
„Was könnte den Menschen bewegen, ein ... sagen wir anständiges Leben zu führen, wenn es nicht später dafür einen Lohn geben würde?"
„Aber wer ..."
Claudia nippte an dem herrlich kühlen Wein und lächelte mich liebevoll an.
„Ich stelle mir die Götter anders vor."
„Und wie?"
Sie zögerte einen Augenblick und ihr Blick richtete sich in weite Ferne.
„Ich weiß es nicht, Liebster, aber wenn ich es gefunden habe, werde ich es wissen. Und jetzt gehe ich hinein. Ich muss Lucilla noch Anweisungen für das Abendessen geben."
Nachdenklich blieb ich zurück.

XXXVIII

Um die Nonen des Juni brachen wir auf. Die *Diana*, ein Schnellsegler der Flotte, brachte uns bei ruhiger See von Puteoli nach Caesarea. Vorher hatten wir alles in Rom geordnet. Das Haus blieb in der Obhut unseres treuen Verwalters, des Freigelassenen Gabinius, mit dem ich freilich verabredet hatte, dass er mir in regelmäßigen Briefen nicht nur Abrechnung über die Verwaltung des Gutes zu erteilen, sondern stets auch alle Neuigkeiten Roms zu übermitteln hatte, war er doch mein einziger Vertrauter dort. Wir hatten uns von Freunden und Familie verabschiedet und den halben Hausstand unter Claudias sachkundiger Leitung in Truhen und Kisten verpackt. Zu den wenigen Menschen, die ich beschlossen hatte mitzunehmen, gehörte Pontillus, mein ehemaliger Sklave, der mir viele Jahre als zuverlässiger Secretarius gedient hatte.

Er war auch als Libertinus in meinen Diensten geblieben und wurde mir später gar zum Freund. Und er ist es auch, der diese Zeilen für mich auf den Papyrus überträgt für dich, oh Nachwelt. Und er wird auch diese Schrift nach Rom bringen, auf dass sie dort verbreitet wird und aller Welt mitteilt, was wirklich geschehen ist. Aber ich will nicht vorweggreifen.

Dies alles geschah im Jahre 779 nach Gründung der Stadt und wir wussten nicht, ob und wann wir Rom wiedersehen würden. Neben einigen Sklaven hatte ich nur meinen persönlichen Adjutanten Cornelius aus Rom mitgenommen, der keinen Augenblick gezögert hatte, meiner Bitte Folge zu leisten, dazu eine kleine Truppe von zwanzig Mann zu unserem persönlichen Schutz. Bei strahlendem Sonnenschein und sengender Hitze erreichten wir den prächtigen kleinen Hafen von Caesarea, der schon von Weitem an seinem Leuchtturm zu erkennen war. Zwei mächtige Molen, auf denen weiß getünchte, in der Sonne blendende Lagerhäuser standen, dienten als Wellenbrecher, bildeten aber zugleich eine ausreichende Einfahrt. Mehrere gewaltige Bronzestatuen standen auf diesen Molen, sie stellten Augustus, Caesar, Tiberius und andere Mitglieder der kaiserlichen Familie dar.

Mein Blick wanderte landeinwärts und wurde von dem Anblick eines großen freien Platzes festgehalten, der von einem monumentalen Tempel beherrscht wurde.

„Der Tempel des göttlichen Augustus", raunte Phaidonius, der Kapitän der *Diana,* mir ehrfürchtig zu. „Die ganze Stadt ist dem großen Princeps gewidmet. Herodes wollte es so."

Ich nickte, das war mir bekannt.

„Seit zwanzig Jahren ist Caesarea Amtssitz des römischen Prokurators, Herr. Es wurde von Herodes, den sie hier ‚den Großen' nennen, erbaut und zu Ehren des Caesar Augustus nach ihm benannt. Es ist die bedeutendste Stadt Judäas."

Wieder nickte ich wortlos. Das alles wusste ich, hatte ich schon in Rom gelesen, und die Geschwätzigkeit des Mannes begann mich zu belästigen.

Und da ich den Augenblick in Ruhe genießen wollte und mir nicht nach Unterhaltung war, ließ ich ihn dies durch eine Handbewegung erkennen.

Im gleichen Augenblick trat Proculeia neben mich. „Unsere neue Heimat?"

„Für eine gewisse Zeit gewiss, Liebste. Gefällt sie dir?"

„Ich weiß noch nicht. Sie sieht sehr römisch aus, zugleich aber auch sehr fremdartig. Und diese Hitze." Sie schaute mich nachdenklich an. „Wird sie uns Glück bringen, Pontius?"

Ich griff nach ihrer Hand. „Die Götter werden mit uns sein? Schau, man erwartet uns." Inzwischen hatte die *Diana* mit einer eleganten kleinen Wendung den Landungssteg erreicht und festgemacht.

Dort wurden wir standesgemäß von einem Tribun namens

Aulus Fasenius begrüßt, der zwei Kohorten als Ehrenwache hatte antreten lassen.
„Ave Präfekt, ich grüße dich und deine edle Gemahlin!"
„Hab Dank, Tribun!"
Ich schaute mich bedächtig um. Alles strahlte Sauberkeit, Ordnung und Disziplin aus. Die Truppen standen in Reih und Glied, die Honoratioren der Stadt verliehen in ihren makellosen weißen Togen dem Bild Glanz und Würde, die Kais waren aufgeräumt, die anliegenden Schiffe sauber geriggt. Ich war zufrieden und doch ...
Der Tribun hatte meinen Blick bemerkt.
„Ist alles in Ordnung, Präfekt?", erkundigte er sich und seine Stirn verzog sich sorgenvoll.
„Ich vermisse meinen Amtsvorgänger. Ist er nicht zu meiner Begrüßung gekommen?"
„Der edle äh ... Valerius, er ist unpässlich, ich meine krank. Das Klima ... ja, das heiße Klima will ihm gar nicht bekommen. Die Jahre steter sengender Sonne haben seinen Körper ausgezehrt. Ich hoffe, du wirst ihm verzeihen ...?"
„Natürlich", entgegnete ich jovial und ärgerte mich doch gehörig. Was bildete sich der ein, mich nicht persönlich zu empfangen?
„Bene, dann können wir, wenn es dir recht ist, in die Stadt zu deinem neuen Amtssitz ziehen.
Aber ...", er stockte einen Augenblick.
„Ja?"
„Man, ich meine die Bevölkerung, wird dir keinen begeisterten Empfang gewähren."
„Ich weiß, man mag uns hier nicht besonders, nicht wahr? Wir gelten wohl immer noch als Besatzer?"
„Mehr noch, Präfekt, man hasst uns. Jeder hier hasst uns und es vergeht wohl keine Sekunde, ohne dass sie zu ihrem Gott beten, er möge uns alle in den Hades schicken."
Ich lachte leise. „Das war mir bekannt, sei ohne Sorge. Wir werden sie lehren, was römische Macht und Würde im Schatten des Adlers bedeuten. *Eamus* – Lasst uns gehen!"

Unser Einzug in Caesarea geschah ohne Pracht und Pomp und nahezu unter Ausschluss der Bevölkerung. Sengende Mittagsglut, die schwer auf den weißen Mauern der Stadt lastete, begleitete uns und machte das Atmen schwer.
Dunkle, fremdartige Gesichter warfen uns aus Ecken und Fensteröffnungen hasserfüllte Blicke zu, und manche Hand mag nach einem der Ziegel auf dem Dach gezuckt haben, um das schutzlose Haupt des verhassten Römers zu treffen, allein, es flog kein Stein, und kein Schrei störte den Frieden, als wir durch die engen, geradlinig verlaufenden Gassen zu meinem neuen Amtssitz marschierten. Den Anfang des Zuges machte die leicht bewaffnete Infanterie, dann die Bogenschützen, die Schleuderer, es folgte ein Trupp Schwerbewaffneter. Dahinter ritt ich auf edlem Ross, ein Lorbeerkranz als Zeichen des römischen Oberbefehlshabers kränzte mein Haupt. Mit hochfahrendem Blick muss ich wohl die Gassen und Häuser und die wenigen Menschen gemustert haben, die mir ihr Gesicht trotzig entgegenhielten.
Dahinter folgte in einer verhüllten Sänfte mein Weib Claudia mit ihren Dienerinen. Zum Schluss ertönte der tausendfache Schritt nägelbeschlagener Sandalen, ein langer Zug waffenstarrender Kohorten. Dieser Aufmarsch diente weniger zu unserem Schutz, sondern mehr dazu, die römische Macht in diesem fernen Land nachhaltig unter Beweis zu stellen, und wie ich später erfuhr, verfehlte er seine Wirkung nicht.

„Erzähl mir etwas über Caesarea, Tribun", forderte ich den neben mir reitenden Fasenius auf. Der schien auf diese Aufforderung geradezu gewartet zu haben, denn er sprudelte in einem Wasserfall von Worten los. „Also, wie du sicher weißt, wurde die Stadt von Herodes, den sie hier auch ‚den Großen' nennen, zu Ehren des großen Augustus gebaut und nach ihm benannt. Wir haben hier ein Forum, Thermen, ein großes Theater. Unser Wasser beziehen wird durch große Aquädukte vom Berg Karmel."

„Truppenstärke?", unterbrach ich ihn abrupt, obwohl ich die Antwort kannte.
„Fünf Kohorten, Präfekt. Vier hier, eine in Jerusalem. Dazu zwei Reiterschwadronen, alles Hilfstruppen."
Ich nickte, das hatte Seianus mir schon gesagt.
Mittlerweile hatten wir den am südlichen Rand der Stadt gelegenen Palast des Statthalters erreicht, jenes zweistöckige Gebäude, das Herodes einst unmittelbar am Meer auf den Klippen als eigene Residenz hatte errichten lassen. Weißer Marmor glänzte in der Sonne und zeichnete das Bild einer weitläufigen Palastanlage. Stolz gab uns Fasenius eine kurze Führung durch das Gebäude. Eine weite Treppe führte ins Obergeschoss, das durch lange Säulengänge einen unendlichen Blick auf das Meer gewährte. Heißer Wüstenwind streifte die Terrasse, führte kratzende Sandkörner mit sich, die sich auf der Kleidung absetzten.
Freudig fiel daher mein Blick auf das in den Felsen geschlagene Schwimmbecken, ein für römische Augen in dieser Größe ungewohnter Anblick.
Fasenius bemerkte meinen Blick. „Dein Vorgänger hat gerne ein kühles Bad hier genommen."
Ich nickte nur und nahm mir vor, es ihm gleichzutun. In dieser Hitze musste das ein Genuss sein.
Claudia ergriff meinen Arm und flüsterte zärtlich: „Wunderschön, Liebster. Wir werden uns hier wohlfühlen, meinst du nicht auch?"
Ich brummte etwas vor mich hin.
„Eigentlich", ergänzte sie leise, „ist es eleganter als unser Haus in Rom, nicht?"
Ich musste ihr zustimmen, Claudia hatte recht, hier ließ es sich leben.
Ich ließ meine Blicke noch über das Meer schweifen, als mich eine Hand sanft am Arm packte. Ich blickte auf. Pontillus war plötzlich neben mich getreten.
„Eine Rede, Herr!"
„Rede? Was für eine Rede?", gab ich unwillig zurück.

„Es ist Sitte, dass der neue Präfekt eine Rede hält. Ich habe sie, mit Verlaub, für dich aufgesetzt."
Dabei hielt er mir eine schmale Papyrusrolle unter die Nase.
„Sie sind schon alle versammelt, Herr!"
„Versammelt? Wer? Wo?"
„Im Innenhof. Die Mitglieder des Sanhedrin, sämtliche jüdischen Würdenträger, die Honoratioren der Stadt, dazu die Offiziere unserer Garnison. Sie alle warten!"
„Im Innenhof? Warum nicht im Haus? Da wäre es kühler und ..."
„Sie betreten das Haus eines Ungläubigen nicht, sie fürchten unrein zu werden", erinnerte er mich mit leisen Worten.
Ja, richtig, davon hatte ich ja in Rom gelesen! Diese verblendeten Narren! Ich würde sie noch lehren, wie man mit einem römischen Statthalter umging! So dachte ich damals, und erst später wurde mir klar, dass ich nicht weniger verblendet war als diese Männer. Nun, ich warf einen kurzen Blick auf die Rolle und begab mich dann seufzend zum Innenhof. Ich war nie ein großer Redner gewesen, aber ich sah ein, dass ich jetzt ein paar Worte sprechen musste.
So stand ich also wenig später auf dem Podest im Innenhof, um mich herum meine treue Garde, die ich aus Rom mitgebracht hatte. Ich sah mich um, sah in ihre schweigenden Gesichter. Sie starrten mich an, es müssen an die hundert gewesen sein. Bärtige Gesichter voller Abneigung, aber auch voller Neugier. Männer in langen, wallenden Gewändern. Das waren also die Hohepriester des Sanhedrin, vor denen mich Seianus gewarnt hatte. Dann die Würdenträger der Stadt in feinem Gewand mit unschlüssigen Gesichtern. Was würde der neue Präfekt bringen? Die Offiziere meiner Garnison, Centurionen, Tribune, Präfekten. Welche Befehle würde der Neue erteilen?
So viele Augen starrten mich an, so viele Fragen lagen in ihnen! Und ich sollte die Antworten geben. Jetzt – in dieser Rede, die der gute Pontillus für mich vorbereitet hatte. Ich sah kurz auf das Manuskript. Dann begann ich – und den Text der Rede habe ich heute noch im Kopf!

Denn er liegt vor mir. Der treue Pontillus hat den Text dieser Rede sowie eine Menge anderer Akten bei meinem Abschied mitgenommen. Ob er das durfte oder nicht, weiß ich nicht. Er tat es eben. Und ich konnte doch nicht wissen, dass seine Unbotmäßigkeit mir für das spätere Abfassen meines Testaments einmal hilfreich sei würde:

Freunde, Römer von Caesarea, ehrwürdige Herren des Sanhedrins,

ich komme aus dem fernen Rom, um euch die Grüße unseres allergnädigsten Kaisers Tiberius Claudius Nero zu überbringen, der geruht hat, mich mit der Verwaltung dieser Provinz zu betrauen. Ich bringe euch den Frieden, die Freundschaft und den Schutz Roms.

Wer ein Begehren hat, mag es vor mich bringen. Meine Tür und meine Ohren werden stets offen sein. (Ich wusste damals noch nicht, dass einige der Zuhörer das sehr wörtlich nehmen würden!)

Aber ich erwarte auch, dass es in dieser Provinz keine Probleme geben wird, wie sie mein Vorgänger, der geschätzte Valerius Gratus, mitunter gehabt hat. (Bei der Erwähnung dieses Namens durchzog unwilliges Raunen die Menge.)

Ihr werdet in mir nicht nur einen gerechten Sachwalter der Interessen Roms finden, nein, ich will auch eure Interessen und Bedürfnisse achten, so sie denn in Frieden vorgetragen werden. (Pontillus hatte sich wirklich viel Mühe gegeben! Aber eigentlich war es Unsinn! Sie mussten nur gehorchen!)

Ihr möget eure Götter (dabei zuckten einige merklich zusammen, da sie ja nur einen hatten) *in Frieden verehren, so wie ich den meinen diene.* (Bei diesen Worten zuckte tiefe Verachtung über die Mienen vieler Zuhörer.)

Rom öffnet seine Arme für euch, nehmt sie an und fühlt euch in ihnen geborgen! (Bei den Göttern, klang das pathetisch! Der gute Pontillus war ja ein wahrer Poet!)

So soll dies der Beginn einer angenehmen und erfreulichen Zusammenarbeit sein!

Es war eine kurze Ansprache, aber ich hoffte, damit einen guten Eindruck bei meinen Zuhörern hinterlassen zu haben, einen Eindruck, der spätere Probleme ausschloss. Pontillus nickte mir jedenfalls wohlwollend zu. Ein ehemaliger Sklave, der die Worte seines Herrn billigte, etwas, worauf ich früher keinerlei Wert gelegt hätte. Nun, er war zufrieden, ich war es auch und hoffte, meine Zuhörer wären es auch. Ich sollte mich täuschen.

***

Wir hatten uns sehr bald eingelebt. Claudia versetzte mit einer Schar von Sklaven und Dienern den Palast in einen wohnlichen Zustand und ich machte mich daran, die Akten und Schriftstücke zu studieren, die mir mein Vorgänger in reicher Zahl und weitgehend unbearbeitet zurückgelassen hatte. Übrigens hatten wir ihn und seine Frau schon am ersten Abend persönlich kennengelernt. Ein alter von der Sonne ausgetrockneter, griesgrämiger und ungeselliger Mann, der die Körner in der Sanduhr zählte, bis er diesem Land endlich für immer den Rücken kehren könnte, wie er es ausdrückte.

„Ein übler Streifen Land, Verehrter", krächzte er, „das Klima unerträglich und die Menschen nicht minder. Von morgens bis abends klagen sie, räsonieren über dies und jenes, nichts ist ihnen recht und ständig drohen sie damit, es nach Rom zum Kaiser zu melden."
„Was denn?"
„Alles, denn es gefällt ihnen nichts, was wir tun. Sie sind maßlos, ignorant und nicht selten trotzig wie kleine Kinder, denen man den Spielball abgenommen hat. Du wirst es noch erleben, Verehrter! Und dann dieser blindwütige Glauben, dem sie alles unterordnen. Sie sind trunken von ihrer Religion."
„Was ist schlimm daran?", wollte ich wissen und nahm einen kräftigen Schluck des gekühlten einheimischen Weines.

Valerius Gratus blickte angeekelt auf mein Glas. „Wie vermagst du das nur zu trinken?"
Er schüttelte sein schmales Gesicht vor Abscheu und wartete eine Antwort nicht ab. Er faltete die mageren Hände über seiner abgeschabten Toga und fuhr mit krächzender Stimme fort:
„Was schlimm daran ist? Sie messen alles, was sie tun, an ihren Schriften. Dabei legt sie jeder hier anders aus. Was die einen loben, wird von den anderen als Frevel geschmäht.
Und dann diese verschiedenen Volkschaften und Richtungen. Da sind die Galiläer, Pharisäer, die Sadduzäer, die Essener, die Samariter. Nicht zu vergessen die fanatischen Zeloten! Sie beten angeblich zum gleichen Gott und legen ihren Glauben doch völlig verschieden aus. Die einen essen Fleisch vom Schwein und werden dafür von den anderen gehasst. Für die einen ist ihr Tempel das höchste Heiligtum, die anderen würden am liebsten Schafe und Ziegen hineintreiben. (Ich erinnere mich daran, dass Jahre später Herodes Antipas nahezu den gleichen Wortlaut wählte!) Für Ungläubige wie uns haben sie nur Verachtung, wir dürfen ihre Häuser nicht betreten, denn wir bringen Unreines mit! Unrein! Wir, die Nachfahren göttlichen Blutes! Ha!"
Er verzog seine Miene zu einem geringschätzigen Lächeln und offenbarte kleine gelbe Zähne.
„Und dann dieses ständige Warten!"
„Warten. Worauf?"
„Auf ihren Gesalbten, ihren Heilsbringer, ihren Messias."
Ich blickte ihn fragend an. Valerius machte ein Gesicht, als habe er in eine Zitrone gebissen. „Es steht in ihren heiligen Büchern. Bald soll er kommen, geschickt von ihrem großen und einzigen Gott.
Ihr Gott hat sich gerade dieses Volk ausgewählt, um über die Welt zu herrschen. Was für eine Wahl! Offenbar", er lachte wieder geringschätzig auf, „glauben sie, dass er sie auch von unserem Joch befreien werde."
„Also ein Aufrührer", meine Neugierde war geweckt.

Der alte Präfekt wiegte sein Haupt nachdenklich hin und her. „Bei den unsterblichen Göttern, wer kann das so genau wissen? Jedenfalls empfehle ich dir", ein trockener Hustenanfall unterbrach seine Empfehlung und er griff hastig nach seinem Wasserglas (ein solcher Epikuräer trank natürlich keinen Wein!), „deine Spione auszuschicken. Ich hatte die meinen, und die hielten mich immer auf dem Laufenden. Hüte dich also vor den Juden – und vor allem vor ihrem Messias, den sie ihren Erlöser nennen. Von ihm droht Gefahr – für Rom und für dich."
Dabei wiesen seine gichtigen Finger beschwörend auf mich, bevor er in den nächsten Hustenanfall ausbrach. Bei meiner Ehre, dieser Mann war mir nicht angenehm. Er erinnerte mich an die Erzählungen über den alten Cato, jenen strengen und humorlosen Erzrömer, dem jede Lebenslust fremd war, und so mochte ich es kaum als Verlust empfinden, dass er sich zusammen mit seiner Frau zwei Tage später einschiffte, um die ungeliebte Provinz für immer zu verlassen.

Wir aber richteten uns ein und fanden das Leben erträglich. Claudia hatte sich bald mit einigen Offiziersfrauen und griechischen Kaufmannsgattinnen angefreundet und daraus entstand ein Kreis von Frauen, der sich einmal in der Woche traf, um über die Götter und die Welt zu diskutieren. Ich empfand meine Tätigkeit als wohltuend und leicht, die Juden behandelten mich mit Respekt – und Distanz. Ihrem Sanhedrin war ich vorgestellt worden und hatte – wie in meiner Antrittsrede versprochen – für ihre Belange ein offenes Ohr zu haben, ein Versprechen, das mich bald reuen sollte.
In meiner Arbeit wurde ich von einem kleinen Stab unterstützt, den Offizieren der Garnison und einigen wenigen Honoratioren der Stadt, sämtlich vertrauenswürdige Griechen und Römer, nicht zu vergessen natürlich Cornelius, meinen Freund und Vertrauten, dessen Loyalität mir von Anfang an von größter Hilfe war, dazu noch der getreue Pontillus als Schreiber und Dolmetscher.

Zu den Juden hatte ich kaum Kontakt – ich suchte ihn auch nicht, später sollte sich das ändern. Fünf Monate verbrachte ich so meinen Dienst und dankte Fortuna für ihre Güte.
Die Probleme begannen mit Einbruch des Winters.

XXXIX

Es war schon unter meinen Vorgängern üblich gewesen, die Truppen von Caesarea zu Beginn des Winters ins Winterlager nach Jerusalem zu führen und gegen die dortigen Truppen auszutauschen. Dies brachte für beide Truppenteile eine Abwechslung in den monotonen Dienst und gab mir die Möglichkeit, mich von der Einsatzfähigkeit des jeweils anderen Truppenteils zu überzeugen.
Am Abend vor dem Aufbruch bat Cornelius, der die Truppen begleiten sollte, mich um ein Gespräch. Wir genossen den kühlen Abendwind auf der Terrasse und dazu einen kleinen Imbiss, während Cornelius mit sorgenvoller Miene das Gespräch aufnahm. „Ich weiß, lieber Freund, dass du für meine Ratschläge immer offen warst, und so zögere ich auch jetzt nicht, dir einen solchen zu erteilen."
Seine Förmlichkeit erstaunte mich und ich blickte ihn fragend an, aber schon fuhr er fort: „Es geht um die Legionsstandarten!"
Ich muss ein ziemlich verdutztes Gesicht gemacht haben. „Um die Standarten? Bei Mars, was ist falsch mit ihnen? Tragen wir sie nicht schon seit den Zeiten des Marius mit uns? Sie sind die Zeichen unserer Stärke, unserer Macht. Sie tragen die Bilder unserer Götter, unseres Kaiserhauses."
Cornelius zögerte einen Augenblick.
„Eben! Wie ich von den Offizieren, die hier schon länger Dienst tun, gehört habe, dulden es die Juden nicht, dass man solche Standarten in ihre Heilige Stadt bringt, weil sie mit menschlichen Abbildern geschmückt sind."
Ich hätte mich fast an dem sauren Landwein verschluckt, den ich sowieso kaum über die Lippen brachte. „Sie dulden es nicht?"

„Ihr Gott verbietet es, Abbilder anzufertigen!"
Meine Stimme wurde lauter.
„Was soll das heißen? Seit wann macht es ein römischer Präfekt von der Laune närrischer Provinzbewohner abhängig, welche Legionszeichen er durch ihre Länder trägt? Und wie kommen solche Beschwerden überhaupt an dich?"
„Es gibt da einen reichen, jüdischen Kaufmann namens Josef von Arimathäa. Er ist auch Mitglied ihres Sanhedrins und die Offiziere hier wie auch ich pflegen gelegentlich Umgang mit ihm. Er ist ein verständiger Mann, uns wohlgesonnen und nicht so unduldsam und verstockt wie viele seiner Glaubensgenossen. Er hat uns darauf hingewiesen. In ihrer Religion ist es verboten, Bilder mit menschlichen Zügen anzufertigen, sie aufzustellen oder gar ihnen Opfer zu bringen, wie wir es mit unseren Legionsadlern tun."
In der Tat pflegten unsere Legionsstandarten neben dem Adler ein Bild des Kaisers zu tragen, in diesem Fall ein solches des Augustus. Waren sie auf dem Kasernengelände aufgestellt, so wurden ihnen Opfer gebracht, denn schließlich war Augustus zu Recht zu einem Gott erhoben worden. Diese Gedanken geisterten durch meinen Kopf, während ich nachfragte: „Und warum stört es diese Narren nicht, dass die Standarten hier in Caesarea stehen und beweihräuchert werden?"
„Caesarea ist nicht Jerusalem. Caesarea empfinden sie als römische Stadt und kein wahrer Jude wird hier seinen Wohnsitz nehmen. Jerusalem aber ist die Heilige Stadt ihres Gottes, dort steht ihr Tempel. Sie würden eine solche Handlung als Sakrileg empfinden und wohl kaum hinnehmen. Sie haben ein göttliches Gebot, das ihnen dieserlei verbietet."
„Was für ein göttliches Gebot? Wie haben das meine Vorgänger gehandhabt?" Ich fuhr zornig durch meine Haare.
„Valerius Gratus hat auf den Bilderschmuck verzichtet und nur die Kohortenstandarten mitgenommen, die keine Bilder tragen. Und was das Gebot anbetrifft, so höre." Cornelius griff nach einer Schriftrolle, die in seinem Gewand gesteckt hatte, und zitierte mit ernster Stimme: „Du sollst neben mir

keine anderen Götter haben! Du sollst dir kein Bild machen von dem, was oben im Himmel oder unten auf der Erde oder im Wasser unter der Erde ist. Du sollst dich nicht vor ihnen niederwerfen und …"

„Genug!", rief ich. „Was ist das für ein Unsinn? Die Juden haben keine Bilder, ja und? Das gilt ja wohl für sie, nicht für uns. Es sind unsere Bilder, Bilder des Kaisers, und uns sind sie heilig. Was geht es diese Narren an, welche Bilder wir auf unseren Fahnen und Standarten haben! Überhaupt, was ist das für eine Schrift, aus der du das liest?"

Cornelius reichte mir die Rolle. „Es ist ihre ‚Heilige Schrift'. Eine Schrift, die ihnen ihr Gott vor vielen Jahrhunderten bereits gab. Und was ich da las, war eines der Gebote, die sie die ‚Zehn Gebote' nennen, sozusagen eine … äh … Verfassung, ein heiliges Grundgesetz."

Einen Augenblick herrschte völliges Schweigen. Ich war verwirrt. Nahm ich die Bilder ab, beleidigte ich den Kaiser, ließ ich sie an den Standarten, beleidigte ich die Juden. Vielleicht kam es gar zu einem Aufstand? Den konnte ich gerade zu Beginn meiner Amtszeit nicht brauchen, gewiss nicht. Wie hätte sich das in Rom gemacht? Nicht auszudenken!

Ich fasste einen Entschluss, den ich fröhlich Cornelius mitteilte: „Ich habe die Lösung, lieber Freund!" Cornelius blickte mich neugierig an. „Die Bilder bleiben dran! Aber erstens werden wir sie verhüllen, und zweitens wird die Truppe des Nachts nach Jerusalem einziehen, und so wird keiner der Narren es merken!"

Cornelius blickte mich nachdenklich an, ihn hatte ich wohl nicht überzeugen können. Egal, mein Befehl galt! Und so geschah es dann.

Mitten in der Nacht betraten meine Truppen die Hauptstadt der Juden, nur der Mond war Zeuge, der den Zug mit seinem blassen Schein begleitete. Nur der Mond … und tausend verborgene Augen, die zwischen den Fensterläden die Gassen beobachteten. Die Bildnisse auf den Standarten waren verhüllt und wurden erst im Lager wieder von ihrer unwürdigen

Hülle befreit. Man meldete mir in Caesarea, dass es keine unangenehmen Vorkommnisse gegeben habe und so war ich zufrieden. Doch hätte ich geahnt, was dann passieren würde! Schon nach zwei Tagen standen Hunderte von Juden aus Jerusalem vor meinem Palast und schrien Dinge, die ich nicht verstand. Meine Dolmetscher sagten etwas von Gotteslästerung und Sakrileg, doch achtete ich dieser Leute nicht. Am dritten Tag war die Menschenmenge auf gut tausend angestiegen, was mich veranlasste, die noch verbliebene Truppe in Alarmbereitschaft zu versetzen. Wie vermisste ich die schon nach Jerusalem entsandten Einheiten! Am Abend des dritten Tages kam ein von ihnen geschickter Grieche (denn die Juden betraten allenfalls den Innenhof meines Palastes) und überbrachte ihre Forderung.
„Ehrwürdiger Präfekt! Der Sanhedrin von Jerusalem und die draußen wartenden Juden bitten mich, Xenopholion, Euch diese Petition zu übergeben."
Er überreichte mir ein Schriftstück, das in grauenhaftem Latein geschrieben war und den sofortigen Abzug der Standarten verlangte. Sie könnten eine solche Gotteslästerung unmöglich hinnehmen. Und sie würden auch nicht eher weggehen, bis ich dieser gottgewollten Forderung nachgekommen wäre. Ich dankte dem Boten und entließ ihn sogleich.
Dann rief ich meinen Beraterstab zusammen, da ich zu ahnen begann, welches Ausmaß dieses Problem noch annehmen könnte. Meine Berater rieten mir zu Geduld. „Mögen sie dort draußen warten, bis Hitze und Regen sie in ihre Häuser vertreiben", riet ein alter Tribun, der schon seit mehr als zehn Jahren im Lande Dienst tat.
„Zeig ihnen unsere Macht, Präfekt, und lass die Kohorte aufmarschieren", riet ein anderer.
Cornelius riet zu Mäßigung und Verhandlung. Und ich? Ich wusste mir keinen Rat. Und während unserer Beratung gellten die Schreie der Juden in unseren Ohren. Sie gellten noch in der Nacht.
Ich schlief schlecht in dieser Nacht, umso mehr, als mein

Weib mir dringend riet, den Wünschen der Juden nachzugeben. „Lass ihnen ihren Willen, Gaius, du vergibst dir nichts. Den Kaiser im fernen Rom wird es kaum berühren, wenn du die Bilder abhängst. Du aber hast Ruhe und Frieden wieder hergestellt, wie es deines Amtes ist."

So vergingen drei Tage. Die Menge wuchs an und weder die Hitze, die in jenem Land auch im Winter mitunter zu finden ist, noch der Regen, der sich in ergiebigen Schauern über die Menge ergoss, vermochte sie zu vertreiben. Nein, sie hatten Zelte aufgeschlagen, backten ihr Brot und schienen sich ganz und gar häuslich niederzulassen. Eine Schar fröhlicher Händler hatte sich um sie herum eingefunden und versorgte die unbotmäßige Menge mit allem, was sie brauchte. Ein Albtraum! Die Sorgen, die ich mit in die Nachtruhe nahm, quälten mich derart, dass von erquickendem Schlaf nicht mehr die Rede sein konnte.

Am nächsten Morgen hatte ich gehofft, dass das Problem vielleicht doch gelöst sei, denn ich wurde nicht vom fanatischen Geschrei der Juden geweckt. Aber ein Blick aus dem Fenster zeigte mir, dass die Menge der Juden sich eher noch verdoppelt hatte, nur dass sie in empörtem Schweigen verharrten. Meine Geduld war zu Ende!

Ich gab der Palastkohorte den Befehl, die Menge zu umstellen, und ließ in aller Eile ein Rednerpult aufbauen, von dem ich aus zu den fanatischen Menschen sprechen wollte. Doch sie hörten mich kaum an, brüllten immer nur: „Gotteslästerung! Götzendienst! Sünde! Fort mit den Bildern!"

Da übermannte mich der Zorn. Ich gab meinen Offizieren den Befehl, die Schwerter ziehen zu lassen. Doch, oh Leser der Nachwelt, ahnst du, was geschah? Die Menschen, Frauen und Männer, Kinder und Greise, sie legten sich nieder und boten den entblößten Nacken dem Schwertstreich dar. Zugleich schwoll ihr Geschrei zu einem furchterregenden Inferno an.

„Wir werden lieber alle sterben, bevor wir diese Lästerung unseres Gottes hinnehmen. Hinweg mit den Götzenbildern! Hinweg! Hinweg!"

Ihr Geschrei begleitet mich manchmal noch heute in meinen Träumen, geradeso wie das Gesicht des Gekreuzigten, von dem ich noch berichten werde.
Ich raste vor Wut. Sollte ich den maßlosen Forderungen des Pöbels etwa nachgeben. Und was sollte ich nach Rom berichten? Sollte ich von einem Aufstand berichten, so kurz nachdem ich mein Amt angetreten hatte? Würde ich aber die Bilder entfernen, müsste man mir das nicht als unrömische Schwäche auslegen? Wie würde der Kaiser regieren? Über Stunden rasten die Gedanken durch mein Hirn. Endlich fasste ich einen Entschluss.
Ich gab den Befehl, die Truppen mit den Bilderstandarten wieder aus Jerusalem zurückzuziehen und gegen die hiesigen Truppen auszutauschen. Diese Entscheidung ließ ich durch Xenopholion mitteilen, was einen Jubelsturm zur Folge hatte. Stunden später war das Gelände um den Palast herum leer, allerdings waren Berge von Unrat zurückgeblieben. Einzig die Kaufleute von Caesarea waren traurig, einen großen Kundenstamm verloren zu haben, wir anderen waren froh, dass dieser Albtraum zu Ende war.

Was soll ich noch sprechen von den anderen Problemen, die mir dieses unbeugsame Volk bereitete? Ob ich Münzen prägen ließ oder ob ich, zu ihrem eigenen Vorteil, die alte Wasserleitung nach Jerusalem reparieren ließ und dazu den erforderlichen Geldzuschuss von ihnen aus ihrem Tempelschatz forderte, immer nur stieß ich auf Widerstand und Ablehnung. Die Wasserversorgung diente angeblich zur Versorgung meiner eigenen Burg in Jerusalem und das Geld hätte ich in profaner Weise aus ihrem heiligen Tempelschatz entnommen. Welchen Unsinn ließen sich doch meine Widersacher einfallen, um meine Person zu verunglimpfen! Ich stand alle diese Dinge erfolgreich durch, was freilich meine Beliebtheit bei den Juden nicht steigerte. Doch dies war mir gleichgültig. Mochten sie mich doch hassen, wenn sie mich nur respektierten! Rom hatte mich an diesen Platz gestellt, und ich hatte meine Aufgaben zu erfüllen! Und genau dies tat ich.

So verging die Zeit. Ich hatte mich eingewöhnt, Claudia ebenso. Selbst die raue Sprache der Bewohner wurde uns langsam vertrauter. Ich plante umfangreiche Baumaßnahmen in Caesarea wie die Hafenerweiterung oder eine Basilica und inspizierte pflichtgemäß in sporadischen Abständen die Burg Antonia, meinen Amtssitz in Jerusalem. Ich lud die Fürsten der umliegenden Tetrarchien ein und fand in ihnen gebildete, uns Römern loyal ergebene Männer. Einmal unternahm ich mit Claudia einen Gegenbesuch bei Herodes Antipas, dem Tetrarchen von Galiläa, der übrigens auch ein Günstling Seianus' war. Ohne Zweifel ein unterhaltsamer und gebildeter Mensch, wenn auch von einiger Arroganz. Ich werde noch von ihm berichten.
Weitere Reisen führten uns nach Antiochia zu Pacuvius, dem Vertreter des immer noch abwesenden Statthalters Aelius Lama. Pacuvius stellte sich als lebensfroher Anhänger Epicurs heraus und schenkte uns wahrhaft angenehme, abwechslungsreiche Tage in Theater und Circus. Sogar mit Kaiphas, dem jüdischen Oberpriester und Vorsitzenden des Sanhedrins, verband mich inzwischen zwar keine Freundschaft, aber eine respektvolle Beziehung, war ich doch auch derjenige, der seine Bestallung alljährlich zu verlängern hatte.
Aus Rom erhielt ich wie verabredet regelmäßig Briefe meines treuen Verwalters, der mir nicht nur die regelmäßigen Abrechnungen über die Gutsverwaltung vorlegte, sondern mich auch über die neuesten Entwicklungen in der Hauptstadt aufklärte. So erfuhr ich auch, dass Kaiser Tiberius, seit er sich nach Capri zurückgezogen hatte, Rom nicht mehr betreten hatte und die Stellung meines Gönners Seianus sich derart gefestigt hatte, dass ihm fast uneingeschränkte Machtbefugnisse zukamen. Ja, man feierte in Rom inzwischen sogar öffentlich seine Geburtstage und verehrte goldene Statuen von ihm, die auf dem Forum aufgestellt waren. Das erschien

mir recht ungewöhnlich, freute mich aber, denn in gleichem Maße musste sich meine Stellung hier in der Provinz festigen.
Auch erhielt ich mehrfach Briefe von Seianus, in denen er mich für meine gelungene Verwaltung belobigte und mich zu hartem Durchgreifen gegen die Juden im Falle der Unbotmäßigkeit ermunterte. Für die Affäre mit den Standarten kam der Rat reichlich spät, aber ich war gleichwohl für diesen Rat dankbar und folgte ihm später stets gerne, war ich doch der festen Überzeugung, dass man nur so diese schwierige Provinz regieren könne.
Unter dem Protektorat dieses großen Mannes fühlte ich mich vor allen Nachstellungen sicher, denen die Provinzpräfekten aus Neid oder anderen niederen Beweggründen so oft ausgesetzt waren, und durfte mir außerdem berechtigte Hoffnung auf baldige Ablösung und Beförderung nach Rom machen.

Doch Fortuna ist launisch, und wen sie heute begünstigt, den mag sie morgen ins Verderben stürzen. Und doch fürchtete ich in meiner Blindheit ihre Launen nicht. Ich fürchtete sie nicht ... bis zu jenem Tag, der mein Leben tatsächlich für immer verändern sollte, und nicht nur meins! So höre denn, geneigte Nachwelt, wie sie mir mitspielte, mir, dem Opfer ihrer üblen Launen!

XL

Drei Jahre tat ich nun schon Dienst im fernen Land und alles verlief ruhig und ohne weitere Zwischenfälle, bis zu eben jenem Tag, an dem Fortuna beschloss, mein Schicksal wieder in ihre Hand zu nehmen und nach Laune damit herumzuspielen.
Cornelius bat mich nämlich um ein Gespräch. Wir hatten uns in letzter Zeit wenig gesehen, weil er in meinem Auftrag ständig unterwegs war, meist in zivil, um sich im Land umzuhören und mir jedes aufkeimende Problem zu melden. Ich hatte aus der Schilderaffäre gelernt. Doch Cornelius hatte sich verändert; seine humorvolle Art war einem würdigen Ernst gewichen und wir, die Freunde aus heiterer Jugendzeit, lachten nur noch selten. Irgendwie hatte das fremde Land einen anderen Mann aus ihm gemacht. Er sprach inzwischen sogar leidlich die Sprache der Juden, hatte sich einen Vollbart wachsen lassen (was ihm den Spott seiner Kameraden eintrug), und ein Fremder hätte wohl Schwierigkeiten gehabt, ihn von einem syrischen Kameltreiber zu unterscheiden.
„Ich bin da auf einen merkwürdigen Mann gestoßen, Präfekt."
Er hatte sich aus unerfindlichen Gründen angewöhnt, mich bei dienstlichen Gesprächen mit meinem Titel anzureden, was ich ihm nicht abgewöhnen konnte.
„Erzähle, mein Freund, aber vorher stärke dich!"
Ich goss ihm einen kräftigen Schluck einheimischen Weins ein, vermischte ihn mit Wasser, damit er nicht zu sauer schmeckte, und deutete auf eine Schale mit Obst und Gebäck. Cornelius nippte nur kurz an dem Wein, verzog leicht den Mund und kam sofort zur Sache.
„Der Mann heißt Johannes und stammt, soweit ich weiß, aus einem uralten jüdischen Priestergeschlecht, das bis in die Wurzeln dieses Volkes zurückgeht."

Er machte eine kurze Pause, als ob das schon etwas wäre, was mich beeindrucken könnte.
„Weiter!", sagte ich ungeduldig.
„Ein Mann in einer härenen Kutte aus Kamelfell, bärtig und langhaarig. Lebt von Heuschrecken und wildem Honig und achtet der Dinge, die wir unter Zivilisation verstehen, wenig. Ein Asket, man möchte an Diogenes denken."
Er machte eine weitere Pause und nahm sich etwas von dem Gebäck, an dem er lustlos herumknabberte. Seine Worte hatten mich neugierig gemacht. Gleichzeitig weckte die Pause meine Ungeduld. Ich musste lächeln, wenn ich an jenen verschrobenen Philosophen Diogenes dachte, der einen geschenkten Löffel mit der Begründung ablehnte, er habe doch seine Hände. Und als der große Alexander ihn gefragt hatte, was er sich wünsche, hatte er nur gesagt, dass er ihm doch aus der Sonne gehen möge. So ein Sonderling war also auch der bärtige Wüstenmann?
„Diogenes, na gut. Und was weiter? Bei Juno, lieber Freund, was willst du mir sagen? Solche Leute laufen doch hier in Massen herum. Sie stehen an allen Ecken und verkünden den Untergang der Welt und ähnlichen Unsinn."
Cornelius schüttelte entschieden den Kopf. „Er ist anders, Präfekt, und man muss ihn ernst nehmen. Er ruft die Menschen auf, Buße zu tun und ihr Leben zu ändern. Er versammelt das Volk um sich und predigt. Um ihn herum ist eine ...", er suchte nach dem richtigen Wort, „eine ... äh ... Aura von Liebe und tiefem Glauben."
„Aura? Ruft er nicht zur Gewalt auf? Hetzt er gegen uns Römer?"
Cornelius schüttelte entschieden den Kopf. „Nie hörte ich ein böses Wort von seinen Lippen, Hass scheint ihm fremd zu sein. Er spricht immer nur von Liebe und Barmherzigkeit. Und dann ...", Cornelius machte eine kurze Pause und blickte versonnen auf seinen Weinkelch, „er scheint auf jemanden zu warten. Ja, mehr noch, es macht den Eindruck, dass er jemandem den Weg bereitet."

Ich blickte den Freund verständnislos an. „Erkläre dich, wie meinst du das?"
„Nun, er ... er räumt Steine und Sträucher aus dem Weg, ebnet kleine Pfade, baut gar Stege über Bäche und vieles mehr."
„So nimmt er uns und unseren Baulegionären die Arbeit ab", lachte ich. „Was also ist Besonderes an ihm?"
Cornelius bedachte mich ob meines scherzhaften Einwurfes mit einem wenig freundlichen Blick.
„Er taucht die Menschen in das Wasser des Jordan, das nennt er ‚Taufe'. Dieses Ritual reinige Körper und Seele und bereite sie vor für die Ankunft des Erlösers, eines Mannes, der viel größer als er selbst sei!"
„Ein Erlöser?"
Bei diesem Wort tauchte aus dem Nebel der Vergangenheit die dürre Gestalt meines Amtsvorgängers auf. „Hüte dich vor den Juden, und vor allem vor ihrem Messias, den sie Erlöser nennen. Von ihm droht Gefahr – für Rom und für dich!"
Und ich fühlte mich zurückversetzt in die staubtrockene Bibliothek des Asinius Pollio, wo ich in den Schriften von jenem Erlöser gelesen hatte. Aber das war doch ...
„Unsinn!", rief ich. „Messias! Erlöser! Alles Aberglaube! Die Juden glauben das seit Jahrhunderten und nie ist er gekommen."
„Du solltest das ernster nehmen, mein Freund."
Ich blickte ihn verwirrt an. „Ernster?"
„Dieser Mann ist ein heiliger Mann. Jüdische Soldaten haben ihn, wie ich gehört habe, gefragt, was sie tun sollten. Und er hat geantwortet: ‚Tut niemandem Gewalt an, erpresst niemanden und begnügt euch mit eurem Solde.' Das klingt nicht nach Aufruhr, sondern einfach nur vernünftig. Und viele dieser Soldaten wurden seine Anhänger."
„Anhänger?"
„Ja, er schart viele Menschen um sich, die ihn hören wollen und seiner Lehre folgen. Aber an ihm ist nichts Bedrohliches für uns. Vielleicht kündigt er wirklich einen Erlöser an."
Ich brachte ein krächzendes Lachen hervor. „Cornelius, alter

Freund! Du wirst dich doch nicht von einem orientalischen Märchen beeinflussen lassen."

Unbemerkt war Claudia hinzugetreten und lauschte gespannt den Worten meines Centurios.

„Was für ein Märchen, Gaius?", fragte sie und legte liebevoll den Arm um mich. Aber ich Narr, der ich war, mochte sie jetzt nicht dabeihaben. Könnte ich doch jenen Augenblick zurückholen!

„Liebste, sei so gut und verlasse uns noch für einen Augenblick. Cornelius und ich haben ... äh ... noch Dienstliches zu besprechen."

Claudia blickte mich einen Augenblick lang traurig an, dann hauchte sie mir einen Kuss zu und verließ uns ohne Widerrede, nicht ohne Cornelius einen aufmerksamen Blick zu widmen. Später hörte ich, dass sie sich unmittelbar nach dem Gespräch alles von Cornelius hatte berichten lassen. Ich aber hatte genug gehört.

„Wir wollen die Sache beenden, lieber Freund. Nimm dir ein paar Männer, lass jenen Mann weiter beobachten und berichte mir alles, was er sagt und tut und", ich konnte ein Lachen kaum unterdrücken, „sage mir, wenn ihr Erlöser gekommen ist."

Cornelius verließ schweigend den Raum. Er lachte nicht.

Drei Wochen später erhielt ich eine Einladung von Herodes Antipas. Es war dies keine gewöhnliche Einladung. Der Fürst feierte seinen Geburtstag und solche Feste dauerten, wie es an orientalischen Fürstenhöfen üblich war, eine gute Woche. So kam es auch in dem Schreiben zum Ausdruck:

Herodes Antipas, Tetrarch von Galilaea
an den hochedlen Gaius Pontius Pilatus,
Praefect von Iudaea

Wir beehren uns, den ehrenhaften Praefecten und seine edle Gattin Claudia Proculeia zur Feier unseres Ge-

burtstages in unseren Palast zu Machaerus einzuladen. Wir wären entzückt, wenn der edle Praefect uns die Gunst erweisen würde, während der achttägigen Feier unser Gast zu sein.

Mit dem Gruß der Liebe und Achtung
Herodes Antipas

Wenig später brachen wir auf. Während der ganzen Reise maulte Claudia, was ich sehr ungewöhnlich fand.
„Müssen wir wirklich dahin?"
„Was hast du, meine Liebe?"
„Ich kann ihn nicht ausstehen!"
„Herodes Antipas? Was hast du gegen ihn, er ist geistvoll und höflich und …"
„Er ist ungehobelt und er ist … gottlos!"
„Bei allen Göttern, wie bitte meinst du das?"
„Er lebt mit der Frau seines Bruders, er ist ein Ehebrecher!"
Ich tat entrüstet. „Was du nicht alles weißt!"
„Ich weiß es aus sicherer Quelle, von Hannah, meiner Dienerin."
Dann schwieg sie für den Rest des Wegs.

Von Herodes Antipas wurden wir mit allem Prunk empfangen. Er jedenfalls wusste, was er einem römischen Präfekten schuldig war. Und so freute ich mich auf eine Woche kurzweiliger Unterhaltung, anregender Gespräche und delikater Speisen. Oh, hätte ich geahnt, was meiner und meiner Gattin harrte, ich hätte wohl niemals jenen Palast betreten!

XLI

Die ersten Tage des Festes vergingen wie im Flug. Mehr als hundert Gäste hatten sich eingefunden. Die Heeresführer, die Vornehmsten aus Galiläa, die Großen des Hofes, außerdem edle Römer und Griechen aus den Nachbarprovinzen, sie alle waren zur Tafel geladen, nicht zu vergessen der Tetrarch Philippus, der Halbbruder von Antipas. Prachtvolle orientalische Bankette, tollkühne Akrobaten und spärlich bekleidete Harfenistinnen, erregende Gladiatorenkämpfe, Jagdexpeditionen in das Umland, kurzweilige Unterhaltung, geistvolle Gespräche in den entspannenden Thermen ließen die Zeit vorüberfliegen.
Auch Claudia schien ihre Vorbehalte vergessen zu haben und bereicherte das Fest mit ihrem natürlichen Charme, wenn auch mit der ihr eigenen Zurückhaltung. An den Gesprächen beteiligte sie sich selten, hörte aber stets aufmerksam zu.
Den Abend des vierten Tages aber werde ich nie vergessen. Ein langes, delikates Mahl lag hinter uns, mein Magen war bis zum Bersten gefüllt: Lammbraten in Dattelsoße, Krustentiere in Garum, Fleischpastete aus zartem Hühnerfleisch mit Kräuterfüllung, umlegt mit Eiern in Safrantunke, danach süße Kuchen im Piniensud, mit Anis bestreute Nüsse im honiggetränkten Feigenmantel. Erste Ermüdung machte sich unter den Gästen breit, mancher schien schon zum Aufbruch mahnen zu wollen.

Da gellte plötzlich die weintrunkene Stimme von Herodes Antipas durch den Saal: „Salome, Salome, tanze für mich!"
Die Gäste warfen sich bezeichnende Blicke zu. Bei solchen Anlässen tanzten Schauspielerinnen oder schamlose Dirnen, aber doch nicht Angehörige der Fürstenfamilie. Man war gespannt.

Salome hatte sich bislang sehr zurückhaltend verhalten und lag scheinbar teilnahmslos auf einer Liege zur Rechten ihres Stiefvaters. Doch jetzt schüttelte sie unwillig den Kopf und schaute trotzig zur Seite. Herodias, die neben Antipas lag, warf diesem entrüstete Blicke zu und flüsterte einige Worte zu Salome. Zornig erhob sich der Tetrarch und fegte mit seiner Hand eine Silberschüssel mit Obst vom Tisch. „Undankbares Weib, wäre es nicht an der Zeit, Dank abzustatten für all das Land und Gold, das dir mein Vater vermachte, für Jamnia Asdod, Phasaelis und für Askalon, das der große Augustus dir noch als Residenz hinzufügte?"
Bei der Erwähnung dieses Namens fiel sein Blick wie unwillkürlich auf mich.
„Wie kannst du mir da einen solchen Wunsch versagen?" Aber Salome blickte angelegentlich auf ihren Teller und schwieg. Dann wanderten ihre Augen ruhelos durch den Saal, um schließlich bei mir zu verweilen. Doch Antipas gab noch nicht auf. „Tanz, mein Töchterchen, tanz. So du für mich tanzt, sollst du dir wünschen, was du willst. Gold, Geschmeide, die Hälfte meines Reiches, was dein Herz begehrt, will ich dir schenken, wenn du für mich tanzt!"
Bei diesen Worten muss ich wohl einigermaßen verblüfft ausgesehen haben, vermochte doch der Tetrarch ohne römische Einwilligung kein Fleckchen Land abzutreten.
Jetzt aber blickte Salome Herodes aufmerksam an, warf ihrer Mutter einen vielsagenden Blick zu und erhob sich wenig später in unendlicher Langsamkeit. Die junge Fürstentochter, kaum dem Kindsalter entwachsen und doch schon zur frühen Schönheit erblüht, trug ein langes Gewand aus Koischer Seide, fast durchsichtig und mit dünnen silbernen Fäden durchwirkt, das ihre jungen, üppigen Formen betonte und kaum noch verhüllte. Ihre Arme waren mit goldenen Ringen und Perlenschnüren geschmückt, den Hals zierte kostbares Geschmeide. Lang fielen die kunstvoll errichteten Locken auf die entblößten Schultern. Inmitten einiger anderer Tänzerinnen, die unbemerkt dazugetreten und kaum mehr verhüllt

waren, begann Salome, sich nach den Tönen von Harfe und Flöte langsam zu bewegen.
Die Gäste vergaßen ihr Gespräch, unterbrachen ihr Mahl und schauten gebannt auf die sinnliche Darbietung. Lauter und schneller jagten die schmeichelnden Töne, schneller auch die grazilen Bewegungen der Tänzerinnen, die sich in harmonischem Klange drehten und wiegten. Jetzt wuchs die Musik zu spielerischem Crescendo, um plötzlich abzubrechen. Ebenso abrupt beendete Salome ihren Tanz und sank erschöpft zu Boden, während ihre Begleiterinnen so unbemerkt verschwunden waren, wie sie hinzugekommen waren. Und als Salome schwer atmend da vor den Füßen ihres Stiefvaters lag und ihn mit glänzenden Augen musterte, verrutschte ein Stück ihres Schleiers und gab den Blick preis auf ihre schlanken bronzenen Schenkel.
Zwischen diesem Augenblick und dem Tag, an dem ich diese Zeilen der kratzenden Feder meines getreuen Pontillus anvertraue, sind schon so viele Jahre vergangen, und doch vermeine ich noch heute, die sinnliche Ausstrahlung jener jungen Frau zu spüren, die sie auf alle Gäste ausübte – auch auf mich.
Aus dem Augenwinkel bemerkte ich, dass Claudia die Szene mit Unwillen, um nicht zu sagen Ekel verfolgt hatte und nun meinen Arm mit festem Griff packte. Ich weiß heute nicht mehr, was sie mir damals zuflüsterte, zu gespannt verfolgte ich das Geschehen. Immer noch lag Salome vor den Füßen von Antipas, der sie keuchend anstierte. Er griff nach dem Weinpokal und trank gierig aus, wobei er die Hälfte auf sein Gewand schüttete.
„Was ist es also, das du dir wünschst?" Salome schwieg einen Augenblick. Sie blickte fest ihre Mutter an, dann sagte sie so laut, dass auch der Letzte im Saal es verstehen musste: „Den Kopf des Predigers will ich, jetzt und hier, auf einem silbernen Tablett! Nie mehr soll er mich und meine Mutter schmähen!"

Ich hatte gerade den Pokal angesetzt und muss laut losgeprustet haben. Unwillige Blicke trafen mich, ein Raunen und Stöhnen ging durch den Saal, in dem jegliches Gespräch erstorben war. Ich blickte Claudia ungläubig an, aber die blickte kalkweiß durch mich hindurch. Kopf des Predigers? Meinte sie etwa ...

„Den Kopf dieses Johannes willst du, den, den sie den Täufer nennen?"

Antipas brachte das flüsternd vor und stierte verstört auf seine Stieftochter, die entschieden nickte.

„Genau den, jetzt sofort!"

„Töchterchen, Töchterchen, denk gut nach. Du wirst bald heiraten, und da wirst du anderes brauchen als das blutige Haupt jenes alten Mannes. Du wirst ..."

„Du hast es mir versprochen", rief Salome. Ihr hübsches Gesicht hatte sich in eine wahre Fratze verwandelt. „Und nun erfülle dein königliches Versprechen augenblicklich!"

Ich blickte ungläubig meinen Nachbarn zur Linken an, einen dicken, griechischen Kaufmann.

„Wie bei Minerva kann sie das verlangen? Augenblicklich?"

Der Kaufmann griff nach einem Stück Braten, tunkte es genüsslich in die Soße und sagte, während er mit vollen Backen kaute: „Er hat diesen Johannes schon vor Wochen festnehmen lassen, Herr. Soweit ich gehört habe, befindet er sich schon geraume Zeit im hiesigen Kerker."

„Gaius, Liebster, das kannst du nicht zulassen. Wie kommt dieses verruchte junge Weib dazu, zur allgemeinen Belustigung den Kopf eines Gerechten zu fordern?"

Während Claudia mir dies ins Ohr raunte, bohrten sich ihre Fingernägel schmerzhaft in mein Fleisch.

„Wie sollte ich es verhindern, Täubchen? Wir sind hier in Galiläa, hier regiere nicht ich, hier ..."

In diesem Moment klatschte Herodes Antipas in die Hände und winkte den Führer der Palastgarde zu sich. Ich glaube, ich ahnte, was er ihm zuflüsterte, denn ich war wesentlich weniger geschockt als meine arme Claudia, als man Minuten später auf einem silbernen Tablett das blutige Haupt jenes Mannes hereintrug, den sie Johannes den Täufer nannten. Claudia war einer Ohnmacht nahe und auch ich verzog meine Miene vor Ekel und Abscheu. Am nächsten Morgen reisten wir ab.

XLII

Es gab anfangs durchaus Nächte, in denen mich das blutige Haupt des Täufers verfolgte, aber nach drei Wochen etwa hatte ich das Geschehen fast vergessen. Anders Claudia, die oft das Gespräch auf jenen Abend brachte. Sie hatte sich völlig verändert, legte keinen Wert mehr auf eine geordnete Haartracht nach römischer Sitte, trug kaum noch ihre goldbestickten Tuniken. Auch teilte sie mein Lager seit jenem Vorfall nicht mehr, was ich schmerzlich vermisste.

Ich sah sie überhaupt kaum noch, da sie sich in ihre Räume zurückzog oder rastlos durch den Palast ging. Nur zum gemeinsamen Essen trafen wir uns noch, und auch dann pflegte sie meine Anwesenheit in trotzigem Schweigen zu übergehen. Es war, als ob sie mir die Schuld am Tode jenes Mannes gab.

Häufig auch machte sie im Schutz einer Verkleidung mit ihren Dienerinnen kleinere Ausflüge in die umliegenden Gegenden. Doch sollte ich dies erst später erfahren, wie auch den Sinn dieser geheimen Unternehmungen.

Die Sache geriet in Vergessenheit und ich widmete mich wieder meinen eigentlichen Aufgaben als Statthalter. So flog die Zeit im Einerlei des Provinzdienstes dahin. Tage, Wochen, Monate, Jahre vergingen, ohne dass sich Dinge ereigneten, die dieser Aufzeichnungen würdig gewesen wären. Irgendwo in der Wüste Galiläas war ein neuer Wanderprediger aufgetaucht, offenbar ein weiterer Narr wie der tote Johannes. Ich wollte mir nichts zuschulden kommen lassen und beauftragte Cornelius damit, diesem Manne zu folgen und mir regelmäßig zu berichten, was dieser treulich tat.

Anfangs las ich noch seine Berichte über jenen seltsamen Mann aus Nazareth und konnte doch nichts darin finden, was meiner Aufmerksamkeit wert gewesen wäre. Die Geschichten über wundersame Heilungen und subtile Reden amüsierten mich. Später legte ich sie meist ungelesen auf die Seite. Ein Fehler!

Und dann beschloss Fortuna wieder, in mein Leben einzugreifen, diesmal mittels eines Briefes, den mir mein redlicher Verwalter Gabinius geschickt hatte. Er war datiert auf den vierten Tag nach den Iden des Octobers im Jahre 722 nach Stadtgründung, erreichte mich aber naturgemäß viel später. Hatte ich zunächst noch gedacht, es könne sich um die jährliche Abrechnung handeln – dazu wäre es eigentlich zu früh gewesen –, so musste ich mich bald eines Besseren belehren lassen. Ich habe diesen Brief noch heute bei mir, und so kann ich ihn im getreuen Wortlaut zitieren:

Edler Herr, hochachtungswürdiger Praefect,

ich schreibe dir diese Zeilen in Eile, aber auch in Sorge, weil sich hier in Rom Dinge ereignet haben, die du zuerst von mir erfahren sollst. Dein, wenn du mir erlaubst, ihn so zu nennen, Freund und Gönner Aelius Seianus ist nicht mehr! Ich meine damit, dass er auf kaiserlichen Befehl vor einigen Tagen mitten im Senat arretiert wurde und noch am gleichen Abend vom Henker erwürgt wurde. Fragst du nach den Gründen, edler Herr, so vermag ich dir nur die Gerüchte zu nennen, die in reicher Zahl über das Forum schwirren. So soll er Anteil am Tod des jungen Prinzen Drusus gehabt haben (obwohl das doch nun schon so lange her ist!) und geplant haben, die Macht ganz an sich zu reißen. Einem einfachen Freigelassenen wie mir steht es nicht zu, solche Gerüchte zu nähren, zumal es für den Absender wie den Empfänger solcher Zeilen gefährlich sein mag, wenn der Brief in falsche Hände gerät. Tatsache jedenfalls ist, dass die ganze Aktion von seinem Nachfolger, einem gewissen Sutorius Macro geleitet wurde und nun – wenn man den Gerüchten denn glauben darf – die Freunde und Anhänger des Seianus das Ärgste befürchten müssen. Man hört schon von Selbstmorden und der Henker reibt sich die Hände. Ich weiß nicht, edler Herr, inwiefern auch du mit dem Schlimmsten rechnen musst, doch wurde mir von wohlmeinender Hand eine Warnung zur Weitergabe an dich zugespielt.

Bitte lass es mich wissen, wenn ich dir in irgendeiner Weise gefällig sein kann, und nimm meine untertänigsten Grüße entgegen. Mögen die Götter mit dir sein.

Dein treuer Gabinius

Ich muss leichenblass gewesen sein, als ich den Brief sinken ließ, denn jedenfalls eilte Claudia, die gerade hereingekommen war, um die Gästeliste für ein Gastmahl zu besprechen, besorgt herbei und fasste meine Schulter. Zum ersten Mal seit Langem sprach sie mich wieder an und ihre Besorgnis tat mir gut.
„Was ist dir, Liebster?“
Ich hauchte tonlos: „Lies dies!“
Auch Claudia erschrak nach dem Studium der Schrift. Angstvoll legte sie den Arm um mich.
„Müssen auch wir nun befürchten, dass …“
Sie vollendete den Satz nicht, aber ich wusste auch so, was sie meinte.
„Nicht nur wir“, sagte ich düster. „Auch andere, wie Kaiphas oder Herodes Antipas, lebten auf seine Gnade.“

Schon zwei Tage später erörterte ich im schmucklosen Haus des Kaiphas mit diesem die neue Lage.
„Beunruhigende Nachrichten aus Rom, nicht wahr Präfekt?“
Ich nickte nur, während Kaiphas meine Miene aufmerksam studierte. „Wie wirst du dich nun verhalten?“, fragte er weiter.

„Ich denke, man wird abwarten müssen, welche Auswirkungen es hier haben könnte. Rom ist weit weg, und was sich in Rom ereignet, muss hier nicht seine Fortsetzung finden."
Kaiphas nickte. Seine feingliedrigen, langen Finger strichen fahrig über das schmucklose Wollgewand, das er trug. „Die Hauptsache wird sein, dass es hier ruhig bleibt und alles seinen gewohnten Gang geht." Er seufzte. „Wir haben uns ... äh, arrangiert Präfekt, nicht wahr? Seit deinem Amtsantritt war es nicht Freundschaft, was uns verband, aber Respekt. Gegenseitiger Respekt. Das hat uns beiden geholfen. Meine Leute finden sich mit den Gegebenheiten ab, und mit dir war man in Rom zufrieden, oder?"
Ich nickte. „Du sagst es, edler Kaiphas, wenn man nur diese Zeloten noch in den Griff bekommen könnte."
Das waren religiöse Eiferer, die uns manche Sorge bescherten, weil sie Attentate und Meuchelmorde auf unsere Truppen verübten und kaum einmal zu fassen waren.
Kaiphas nippte an einem Glas Wasser. „Du weißt, dass sie sich meinem Einfluss entziehen. Sie schaden unserer Sache, aber sie bilden keine wahre Gefahr, denn sie haben wenig Rückhalt in der Bevölkerung. Aber eine andere Gefahr zeichnet sich ab."
„Was für eine Gefahr?"
„Ich erhielt Berichte über einen unbotmäßigen Wanderprediger, der aufrührerische Reden hält."
Ich nickte ernst. „Du sprichst von diesem bärtigen Wüstenmann, der die Menschen ins Wasser tauchte? Aber der ist doch seit Jahren tot. Ich habe doch selbst gesehen, wie Herodes ihn damals ..."
Kaiphas schüttelte entschieden den Kopf, seine Fäuste ballten sich in unverhohlener Erregung, seine Stimme wurde unangenehm laut. „Du sprichst von jenem Johannes. Nein, nicht der. Der war ein harmloser Spinner. Ich denke, die Hitze hatte sein Gehirn verdörrt. Nein, der, den ich meine, kommt aus Nazareth und heißt Jesus, er reist nun schon seit Jahren durch das Land und ..."

Ich beschloss, die Tatsache zu verschweigen, dass ich von jenem Manne schon gehört hatte und eigene Nachforschungen anstellte. Scheinbar ahnungslos unterbrach ich Kaiphas und sagte unbekümmert: „Nazareth? Sagtest du Nazareth? Das liegt in Galiläa, nicht wahr?"
Kaiphas nickte.
„Ja, in Galiläa."
„So mag sich Herodes Antipas darum kümmern, das ist sein Reich", sagte ich leichthin.
Kaiphas blickte mich mit seinen stechenden Augen durchdringend an. „Aufruhr hält sich nicht an Grenzen!"
Ich war erstaunt, dass der Oberpriester einem solchen Mann so viel Bedeutung zumaß.
„Ist nicht euer Land voll von solchen Narren? Sie stehen an den Brunnen oder in der Wüste, vor dem Tempel oder auf den Marktplätzen tauchen die Menschen ins Wasser und verkünden aus ungewaschenen Mäulern ihr Geschwätz. Was sagt er also Besonderes, dein Wanderprediger?"
„Er spricht davon, dass das Himmelreich nahe sei, was immer er auch damit meint. Er sammelt Anhänger, und die Leute folgen ihm, es werden täglich mehr. Er predigt wie ein Rabbi, aber er ist keiner. Er scheut die Synagogen und predigt auf Wiesen und Feldern. Er verachtet uns und gibt uns öffentlich dem Hohne preis."
„So verkündet er eine neue Lehre? Ist er kein Jude?"
„Ich weiß noch zu wenig über ihn, aber sei unbesorgt, bald werde ich mehr wissen. Er steht unter ständiger Beobachtung des Sanhedrin!"
„Sage mir, wenn du mehr weißt."
Das Land schien voller selbst ernannter Erlöser zu sein, doch dieser da erschien mir gänzlich ungefährlich. Ich brach das Thema ab, es interessierte mich nicht, damals jedenfalls.

XLIII

Es war einige Wochen nach dem Gespräch mit Kaiphas. Ich kam gerade aus den Thermen und widmete mich den Berichten der Stadtwache, wobei ich mich pflichtgemäß über den Verlust von zwei Legionären ärgerte, die vermutlich auf das Konto dieser unbotmäßigen Zeloten gingen, die uns so viel Verdruss bereiteten.
Ein weiterer Brief lag noch vor mir, ein Brief meines Freundes Cornelius, den ich ausgesandt hatte, um jenen merkwürdigen Wanderprediger zu begleiten und zu beobachten. Was mochte mir der gute Freund wohl mitteilen? Die Bemerkungen von Kaiphas hatten mein Interesse neu geweckt. Ich nahm einen Schluck Wein, räkelte mich auf meinem Amtssessel und öffnete die Rolle:

Cornelius an seinen Freund und Vorgesetzten,
Pontius Pilatus, Praefect von Iudaea

Du hast mir aufgetragen, edler Praefect, dass du alles zu wissen wünschest über den tugendhaften Mann, der Jesus Christus heißt und den das Volk als einen Propheten betrachtet, dessen Schüler aber von ihm sagen, dass er tatsächlich der Sohn von Gott, dem Schöpfer des Himmels und der Erde, sei.
In der Tat hört man täglich über diesen Mann wunderbare Dinge. Um es kurz zu sagen: Er lässt die Toten auferstehen und heilt die Kranken. Er ist ein Mann von mittlerer Größe, gütigem Aussehen, von hoheitsvoller Würde, was sich auch in seinen edlen Gesichtszügen äußert, sodass, wenn man ihn betrachtet, man unwillkürlich das Gefühl hat, ihn zugleich lieben und fürchten

zu müssen. Sein Haar hat bis zur Höhe der Ohren die Farbe reifer Walnüsse und von dort bis an die Schultern ist es glänzend hellblond, in der Mitte trägt er einen Scheitel nach Nazarener Sitte. Die Stirn ist glatt, das Gesicht ohne Falten und Flecken. Der Bart von gleicher Farbe des Haupthaares ist kraus und, ohne lang zu sein, in der Mitte geteilt. Der Blick ist streng und hat die Kraft eines Sonnenstrahles. Niemand kann ihm fest ins Auge sehen. Seine Hände sind schön, ebenso wie seine Arme. Alle finden seine Unterhaltung angenehm und ansprechend. Man sieht ihn selten in der Öffentlichkeit, aber wenn er irgendwo erscheint, so tritt er sehr bescheiden auf. Er hat eine sehr vornehme Haltung. Obwohl er niemals Studien obgelegen hat, so kennt er doch alle Wissenschaften; er geht barfuß und ohne Kopfbedeckung. Viele lachen, wenn sie ihn von Weitem sehen, aber sobald sie sich in seiner Nähe befinden, zittern sie vor ihm und bewundern ihn zugleich. Man sagt, dass man in dieser Gegend noch nie einen solchen Mann gesehen habe. Das Volk behauptet, dass man noch nie einem Unterricht wie dem seinigen beigewohnt habe. Viele sagen, dass es Gott ist; andere sagen, dass er dein Feind sei, Pilatus. Dieses boshafte Volk belästigt ihn auf jede Art. Man sagt, dass er nie einen unzufrieden gemacht hat, vielmehr stets bestrebt ist, jedermann zufriedenzustellen. Ich bin bereit, o Praefect, jeden Befehl, den du mir seinetwegen geben wirst, auszuführen.

In Jerusalem, Indikt 7, im 11. Monat.
Cornelius Cethegus,
Centurio

Ich legte das Schreiben ratlos zur Seite. Jetzt wusste ich weniger als zuvor. Nur eins wurde mir klar. Mein lieber Freund Cornelius war ganz und gar in den Bann des unbekannten

Mannes geraten. Ich war gespannt auf seinen persönlichen Bericht, denn ich erwartete ihn stündlich zurück.

Und einige Stunden später war es so weit. Cornelius stürmte in mein Arbeitszimmer. Ich hatte ihn lange, sehr lange nicht mehr gesehen, und – bei meiner Ehre – ich hätte ihn fast nicht erkannt. Langbärtig und ungepflegt, hager, in ärmlicher Kleidung und mit fast wirrem Blick stürmte er herein und ich erschrak.
„Cornelius, alter Freund, was ..."
„Präfekt, höre nur!" Ich muss ihn ob dieser unwirschen Unterbrechung missbilligend angeblickt haben, was ihn aber überhaupt nicht zu stören schien, denn schon sprudelte es aus ihm heraus: „Er ist es, Präfekt. Er muss es sein!"
„Wer? Was? Wovon bei Juno sprichst du überhaupt? Und solltest du nicht erst einmal ein Bad nehmen, bevor du hier alles ..."
„Der, auf den die Juden so lange gewartet haben, ihr Messias. Ich habe ihn gesehen, mehr noch mit ihm gesprochen. Er hat sogar ..."
„Ruhe jetzt!", donnerte ich ihn an. „Wir sind hier nicht auf dem Fischmarkt von Caesarea, wo die ungewaschenen Weiber durcheinanderschwätzen. Ich verlange, dass du dich erst einmal in einen Zustand versetzt, der eines römischen Centurios würdig ist. Dann magst du kommen und mir Bericht erstatten. Also", ich warf einen Blick auf die Wasseruhr in der Ecke, „zur zwölften Stunde. Und jetzt raus!"
Es schmerzt mich heute noch, dass ich in solch einem Ton mit meinem alten Freund sprach, doch sein ungehobelter Auftritt hatte mein höchstes Missfallen erregt. Schweigend verließ Cornelius den Raum.

Zur befohlenen Stunde fand er sich wieder ein. Er trug nun eine saubere Tunika, hatte den Bart gestutzt und roch wesentlich angenehmer als bei seinem ersten Erscheinen. Ich hatte einen kleinen Imbiss bestellt, den er dankbar zu sich

nahm, und er war nun bereit für seinen Bericht.
Cornelius kaute bedächtig auf einer Dattel, trank einen Schluck Wein, den er vorher sorgsam mit Wasser vermischt hatte, und begann: „Verzeih, Präfekt, mein Auftritt muss wohl ziemlich barbarisch gewirkt haben. Aber ... aber ich stehe noch ganz unter dem Eindruck dessen, was ich in den letzten Monaten erlebt habe."
Ich blickte ihn aufmunternd an, eine gewisse Spannung bemächtigte sich meiner.
„Du hast meinen Brief erhalten, den ich über jenen Jesus verfasst habe?"
Ich nickte nur.
„Gut. Befehlsgemäß bin ich jenem Mann gefolgt, den sie hier Jesus von Nazareth nennen. Den Namen gab man ihm, da er offenbar dort seine Jugend verbracht hat. Er ist ein überaus freundlicher Mann, der ... wie soll ich es ... äh ... nennen, nun, der eine ... eine ungeheure Ausstrahlung hat."
„Ausstrahlung? Wie meinst du das?"
„Nun, wenn man mit ihm spricht, meint man, dass er ..."
Cornelius brach ab und strich sich mit fahrigen Händen über den ausgebleichten Haarschopf. „Er hat Dinge getan, die ich nie zuvor gesehen habe."
„Berichte, mein Freund, was tut er für Dinge, jener Galiläer? In deinem Brief hast du mehr die Person beschrieben als seine Taten."
„Er heilt Kranke, er ..."
„So ist er ein Medicus?"
„Nein Präfekt, er heilt Menschen, die kein Arzt von dieser Welt heilen kann. In der Nähe von Kapharnaum sah ich mit eigenen Augen, wie er einen Aussätzigen heilte. Nie zuvor hatte ich gehört, dass man diese Krankheit heilen könnte. Wenige Tage später heilte er gar einen Gelähmten. ‚Nimm dein Bett und gehe nach Hause', sagte er zu ihm. Du musst wissen, Präfekt, weil der Andrang zu ihm so groß ist, haben seine Freunde den Kranken durch das Dach zu ihm heruntergelassen."
Ich musste bei dieser Vorstellung schmunzeln, unterbrach

Cornelius aber nicht. Der trank hastig einen Schluck, stopfte sich einige Trauben in den Mund und fuhr mit glänzenden Augen fort: „Ich bin ihm gefolgt, durch halb Galiläa. Er nächtigt, wo man ihn einlädt, sonst unter den Sternen des Himmels. Er lebt von dem, was man ihm schenkt ..."
„Er ist allein?"
„Allein? Präfekt, du scherzt. Hunderte folgen ihm, meist Männer, aber auch Frauen. Und die, die nicht von selbst folgen, die ruft er zu sich. Fischer sind es meist, sie ... sie lassen ihre Familien im Stich und folgen ihm. An einem See namens Genezareth hat er ein halbes Dutzend Männer rekrutiert."
Wieder musste ich schmunzeln, war Cornelius doch noch ganz der Militärsprache verhaftet. „Und was machen diese Leute?"
„Sie dienen ihm, helfen mit Geld aus, machen Quartier für ihn und vor allem hören sie ihm in unendlicher Geduld zu."
„Und was sagt er ihnen?"
Cornelius schwieg und sein Blick verlor sich in weiter Ferne. „Um die Wahrheit zu sagen, ich verstehe nicht alles, was er zu seinen Anhängern sagt. Manches ist ...", er stockte und spielte mit den Trauben in seiner Hand. „Einmal zum Beispiel sagte er: ‚Womit sollen wir das Reich Gottes vergleichen? Es gleicht einem Senfkorn. Sät man es in die Erde, so ist es das kleinste unter allen Samenkörnern. Ist es aber gesät, so schießt es empor und wird größer als alle Gewächse. Es treibt so große Zweige, dass die Vögel des Himmels in seinem Schatten wohnen können.'"
„Was ist das – das Reich Gottes?", wollte ich wissen. Cornelius schüttelte traurig den Kopf. „Ich weiß es nicht – noch nicht. Er spricht in Bildern und Rätseln, sodass man nicht alles gleich fassen kann."
„Ein Philosoph?"
„Nein, so würde ich ihn nicht nennen. Er ist ein einfacher Mensch und doch scheint er mir so groß wie kein anderer zu sein." Er schluckte und sein Gesicht nahm eine unnatürliche Farbe an. „Aber, ... aber das ... äh, das Größte hast du noch

nicht gehört."
Ich lehnte mich neugierig nach vorn, spätestens jetzt war mein Interesse geweckt.
„Er kann Tote auferwecken!"
„Waaaas?" Ich schrie den armen Kerl an, fühlte ich mich jetzt doch kräftig auf den Arm genommen. Cornelius zuckte zurück, um dann mit Bestimmtheit zu sagen. „Es war am Ufer jenes Sees, an dem er sich gerne aufhält. Der Vorsteher der örtlichen Synagoge, ein Mann namens Jairus, war zu ihm gekommen und bat ihn, seine Tochter zu heilen. Viele Menschen folgten ihm, ich auch. Und während wir noch auf dem Weg waren, kamen uns schon Frauen entgegen und sagten, es sei zu spät, das Kind sei eben gestorben. Dieser Jesus aber sagte: ‚Fürchte nicht, glaube nur!' Er betrat das Haus mit einigen seiner Freunde und ... und wenig später ..." Da brachen Tränen aus den Augen des harten Centurios hervor und er flüsterte mit heiserer Stimme: „Wenig später trat das Kind aus dem Haus. Sie kann kaum älter als zwölf Jahre gewesen sein, und ... sie lebte!"
Minutenlang schwiegen wir und lauschten den Befehlen der Offiziere auf dem Hof. Immer hatte ich die Zuverlässigkeit und Wahrheitsliebe an Cornelius besonders geschätzt, und nun erzählte er mir solche Geschichten.
Cornelius hatte sich wieder gefasst. „Präfekt, bei meiner Freundschaft und Treue, alles ist so, wie ich es dir berichte. Das nehme ich auf meinen Fahneneid. Und das ist noch lange nicht alles. Wie du weißt, habe ich mit meinen Männern in Kapharnaum in einer Herberge ein Zimmer genommen, um immer in der Nähe dieses Mannes zu sein."
Ich unterbrach ihn: „Kapharnaum, wieder dieser Name. Wo liegt diese Stadt?"
„In Galiläa, am nordwestlichen Ufer des Sees Genezareth, drei Tagesreisen weit."
Ich nickte. „Bitte fahre fort."
„Nun, eines Tages geschah es, dass mein treuer Sklave De-

metrios erkrankte, und zwar auf Leben und Tod."
Ich kannte den Mann, hatte ihn eigens nebst zwei Legionären zu seinen Diensten aus dem Hausbestand abgestellt.
„Da ich mir nun nicht anders zu helfen wusste, bat ich den jüdischen Ortsvorsteher, er möge zu Jesus gehen und ihn bitten, meinen Knecht zu heilen. Du musst wissen, ich habe einiges von meinen kleinen Ersparnissen geopfert, um die abgebrannte Synagoge wieder aufzubauen und so sind sie mir gerne gefällig."
So viel Opferbereitschaft eines Römers gegenüber den Juden missfiel mir und ich deutete das durch eine hochgezogene Augenbraue an. Cornelius schien das nicht zu bemerken.
„Und tatsächlich erschien er wenig später vor meiner Herberge. Da ich nun weiß, dass Juden nicht gern das Haus eines Ungläubigen betreten, ging ich ihm entgegen und sagte: ‚Herr, ich bin nicht würdig, dass du unter mein Dach trittst. Aber wenn du nur ein Wort sprichst, so wird mein Knecht gesund sein.' Da wandte sich Jesus zu den Umstehenden und sagte: ‚Wahrlich ich sage euch, so großen Glauben habe ich unter den Juden nicht gefunden.' Dann ging er weg. Ich aber eilte ins Haus zurück und fand meinen Knecht kerngesund vor, ja, er verspeiste gerade ein ganzes Hühnerbein."
Von vielen weiteren Geschehnissen berichtete Cornelius noch und ich wusste nicht, was ich glauben sollte und was nicht. Hatte ihn der rätselhafte Mann verzaubert?
Inzwischen war die Dämmerung hereingebrochen und ich schickte den Freund weg.
„Erhole dich, mein Freund, morgen mögen wir weitersprechen."
Er ging, nicht ohne mir einen bedeutsamen Blick zuzuwerfen, einen Blick, in dem sich alles, was er mir erzählt hatte, widerzuspiegeln schien.

Noch in der Nacht erzählte ich Claudia vom Bericht des Cornelius und sie hat mir wohl nie so atemlos gelauscht wie in jener Nacht. „Ich muss diesen Mann sehen!", sagte sie da-

nach mit einer Bestimmtheit, die ich an ihr zuvor nicht kennengelernt hatte. Ich verbot es ihr. Man stelle sich vor, die Frau des Präfekten treibt sich in der Wüste herum, um einem jüdischen Wanderprediger zuzuhören.
Eine Woche später war sie verschwunden. Ich tobte, ich fluchte, unter der Peitsche gestand eine ihrer Sklavinnen, dass Claudia des Nachts zusammen mit Cornelius das Haus verlassen habe.
Ich wusste, wohin ihr Weg sie geführt hatte, und wartete in ohnmächtigem Zorn auf ihre Rückkehr. Nach römischem Recht unterstand sie immerhin meiner Gewalt, und ich hatte vor, ihr das in aller Liebe und Deutlichkeit klarzumachen. Auch nahm ich mir vor, Cornelius zu bestrafen. Er hätte wissen müssen, dass er meine Frau nicht ohne mein Einverständnis mitnehmen durfte. So plante ich in hilfloser Wut schon meine kleine Rache. Aber es kam alles ganz anders.

XLIV

Mitten unter Hunderten von Juden stand meine Claudia und lauschte ergriffen den Worten des galiläischen Predigers. Plötzlich deutete Jesus mit erhobenem Finger auf Claudia und rief: „Seht, das Weib des Präfekten. Auch sie will die Wahrheit hören, doch ihr Ehemann verbietet es, wie die Römer immer die Wahrheit verbieten, wenn es nicht die ihre ist."
„Tod den Römern! Freiheit für Israel!", schrie die entfesselte Menge und stürmte aufgebracht zu meinem Palast. Blitzschnell waren die Wachen überwältigt, man drang in das Innere ein. Ich griff zu meinem Schwert und wollte die Wache rufen, aber zu spät. Ein Dutzend Juden warf sich über mich, während ich aus den Augenwinkeln noch das entsetzte Gesicht Claudias sah. Fast spürte ich schon den Dolch an der Kehle – als ich schweißgebadet aufwachte.
Ich erhob mich wankend von meinem Lager und gönnte meiner verdorrten Kehle einen Schluck abgestandenen Wassers. Sekunden später war ich in einem traumlosen Schlaf versunken.

Sie weckte mich mit einem langen Kuss. Ehe ich zwischen Traum und Wirklichkeit unterscheiden konnte, verschloss Claudia meine fragenden Lippen mit ihrem Mund. Sie blieb in dieser Nacht bei mir und ihre Anwesenheit sorgte für einen köstlichen und erholsamen Schlaf. Als ich morgens vom Horn der Morgenwache geweckt wurde, sah ich, dass das Lager neben mir zwar durchwühlt, aber leer war. Ruckartig stand ich auf, musste aber nicht lange suchen. Claudia stand am Fenster und blickte mich liebevoll an. „Ich weiß, dass du mich jetzt ausschimpfen wirst, vielleicht willst du mich sogar auspeitschen wie die arme Desonia."
Ich schaute sie verblüfft an.

„Ausschimpfen? Äh … auspeitschen? Wie …"
„Wenn es jemals das Gefühl der Liebe war, das dein Herz umfing, so höre mir jetzt zu!"
Sie sagte das mit solchem Ernst, dass mein Zorn augenblicklich zu schwinden begann.
Ich wagte einen schüchternen Einwand. „Aber du warst fast zwei Wochen verschwunden. Ich habe mir Sorgen …"
Claudia legte nur ihre Finger auf meine Lippen und blickte mich durchdringend an. Irgendetwas Wichtiges musste passiert sein. So nickte ich nur, unfähig ein Wort zu sagen.
„Ich sagte dir, dass ich diesen Mann sehen musste, und ich habe es getan. Du hattest es verboten, und ich war dir ungehorsam, und das war gut so. Denn hätte ich mich deinem Verbot gefügt, so hätte ich doch jenen Mann nie gesehen, seine Worte nie gehört, seine Taten nie erlebt. Ich bin mir sicher, dieser Jesus von Nazareth ist ein heiliger Mann, ist vielleicht sogar der Erlöser, auf den das Volk der Juden schon so viele Jahrhunderte wartet. Und …", ihr Blick richtete sich in weite Ferne, „es würde mich ganz und gar nicht wundern, wenn er der Sohn Gottes oder gar Gott selbst wäre."
„Sohn Gottes? Gott? Claudia, weißt du, was du da sagst?"
Ich mochte es gar nicht glauben, was da aus dem Munde meiner Gattin kam und meine Stimme war nicht frei von Zorn. Aber Claudia ließ sich nicht beirren. Sie fixierte mich mit einem Blick zwischen Liebe und Ungeduld und fuhr mit erhobener Stimme fort: „Was er sagt und was er tut, ist nicht von dieser Welt. Willst du mehr hören oder hältst du mich jetzt schon für eine Närrin, die dem Präfekten seine Zeit stiehlt?"
„So sprich denn, Geliebte!"
Mein Zorn hatte sich verzogen wie die Opferschwaden über dem Jupitertempel.
„So höre denn, Gaius", sagte sie mit großem Ernst. „Ich hatte gehofft, dass dieser Mann auf seinen Reisen auch hierherkommen würde, doch tat er mir diesen Gefallen nicht. So reiste ich mit Cornelius und seinen Leuten nach Galiläa an

einen See namens Genezareth, denn wir hörten, dass er sich dort aufhielt. Es war anstrengend, aber es hat sich gelohnt."
Ihre Wangen gewannen an Farbe und ihre Augen begannen zu glänzen. Bevor ich noch wegen der Länge der Reise und der damit zweifellos verbundenen Gefahren protestieren konnte, fuhr sie voller Begeisterung fort: „Ganz in der Nähe gibt es einen kleinen Ort namens Bethsaida und wir hörten, dass der Meister dort zu seinen Anhängern reden würde."
„Der Meister?" Meine Lippen müssen sich spöttisch gekräuselt haben.
„So nennen ihn seine Jünger und Anhänger gerne, und sie tun recht damit! Also machten wir uns auf den Weg. Es kamen Tausende aus allen Richtungen. Gaius, du kannst es dir nicht vorstellen. Nicht nur aus Judäa wie wir, nein, selbst aus Tyrus und Sidon, sogar aus Damaskus kamen sie. Sie brachten ihre Kranken, Lahmen, Blinden und Todgeweihten mit. Mit vielen von ihnen haben wir gesprochen, ihr Glaube und ihre Hoffnung hat sie an diesen See getrieben."
Sie machte eine Pause, wie man sie vor dem Höhepunkt einer Erzählung macht. „Dann kam er. In einem einfachen groben weißen Gewand. Man legte Kranke zu seinen Füßen nieder und er heilte sie, er sprach mit vielen und alle, mit denen er sprach, waren voller Glück und Zuversicht. Dann bestieg er eine Anhöhe, damit ihn die vielen Leute besser verstehen konnten. Nie habe ich solche Worte gehört wie an jenem Morgen."
Ich steckte mir einige Weintrauben in den Mund.
„Das klingt interessant, Liebes. Welche Worte haben dich so beeindruckt?"
Claudia schien sich einen Augenblick zu sammeln, als müsse sie sich jene Worte ins Gedächtnis zurückrufen. Dann zitierte sie mit großem Ernst:
„Selig die Armen! Ihrer ist das Reich Gottes.
Selig, die Trauernden! Sie werden getröstet werden.
Selig, die Sanftmütigen! Sie werden das Land besitzen.
Selig die Hunger und Durst haben nach der Gerechtigkeit!

Sie werden gesättigt werden."
„Wie meint er ...?"
„Pscht, nicht unterbrechen, nicht jetzt!" (Wie sprach sie eigentlich mit mir?)
„Selig die Barmherzigen! Sie werden Barmherzigkeit erlangen.
Selig die reinen Herzens sind! Sie werden Gott anschauen.
Selig die Friedensstifter! Sie werden Kinder Gottes genannt werden.
Selig, die Verfolgung leiden um der Gerechtigkeit willen! Ihrer ist das Himmelreich."
Erschöpft lehnte sich Claudia zurück und griff nach ihrem Wasserglas. Ihr Blick hatte etwas Entrücktes, was ich kaum deuten konnte.
„Und du ... du hast alle diese Worte im Gedächtnis?", murmelte ich bestürzt und fasziniert zugleich.
„Als hätte er sie eben gesprochen", antwortete Claudia leise. „Es sind ... göttliche Worte, sie sind nicht ..."
„Du übertreibst etwas, Liebste", unterbrach ich sie reichlich grob. „Das meiste, was er sagte, will mir fremd klingen. Was sind denn Kinder Gottes? Und wieso werden die Sanftmütigen das Land besitzen? Nach allem, was ich von der Geschichte weiß, besitzen die Sanftmütigen nichts, weil man ihnen nämlich alles nimmt."
Ich lachte übertrieben laut auf und versuchte, etwas von der Souveränität zurückzugewinnen, die mir offenbar im Verhältnis zu meinem Weib abhandengekommen war.
„Ich meine, liebste Claudia, wer das Land besitzt, das sind wir. Wir Römer besitzen fast die ganze Welt, und was noch nicht uns gehört, werden wir auch bald besitzen. Und wir und unsere Legionäre gelten nicht gerade als ... sanftmütig, oder?"
Wieder lachte ich vergnügt auf, aber es war ein falsches Lachen und es stieß auf Unverständnis.
„Du verstehst gar nichts, Gaius!" Eine steile Falte des Unwillens bildete sich auf Claudias Stirn. „Übrigens bin ich noch

nicht fertig. Er sagte noch etwas, was in unseren römischen Ohren kaum auf Verständnis trifft."
„Interessant. Hetzt er gegen unseren Kaiser?"
„Nein, aber er sagt: Liebt eure Feinde, tut Gutes denen, die euch hassen, und betet für die, die euch verfolgen. Dann werdet ihr Kinder eures himmlischen Vaters sein, der …"
„Genug!", schrie ich. „Bei aller Liebe, diesen Unsinn mag ich nicht mehr hören!"
Ich stand auf und ging erregt durch den Raum. Meine Toga geriet in Unordnung und ich hatte Mühe, sie wieder zurechtzulegen.
„Das ist so … unrömisch, was du da sagst. Hätten wir Römer so gehandelt, so wohnten wir heute noch in einem kleinen Hirtendorf am Tiber und unser Reich würde sich auf die Größe des Marsfeldes beschränken."
Ich holte tief Luft und sprach mit einer übertriebenen Gestik, die wohl eher Cicero auf dem Forum angestanden hätte.
„Und für die grausamen Parther sollen wir beten oder für die blutrünstigen, barbarischen Germanen, die meine Kameraden damals unter Varus umgebracht und die Offiziere an die Bäume genagelt haben? Unser himmlischer Vater, das ist Jupiter, und genau der hat uns aufgetragen, die Welt zu regieren. Hast du vergessen, was unser trefflicher Vergil gesagt hat?" Ich warf mich in die Brust und zitierte die stolzen Worte: „Gedenke Römer, dass es deine Aufgabe ist, die Welt zu regieren. So ähnlich jedenfalls. Du darfst nicht …"
Ich drehte mich herum, musste aber zu meiner Bestürzung sehen, dass Claudia den Raum bereits verlassen hatte. Weiber!

XLV

Nun war es durchaus nicht so, dass der Statthalter nicht andere Dinge zu tun hatte, als sich um einen verrückten Wanderprediger zu kümmern. Ich fürchtete immer noch eine Nachricht aus Rom zu erhalten, die meine Ablösung verkündete, doch wartete ich – den Göttern sei Dank – vergebens, es kam vielmehr für längere Zeit gar keine Post aus Rom, was ich als gutes Zeichen wertete. Gleichwohl hielt ich es für meine Pflicht, den Kaiser über diese merkwürdigen Dinge zu unterrichten, die sich hier in der fernen Provinz abspielten. So schrieb ich ihm einen Brief, dessen Abschrift ich ebenfalls noch mit mir trage.

> *An den edlen Tiberius Cäsar, Kaiser von Rom*
> *Ein junger Mann ist hier in Galilaea erschienen, der bescheiden, salbungsvoll ein neues Gesetz im Namen Gottes predigte, der ihn gesandt habe.*
> *Zuerst war ich besorgt, dass seine Absicht sei, das Volk gegen die Römer aufzuwiegeln. Aber meine Befürchtungen wurden bald zerstreut. Jesus von Nazareth sprach mehr als ein Freund der Römer als der Juden. Und doch habe ich ihn, wie es meiner Pflicht entspricht, von zuverlässigen Leuten beobachten lassen. So höre denn, was mir berichtet wurde:*
> *Eines Tages wurde er in einer Gruppe von Menschen beobachtet, ein junger Mann, der, an einen Baum gelehnt, in aller Ruhe zu der Menschenmenge sprach. Es wurde gesagt, dass es Jesus sei. Groß war der Unterschied zwischen ihm und denen, die ihm zuhörten. Sein goldenes Haar und Bart gaben seiner Erscheinung ein himmlisches Aussehen. Er schien etwa 30 Jahre alt zu sein. Nie*

zuvor hatte man ein lieblicheres oder heiter-klareres Antlitz gesehen. Was für ein Gegensatz zwischen ihm und seinen Zuhörern mit ihren schwarzen Bärten und lohfarbener Gesichtshaut!
Später berichtete man mir, dass man noch nie etwas in den Werken der Philosophen gelesen habe, was man mit den Lehren Jesu vergleichen könne. Jesus sei weder verführerisch noch aufrührerisch.
So dehnte ich meinen Schutz auf ihn aus. Er durfte frei handeln, reden und das Volk versammeln. Diese unbeschränkte Freiheit forderte die Juden heraus, empörte und reizte sie, nicht die Armen, sondern die Mächtigen. Das, edler Herrscher, sind die Tatsachen, die Jesus von Nazareth betreffen, und ich nahm mir die Zeit, dir die Einzelheiten darüber zu berichten. Ich sage, dass ein Mann, der Wasser in Wein verwandeln kann, Kranke gesund macht, Tote zum Leben erweckt, die stürmische See bändigt, keines Verbrechens schuldig ist und, vielleicht ist er, wie andere gesagt haben, wahrhaft göttlicher Natur.

Dein gehorsamster Diener
Pontius Pilatus, Praefect von Iudaea

Aber ich hatte im Augenblick keine Zeit, mich weiter um diese merkwürdigen Vorfälle zu kümmern, denn jene fanatischen Zeloten, ihre Überfälle und Sabotageakte beanspruchten meine Aufmerksamkeit wieder und unsere Verluste durch ihre heimtückischen Überfälle stiegen. Und doch hatte ich mir vorgenommen, diese Sache, die Claudia und Cornelius so sehr anrührte, nicht aus dem Auge zu lassen, zumal sie offenbar den Sanhedrin und Kaiphas immer mehr zu beunruhigen begann, wie mir aus den regelmäßigen Gesprächen mit dem Vorsitzenden des Rates klar wurde. Er forderte mich immer deutlicher auf, etwas gegen jenen „Aufrührer" zu unternehmen, doch sah ich dafür noch keine Veranlassung. „Regelt das unter euch, das ist eine rein jüdische Angelegenheit, die uns nicht betrifft", versuchte ich ihn ohne viel Erfolg zu beschwichtigen.

Der gute Cornelius erschien mir jedoch für die Aufgabe der Beobachtung inzwischen weniger geeignet, hatte er sich doch wohl zu sehr von den verführerischen Worten des Predigers beeinflussen lassen. So ließ ich ihm zwar seine Mission, sandte aber wenige Wochen später einen anderen Centurio aus, um weitere, und wie ich hoffte, wahrheitsgemäßere Berichte zu erhalten. Dieser Mann erschien mir vertrauenswürdig, tat schon seit acht Jahren Dienst in der Provinz und war der einheimischen Sprachen weitgehend kundig. Außerdem war er ein strammer Anhänger des parthischen Soldatengottes Mithras, dem viele meiner Männer huldigten. Er schien jedenfalls nicht gefährdet, auf die Parolen des Predigers hereinzufallen. Mehrere Monate folgte er den Spuren des Mannes. Seinen schriftlichen Bericht habe ich seinerzeit aus den Akten entnommen und führe ihn noch heute mit mir:

Bericht des Centurio Quintillus Syrus
an den hochehrwürdigen
Praefecten von Iudaea Pontius Pilatus

Ich melde mich vom befohlenen Einsatz zurück und erstatte folgenden Bericht:
Der Verdächtige wird Jesus von Nazareth genannt, obwohl er nach meinen Informationen aus Bethlehem gebürtig ist. Von Beruf ist er Schreiner, Sohn eines gewissen Joseph ben Jacob, Mutter Maria.
Er durchreiste von Caesarea Philipp aus ganz Galilaea und hat eine Schar von Männern und Frauen um sich gesammelt, die ihm willig folgen. Der harte Kern besteht aus zwölf Männern, der Anführer dieser Gruppe ist ein gewisser Simon, ein ehemaliger Fischer vom See Genezareth. Es befinden sich auch viele Frauen in seinem

Gefolge, zum Teil von zweifelhafter Herkunft, die den Männern die Wäsche besorgen, Mahlzeiten zubereiten und insgesamt dienstfertig sind. Wohin der Verdächtige kommt, bringt man Kranke und Siechende zu ihm, die er angeblich heilt. Ich halte dies aber für betrügerische Handlungen, denn niemand kann so kranke Menschen heilen. Der Verdächtige hat dann das Gebiet Galilaeas verlassen. In Samaria hat er angeblich zehn Aussätzige geheilt, so erzählt sich das Volk, es dürfte sich aber um die üblichen Übertreibungen handeln, obwohl die Menschen – ich habe sie selbst gesehen – schon recht krank aussahen. Er ist dann nach Iudaea gereist. Auch dort hat er unter starkem Zulauf der Bevölkerung gepredigt und geheilt. So erzählt man sich, er habe in der kleinen Stadt Jericho einen Blinden geheilt, aber gesehen habe ich das nicht und glaube es auch nicht.
In Jerusalem hat der Verdächtige im Tempel großes Aufsehen erregt, weil er Händler und Wechsler, die dort von alters her ihren Sitz haben, mit Gewalt vertrieben hat. Ich stand damals in seiner unmittelbaren Nähe und hörte, wie er sagte, dass die Händler aus seinem Haus eine Räuberhöhle gemacht hätten. Es gab viel Unruhe, aber die jüdischen Oberpriester trauten sich offenbar nicht, ihn zur Rechenschaft zu ziehen, denn die Zahl seiner Anhänger ist groß und wächst ständig. Er verdammt den Reichtum, lobt die Armut und erzählt dem Volk laufend Geschichten, die man nicht versteht. Von den Zeloten und sonstigen Unruhestiftern hält er sich fern und unterlässt auch alles, was gegen uns und unseren Kaiser – die Götter mögen ihn schützen – gerichtet ist.
Als er einmal gefragt wurde, ob dem Kaiser Steuer zu zahlen sei, ließ er sich eine Münze geben und fragte: „Welches Bild zeigt diese Münze?“ Man antwortete ihm, dass sie ein Bild des Kaisers zeige. Darauf antwortete er schlau: „So gebt dem Kaiser, was des Kaisers ist, und Gott, was Gottes ist.“ Über die anderen Juden,

die Schriftgelehrten und Pharisaeer spricht er häufig schlecht, nennt sie Heuchler und blinde Führer, weshalb er bei ihnen auch nicht gut gelitten ist. Häufig spricht er von einem kommenden Weltgericht, aber was er damit meint, weiß ich nicht.
Ich habe auch die Gelegenheit wahrgenommen, mit einigen seiner auserwählten Anhänger zu sprechen. Einer ist ein blutjunger Mann namens Johannes, der ihm besonders ergeben ist, aber harmlos scheint. Ein anderer, ein Mann aus Iskarioth, namens Judas, verwaltet die Kasse der Gruppe. Er ist aber mit vielem, was sein Meister tut, nicht einverstanden. Auch ein ehemaliger Steuerpächter mit Namen Matthaeus hat seinen Dienst aufgegeben und sich diesem Mann angeschlossen. Wie er mir bei einem Becher Wein im Geheimen anvertraut hat, schreibt er Berichte über die Taten seines Meisters, damit sie nicht in Vergessenheit geraten. Ich schwöre bei Mithras, dass es so gewesen ist und ich nur Wahres berichtet habe.

Quintillus Syrus, Centurio, III. Coh.

Ich legte den Bericht beiseite. Der Beobachtete war offensichtlich harmlos und ich beschloss endgültig, ihm keine weitere Aufmerksamkeit zu widmen. Den Centurio rief ich zurück. Die weiteren Mahnungen des Sanhedrin, etwas zu unternehmen, ignorierte ich. Für mich war die Angelegenheit erledigt. Ich bereitete meinen üblichen Umzug nach Jerusalem vor. Es stand nämlich das große Passahfest der Juden bevor. Zu diesem Zeitpunkt war meine Anwesenheit in Jerusalem jedes Jahr erforderlich, weil es zu diesem Fest gerne zu Ausschreitungen kam. Tausende von strenggläubigen Juden strömten dann in ihre alte Hauptstadt und die Stadt glich einem Bienenstock. Doch erwartete ich weder Unruhen noch glaubte ich, von jenem Jesus von Nazareth noch einmal zu hören. Doch ich sollte mich in beidem täuschen.

XLVI

Weit ließ ich meinen Blick über das trockene Hügelland Samarias schweifen und fand es so öde wie immer. Selbst jetzt im Frühjahr bedeckte staubige Hitze das Land, es hatte seit Monaten nicht mehr geregnet. Ich mochte keine Sonne mehr sehen, fast sehnte ich mich nach den regennassen Wäldern Germaniens zurück. Aber es ist wohl so, dass der Mensch immer das herbeisehnt, was er nicht haben kann, und so ist er ständig unzufrieden.

Wir waren vor zwei Tagen aus Caesarea aufgebrochen und waren froh, dass sich jetzt endlich die weitläufigen Hügel Jerusalems am Horizont abzeichneten. Ich ritt neben Claudia, die zum ersten Mal den beschwerlichen Weg auf einem Kamel zurücklegte und einen erschöpften Eindruck machte.

„Geht es dir gut, Liebste?"

Sie lächelte mich stumm an und nickte. Als ich von dem notwendigen Aufbruch nach Jerusalem gesprochen hatte, hatte sie so lange gedrängt, bis ich sie gegen meinen Willen mitnahm. Ich wusste den Grund für ihre Hartnäckigkeit nicht, ahnte ihn aber. Wie ich von Cornelius erfahren hatte, war auch jener Jesus von Nazareth auf dem Weg in die Hauptstadt und so war natürlich Cornelius ebenfalls in meinem Gefolge. Und auch der alte Pontillus wollte es sich nicht nehmen lassen, diesen merkwürdigen Mann einmal aus der Nähe zu sehen.

Je näher wir der Stadt kamen, umso mehr war die Straße von Händlern und Pilgern gesäumt, die sich auf beiden Seiten zur Rast niedergelassen hatten, viele schlugen auch schon ihre Zelte auf, um darin in den Festtagen zu wohnen. Neben den Straßen hatten sich bereits die üblichen Händler niedergelassen, die die Pilger versorgten. Solche Ereignisse füllten stets ihre Kassen.

Auch die Straße selbst war überfüllt mit Eseln, Pferden, Kamelen und Lastkarren, dazu waren Tausende Menschen zu Fuß unterwegs. Ihre Augen verfolgten den Zug unserer beiden Kohorten mürrisch, aber sie machten bereitwillig Platz.
Cornelius hatte sein Pferd neben das meine gelenkt.
„Noch fünf Tage bis Passah. Was für ein Andrang! Aber das Passahfest ist eben das höchste Fest der Juden, nicht wahr? So gedenken sie ihrer Befreiung vom Joch der Ägypter."
„Ich denke, wenn sie von unserem Joch befreit wären, würden sie ein noch größeres Fest feiern."
Cornelius lächelte. „Wundert dich das, Präfekt? Würden wir nicht ebenso denken?"
Ich erwiderte nichts, er hatte ja recht.
Auf der plateauartigen Spitze des breiten Hügels konnte man jetzt schon die riesige Tempelanlage sehen, an deren südwestlicher Spitze der alte Palast des Herodes stand, der mein eigentlicher Amtssitz war. Ich zog aber aus Gründen der Sicherheit die in nördlicher Richtung unmittelbar an die Tempelmauer angebaute Festung Antonia vor, wo ich bei meinen Truppen sein konnte.
Wenig später betraten wir die Stadt durch das Jaffator, wo wir von dem wachhabenden Tribun Lucius Domitius begrüßt wurden, der sofort die Spitze des Zugs übernahm. Auch hier machten uns die Menschenmassen, die sich vor dem Tor gestaut hatten, ohne Probleme Platz und es bedurfte nicht der bereitstehenden römischen Stadtwache, um die Straße zu räumen.
Eine einzelne Stimme rief gar „Vivat, Praefecte!", was ich mit einem Lächeln quittierte, aber die finsteren Blicke der Umstehenden ließen diesen fröhlichen Ruf sofort verstummen. Die engen Gassen der Stadt verlangsamten unseren Weg derartig, dass ich Muße fand, die Stadt sorgfältiger zu betrachten, wie ich das bei jedem meiner Besuche tat.
Die ehrgeizige Bautätigkeit des großen Herodes hatte ihre Spuren hinterlassen. Pracht und Herrlichkeit, insbesondere der Tempelanlage, hatte auch die Juden beeindruckt, die

Herodes ansonsten feindlich gesonnen waren. Paläste, große Aquädukte, geschwungene Säulengänge, das Theater, die Pferderennbahn, die Villen und prachtvollen Grabanlagen, das alles erinnerte an römische Städte und bildete einen wunderbaren Kontrast zu den Marktplätzen und engen Gassen der Unterstadt.

Der Stadtteil, durch den wir ritten, war von einem einzigartigen Gewirr fremder Sprachen und Gerüche erfüllt, eine bunte Menschenmenge wogte in verwirrender Vielfalt durcheinander. Da gab es ein Feilschen und Handeln, Münzwechsler versuchten wie überall in der Welt ihre Kunden zu betrügen, Kaufleute priesen mit wildem Gestikulieren ihre Waren an, Bauern boten Obst und Gemüse feil. Dazwischen wurden blökende Rinder und Schafe zum Tempelbezirk getrieben, meist, wie ich wusste, als Opfertiere bestimmt. Kinder liefen durch die Menge, meist schmutzig und mit elender Kleidung, Bettler, die noch ärmer gekleidet waren und ihre gichtigen Finger nach den Pilgern um ein Almosen ausstreckten, Tagediebe, die ihrem ertragreichen Gewerbe in der wogenden Menge nachgingen. Die Menge behinderte zunehmend unseren Zug und es bedurfte des Öfteren der Peitsche, damit man uns durchließ. Claudia hatte inzwischen auf mein dringendes Anraten das Kamel mit einer geschlossenen Sänfte vertauscht.

Obwohl dies alles für mich sehr interessant war, kam ich doch nicht jeden Tag durch diese Gassen, waren wir alle froh, als wir ohne Zwischenfall die Burg Antonia erreicht hatten. Claudia zog sich erschöpft in ihre Privaträume zurück und ich erfrischte mich in dem kleinen Bad von der Reise. Danach war ich bereit, den Lagebericht meines Tribuns zu hören.

„Es ist alles ruhig, Präfekt, wir haben alles im Griff. Gestern konnten wir sogar einen Mann festnehmen, den wir schon lange gesucht haben."

„Wer ist es?"

„Ein gewisser Barrabas. Er ist ein Zelotenführer, der aber auch nicht davor zurückschreckt, harmlosen Händlern die Kehle durchzuschneiden, um an ihre Waren zu kommen. Außerdem haben wir bei ihm ein umfangreiches Waffenlager entdeckt. Vermutlich haben er und seine Leute für die nächsten Tage einen Aufruhr geplant. Er ist für etliche Überfälle auf unsere Posten verantwortlich."

Ich nickte zufrieden. „Gut, Tribun! Was noch?"

„Zwei weitere Räuber und Mörder namens Gesmas und Dismas konnten wir ebenso dingfest machen. Seit vielen Jahren haben sie das Grenzgebiet zu Ägypten unsicher gemacht und viel Blut vergossen. Du musst ihr Todesurteil nur noch bestätigen. Ach, und dann bittet dich Kaiphas sobald als möglich um ein Gespräch."

Ich runzelte die Stirn. Ich hatte gehofft, ihn für einige Tage loszuwerden, und doch wusste ich, dass diese Hoffnung müßig war. Natürlich war auch er zum Fest hier. So griff ich nach dem Glas, in dem ein Sklave sorgsam Wasser und Wein vermischt hatte, und sagte nur: „Gut, so sei es. Sag ihm, dass wir morgen reden können. Wie üblich wird er die Antonia nicht betreten wollen, so werde ich ihm auf dem Hof entgegenkommen. Bereite alles vor!"

Damit war der Offizier entlassen und ich konnte nach Claudia sehen.

Claudia wirkte seltsam bedrückt, doch mochte sie mir den Grund ihres Zustandes nicht mitteilen. Erst von Cornelius erfuhr ich später, was in ihr vorging.

„Niemand kann sagen", berichtete er mir, „was genau passieren wird, aber wir spüren alle, dass große Dinge geschehen werden."

„Große Dinge? Was bei Mars meinst damit?"

Es schien mir, dass Cornelius bei der Erwähnung unseres Kriegsgottes schmerzlich zusammenzuckte, doch er fuhr fort: „Ich habe die letzten Tage in der Nähe dieses Mannes verbracht, den du mir zu beobachten befahlst."

„Diesen Jesus von Nazareth?"

„Ja, eben diesen. In der letzten Zeit hat er häufig ... Anspielungen gemacht."

„Könntest du dich vielleicht etwas deutlicher ausdrücken, alter Freund?"
„Nun", druckste Cornelius herum, „noch vor drei Tagen haben wir vor dem großen Tempel gestanden, und er sagte: ‚Es werden Tage kommen, da wird von dem, was ihr seht, kein Stein auf dem anderen bleiben; jeder wird niedergerissen werden.'"
Ich blickte Cornelius ratlos an. „Wie meint er das?"
Cornelius schüttelte den Kopf und seine Miene verdüsterte sich. „Ich weiß nicht, Präfekt, er machte einen niedergeschlagenen, fast verzweifelten Eindruck. Viel Volk ist zu ihm in den Tempel geströmt, um ihn zu hören, aber er spricht nur in Rätseln. Er spricht davon, dass er vom Vater ausgegangen ist und jetzt wieder zu ihm zurückgeht. Er sei der Weg und die Wahrheit, und wer an ihn glaube, der werde das ewige Leben haben."
„Das ewige Leben", meinte ich nachdenklich, „wollen wir das nicht alle? Ein kluger Mann, dein Jesus, so gewinnt man die Herzen der Zuhörer. Aber sag, sein Vater, war das nicht der Schreiner in Nazareth? Und zu dem will er zurück?"
Cornelius schüttelte entschieden den Kopf. „Wenn ich etwas verstanden habe, dann das, dass er nicht ihn meint. Überdies ist jener schon seit Jahren tot."
„Tot? So hat er noch einen Vater? Wie soll ich das verstehen?"
Cornelius blickte mich mit unendlicher Langmut an, so wie ein Vater, der seinem kleinen Sohn die Staatslehre Platons erklären wollte.
„Es handelt sich nicht um seinen irdischen Vater. Er spricht vielmehr von seinem himmlischen Vater. Der, der ihn als Erlöser geschickt hat."
Ich musste das erst verdauen und hüstelte irritiert.
„Himmlischer Vater? Erlöser? Dieses Wort schon wieder? Cornelius, Cornelius, wie hast du dich verändert! Als Römer, als stolzen Sohn der Wölfin, nahm ich dich mit in dieses Land. Als Römer und als Freund. Und jetzt stopfst du mir die Ohren mit diesem Unsinn voll und unterscheidest dich

in nichts mehr von diesen abergläubischen Bauern hier. Und was ist mit unseren Göttern? Mit dem mächtigen Jupiter, der stolzen Juno, mit Minerva und …"
Ich brach ab. Etwas Falscheres als die Aufzählung unserer Götter hätte ich nicht machen können, wie ich an seiner schmerzvoll verzogenen Miene ablesen konnte. Nichts verband ihn mehr mit diesen Gestalten unserer alten Götterwelt. Für ihn waren sie gestorben. Hatten sie überhaupt je gelebt? Ich hatte ihn verletzt und war sogleich um einen freundlicheren Ton bemüht.
„So glaubst du an die Prophezeiungen der Juden, die ihnen einen Messias versprochen haben, alter Freund?"
Seine Miene hellte sich auf, seine Worte waren voller Wärme und Begeisterung.
„Ja, Präfekt. Ich glaube daran. Und ich glaube mit ganzem Herzen, dass jener Jesus von Nazareth dieser Messias ist. Er ist gekommen, um Heil und Segen auf diese Welt zu bringen, und zwar allen, Juden und Römern, Griechen und Parthern, Numidiern und Germanen. Wo auch immer der Strahl unserer Sonne sich niederlässt, wird dieser Mann …"
Die letzten Worte habe ich vergessen, man verzeihe es mir. Doch habe ich Cornelius nie so euphorisch erlebt. Noch lange, nachdem er mich verlassen hatte, musste ich an diese Worte denken, sie gingen mir nicht mehr aus dem Sinn.
Schon am nächsten Morgen wurde mir der Name dieses seltsamen Predigers nachdrücklich ins Gedächtnis zurückgerufen.
„Jetzt ist es genug!", schrie Kaiphas und der Speichel spritzte aus seinem verkniffenen Mund. Seine kleinen Augen blitzten und das asketische Gesicht verzog sich in kaltem Zorn. Wir wandelten durch die Säulengänge der Antonia (immerhin das gestattete ihm sein Glaube!) und ich musste mir bittere Vorwürfe anhören.
„Zu lang, hörst du, viel zu lange hast du abgewartet. Immer wieder habe ich dich gebeten, gedrängt, ja, aufgefordert etwas zu unternehmen. Ich habe dir Beweise vorgelegt, Berichte. Zeugenaussagen. Aber du …!"

Ich hob abwehrend die Hand. So sprach man nicht mit dem Präfekten von Judäa. Ich versuchte den Mann zu beruhigen, obwohl ich innerlich kochte.
„Was genau wirfst du diesem Mann vor, edler Kaiphas?"
„Aufruhr! Verrat! Gotteslästerung! Und", er warf mir einen tückischen Blick zu, „Verrat an Rom, am Kaiser selbst. Es kann nicht mehr lange dauern und er wird bewaffnete Männer um sich scharen. Er spielt sich wie ein König auf, ein König der Juden. Müsste ein solcher nicht von Rom eingesetzt werden?", fragtc cr lauernd.
Und bevor ich antworten konnte, fuhr er schon erregt fort: „Und wie er unseren Gott verhöhnt!" Kaiphas' Gesicht nahm einen verzweifelten Ausdruck an. „Den Tempel, unseren Tempel", er wies mit großer Geste auf den Tempel hinter uns, „den will er niederreißen und in drei Tagen wieder aufbauen! Er, der Schreinersohn aus Galiläa!" Voller Verachtung spie er diese Worte aus. „In die Stadt ist er hineingeritten wie ein König, und das dümmliche Volk stand am Wegesrand und begrüßte ihn mit ‚Hosianna', wie man einen König begrüßt. Zugejubelt haben sie ihm, mit Palmwedeln begrüßt und hysterisch geschrien. Sie schienen schier außer Rand und Band, wie von Sinnen! Einige nannten ihn gar den erwarteten Messias, während andere, die Vernünftigen, ihn als das bezeichneten, was er ist: ein Taschenspieler und Gaukler, ein gottloser Geselle, der Unfrieden und Aufruhr stiftet. Und wenn es dazu kommt, wird die Stadt im Blute waten!"
„Woher weißt du das alles?"
Kaiphas griff in sein Gewand und brachte mehrere Schriftrollen zum Vorschein.
„Hier, alles von Zeugen aufgeschrieben und beeidigt. Kein Zweifel, der Mann ist eine große Gefahr für uns alle. Für alle gläubigen Juden und für Rom!" Bevor ich noch reagieren konnte, fuhr Kaiphas mit schriller Stimme fort, seine kleinen Augen blickten mich lauernd an: „Wie wird der große Tiberius in Rom wohl reagieren, wenn er erfährt, dass sein Statthalter trotz Kenntnis der Gefahr nicht einschreitet?"

Für eine Sekunde durchzuckte mich ein ungewisses Angstgefühl. Tiberius? Rom? Sollte Kaiphas etwa …
„Was also willst du von mir?“
„Lass ihn festnehmen und mach ihm den Prozess wegen Hochverrat und Gotteslästerung, und zwar noch vor dem Fest!“
Einen Augenblick sah ich die traurigen Augen von Claudia vor mir und die Verzweiflung in Cornelius Gesicht. Ich sah aber auch den toten Seianus und das strenge Gesicht des Tiberius vor mir. Wenn man nun nach Rom berichten würde, dass ich mich dem Aufruhr nicht in den Weg gestellt hätte. Und doch, alles, was ich von jenem sonderbaren Mann gehört hatte, klang nach Unschuld. Wie nun beiden Parteien gerecht werden?
Auch dachte ich in meiner Einfalt immer noch, ich könnte beide Seiten zufriedenstellen. Jenem Prediger würde schon nicht das Schlimmste passieren. Aber ein kleiner Denkzettel könnte nicht schaden …
Ich war zu einem Entschluss gekommen.
„Ihr habt selber Tempelwachen. Du magst ihn festnehmen lassen und hierher zum Verhör bringen! Dann werden wir sehen.“
Und während sich Kaiphas zufrieden verneigte, hatte ich den ungewissen Eindruck, dass die Parzen sich eifrig an meinen Lebensfäden zu schaffen machten.

XLVII

Ich hatte gehofft, dass Kaiphas von meiner Bevollmächtigung keinen Gebrauch machen würde, doch da hatte ich mich getäuscht. Zwei Tage vor dem Passahfest, am späten Abend, stürmte Cornelius in mein Amtszimmer und rief voller Zorn und Empörung:

„Sie haben Jesus festgenommen, Präfekt."

Ich blickte von meiner Schriftrolle auf, in die ich mich vertieft hatte.

„Wie haben sie ihn in Gewahrsam genommen?"

„Einer seiner Anhänger hat ihn verraten", schluchzte Cornelius, „in Gethsemane, einem Garten, haben sie ihn gefunden und durch die Tempelwache festnehmen lassen."

„So, so, in einem Garten", ich nickte beruhigend, „sei ohne Sorge, sie werden ihm nichts weiter tun. Ich werde dafür schon …"

„Nichts weiter tun?", rief Cornelius mit hochrotem Kopf. „Gefesselt wie ein Verbrecher wurde er, geschlagen und gedemütigt, was soll noch passieren?"

„Aber er lebt", erwiderte ich leichthin. „Das Weitere wird sich zeigen. Noch bestimme ich hier in Judäa, was geschieht."

„Aber sie haben ihn bereits zum Tode verurteilt …"

Bei diesen Worten schluchzte mein wackerer Centurio wieder laut auf und ich erkannte ihn kaum wieder. So sehr nahm er sich diese Dinge zu Herzen? Ich stand auf und legte begütigend meine Hand auf seine Schulter. „Cornelius, lieber alter Freund. Du kennst die Rechtslage, oder? Nur ich, Pontius Pilatus, Präfekt von Judäa, bevollmächtigt vom Kaiser in Rom, nur ich kann Todesurteile bestätigen oder ausführen lassen. Also gib nichts auf das Geschwätz der Alten des Rates."

„Und du … du wirst ihn nicht verurteilen lassen, nicht wahr?"

Ich fühlte, dass ich auf der Hut sein musste, und dachte nicht daran, ein leichtfertiges Versprechen abzugeben, das ich später vielleicht bereuen könnte.
So sagte ich nur: „Die Rute! Die Rute wird er wohl spüren müssen, damit ihm seine Unbotmäßigkeit vergeht. Aber sonst? Ich werde alles für diesen harmlosen Menschen tun, was in meiner Macht liegt. Rom wird für Gerechtigkeit sorgen."
Und in dem Augenblick, als ich dieses stolze Wort sagte, glaubte ich selbst noch daran. Auch Cornelius schien beruhigt und verließ mich.

In dieser Nacht schlief ich ausgesprochen schlecht. Schlimmste Träume jeglicher Art quälten mich, ohne dass ich sie hier noch aufzählen könnte. Ich weiß jedoch noch gut, dass ich schon vor der ersten Stunde von schrecklichem Lärm geweckt wurde, der vor meinem Palast herrschte. Diese Nacht hatte ich, wie auch schon die Nächte zuvor, nicht in der Burg Antonia verbracht, sondern in dem kleinen Palast, der dem Statthalter zur Verfügung stand, denn von dort aus ließen sich die üblichen Amtsgeschäfte wesentlich besser regeln. So schlüpfte ich aus meinem Feldbett, das ich mir aus alter Gewohnheit ins Schlafzimmer hatte bringen lassen, warf einen Blick aus dem Fenster und … erschrak.
Eine vielköpfige Menge hatte sich vor dem Innenhof versammelt und skandierte wüste Beschimpfungen, die ich nicht verstand. Augenblicke später klopfte Gnaeus Pompilius, mein zweiter Tribun, schon verzweifelt an die Tür und berichtete aufgeregt: „Eine Gesandtschaft des Sanhedrins ist angekommen und will dich dringend sprechen. Und sie schleppen einen Mann mit sich, der arg zugerichtet ist. Offenbar wollen sie seinen Tod. Den Namen des Mannes kenne ich allerdings nicht."
Ich aber kannte ihn.
Ich versuchte, Ruhe und Gelassenheit zu bewahren, und sagte, wobei ich das leichte Zittern meiner Stimme zu unterdrü-

cken suchte: „Mach alles im Forum bereit. Ich werde mich ankleiden und eine Winzigkeit zu mir nehmen. Dann stehe ich zur Verfügung."
Aber noch während Gnaeus Pompilius den Raum verließ, kam Claudia herein, leichenblass und mit Tränen in den Augen. „Es ist so weit, Gaius. Heute wird sich entscheiden, ob du unschuldiges Blut an deinen Händen haben wirst oder nicht. Heute werden wir ..."
„Liebste, es ist jetzt nicht an der Zeit für solche hochfahrenden Reden."
Ich versuchte, sie nicht anzufahren, es muss mir aber misslungen sein, denn die Tränen schossen ihr sturzbachartig aus den Augen. Sie klammerte sich an meinen Arm und rief mit erstickender Stimme: „Versündige dich nicht an diesem Gerechten. Ich habe heute Nacht von ihm geträumt und um seinetwillen viel gelitten."
Und dann erzählte sie mir von ihren wirren Träumen, in denen ein unbotmäßiges Volk eine herrliche Zeder, in deren Ästen eine vielköpfige Schar von Vögeln wohnte, fällen ließ und dabei selbst in hoher Zahl zu Tode kam.
„Während ich noch über diesen Traum nachsann", fuhr sie atemlos fort, „näherte sich ein Schwan mit blendend weißen Federn und schwamm an dem Gestade vorbei, an dem ich weilte. Da stürzten sich aus schwarzen Wolken raubgierige Falken, umkreisten ihn mit wüstem Gekrächze und zerfleischten ihn endlich mit ihren scharfen Schnäbeln."
Ich verstand nichts von ihren wirren Träumen und in meinem Kopf gingen die Gedanken wunderliche Wege.
Es klopfte. „Edler, Präfekt, man wartet auf dich!"
„Ich komme, Tribun!"
Ungerührt fuhr Claudia mit ihrer grausigen Schilderung fort. „Du glaubst nicht, wie viel Leid sich eines Menschen im Traum bemächtigen kann. Denn ich sah einen geräumigen Wald, in welchem Jäger weite Fangnetze aufgestellt hatten, ich hörte das Gebell der Hunde, das das Wild aufstöberte. Es währte nicht lange, so schaute ich in den Schlingen ein

ungleiches Paar verstrickt, einen Hirsch und einen Wolf. Da kündete es die Stimme des Jagdherrn, man möge den Wolf in die Freiheit entlassen, den stolzen Hirsch aber mit Spießen töten. So geschah es, und mit unglaublicher Rohheit stürzten die Burschen auf das edle Tier und schlachteten es. Doch ein schreckliches Unwetter verbreitete sich über den Wald und entlud sich in furchtbaren Blitzen und Donner, und all die Mörder wurden von ..."

Wieder die Stimme meines Tribuns: „Verzeih, Präfekt, man wird ungeduldig!"

In der Tat schwoll der Lärm vor meinem Palast zu ungeahnter Lautstärke, aber ich presste mein Ohr an die Lippen Claudias, um von ihrem ersterbenden Flüstern nichts zu verpassen.

„... dem Unwetter vernichtet! Siehe, Geliebter, Jesus ist jene Zeder, die von neidischen Bewohnern gefällt werden soll, er ist der Schwan, den die blutgierigen Pharisäer zu morden trachten, er ist der Hirsch, der zur Schlachtbank geführt wird. Und alle, mein Gemahl, alle deren Hände vom Blute des Gerechten besudelt sind, werden in furchtbarer Strafe umkommen, denn jener ... jener ist wahrhaftig ein heiliger Prophet, der Sohn eines Gottes!"

Ihre letzten Worte waren nur noch gehaucht, aber sie dröhnten in meinen Ohren wie die Fanfaren der Legionen.

XLVIII

Mein Kopf schmerzte, als ich in die gleißende Morgensonne trat und das Podest mit dem Richterstuhl bestieg. Das Forum meines Palastes war schon Tage vorher zum Gerichtssaal hergerichtet worden, denn ich nutzte meine Zeit in Jerusalem unter anderem dafür, Rechtsstreitigkeiten zu schlichten und Urteile zu sprechen. So hatte ich zum Beispiel auch das Todesurteil gegen jene beiden Räuber unterzeichnet, von denen Lucius Domitius gesprochen hatte. Ihre Kreuzigung sollte noch rechtzeitig vor dem Sabbatfest vollzogen werden, weil es die Gesetze der Juden aus mir unerfindlichen Gründen verboten, die toten Körper an diesem Tag am Kreuze hängen zu lassen.
Kaum hatte ich das Palastforum betreten, senkte sich Stille über das gesamte Gelände. Betont ruhig zupfte ich meine Amtstoga über dem Arm zurecht und blickte mich, wie ich hoffte, würdevoll um. Mein Blick fiel auf die Säulen, die in marmorner Pracht den Platz umgaben, auf die Geißelsäule, die in der Mitte angebracht war und der sofortigen Bestrafung Verurteilter diente und auf die Volksmenge, die schweigend, aber mit finsteren Gesichtern vor dem Forum stand. In ihrer Mitte erkannte ich Kaiphas und seine Tempelwächter, die einen gefesselten Mann umringten. Zu meiner Linken stand Gnaeus Pompilius, der mir jetzt zuraunte: „Das ist der Mann, um den sie so viel Aufhebens machen."
Zu meiner Rechten stand Cornelius, der unruhig mit den Füßen auf dem Boden scharrte, ein Blick zu ihm zeigte mir, dass ihm Schweißperlen auf der Stirn standen.
„Bringt den Gefangenen her. Welche Vorwürfe erhebt ihr gegen ihn?"
Sogleich begann ein diffuses Zetern und Geschrei, ohne dass

man auch nur ein Wort hätte verstehen können. Gleichzeitig setzte sich der Zug langsam in Bewegung, wenn auch nur bis zu einer unsichtbaren Grenze. Weiter durften sie nicht gehen, da sie sich sonst verunreinigt hätten und ihr Passahfest nicht hätten feiern dürfen, ein wahrlich verrückter Menschenschlag! Sie blieben also stehen, gaben dem Gefesselten aber einen kräftigen Stoß, dass er bis kurz vor das Podest taumelte. Während sich schlagartig eine unnatürliche Ruhe über die Menge senkte, erhielt ich endlich Gelegenheit, jenen Mann genauer zu betrachten, der uns allen so viel Scherereien machte, und zum ersten Mal stand ich ihm gegenüber.

Das war also der Mann, der alles in Aufruhr versetzte. Der alle in seinen Bann schlug! Ich konnte zunächst nichts Besonderes an ihm finden. Ich gewahrte einen Mann, wie er mir vorher beschrieben worden war. Er war von schlankem, hohem Wuchs, mit langen braunen Haaren und einem ebensolchen Bart, bekleidet mit einem groben grauen Gewand, das in der Mitte von einem Strick zusammengehalten wurde. Ein Mann, wie sie wohl zu Tausenden in Judäa oder Galiläa, ja, auch in Rom oder Syrien zu finden wären, ein Fischer, ein Schäfer, ein Tuchweber oder Topfhändler. Ein ganz gewöhnlicher Mann eben, wenn ... wenn da nicht diese Augen gewesen wären, die mit unerbittlicher Klarheit bis tief in das Innerste seines Gegenübers blickten, braun und von unergründlicher Sanftmut. Freilich war das ebenmäßig feine Gesicht von Wundmalen entstellt, man hatte ihn offensichtlich geschlagen, auch das Blut an seinem Gewand bestätigte dies. Dieser Mann hatte aber auch gar nichts von einem Aufrührer an sich, eher von einem ...
„Bist du der König der Juden?", rief ich mit einer Stimme, die über dem ganzen Platz zu hören war. Ich benutzte dabei die aramäische Sprache, die ich leidlich beherrschte.
Daraufhin blickte mich der Misshandelte an und sagte mit klarer Stimme: „Weißt du das aus dir heraus oder haben es andere von mir gesagt?"

„Bin ich denn ein Jude?", antwortete ich. „Dein Volk und der Hohe Rat klagen dich deshalb an."
Nun brach in der Volksmenge erneut großes Geschrei los, das erst abebbte, als Kaiphas den Arm hob und das Wort nahm. „Du hörst es selbst, er gibt sich als unser König aus. Er bringt mit seinen aufrührerischen Worten das ganze Volk durcheinander."
„Wir sollen keine Steuern mehr zahlen!", schrie ein anderer, ein langbärtiger Alter.
„Er will den Tempel abreißen", zeterte ein weiterer, seines Zeichens ein Hohepriester. Ich fragte bei meinem getreuen Pontillus nach, der mir auch als Dolmetscher diente, aber der bestätigte, dass ich richtig verstanden hatte.
So hob ich meinen Arm und augenblicklich kehrte Ruhe ein, ein gutes Zeichen, legte es doch Zeugnis meiner Souveränität ab. Wieder blickte ich den Angeklagten an, legte alle Strenge in den Blick, derer ich fähig war, und fragte: „Du hörst, was jene gegen dich vorbringen. Dein Volk und die Hohepriester haben dich hierhergebracht. Was also hast du getan?"
„Mein Reich ist nicht von dieser Welt. Wäre mein Reich von dieser Welt, so hätten meine Diener gekämpft, auf dass ich den Juden nicht ausgeliefert würde. Aber mein Reich ist nicht von hier."
„Wenn du also ein Reich hast, so bist du doch ein König?", erwiderte ich.
„Ja, ich bin ein König. Ich bin dazu geboren und in die Welt gekommen, dass ich der Wahrheit Zeugnis gebe. Jeder, der aus der Wahrheit ist, hört auf meine Stimme."
„Was ist Wahrheit?", fragte ich, erhielt aber keine Antwort, vielleicht aber auch deshalb, weil ich unwillkürlich ins Griechische verfallen war. Ratlos blickte ich mich um, da raunte mir plötzlich die Stimme des Cornelius ins Ohr: „Frage die Ankläger, woher Jesus stammt."
Ich folgte diesem Rat, ohne seinen Sinn sogleich zu verstehen, und erhielt die Antwort: „Er stammt aus Nazareth."
„Naaazareth?", fragte ich gedehnt nach. Ich hielt einen Au-

genblick inne und verstand, war das die Lösung? „So mag sich Herodes mit ihm abgeben."
Ich hielt dies für einen geschickten Schachzug, wusste ich doch, dass sich Herodes ebenfalls in Jerusalem aufhielt. Mochte der die Angelegenheit entscheiden, ich hatte dann immer noch Gelegenheit einzugreifen. Und während die Priester und die Volksmenge in lautes Murren und Klagen ausbrachen, stand ich auf und rief: „So er aus Nazareth in Galiläa kommt, untersteht er der Gerichtsbarkeit seines Fürsten, man wird ihn dorthin überstellen. Ich aber finde keine Schuld an ihm!"
Mit dieser Maßnahme hoffte ich auf einen doppelten Erfolg. Zum einen hatte sich das Verhältnis zwischen Herodes und mir in letzter Zeit nicht zum Besten entwickelt. Schuld daran war unter anderem ein kleiner Zwischenfall, bei dem einige aufständische Galiläer auf meine Veranlassung zu Tode gekommen waren, was mir der Vierfürst verübelte, da sie doch seiner Gerichtsbarkeit unterstanden. Bei seinen immer noch guten Kontakten nach Rom aber glaubte ich, mir ein Zerwürfnis nicht leisten zu können. Schickte ich nun den Jesus von Nazareth, auch Galiläer, zu ihm, so erkannte ich die Gerichtsbarkeit dieses eitlen Mannes vor aller Augen an. Zum anderen fühlte ich mich in meiner Rolle als Richter über den Wanderprediger nun wirklich unwohl. Zu deutlich standen mir Claudias Worte vor Augen. Aber auch ein Blick in die Augen dieses Mannes hatte mich von seiner Unschuld bereits überzeugt. Ich musste gestehen, dass dieser Mann auch mich nach wenigen Augenblicken in seinen Bann gezogen hatte.
Froh also, die Sache erst einmal vom Hals zu haben, gab ich meinen Männern einen Wink. Sie nahmen den Gefangenen in ihre Mitte – fast machte es den Eindruck, als schützten sie ihn vor der aufgebrachten Menge – und brachten ihn weg.
„Ich werde mitgehen, Präfekt."
Das war keine Frage, die Cornelius stellte, sondern eine Feststellung, und ich erteilte ihm gerne die Erlaubnis.

Hatte ich gehofft, die Menge vor meinem Palast würde sich jetzt zerstreuen, sah ich mich getäuscht. Sie ließen sich schwatzend nieder und harrten der weiteren Ereignisse. Ich aber ging hinein, um mich etwas auszuruhen und legte mich für einige Minuten auf eine Liege. Die Kopfschmerzen waren unerträglich geworden. Eine Dienerin legte mir einen kühlenden Minzumschlag auf die heiße Stirn, andere brachten Wein, Gebäck und Obst. Auf meinen Wunsch ließ man mich allein. Ich weiß nicht, wie lange ich so lag, aber langsam entspannte ich mich, der Schmerz ließ nach und ich begann die Welt wieder mit anderen Augen zu sehen. Es schien mir wie ein Albtraum gewesen zu sein, der vielleicht schon seinen Abschluss gefunden hatte. Erleichtert stand ich auf, ging auf die rückwärtige Terrasse, lobte mich selbst für meine Klugheit – und stieß auf Claudia, die mich mit fieberglänzenden Augen anstarrte. Ihre blütenweiße Tunika, ihr wachsbleiches Gesicht, die zitternden Hände, sie glich eher einem Gespenst als dem geliebten Weib früherer Tage.
„Wie konntest du ihn dem Herodes überlassen. Hast du vergessen, was er dem Täufer angetan hat?"
Ich biss herzhaft in einen Apfel, nahm einen gehörigen Schluck Wein und erwiderte in aller Ruhe: „Sorge dich nicht, Geliebte, er wird es nicht wagen, ihn zum Tode zu verurteilen. Er wird gewiss …"
In diesem Augenblick schwoll der Lärm von der Vorderseite des Hauses gehörig an und ich schaute irritiert zu Claudia. Im gleichen Augenblick hastete ein Legionär heran und salutierte flüchtig. „Verzeih, edler Präfekt, man bringt gerade den Gefangenen von Herodes zurück. Deine Anwesenheit ist wieder erforderlich."
Innerlich belegte ich den Fürsten, der mir das Problem zurückschickte, mit einem üblen Schimpfwort, aber ich hatte begriffen, dass ich mich auf diese Weise nicht des Problems entledigen konnte.
Und während Claudia wortlos verschwand, begab ich mich wieder zu meinem Richterstuhl, das Leben und die ungerech-

ten Götter verfluchend. Aber ich würde auch diese Aufgabe meistern – und ohne, wie Claudia sich ausdrückte, das Blut eines Gerechten zu vergießen. So dachte ich Narr jedenfalls.

XLIX

Allzu sehr ähnelte die jetzige Situation der vorigen, die sich nicht einmal eine Stunde zuvor abgespielt hatte, nur war die Menschenmenge beträchtlich gewachsen.

„Herodes schickt ihn zurück zu dir", flüsterte Cornelius aufgeregt, „Jesus hat überhaupt nicht mit ihm gesprochen, keine seiner Fragen beantwortet, und doch fand der Fürst keine Schuld an ihm. Aber schau nur, er ließ ihm zum Hohne ein weißes Gewand anziehen, wie es in diesem Lande nur die Toren und Narren tragen. Welch eine Schande!"

In der Tat trug der Angeklagte jetzt ein langes weißes Gewand, doch trug er das mit solcher Würde, dass er darin nach meinem Geschmack nicht wie ein Narr, sondern wie ein wahrer König aussah. Ob Herodes das beabsichtigt hatte? Seufzend ließ ich mich auf dem Richterstuhl nieder. Nahm dies Drama denn gar kein Ende mehr?

Der diensthabende Tribun hatte inzwischen zwei weitere Centurien aufmarschieren lassen, die den Platz säumten und nur auf den Befehl des Eingriffs warteten, eine weise Entscheidung, hatte ich doch nicht vor, mir meinen Urteilsspruch vom Pöbel diktieren zu lassen. Und doch war ich ratlos, bis plötzlich mein trefflicher Cornelius einen weiteren Einfall hatte.

„Präfekt, es ist doch Sitte, vor dem Fest einen verurteilten Verbrecher freizugeben. Wir haben doch noch jenen Barrabas in Haft. Stell sie vor die Wahl, sie werden sicher eher Jesus freihaben wollen als diesen berüchtigten Verbrecher!"

So sei es, sagte ich mir und erhob mich. Ich trat neben den schweigenden Angeklagten und hob deutlich für jedermann meinen Arm.

Doch schien dies nicht wie zuvor eine beruhigende Wirkung

auf die entfesselte Menge zu haben, denn der Lärm senkte sich nur unmerklich. Ich wies also den Hornisten an, laut in sein Horn zu blasen, und auch dann brauchte es noch die ganze Gewalt meiner Stimme, bis ich mich verständlich machen konnte: „Es ist eine alte Sitte, dass wir euch zu euren Festtagen einen Gefangenen herausgeben. Welchen wollt ihr also haben: den Jesus von Nazareth, den man den König der Juden nennt, oder den Barrabas, den Räuber und Mörder, unter dem ihr viel gelitten habt?"

Ich war mir ganz sicher, dass sie sich in meinem Sinne entscheiden würden.

Wie erstaunt aber war ich, ja, entsetzt, als die meisten schrien: „Gib den Barrabas frei, wir wollen Barrabas!"

Ich war nicht sicher, ob ich richtig verstanden hatte und signalisierte dies der Menge, indem ich die Hand an mein Ohr legte. Aber die entfesselte Menge wiederholte den Namen des Räubers, lauter und energischer denn zuvor.

Die wenigen, die den Namen Jesus schrien, wurden angerempelt und niedergebrüllt. Verdutzt erneuerte ich meine Frage ein weiteres Mal, erhielt jedoch die gleiche Antwort, lauter und fanatischer noch. Ratlos blickte ich um mich. Ich sah in das Entsetzen des Cornelius, die Ratlosigkeit meines Tribuns, die Gleichgültigkeit meiner anderen Offiziere und die kalte Wut des Kaiphas und seiner Anhänger.

Ich brauchte einige Zeit, bis ich meine Fassung zurückgewann. Dann stand ich auf und legte meine Toga kunstvoll über den Arm. Alle Gelassenheit, derer ich überhaupt fähig war, legte ich in meine nächste Frage.

„Was soll ich also mit Jesus tun, dem König der Juden?"

Da schallte mir ein hundertfaches „Kreuzige ihn! Ans Kreuz mit ihm!" entgegen, aus rauen Kehlen und mit einer Macht, die mich zurückprallen ließ.

„Was hat er denn Böses getan? Ich finde keine Schuld an ihm. Ich werde ihn geißeln lassen und dann …"

Aber die entmenschte Menge war nicht mehr zugänglich: „Ans Kreuz mit ihm!"

Ich glaubte, diese Menge nur noch beruhigen zu können, wenn ich ihnen wenigstens zum Teil ihren Willen ließ.
So ließ ich den Angeklagten geißeln in der Hoffnung, so doch sein Leben zu retten. Freilich taten die Soldaten, denen meine Gedankengänge völlig fremd sein mussten, ein wenig zu viel. Sie schlugen ihn, legten ihm einen alten roten Mantel um, setzten ihm eine Dornenkrone auf und schmähten ihm mit den Worten: „Heil dir, König der Juden!"
In dieser erbärmlichen Verfassung präsentierte ich ihn dem Volk erneut und hoffte auf die Gnade, derer ich nicht fähig war. Doch hoffte ich vergebens, denn das Geschrei nahm nicht ab. Im Gegenteil, unter das übliche „Ans Kreuz mit ihm!" vermischten sich vereinzelt Rufe wie „Wenn du ihn nicht verurteilst, bist du kein Freund des Kaisers!", die in mir blankes Entsetzen hervorriefen. Der Kaiser? Wieso?
Einen letzten Versuch wollte ich machen und trat an den Angeklagten heran, der scheinbar ungerührt das Geschehen verfolgte.
„Wer bist du, Mann? Woher kommst du?"
Doch Jesus antwortete mir nicht.
„Du gibst mir keine Antwort? Mir, deinem Richter? Weißt du nicht, dass ich die Macht habe, dich freizugeben oder dich kreuzigen zu lassen?"
Da blickte mich dieser Mann mit seinen unergründlichen Augen, in denen alles Verzeihen dieser Welt lag, an und erwiderte leise: „Du hättest keine Macht über mich, wenn sie dir nicht von meinem Vater gegeben wäre. Deswegen hat der die größere Schuld, der mich dir überantwortet hat."
Ich weiß nicht, ob ich diese Worte damals verstanden habe, heute ahne ich zumindest ihren Sinn und lasse mir dies gelegentlich zum Trost reichen, aber damals …
Während mein getreuer Pontillus diese Worte meiner Erinnerung aufschreibt, zittern auch jetzt noch seine Hände, war er doch Zeuge des Geschehens und stand an jenem unsäglichen Tag drei Schritt hinter mir. Tränen, o Nachwelt, die du diese Zeilen liest, fließen über seine ausgemergelten Wangen,

während seine geübten Hände über den Papyrus huschen, und auch ich würde sie weinen, hätte ich noch welche! So bietet der Getreue alle Kraft auf, um den kläglichen Rest des Geschehens nicht zu unterschlagen.

Verzeih mir also, Nachwelt, wenn du kannst, und wenn es dann mein Fehler war, was folgte. Ich jedenfalls hatte an jenem Tag nicht mehr die Kraft, der tobenden Volksmenge zu widerstehen. Und während das bittende Gesicht Claudias mir ebenso vor Augen trat wie das entsetzte des Cornelius, das strenge Gesicht des Tiberius ebenso wie die sanften Augen jenes unschuldigen Mannes, den ich jetzt seinen Peinigern zur Kreuzigung überließ, während diese Bilder mir alle blitzartig durch das gemarterte Hirn schossen, ließ ich mir – wie es unsere Priester vor der Opferung zu tun pflegen – ein kleines Waschbecken bringen, das Kaiphas ratlos anstarrte.

Hilflos raffte ich mich zu einer letzten, wie ich hoffte großen Geste auf.

„Ich finde keine Schuld an diesem Menschen. Seht, welch ein Mensch vor euch steht! Ich bin unschuldig am Blute dieses Gerechten, seht ihr zu!"

Doch wer von diesen verstand noch meine Geste?

„Sein Blut komme über uns und unsere Nachfahren!", riefen sie trotzig aus. Tausend Kehlen schienen sich zu einem Chor von Hass und Bösartigkeit vereint zu haben. Da gab ich ihrem Willen nach.

Ich befahl, am Kreuz des Verurteilten die Inschrift „Jesus von Nazareth, *König der Juden*" anbringen zu lassen, was den Vertretern des Sanhedrin natürlich auch nicht recht war. Sie protestierten und riefen: „Schreib, dass er sagt, er sei der König der Juden!"

Dies eine Mal aber, bei einem eigentlich völlig unwichtigen Detail, setzte ich mich durch und teilte ihnen deutlich mit: „Was ich geschrieben habe, habe ich geschrieben!"

Da gaben sie Ruhe. Und während das Volk sich befriedigt auf den Weg zum Hinrichtungsort machte und während sich die Henkersknechte des Gerechten bemächtigten, zog ich mich in meine Amtsräume zurück, begrub die Hände ins Gesicht und ließ den Tränen freien Lauf. Und doch kannte ich damals nicht einmal ihren Grund!

L

Der Rest ist schnell erzählt, denn die Zeit eilt. Man muss zu einem Abschluss kommen! Schon waren Caligulas Häscher hier und fragten, wie lange ich noch brauche, bis ich dem Befehl des Kaisers nachkäme. So höre, Nachwelt, wie es zu Ende ging:
Noch am gleichen Tag wurde Jesus von Nazareth gemäß dem von mir gefertigten Urteilsspruch gekreuzigt. Ich habe über diesen Fall eine Akte anlegen lassen und den Urteilsspruch wie auch die wichtigsten Berichte abschreiben lassen und zu meiner persönlichen Verfügung mitgenommen. Höre also, Nachwelt, welche Worte das Gesetz durch mich sprechen ließ:

ICH, PONTIUS PILATUS

Vorgesetzter Praefect des niederen Galilaea, verkünde hier zu Jerusalem, dass ich Jesus von Nazareth, einen aufrührerischen Menschen, gegen das Gesetz seines Volkes, gegen Volk und Senat von Rom, und gegen den allmächtigen Kaiser von Rom verurteile.
Durch diesen Richterspruch setze ich kraft der mir erteilten Vollmacht fest, dass der Missetäter am Kreuze sterben soll, mit Nägeln an dasselbe befestigt, so lange, bis der Tod eintritt. Gebunden und gegeißelt soll er zum Kalvarienberg geführt werden, damit daselbst die Vollstreckung vorgenommen wird. Auch verbiete ich bei strenger Strafe, dass irgendjemand, wes Standes er auch sei, sich unterfange, den Lauf des Rechts zu hemmen.

Pontius Pilatus, Iudex et
Gubernator Galilaeae Inferioris
Pro Romano imperio, qui supra propria manu
a.d.IX.Kal.Mai.786 a.u.c.

Und wie ich es befahl, so geschah es. Doch müssen sich wundersame Dinge während der Vollstreckung ereignet haben, wie aus dem Bericht des beauftragten Centurios zu entnehmen war. Ich zitiere diesen Bericht wie auch andere, da ich selbst nicht Zeuge der Ereignisse war:

Bericht des Cassius Longinus,
Centurio der 4. Ital.Cohorte zu Jerusalem,
an den ew. Praefecten von Iudaea, Pontius Pilatus

Befehlsgemäß wurde heute zur neunten Stunde die Kreuzigung des Jesus von Nazareth zusammen mit zwei weiteren Übeltätern namens Dismas und Gesmas vorgenommen. Dies geschah zunächst ohne besondere Vorfälle, insbesondere leisteten die Verurteilten keinen Widerstand. Jener Jesus, den viele den König der Juden nannten, rief kurz vor seinem Tod: „Mein Gott, mein Gott, warum hast du mich verlassen?" und „Vater, in deine Hände empfehle ich meinen Geist", auch sicherte er einem seiner Mitdelinquenten zu, dass dieser noch heute mit ihm im Himmelreich sei, dann verstarb er. Ich überzeugte mich persönlich von seinem Tod, indem ich – wie wir es in solchen Fällen zu machen pflegen – meine Lanze in seine Seite stieß. Es sind aber einige merkwürdige Dinge geschehen, die der amtlichen Erwähnung bedürfen: Schon zur sechsten Stunde war über einige Stunden eine Sonnenfinsternis in der ganzen Stadt ausgebrochen, die du auch bemerkt haben wirst, ehrwürdiger Praefect. Später erfuhr ich, dass der Vorhang im Tempel der Juden von oben nach unten zerriss, die Erde bebte und Felsen zersprengt wurden. Es sollen sogar Tote aus ihren Gräbern gekommen sein, doch darf man solchen absonderlichen Erzählungen keinen Glauben schenken. Ich hab jedenfalls keine gesehen.

Cassius Longinus, prid.Non.Mai 786 a.u.c.

Man sollte denken, dass diese Angelegenheit damit ihren Abschluss gefunden hätte, doch Fortuna war noch nicht fertig mit mir. Unmittelbar nach der Abnahme des Leichnams kam ein vornehmer Jude hohen Rangs namens Joseph von Arimatheia zu mir und bat um die Erlaubnis, den Körper des Toten in seinem Grab zu bestatten.

Kaum hatte ich diese Erlaubnis gegeben, stand am nächsten Tag eine Abordnung des Sanhedrin von meinem Haus und forderte, die Grabstelle müsse unbedingt streng bewacht werden. Es gäbe nämlich Pläne seiner Anhänger, den Leichnam zu stehlen und dann zu verkünden, er sei von den Toten auferstanden. Schließlich habe Jesus ja selbst verkündet, er werde am dritten Tag auferstehen. Ich fand das Verlangen höchst albern, gab aber um des Friedens willen entsprechenden Befehl. Umso erstaunter war ich, als ich erfuhr, dass der Hingerichtete tatsächlich am dritten Tag aus dem Grab verschwunden war! Ich ließ sofort den Befehlshaber jener Einheit kommen, die das Grab bewacht hatte, und forderte einen schriftlichen Bericht von ihm:

Bericht des Marcus Vipsanius
Legionär der Zweiten Cohorte, Leg.X.Fret.
an den hochehrwürdigen Praefecten Pontius Pilatus

Wie befohlen haben wir das Grab des Executierten mit dem Namen Jesus von Nazareth mit einer Decurie bewacht. Ich versichere bei meinem Fahneneid, dass wir pflichtgemäß gehandelt und ordnungsgemäß gewacht haben. Das Grab war mit einer schweren Steinplatte verschlossen. Am Morgen des dritten Tages zog unse-

re Einheit ab. Später wurde uns gesagt, dass der Leichnam des Verurteilten abhandengekommen sei. Von einigen jüdischen Priestern wurde uns danach Geld angeboten, damit wir aussagten, die Anhänger des Verurteilten hätten die Leiche weggeschafft. Tatsächlich haben einige meiner Männer das Geld angenommen, sie haben aber die geforderte Aussage nicht geleistet, und sie wäre auch unwahr gewesen, denn niemand ist gekommen, um die Leiche zu stehlen. Einer der Männer sprach wohl von einem gleißenden Blitz und einer weiß gekleideten Gestalt, die plötzlich erschienen sei, doch trinken die Männer – entgegen der Dienstvorschrift – auf einer solch langen Wache manchmal einen Schluck Wein, was ihre Auffassungsgabe offenbar beeinträchtigt. Wie die Leiche des Delinquenten aber wirklich abhandenkam, kann ich nicht sagen, jedenfalls war sie weg und wurde nicht wieder gefunden.

Mögen die Götter unseren Kaiser und
Dich ew. Praefecten schützen!
Marcus Vipsanius

Rätsel über Rätsel! Was war mit dem Gekreuzigten geschehen? Ich weiß es bis heute nicht, obwohl ich, nach allem, was in inzwischen weiß, die Möglichkeit nicht mehr ausschließe, dass er tatsächlich von den Toten auferstanden ist, denn er war ein außergewöhnlicher Mann. Ja, mehr noch, es mag sich tatsächlich um einen Gott gehandelt haben, statten doch auch unsere Götter den Menschen hin und wieder Besuche ab!
Nach diesem Ereignis war jedenfalls nichts mehr wie zuvor. Cornelius, der der Kreuzigung übrigens auch beigewohnt hatte, bat um seine Entlassung aus dem Dienst, und ich gewährte sie ihm. Soweit ich später erfuhr, hat er sich den Männern und Frauen angeschlossen, die immer noch dem Gekreuzigten anhängen, ihre Zahl scheint im ganzen Land

stetig zuzunehmen. So verlor ich einen Freund, doch harrte meiner Schlimmeres: Seit jenem Tag sprach mein Weib Claudia kein Wort mehr mit mir, als hätte ich mit dem Urteilsspruch zugleich auch das Urteil über unsere Liebe gesprochen. Schweigsam schlich sie durch die Räume des Palastes und blickte stets in eine unendliche Ferne. Versuche, mit ihr zu sprechen, waren stets zum Scheitern verurteilt. Wenn sie mich anschaute, war eine solche Leere und Trauer in ihren Augen, dass man verzweifeln konnte.
Und eines Tages verschwand sie aus Caesarea, wohin ich endlich zurückgekehrt war, und ich sah sie erst viel später wieder, es war, als hätte sie sich aufgelöst. Zwar ließ ich sie mit allem suchen, was mir zur Verfügung stand, doch ohne Erfolg. Viel später erst hörte ich, dass sie auch zu den Anhängern jenes Jesus von Nazareth geflüchtet war und bei ihnen Unterschlupf gefunden hatte. Man stelle sich das vor: Die Frau des Präfekten reist mit solchen Männern herum! Es schaudert mich noch heute bei diesem Gedanken. Erst Monate später tauchte sie wieder in Rom auf und wohnte in meinem Haus, als wäre nichts geschehen. Über die Dinge, die sie noch in Judäa erlebt hatte, sprach sie nie mit mir.
Irgendwie muss die Nachricht von der Hinrichtung des Nazareners nach Rom gelangt sein, jedenfalls erhielt ich die Aufforderung, den Sachverhalt nach Rom zu berichten. Das tat ich:

Pontius Pilatus, Praefect von Iudaea,
grüßt seinen erhabenen
Kaiser Tiberius Claudius Nero Augustus

Vor Kurzem trug sich etwas zu, was ich selbst aufdeckte: Die Juden haben nämlich aus Neid und Hass auf sich selbst und ihre Nachkommen ein furchtbares Strafgericht herabgezogen. Da nämlich ihre Vorväter die Verheißung hatten, dass ihr Gott ihnen einen seiner Heiligen vom Himmel her senden würde, der dann

natürlich ihr König genannt werden musste, verhieß er ihnen, diesen durch eine Jungfrau auf die Erde zu senden. Dieser also kam in meiner Statthalterschaft nach Iudaea.
Und sie sahen, wie er Blinden zum Licht verhalf, Aussätzige rein machte, Gelähmte heilte, Dämonen aus den Menschen vertrieb, Tote auferweckte, Winde bedrohte, auf Meereswogen wandelte und viele andere Wunder tat, und wie das ganze Judenvolk ihn Gottes Sohn nannte. Von Neid nun gegen ihn getrieben, nahmen ihn die Hohepriester fest und überlieferten ihn mir.
Lügen auf Lügen häufend, sagten sie, er sei ein Zauberer und handle gegen ihr Gesetz. Ich aber glaubte, dass es sich wahrhaft so verhielte, ließ ihn geißeln und überließ ihn ihrem Willen. Sie aber kreuzigten ihn, und als er begraben war, stellten sie Wächter bei ihm auf. Er aber, während meine Soldaten ihn bewachten, stand am dritten Tage auf. So weit aber entbrannten die Juden in ihrer Schlechtigkeit, dass sie den Soldaten Geld gaben und sprachen: „Saget, seine Jünger hätten seinen Leib gestohlen." Sie nahmen das Geld, konnten aber, was geschehen war, nicht verschweigen. Denn sie haben bezeugt, sowohl dass sie jenen haben auferstehen sehen als dass sie von den Juden Geld bekommen haben.
Dies aber habe ich deshalb vor deine Majestät gebracht, damit nicht ein anderer Lügen vorbringe und du meinst, den Trugreden der Juden glauben zu müssen. Mögen die Götter dich schützen, edler Caesar!

Pontius Pilatus, Praefectus Iudaeae

Ich erhielt auf diesen Brief nie eine Antwort und war mir völlig unsicher, ob dieser Brief überhaupt jemals den kaiserlichen Hof erreicht hatte. Denkt man an die Gefahren, denen die Transportschiffe durch Sturm und sonstige Unbill der Meere ausgesetzt sind, muss das nicht verwundern. Und damit war diese Angelegenheit für mich erledigt. So dachte ich jedenfalls, ich Narr, der ich war!

L

Ich blieb noch drei Jahre in diesem schrecklichen Land, das mir zum Schicksal werden sollte. Doch war es nicht jenes Urteil, das meiner Laufbahn ein abruptes Ende bescheren sollte, sondern die Tatsache, dass ich etwas zu hart – jedenfalls meinte man das anderen Orts – gegen die unbotmäßigen Samariter im Norden meiner Provinz vorging. Diese hatten sich gegen uns erhoben und bedrohten unsere Truppen. Freilich ließ ich zur Abschreckung einige ihrer Vornehmsten hinrichten, doch tat ich dies nur, um wieder Ruhe und Ordnung in der Provinz herzustellen. Ihr Hoher Rat aber schickte eine Gesandtschaft zu Vitellius, dem Statthalter von Syrien, und klagte mich an. Und tatsächlich ließ sich Vitellius von ihren Worten verleiten, schickte den mit ihm befreundeten Marcellus zu meiner Ablösung und befahl mir, mich sofort nach Rom zu begeben, um mich dort zu verantworten.

Nach zehnjähriger ordnungsgemäßer Pflichterfüllung eine solche Schmach! So bestieg ich im Sommer des Jahres 789 a.u.c. einen Segler, der mich nach Rom bringen sollte, und ließ doch einen Teil meines Herzens im fremden Land zurück.

Was würde mich in Rom erwarten? Wie würde mich Tiberius empfangen? Ich sollte es nie erfahren! Der Kaiser habe keine Zeit, hieß es, er führe von Capri aus die Staatsgeschäfte und sei zu beschäftigt. So begab ich mich in mein Haus und harrte der Dinge, die da kommen sollten. Mein Weib Claudia mied den Umgang mit mir, sie konnte mir wohl nie vergeben, was ich getan hatte. Nur Pontillus, der diese Zeilen zu Papier bringt, war mir ein treuer Gefährte.

Mehr als ein halbes Jahr verbrachte ich so in Ungeduld und nicht ohne Angst. Ich merkte, dass man den Umgang mit mir mied, ich war in Ungnade gefallen und meine einstigen Schutzherrn wie Seianus längst tot und dem Vergessen anheimgefallen. Immer noch hatte der Kaiser keine Zeit. Hatte er mich längst vergessen?

Dann, kurz nach den Iden des Jahres 790, erreichte eine Meldung Rom, die einschlug wie das Geschoss eines Katapultes: Tiberius war tot, Gaius Caesar, den alle Welt – wenn er selbst nicht dabei war – Caligula nannte, trat seine Nachfolge an. Was bedeutete das für mich?

Der neue Kaiser war ein junger Mann, zählte gerade vierundzwanzig Jahre, stammte wie sein Vorgänger aus dem edlen julisch-claudischen Geschlecht. Seine Mutter war die von Tiberius verbannte Agrippina, sein Vater der von aller Welt vergötterte Germanicus. Bei ihm wollte ich mein Recht finden, so hoffte ich.

Doch der neue Kaiser hatte so wenig Zeit wie der alte und mochte mich nicht anhören. Die Götter mögen wissen, was man ihm von mir erzählt hat, jedenfalls vergesse ich den Augenblick nie, in dem mir mein lieber Pontillus die Schrift aus dem Palatin überbrachte, in der ich mit dürren Worten aufgefordert wurde, mich binnen vier Wochen ins Exil nach Gallien zu begeben, nach Vienna, in die Hauptstadt der Allobroger. Jene Stadt, wo der Rhodanus in den Arar mündet, jenen Fluss, an dem einst der glorreiche Caesar die Helvetier besiegte und damit den ersten Schritt zur Eroberung ganz Galliens tat. Was waren das für Zeiten!

Bei allen Göttern! Verbannung! Wofür? Weshalb? Weil ich meine Pflicht erfüllt hatte? Oder rächt so der Gekreuzigte sein Urteil? Ich legte Einspruch ein, fragte nach Gründen. Keine Antwort, das Urteil blieb.

Wenn ich an jene Nacht denke, die mir die letzte in Rom war, quellen auch heute noch Tränen aus meinen Augen …

Oh, ich kannte Gallien gut genug von meiner damaligen Zeit. Von barbarischer Hitze im Sommer gequält und gnadenloser Kälte in den langen dunklen Nächten des Winters.

Vienna, Barbarenstadt am Rhodanus, eine Ansammlung höl-

zerner Hütten, ohne Thermen, ohne Forum, ohne Circus. Fremdländische Gesichter, kehlige Laute, finstere Mienen begegnen mir, dem verbannten Eindringling. So war meine Vorstellung, doch muss ich gestehen, dass es nicht ganz so schlimm kam.
So mag sich der arme Ovid im barbarischen Tomi gefühlt haben oder der große Cicero im fernen Macedonia, wenn dies auch der Kultur schon näher lag.
Diese beiden großen Männer hatten den Schmerz der Verbannung gekostet, hatten aus dem bitteren Becher der Einsamkeit getrunken, Ovid gar bis ans Ende des Lebens. Wie konnte ich doch den Schmerz dieser großen Männer fühlen, wühlte nicht ein gleicher Schmerz wie ein Dolchstoß in meinem gepeinigten Herzen.
Der Rest bedarf kaum der Worte. Ich übergab mein väterliches Haus dem treuen Verwalter, dem bittere Tränen beim Abschied rannen, sagte meiner schweigsamen Frau und den wenigen Freunden, die mir die Umstände gelassen hatten, Lebewohl, packte das wenige, was mir geblieben war, und verließ Rom, wohl wissend, dass ich es wohl nie wieder betreten würde, auch wenn Claudia mir versprach, sich bei dem neuen Caesar für mich einzusetzen. Aber was mochte wohl die tapfere, kleine Frau bei diesem Kaiser erreichen, dem Gnade als letzte Tugend nachgesagt wurde?
Nur der getreue Pontillus blieb als mein Gefährte und begleitete mich in das unwirtliche Exil.

So lebe ich jetzt hier zwei Jahre. Was tröstet es mich, dass vor Kurzem auch Herodes Antipas nach Gallien verbannt wurde, gar nicht weit von hier, ein köstlicher Scherz Fortunas. Ich traf ihn, wie ich berichtet habe, und zu diesem Zeitpunkt hat er bereits das Leben verlassen und befindet sich in einer ungewissen Welt. Für mich hält Fortuna Ungewisses bereit, aber die Zeiten, in denen ich mich dieser launischen und neidischen Göttin unterwarf, sind vorbei.
Gleich wird mir Pontillus einen letzten Dienst erweisen und

mir die Phiole mit dem bläulichen Saft reichen. Zwar versuchte er mit aller Energie, die ihm das Alter noch gelassen hatte, mir meinen Plan auszureden, doch vergeblich. Ich mag so nicht mehr leben! Ist es nur die Verzweiflung über die Düsternis der Verbannung oder ist es die Schuld, die bei Tag und Nacht an mir nagt? Schuld und Zweifel. Habe ich damals richtig gehandelt, als ich den Richtspruch unterzeichnete? Hatte ich überhaupt eine andere Möglichkeit? Ich sehe die geifernde Menge vor mir, wie ich es oft auch im Traum tue. Wie sie den Tod des Predigers fordert, mir droht, mich in Rom anzuklagen. Ich hatte ihnen doch angeboten, jenen Mann freizulassen, aber die Menge wollte nicht hören. Wusch ich nicht meine Hände im Wasser der Unschuld? Aber es hat mir nichts genutzt. Vielleicht hätte ich damals auf Claudia hören sollen, hätte den Zweifeln, die ich an der Schuld jenes Jesus von Nazareth hatte, nachgeben sollen. Hätte ich dann die Wahrheit gefunden? Was ist Wahrheit?
Ich weiß es nicht, wohl weiß ich die Antwort, die mir Claudia gegeben hätte oder mein treuer Cornelius. Manchmal meine ich, die Götter im fernen Olymp hätten sich gegen mich verschworen, um meinen Stolz zu brechen. Eine Verschwörung? Nun, dann ist sie jedenfalls gelungen und die eitlen Götter mögen über ihr Werk glücklich sein.
Und wie wirst du, gnädige Nachwelt, über mich richten? Wirst du mich den Henker von Judäa nennen, den Gottesmörder? Oder wirst du anerkennen, dass ich als einer der wenigen Zweifel an der Schuld des Mannes hatte und ihn lieber verschont hätte? Die Umstände waren gegen mich – und gegen ihn.
Jedenfalls kennst du jetzt, nachdem du diese Zeilen gelesen hast, alle Umstände. Und wenn mein guter Pontillus und meine geliebte Claudia mein Vermächtnis so erfüllt haben, wie ich es ihnen auftrug, wird alle Welt sie kennen. Und diese Welt mag über mich richten, in Gnade und Ehrfurcht, die ich mir in meinem schweren Amt verdient zu haben glaube. Jetzt mag Pontillus den Stilus beiseitelegen, denn mein letztes Werk ist vollendet.

PHOENICE
SYRIA
ITURAEA
Antilibanus
Libanon
Baalbek
Heliopolis
Berothai
Berytus
Gebal
Zidon
Sidon
Zarpath
Sarepta
Zor. Tyrus
Palaetyrus
Chalkis
Chelbon
DAMASCUS
DAMASCENE
Hermon
Baal Hermon
Dan
Litani
ARGOB
TRACHONITIS
BASAN
Astaroth-Karnaim
BATANAEA
GESUR
GOLAN
Akko
Ptolemais
GALILAEA
Sepphoris
Diocaesarea
Nazareth
Kana
Tabor
Nain
Endor
Kinnereth
Hippus
Gadara
Edrei
Adraha
HAVRAN
Bozra
AURANITIS
GILEAD
Jesreel
Dor
Caesarea
Bethsean
Pella
Jabes Gilead
Mahanaim
GALAADITIS
Gerasa
SAMARIA
Samaria. Sebaste
Sichem
Neapolis
Garizim
Ebal
Jordan
Apollonia
Japho
Joppe
Lod
Lydda. Diospolis
Jericho
Rabbath-Ammon
Philadelphia
Hesbon
JERUSALEM
HIEROSOLYMA
Bethlehem
Asdod
Azotus
Askalon
JUDAEA
Hebron
Gaza
PHILISTAEA
SALZMEER
(LACUS ASPHALTITES)
TOTES MEER
PERAEA
Rabbath Moab
Areopolis
Kir Moab
MOAB
IDUMAEA
Akrabbim
GEBAL
EDOM

ROLF D. SABEL
DIE
HIERO-
NYMUS-
VERSCHWÖRUNG
EIN
HISTORISCHER
ROMAN
benno

Rolf D. Sabel wurde am 7.9.1949 in Köln geboren. Er studierte Rechtswissenschaft und Latein in Köln. Er unterrichtete 38 Jahre an Kölner Gymnasien Latein, Geschichte und Recht und war viele Jahre Fachberater für Alte Sprachen bei der Bezirksregierung Köln. Außerdem praktiziert er seit dreißig Jahren als zugelassener Rechtsbeistand. Er ist verheiratet, hat vier Kinder und lebt – natürlich – in Köln, der Stadt seines Herzens. Folgerichtig beschäftigen sich nahezu alle seine Bücher mit seiner Heimatstadt: Seit dem Jahre 1999 widmet er sich neben dem Schuldienst der Schriftstellerei. 2000 erschien mit „Titel, Träumen, Turbulenzen" sein erstes Buch, eine Vereinsbiographie über den 1.FC Köln, in dem er fast 40 Jahre Mitglied und vierzehn Jahre Mitglied im Verwaltungsrat war. Danach widmete er sich vor allem historischen Romanen, denn römische Geschichte und ihre belletristische Aufbereitung waren schon immer seine Leidenschaft. Sabel ist Autor zahlreicher erfolgreicher historischer Romane wie „Die Hieronymus-Verschwörung", „Agrippinas Geheimnis", „Agrippinas Tod", „Die Pilatus-Verschwörung", „Der Pompeji-Papyrus".